第一丫鬟

李永斌 / 著

当代世界出版社

图书在版编目（CIP）数据

第一丫鬟 / 李永斌著. —北京：当代世界出版社，2015.12
ISBN 978-7-5090-1065-5

Ⅰ. ①第… Ⅱ. ①李… Ⅲ. ①长篇小说－中国－当代 Ⅳ. ① I247.5

中国版本图书馆 CIP 数据核字（2015）第 309139 号

书　　名：	第一丫鬟
出版发行：	当代世界出版社
地　　址：	北京市复兴路4号（100860）
网　　址：	http://www.worldpress.com.cn
编务电话：	（010）83907332
发行电话：	（010）83908409
	（010）83908455
	（010）83908377
	（010）83908423（邮购）
	（010）83908410（传真）
经　　销：	全国新华书店
印　　刷：	北京毅峰迅捷印刷有限公司
开　　本：	710毫米×1000毫米　1/16
印　　张：	19
字　　数：	272千字
版　　次：	2016年2月第1版
印　　次：	2016年2月第1次
书　　号：	978-7-5090-1065-5
定　　价：	36.00元

如发现印装质量问题，请与承印厂联系调换。
版权所有，翻印必究；未经许可，不得转载！

序

一个春日的下午，我认识了本书作者李永斌。他中等个儿，目光灼烁，清瘦瘦的，充满活力。谈话间他从挎包里取出一叠厚厚的书稿，说让我看看。我读后的第一感觉，这部作品虽不完全臻美，但题材新颖，颇有亮点。后经作者潜心打磨，几易其稿，现将由当代世界出版社付梓出版。确是一件幸事。

在当今喧哗骚动、乱花迷眼的文坛上，李永斌的《第一丫鬟》以其特有的审美视角和艺术魅力，独放异彩。

第一，小说给我们讲了一个好故事。小说艺术的魅力就在于它的故事性。古今中外的好小说好作品，大多是因为这些小说描写了动人故事而流传后世的。《第一丫鬟》中的丫鬟是谁？她是谁的丫鬟？她在干什么？她的性格命运又将会怎样……悬念连连迭现，疑团扑朔迷离，紧紧吸引着读者去关注人物的行踪。西太后赐给灵儿的一颗价值连城的夜明珠是小说发展的一个焦点。围绕灵儿和夜明珠，作品较为集中地描写了清代末期四十年间的世态沧桑、国力衰微、民族命运遭遇巨大变迁，波澜壮阔的社会景象流贯其中。

其次，小说描写晋商，不落俗套。晋商是儒商，商道即人道，作品中除岳家外，又写到了祁县乔家、平遥李家、太谷曹家、榆次常家等商家，但作者的立足点不是写他们彼此间的尔虞我诈、恩怨仇杀，而是写晋商的大度大气，写晋商的经营之道，恪守信用，以诚为本，岳家和常家后人捐弃前嫌，合力经营，共谋发展。这种经营之道，就是一种民族文化和民族精神，推动了社会经济的发展，于国于民都是十分可贵有益的，作者避免了以往同类题材小说和影视作品过多渲染商战商机中物欲及其拜金主义的倾向,而在矛盾纠葛中,着量于人性之美、人情之美,作者准确地把握了历史发展的趋势,人物写得生动真切、有声有色。

第三,小说叙述有张有弛,从容不迫。小说是一种结构艺术,讲故事要单纯清晰,像一棵树的根枝叶花一样。作者采用传统小说的手法,写作求真,设置的悬念谜团前后照应,一一交代,不枝不蔓,笔到意足。

第四,小说在反映晋商人在晚清至民国的巨大历史转折、晋商家族复杂恩怨的同时,也巧妙地将晋商文化及山西人文景观、生活民俗等镶入了故事。

我一向认为,文学是心灵的呼唤,是情感的旅行,是爱与美的结晶。文学是艰难的,创新的。美在生活中,美在锲而不舍的探险与追求。愿李永斌的创作愈来愈成熟,愈来愈耐看。美指向真理,指向未来。

是为序。

陕西师范大学现当代文学教授

雷敢

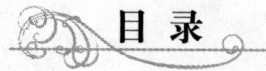

目 录

序 /1

第一章　　流落民间 /001

第二章　　大院深深 /015

第三章　　教堂之劫 /027

第四章　　大院女人 /036

第五章　　后院起火 /043

第六章　　年关劫案 /053

第七章　　旧主老奴 /064

第八章　　与匪为友 /075

第九章　　元宵认母 /086

第十章　　神秘侍卫 /097

第十一章　　包头事变 /106

第十二章　　首出西口 /117

第十三章　　一梦定缘 /128

第十四章　　云冈秘会 /137

第十五章　　大同风波 /147

第十六章　　风云难测 /159

第十七章　　义结金兰 /172

第十八章　　为情私奔 /183

第十九章　　街头义举 /194

第二十章　　入主大院 /204

第二十一章　舅甥相认 /220

第二十二章　两案谜情 /229

第二十三章　京城之行 /239

第二十四章　乱世艰难 /253

第二十五章　患难之姻 /265

第二十六章　家国剧变 /276

第二十七章　落叶飘零 /286

第一章　流落民间

1949年冬，太原郊区小店村。

一个独居八年、双目失明一年多的老太太走完了她人生的最后一站，临终时，她将陪伴自己多年的睡枕捐献给了前来看望她的村干部。

老太太双目滚出了一串孤独的泪，她走了。安排完她的后事，细心的工作人员才打开了外三层、里三层缝得结结实实，但看似很普通的睡枕。这时，一颗晶莹发亮的珠子出现在人们的面前。

经文物专家鉴定，此圆珠并非普通的珠宝，而是一颗罕见的夜明珠，它之前的主人应该是清末慈禧太后。

传说中慈禧有两颗夜明珠，其中一颗随她所葬，后被军阀孙殿英所盗。那么这一颗究竟是孙殿英盗出的那一颗，还是下落不为人知的另一颗？这在当时成了不解之谜。

这颗夜明珠究竟如何落入老太太之手？她的真实身份又是何人？她在小店村独居八年，没有人知道她之前的情况。人们说，太原解放前一位国民党军官不时来看望她，还说那位军官对她很尊重。

据此推断，她应该有过尊贵的身份。

那位军官已随阎锡山到了台湾，线索因此而中断。

这位老太太究竟有着何等不凡的身世，人们猜测甚多，多少年来迷雾重重。三十多年后，原受中共派遣到台湾的岳致方辗转回大陆寻亲，这才揭开了尘封多年的夜明珠背后的故事。

1900年。

清澈的汾河流了多年竟然悄悄地断了，旱灾降临太行山地区。春来已久，大地仍是荒芜一片。

庚子年春，原山东巡抚毓贤带着十几名担任卫队的义和团成员就任山西巡抚。在毓贤的支持下，义和团运动在三晋大地如火如荼地展开了。

省府的东夹巷教堂、大北门教堂以及一些教会医院、教会学校先后被焚烧，城内的外国传教士则被毓贤以保护人身安全为借口，全部监禁于猪头巷客馆。

不久，慈禧太后密令各地督抚杀绝洋人，拥有正常思维并能真正从大局出发的督抚都抵制了这个密令，有的省甚至派兵护送洋人避难。全国数十名督抚中，唯一执行了慈禧太后密令的，就是山西巡抚毓贤。

他将四十四名外国传教士、十七名中国教徒以及从寿阳押来的英国教师毕翰道一家七口全部带到巡抚衙门西辕门前，在百姓的围观之下逐一杀害，行将就戮的妇孺哀号之声惨不忍闻。教民们被杀后，枭首示众，剖心弃尸，极其残忍。

山西中部灵石县，义和团也在城内奉毓贤之命散发传单、设坛拜神、杀戮教民。教民们纷纷躲入教堂避难，然而仍有数百名包括老弱妇孺在内的教民惨遭屠杀。原馨宜泉东家常明坤全家五口遇难。

百姓在恐慌中度日。

日月轮转，已是初秋，枫叶红了，似乎要唤醒这沉睡的山圪梁，陡峭的石缝中，一株株挺拔的酸枣树少了昔日那殷红的果实，不复群树斗艳的风光，贫瘠的太行山更是看不到往年的葱郁。

青石黄沙，十年九旱，在这贫瘠土地上生存的人们更是期盼着秋天的来临。秋日的太行山虽说美丽，却躲不过这天灾人祸。

这一年，八国联军攻占了京津，慈禧携光绪帝在兵丁的护驾下仓皇出京，西逃而去。皇室及扈从官员一路横加搜刮，护驾兵丁军纪败坏，四处奸淫掳掠，百姓逃避不及，旱灾、官灾、兵灾降临人间。太行山上，随处可以看到逃难的人们。

第一丫鬟

农历九月初一，正值深秋，鹅毛大雪忽然素裹了绵延的太行山，枫叶落了，山崖上那零落的树枝，也穿上了一层雪白的外套；天晴了，天空却依然像罩着一层灰色的薄布，早来的寒冷降临到多难的大地，雁门关外，行来了浩浩荡荡的皇室队伍。

过了枳儿岭，进入山西界，登上雁门关后，慈禧在靖边寺稍停游览，这时岑春煊进献野黄花一把，红枫叶一束，受到了慈禧的犒赏。当日，慈禧和光绪皇帝在代州阳明堡内贾家大宅住了下来，光绪帝在贾家御笔写道：

五世同堂真富贵，

一心念佛见如来。

走得累了，老佛爷晚宴过后就朦胧进入梦乡。月夜深沉，夜半过后，一阵香风拂过，当值丫头灵儿也不由得坐着打起了盹儿来。

"黄花黄枫叶子红，花黄叶红秋日逢，黄红相聚在今日，该差灵子入晋家。"

朦胧中，慈禧进入了梦境。但见，插在花瓶中那岑春煊敬献的黄花和枫叶一阵摇曳，影度回廊，霞光闪烁，转眼间，荷衣飘动，回风舞雪，纤腰楚楚的两个仙女嬉闹着出现在慈禧的面前。

"兰妹妹好！"二人道。

慈禧说："你们是？"

那黄仙子道："赤橙黄绿青蓝紫，本是天宫七仙子。"

红仙子道："只因妹妹思红尘，下入凡间六十时。"

慈禧似乎想起了什么，那黄仙子用花手帕在慈禧的头上舞动，然后说道："妹妹清楚了吗？"

转眼间慈禧变成了年轻漂亮的兰儿，嬉笑道："兰儿见过两位姐姐。"

那黄仙子道："光图自己享福，也不照顾点灵儿小妹，亏你还是姐姐呢。"

"什么？灵儿？她怎么了？"兰儿问。

"看看，说忘就忘了，说你自私，一点都不过分。"黄仙子说。

兰儿努力地回忆，朦胧中才想起曾和她商量下凡的百灵仙子。"哦，对了，都

第一丫鬟

是我不好,她人呢?"

红仙子道:"百灵在你走后,找你不见,私下凡间的路上又被天宫守将带回,后经观音点化投胎人间,此刻在你身边陪伴着呢!"

黄仙子道:"就是灵儿啊,你也应该让她早一天去享受世间的荣华吧。"

兰儿道:"这好说,我下道懿旨,王公大臣随她选,荣华富贵由她去。"

红仙子道:"莫道王公大臣有,晋商三家富过国。"

黄仙子道:"你西去路上会有一难,这一难发生,就让灵儿下去吧,以后的路由她自己走。谨记,谨记!天机不可泄露。"

说完二位仙子一挥手,嬉笑着飘然而去。

慈禧猛然醒来,原来只是南柯一梦。

"灵儿啊。"老佛爷虽然低声叫着。

打盹中的灵儿却听得清楚,愣神过后,慌慌张张跪在了地上,说:"奴婢该死,奴婢该死!"

丫头荣儿走了进来,见灵儿跪着,腿一软,也不由得跪了下来。

慈禧说:"平身吧,荣,你下去,我和灵儿说会儿话。"

平时慈禧称荣儿为荣。听了她的话,荣儿站了起来,低着头退了下去。

灵儿战战兢兢地站了起来。慈禧叹了口气说:"咳!今儿个这夜啊,怎么这么长呢?"听老佛爷没有责怪之意,灵儿刚才慌张的心才稍微平静了下来。

"老佛爷,您……"见慈禧有起来的意思,灵儿急忙双手扶了过去,伺候着老佛爷靠在了炕头的软垫上。

黄花和枫叶似乎又鲜嫩了许多,老佛爷目视了许久。

京城的官员和随从沿太行山缓缓南下。这一日下午,刚刚进入灵石界蜈蚣岭路段,早有准备的义和团成员郭敦源率部忽然从侧面的山林中喊叫着:"杀啊——"近百人山洪暴发般地向缓缓而行的皇室队伍汹涌扑来。

随行的官员们被突如其来的情景吓呆了。杀来的人马越来越近,他们也乱成一团地喊叫着:"拳匪来了!拳匪来了!"

第一丫鬟

皇车中的慈禧不由得哆嗦了起来,贴身侍女灵儿透过车窗看到了车外发生的一切。她不假思索地回头说:"老佛爷,情况不好,有劫匪!灵儿斗胆换上您的衣服将他们引开!"说着便脱下了自己的外套。

慈禧颤抖着把自己的外套脱了下来说:"好的,好的,以后……"

灵儿说:"您是大清国的老佛爷,灵儿的生命算得了什么?"

慈禧换过灵儿的外衣,又说:"难得你有这份忠心。好吧,荣华富贵顺天意,非常时期,你从此就到民间去吧!"

此时,一道道刀光剑影,一声声凄厉惨叫,护驾兵丁在顽强地抵抗,昔日威风的皇室中人在皇车中发抖,随行的宫人也被这刀光逼得有死有逃。灵儿从皇车中跳下来,正好被郭敦源看到了。这个人肯定就是慈禧!他想。

此行的目标就是这个祸国殃民的女人!郭敦源拼命地杀开一条血路飞奔着扑来,兵丁们见发疯一般的郭敦源,拼命地挥刀舞枪拦截。郭敦源越战越勇,转眼间,十几个兵丁已经倒在了他的亮剑之下。

又是十几人围堵了过来!侍卫高手刘一山等人也在其中,郭敦源只能奋力抵抗。

灵儿躲到路边的一棵大树后,兵丁在抵挡着冲来的杀手,灵儿哆嗦着滚到了树旁的一条小沟里,钻进了草堆之中。

灵儿抱着头一动都不敢动。一声声刺耳悲惨的喊叫声划破了天空,绝望的喊叫把久居深宫的灵儿吓呆了。她哆嗦着捂住了双耳,心里默默祈祷着:"老佛爷平安!老佛爷吉祥!老天爷保佑!"

厮杀声渐渐消失。过了一会儿,灵儿才小心翼翼地从草堆里探出了脑袋。这时,扑通一声,一个圆圆的东西从草堆上滚了下来,稍微平静下来的灵儿看到的却是瞪着双眼和她对视的一颗血淋淋的头颅,灵儿吓得晕厥了过去。

拼杀持续了近一个时辰,郭敦源及其队伍终因不敌,血染黄土,他本人也身首异处。

太阳早已西沉,黯淡无光的月亮已经挂在了天空。灵儿被一阵冷风吹醒了过来。

"我在什么地方?"她想。刚才发生的一切,对她来说似乎是一场噩梦,她镇静后才想起了刚才发生的一幕。

"哦,我还活着,那太后呢?"她想。

灵儿小心翼翼地掀开草堆,见四周无人便走了出来。月光下,隐约可见地上横七竖八躺着的上百具尸体,灵儿不由得紧张了起来,"天啊,太后呢,该怎么办,呜呜……"灵儿哭了起来。

双目狰狞的头颅似乎还在眼前萦绕。"杀啊——狗娘养的慈禧!杀啊——"厮杀声似乎还在这黑冷的月夜中飘忽回荡着。

尽快离开这个阴冷的地方!她想。这个时候,也许逃就是她唯一的出路。但是要逃到哪里去,她没有一点主意。她不敢多想,索性迈开双腿一路小跑,这一跑就跑到了五十里外的一个小山村,直到太阳东升。

这是一个寡妇人家。破落的院内,一个年近三十的妇女正拿着一把破烂的笤帚清扫着院落里的尘土,一个七岁的男孩在她身旁嬉戏着。灵儿说:"婶子,我可以借口水喝吗?"寡妇放下笤帚打量着她:十五六岁的姑娘,身带尘土但并没有掩住她那白净的皮肤,两弯柳叶眉,一双丹凤眼,虽然憔悴却不失水灵,似小姐,像丫鬟,确切地说又像误落尘寰的仙女,虽穿戴不凡,却似落魄。寡妇说:"来吧,姑娘进屋吧。"说着将灵儿引进了窑洞。

走了一夜,灵儿的肚子在咕咕直叫。寡妇看出了灵儿的心思,在破旧的碗柜里拿出一个瓷碗,从灶台上的铁壶里边倒水边说:"你是逃婚出来的吧?我想是。你一定也饿了吧,先喝点水,压压惊,咱们一会儿吃饭。"灵儿接过了寡妇端来的水,大口大口地喝了下去,"咕咚、咕咚"声从她空腹中传了出来。寡妇看着她干渴的样子,笑着说:"慢慢喝,呵呵,慢慢喝。"水喝完了,灵儿方感刚才有点失态,那白净的脸蛋变得白里透红,端着的瓷碗也不知该搁到哪里。她站了起来客气地说:"谢谢婶子,谢谢婶子。"寡妇笑着说:"你先在热炕上暖和暖和,我这就做饭。"

寡妇忙着做饭,她的儿子拉着灵儿的手说:"姐姐的衣服真好看!"小孩不经意的话提醒了她。是啊,自己还穿着太后的衣服。不一会儿寡妇将做好的玉米粥端到了灵儿的面前,说:"闺女啊,趁热吃吧,饭虽不好,但吃了不渴不饿。"灵儿便接过寡妇端来的玉米粥不客气地喝了起来。寡妇笑着说:"看你就是外地人,没有吃过我们这饭吧,这饭是要就着咸菜吃的。"寡妇将小碗中的咸菜又端到了灵儿的面前。一口玉米粥一口咸菜,灵儿方才品味到这玉米粥的味道。"真好吃!"她说。

一碗玉米粥很快下了肚,灵儿只是吃了个半饱。寡妇倒是很热情,见灵儿的碗空了,便又准备去锅里舀。灵儿说:"婶子,我吃饱了。"

"我看你也没吃饱,别客气,吃饱了上炕好好睡一觉,这里没什么外人!看到你啊,我就想起了我的姑娘。"寡妇叨唠着又给灵儿舀了半碗玉米粥,递给灵儿,自己也端起了碗。二人边吃边聊了起来。

"我是穷人嘴直,也没有问你是哪里人,要到什么地方去。"

"我是太原人,想去灵石姥娘家。"

"看你打扮就不像个穷人家的人。你一个闺女家单独出门,一定是逃婚了吧。"

说到逃婚,灵儿却不知该如何回答。寡妇这时又说话了:"我那闺女也是他爹在世时订的婚事,和你一样不听话,咳!咱们女人都是这样过来的,这都是命啊。"

"婶子,我……我……"

"哦,咱不说这些,闺女啊,你长得真俊,也讨人喜欢,只是出门穿得有点显眼,这里离灵石城还远,这世道……"

灵儿点着头说:"婶子,我想用我的衣服换你一件行吗?"

寡妇笑着说:"真是个傻姑娘,我的破衣服十件也顶不上你一件,别说换了,只要你不嫌弃,把一件我姑娘以前穿的衣服给你就是了。嗯,你的衣服真好看,我这辈子别说穿,就是见也没有见过啊!"说着在破旧的柜子里翻出了一件挂了补丁的旧衣服,和蔼地说:"姑娘,你试试看合适不合适。"

灵儿脱了她那华丽耀眼的绸缎衫,穿上了寡妇给她的旧布衣,扭看着说:"婶子,真合适哎。"寡妇开心地笑了。

第一丫鬟

"出门在外就穿着这件破衣服吧，也少显眼。"寡妇顺手将灵儿脱下的衣衫整叠起来，"姑娘，衣服里还有东西呢！"说着将衣服递给了灵儿，这时灵儿才注意到衣服口袋里有一颗圆圆的珠子。

这是一颗夜明珠，灵儿自然认得，它是慈禧的随身宝物。灵儿小心翼翼地将夜明珠收了起来，想：这可是太后的心爱宝贝啊！

此地是灵石和介休西南方交界的一个小山村。吃过饭后，灵儿躺在了寡妇家的热炕上睡了过去，这一闭眼醒来就到了黄昏时分。晚饭后，灵儿躺在热炕上，思绪万千。

也许这是天意，想想那些死去的宫女，虽然自己落魄，但毕竟活着，比她们幸运多了。灵儿自我安慰地想。

灵石县有条兴隆街，这条街原先住着常、岳两家人。清初时，常三喜和岳怀义二人为了谋生，到东北三座塔租地种菜、种豆。后二人与一当地人合伙，用所种之豆磨成豆腐，自己叫卖。由于他们做的豆腐细嫩可口，生意日趋兴旺，后来扩大了规模，每天磨十桌豆腐五百余斤，雇人销往附近各地，同时还用豆腐渣养了百十余头猪，辛苦经营多年，日渐发达。这时，当地合伙人提出分开各自经营。常三喜和岳怀义单独经营后，由磨豆腐、养猪，发展到用高粱酿酒、酿醋以及开杂货铺，后来又兼并了原合伙人的生意。随着三座塔地方的繁荣，人口的增多，清廷在三座塔设立了朝阳县，而常三喜和岳怀义在该地早已开办有商铺。此后，二人又将商号开办到赤峰、凌源及建昌等地，经营范围也扩展为杂货业、典当业、酿酒、酿醋业，后来至沈阳、四平、锦州等地设立商号。这时，常三喜和岳怀义已是关外大商，并在老家的这条街上修建了自己的庄园。清兵入关后，常三喜和岳怀义也向关内发展。他俩首先在原籍设号，继而设号于华北、西北各商埠。二人致富后，资产分开，不过在商业上仍合资经营，各出资本十五万两，组成总管理处，称"常岳合"。不过两家各有堂名，常家堂号是馨宜泉，岳家堂号是德玉泉。他们合资办的商业，百多年后，在道光、咸丰年间时达到鼎盛。当时他们的商号遍布济南、徐州、兰州、太原、天津、北京、沈阳、锦州、四平、张家口、黎城、

第一丫鬟

屯留、太谷、长子、榆次等地，在新疆、库伦及莫斯科、伊尔库茨克等地也有他们的商号。也就在常明坤父亲和岳凯旋父亲那一辈，两家开始渐渐疏远，到岳凯旋和常明坤执掌各自的堂号时，德玉泉如日中天，馨宜泉却每况愈下，在潦倒中度日。

在灵石城，灵儿唯一的希望就是能寻找到姥爷家人。然而昔日的兴隆街已经不是十年前的景象，灵儿挎着一个破布包袱在大街上徘徊着。

五岁的时候她曾经随母亲来灵石小住，十年前的记忆对她来说已经模糊不清。"好像是这里。"灵儿想。

"姑娘，你找谁？"一个二十四五岁的青年男子走过来问道。

灵儿仔细地打量着来者，只见那人穿着平凡，却也整洁。"请问，这里有姓常的人家吗？"灵儿两眼盯着他回问。

"嗯，他们……"男子吞吞吐吐。

灵儿从青年男子的表情里好像看出了什么，急切地问道："他们怎么了？"

青年男子也在猜测着眼前这位姑娘的来历。"你是？"他仔细打量着说："哦，走吧，姑娘，说来话长，这里不是说话的地方。"说着他的手向灵儿的胳膊伸去，灵儿本能地用另一只手推开了他。

"我是这里的护院柳智信。你是不是常家的亲戚？你是不是也是从外地逃过来的？"青年男子一连串说到点儿上的话，灵儿没敢吭声。她一个劲儿地盯着眼前这位陌生男子。这人很面善，从穿着打扮上看不像是坏人。

"这里不是咱们说话的地方。姑娘，快到饭时了，如果不介意，就到我家吃顿便饭吧。"柳智信说完谨慎地环顾四周。此时的灵儿已经意识到姥爷家可能有了什么变故。

"吱呀"一声，街门开了，走出了一个衣冠整洁的男子。见是岳家的大少爷岳海润走出，柳智信急忙走上去说："大爷好！"

那男子点了点头，眼睛看着灵儿，灵儿却用一双疑惑的眼睛看着石狮，柳智信急忙说："这是我家表妹，我表妹年纪小，不懂事，不懂事。"柳智信迎合着岳海润，

第一丫鬟

接着对灵儿说："还不快向大爷请安。"说着用手抖了抖灵儿的后襟。灵儿瞥了一眼站在台阶上的岳海润：三十不到，头戴黑色桃疙瘩小帽，金架子眼镜架在沧桑的圆脸上，脖子上围着一条黑色的毛围巾，端搭在肩上。他穿着得体的黑枣红的缎长衫，俨然一副富家掌柜的模样。这样的打扮，在京城也不多见。灵儿脑子里盘算着。

"老爷好！"灵儿并不情愿地行了个万福。岳海润两只小眼透过眼镜露出了温和的目光。"嗯。"他说着点了点头。

"大爷，我们回家去了。"柳智信说完拉着灵儿的手慢慢地移动了脚步。

岳海润缓缓地上了马车，车夫赶动了马车，岳海润忽然想起了什么，车走时他慢慢地撩起了车窗帘，从头到足仔细看了看灵儿。

灵儿移动着双足，飘然而行，那有节奏的步伐显然不像是寻常人家的女子，仔细一点儿的人还是能看得出来的。

"他表妹？"岳海润脑子里转了个圈，"不像。哦，还是天足。"岳海润看出来了。要不是有急事，他真想停车下去喊住柳智信仔细问一问。

这"天足"就是未缠脚的女人，在京城并不新鲜，但在这里几乎看不到。

嗯？这女子……莫非是从京城来的？岳海润想。

灵儿随着柳智信走出了兴隆街。绕过一条小河，二人来到了和兴隆街截然不同的一片居住区。这里少了清静，却多了热闹，一座座青砖砌成的院落虽不气派，但也整洁。

"到了，这就是我家。"柳智信回头对走着的灵儿说。

这是一个很普通的院落，自然不能和兴隆街那些院落比。柳智信就住在一个很小的四合院里。院内阳光下，柳智信的母亲两腿盘坐在草墩上，肥大且补丁处处的蓝色槐绿布衣，遮住了她那三寸金莲。柳氏一针一线地纳着鞋底，过几针线，就在自己的头顶上滑滑针锥，苍白的脸上几多皱纹几多忧郁。

"她是逃难来的，没有地方落脚，所以我就把她引来了。"柳智信对母亲说。

柳氏两眼仔细打量着儿子领来的姑娘，随后放下手中的鞋底，挪动了盘压在右腿上的左腿，在柳智信的搀扶下慢慢地站了起来，说："闺女，进屋去吧。"

灵儿见到了柳智信的母亲，警戒的心才稍微平静。

岳海润正是刚刚回到灵石不久的德玉泉的大少爷。岳海润早年曾在英国留学，后到岳家在恰克图开设的商号经营对俄贸易。在他经营期间，以恰克图为起点，五年后德玉泉在莫斯科等地设立了十家分店，逐渐垄断了对俄的布匹、茶叶等物输出。这一年夏日，其父病重，岳海润回到了灵石，岳凯旋也将德玉泉东家的事务交给了他。

灵石是山西中部的一个县城。这里的兴隆街，曾是"常岳合"德玉泉和馨宜泉的总号所在地。百多年六代发达的商业，曾造就了庭院深深的岳家大院和常家大院。德玉泉在岳海润父亲那一辈，生意从内地拓展到蒙古和俄国等地，后期又开始涉足票号汇兑业务，而常家却在岳家发迹的同时慢慢衰落，到常明坤这一辈，只能靠吃老本度日，其家产院落也被岳家一点一点地蚕食。不久常明坤就搬出了兴隆街，在一户普通民宅住了下来，后来入了教会，在耶稣那里找到了寄托。

如今没有了常家大院，岳家大院经过改建已是青砖碧瓦深宅院，鳞次栉比楼亭阁，占地八十余亩，房屋五百余间，并拥有众多兵丁护院。环绕大院一周要用一个多时辰才能走完。柳智信就是其中的护院之一，这天他刚从自己家走到岳家大院就遇到了灵儿。

灵儿被柳智信带到了他的家里，在这里灵儿知道了三个多月前发生的血腥屠杀，是柳智信的母亲在柳智信走后给她讲述的。"数百人啊，烧的烧，杀的杀，可怜呐，我想起来就哆嗦，那天亏我不舒服，本来我是要到教堂去的，咳！这走了好，什么都不用惦记了，可我就是放心不下啊。"炕头上柳氏拉着灵儿的手说："闺女，这都是命。常家，这里的人都知道，以前那可是有法儿的人家啊！他们到主那里已经解脱了苦海，也许只有到那里人才会安心。这兵荒马乱的，你要不嫌弃就留在这里吧，主会保佑我们的。"

第一丫鬟

夜，静悄悄的，投奔姥爷姥娘无望，灵儿在炕上辗转着。

多年伴君，灵儿也多了份心眼儿。那时自由是不敢想的，伺候好老佛爷成了她的本能，老佛爷大多数时候虽然让人生畏，但有时也和她聊家庭、聊民间。老佛爷说这些丫头中她最灵性，还赐给她一个名字叫灵儿。其实，灵儿的本名叫乔芳，"灵儿"是老佛爷赐的名，这在其他丫头眼里也只有羡慕的份儿。那次老佛爷就说："灵儿啊，我入宫的时候也就你这么大，只可惜你生在了山西，过几年出宫了我一定为你选一门如意的亲事。"记得那时候只有她和李莲英在太后身边，她给太后揉腿，李莲英给太后梳头，她说："老佛爷，我可不离开您，就像公公一样，永远在您身边伺候着。"李莲英说："这就是做奴才的本分！"太后说："她和你不一样，迟早是要出宫嫁人的，不过到那时我可真有点儿舍不得她，灵儿不仅嘴巴乖巧，你瞧瞧，这给我舒展筋骨也让我挑不出半根刺儿来。"

慈禧有说有笑，这个时候的她似乎更像一位慈祥的老母亲。灵儿小心翼翼地捶着老佛爷的腿，不时用那双小巧玲珑的手恰到好处地揉捏着。在太后身边，她渐渐地学会了揣摩主人的心思，太后身子哪里不舒服，她一般从面色和表情就可以琢磨到。她会因太后高兴而悦，因太后烦恼而静。她一直谨记李莲英说过的话——"做奴才的就是应该把事情做在主人想之前"。进宫三年，不懂世事的灵儿渐渐地学会了察言观色。也就是李莲英说的，灵儿有眼色。

也不知道老佛爷现在如何，谁在她身边侍候着，这该死的八国联军，该死的拳匪，还有那些吃皇粮的兵丁，那些大臣也可恨！太后一个女人家也不容易。灵儿想着，这些话就从嘴里不由得说了出来，柳氏被她的说话声惊醒了，以为灵儿在说梦话，翻了个身长长地叹了一口气。

出来也还算好，遇到了柳智信，总算还有个落脚点，姥爷姥娘人是不在了，自己只有看情况再说了。灵儿这一夜思谋着。

次日，灵儿向柳智信提出要到岳家做事。开始的时候柳智信不同意，他告诉灵儿在岳家做事是件苦差事，岳家太太们个个都是刁蛮古怪的女人，这伺候人的

第一丫鬟

事情，怎么都不讨好，还是待在家里好。但灵儿还是执意让他去和管家说说，柳智信拗不过，中午便找了管家江环，说自家有个表妹想到这里做事。江环说："先带过来看看再说，岳府不是一般的人家，不是想来就能来的。"柳智信感激地说："谢谢您了，我看我表妹人挺机灵的，不会给您丢脸，我下午就把她带过来。"江环说："这里是需要下人，不过可不需要吃闲饭的人，回头你把她带到我这里来。"

和管家说好后，灵儿跟着柳智信走向了形如城堡的岳家大院，看着这三丈多高、上有掩身女儿墙和瞭望探口的封闭式砖墙，自然想到了曾经生活过的紫禁城。进入大门是一条又长又直的石甬道，灵儿心中感慨：哦，皇家有宫殿，民宅也不逊色啊。从外面看，威严高大，整齐端庄。想不到民间还有这样气派的宅院！一条甬道把几个大院分成了南北两排，抬头眺望院子西端与大门遥相对应的岳家祠堂，更让人感到院落的庄严。柳智信回头说："你走得快一点嘛。以后就在这里做丫头了，慢慢看吧。"

灵儿感慨地说："这里真气派啊！"

柳智信饶有兴致地介绍："大院有主楼四座，门楼、更楼、眺阁六座，院院之间和屋顶上有走道相通，用于巡更护院，我就经常在这里溜达。"他边走边说："岳家大院北面三个大院，从东往西依次叫正院、西北院、书房院。南面三个大院，依次为东南院、西南院、新院。南北六个大院，咱们先到管家那儿去，这里的一切以后你慢慢就熟悉了。"

灵儿跟着柳智信慢步在富丽堂皇、井然有序的院落内，绕过过厅相隔的明廊，穿过沁心瓶式的门洞，走进西北院，拜见岳家的大总管江环。

江环仔细地打量着眼前这个行止从容的灵儿。毕竟是皇家出来之人，在她的身上完全找不到别的侍女那份胆小羞涩。灵儿行了个礼说："见过江总管。"其实江环已经看到了走来的灵儿，他说："你叫什么名字，以前在什么地方做事？"灵儿不卑不亢地回答说："回总管话，小女子姓乔，名灵儿，太原府人，家里遭遇不测，就来投靠远方的姨娘了,姨娘家境也不是很好,知道表哥在这里做事,所以就求表哥引荐,进岳府做事,做什么都可以,还望得到您的收留。"

江环点着头说:"嗯,这样,就留下试用一段时间吧!不过这里的规矩要尽快清楚,就到厨房做事去吧。"接着对柳智信说:"就这样,把她引到厨房院去吧。"

灵儿行了个万福道:"谢谢您了,您让我有了栖身之处,以后有机会小女子会加倍报答您的。"

江环笑着说:"呵呵,你这个丫头倒会说话,只可惜是个丫头的命。去吧。"

第二章 大院深深

灵儿走进岳家大院的头一个晚上,月亮钻进了浓厚的云层。偏院里,倒班的丫头正在轮换,灵儿刚从厨房回来,只听管事的嬷嬷秋洁喊道:"灵儿,从今儿起,你接替翠娥给小姐送餐去,该怎么伺候小姐学着点儿,小姐吃得开心不开心,以后可就是你的事了。"

翠娥问:"夜宵好了吗?"

嬷嬷沉着一副沮丧的脸说:"你问我吗?我说你们这些丫头,怎么都调教不了,进府这么长时间了,就是缺少长进。"

看着嬷嬷满脸不悦,灵儿应变说:"她是问我的,刚才翠娥到厨房时间过的,那时还要等一会儿才做好。"

嬷嬷看着灵儿"嗯"了一声,说:"事情要做到前,这是做下人起码的要求,你们两个去吧。"

灵儿说:"好的,嬷嬷,我会尽量做好。"

灵儿和翠娥从房间出来。路上翠娥感激地说:"别说,今天还多亏你替我说话,要不又少不了挨骂。"

灵儿说:"没什么,本来就是这样。"

两人嘀咕着,翠娥说:"这闺房中的小姐叫思敏,年方十五,是老东家的女儿,难伺候着呢。她以前可不是这样,自今年上了这绣楼不久就渐渐变得刁钻了,动不动就摔盘子摔碗,侍女换了几个了,我也经常受到嬷嬷和总管的责骂,以后你可要多点心眼儿伺候。"

灵儿扑哧一笑，说："真的？"

"你笑什么，我可不和你说假话。"

"这不能怪你，你要是她，也一样。"

"我？我可没有当小姐的命，换作我啊，才不像她那样呢！放着清福还不如意。你知道她要许配给谁吗？"

"我怎么知道！是什么人家？"

虽然她们都极力地压低了喉咙，依旧有一句半句声音大了些，随后而来的嬷嬷骂道："还磨蹭嘀咕什么，伺候不好小姐，小心把你们的皮扒了。"翠娥和灵儿这才住了嘴，快步朝厨房走去。

厨房掌勺路计全安排厨师今晚给小姐做的是鸡蛋醪糟。这醪糟以红米为原料，红米经过大火蒸熟，冷水冲好，搓开米粒，按不同季节不同用量，然后放入醪糟曲搅拌均匀，入缸封口，发酵即成。吃时加好水和白糖，烧开打进鸡蛋，酸甜清香，具有健胃、助消化、润肺、活血的作用。厨房内五个厨师在忙碌中结束了这一日最后一餐。翠娥和灵儿端过黄白相间的醪糟，快步朝绣楼走去。

上了绣楼的岳思敏失去了往日的自由，别说这岳家大院，就是这绣楼，老太爷也规定不能轻易走上走下。离大婚的日子还有一年，不能与心上人成为眷属，一想那父亲定了的婚约她就头大，几年才能见得一面的日子，岂不是熬煎？

择婿讲求门当户对，但在这灵石城找一个和岳家相当的人家还真找不出。说亲的不少，老东家岳凯旋却都摇头不应。就在年前，他把远在成都的邱一清招回了灵石县。

邱一清家世清白，他十八岁进入德玉泉商号，从学徒到伙计，后派到成都任掌柜。邱一清身高五尺，五官端正，仪态大方，五年前妻子死于痨病，后忙于德玉泉商事奔波于成都、重庆近十年，未曾续弦。西南全局生意一直发达，皆赖邱一清之力。他善珠算，精楷书，德玉泉以结账盈亏定功过，他在各分号之中，算是做得很好的一个。

第一丫鬟

开始老夫人不同意这门亲事，岳凯旋说："得人者昌，失人者衰。古有公主嫁番邦，政界固然，商界也如此说，古人说：得人独胜者！况且这邱一清工心计，善运筹，把闺女嫁给邱一清也是为了稳固德玉泉。"

老夫人说："将来一旦过门，女婿常年在外奔波，咱们的闺女就委屈了。"

岳凯旋说："委屈什么，她还在灵石城，就这么定了，来年就把这该办的事情办了！德玉泉是奖罚分明，把小女嫁给邱一清，既是为了激励那些常年为德玉泉奔波的伙计，同时也能牢牢地拴住他们的心！"老东家主意已定。

邱一清没想到东家会把爱女许配给他。他说："回当家的话，这万万不可，我毕竟是下人，和小姐的身份是两相不符，况且……"岳凯旋说："况且什么，你还不乐意？"

邱一清急着辩解说："不是的，不是的。"

岳凯旋说："好，虽然我是咱们德玉泉的当家，但关乎你个人的事情，还是征求你的意见为好，我这话是说了，亲也提了，你什么时想通了就给我个话。其实这次叫你回来，也是为了协商在广西开设分号的事情，你对那边熟悉，所以想听一下你的意见。"

邱一清说："西南部中印贸易将是大发展的趋势，我建议德玉泉在广西设立分号的同时，在印度的孟买和加尔各答也开设分号，德玉泉不能走在其他商号的后面，我建议掌柜应该有所……"

岳凯旋说："开号的事情就由你去操办，白黑两道该打点的就打点，中途还有什么问题就直接告诉我。"

邱一清确实是一个人才，不仅精明，而且善谋，同时也是一个重感情的人。妻子过世后，岳凯旋不仅替他料理了后事，而且将他未满周岁的孩子接进了岳府，安排专人照料。一晃十年过去了，邱一清的儿子邱中一也和岳家的子孙一样生活、读书于岳家大院。岳凯旋将大权传于岳海润就说过："德玉泉就需要多一些邱一清这样的人才，但得人者必须拢其心。记着，人在外必须攥其心，这里必须有一根无形的线牵着他们，该我们舍去的必须舍去。德玉泉可以少几个掌柜，但邱一清是众多人中难得的，他的儿子也大了，因此拴他的线我们该换的时候必须换，我考虑将你妹妹许配给他，也就牢牢把他的心抓住了。"

岳思敏被岳凯旋安排上了绣楼，等待着婚嫁。知道夫婿是长她十六岁的邱一清之后，心情就没好过。这一晚灵儿留在绣楼陪伴着岳思敏，看着和自己年龄相仿的丫头，岳思敏才从那樱桃小口中慢慢地闪出了一句话："新来的吗？"这声音显得是那么忧郁。

灵儿仔细地观察着岳思敏的举动，忧郁中充满懦弱的反抗。看来翠娥说得对，小姐对自己的婚事是极力反对的，但自古婚嫁听父命，岳思敏只有把怨气积在沉闷的心中。

"小姐，我能为你做点什么吗？"灵儿谨慎地问。

岳思敏苦笑着说："难得你的忠心，真的能替我就好了。"

灵儿知道小姐的心思，但自己刚来，因此也就含糊地说："我是丫头，小姐有什么事情就吩咐，我一定悉心照办。"其实在小姐吃饭时灵儿就想，自己刚到岳家大院，必须投靠一个固定的主子，这样才有出头之日，否则待在厨房院，嬷嬷的气也吃不消。多年的宫廷生活让她过早地成熟，人就这样，主子有多高，仆人就有多大，背靠大树好乘凉，想以前在太后身边，平时耀武扬威的朝廷那些大臣，未见太后见到她，哪个不是说灵儿好！就连李鸿章每次拜见老佛爷前，见了灵儿总还要问候一声呢。

主意已定，灵儿委婉地说："我不懂小姐的心思，但奴婢以为，万事总有回旋余地，有烦恼的事情想办法绕开，那路就宽了，小姐的心情也就自然好了。"

绣楼中的岳思敏很少听到这样的宽心话，听灵儿这么一说，她那忧郁已久的心似乎轻松了一点，这时才仔细盯着灵儿想道：这么俊俏的丫头留在身边心情或许好一点。"你多大？叫什么名字？"岳思敏问。灵儿如实告诉了岳思敏，岳思敏说："哦，和我同岁。以后你就留在我身边吧。"灵儿说："是，小姐。"

关于自己的家世，灵儿没有和任何人说起，她的父亲乔玉武是太原人，光绪十一年考中举人并娶了她的母亲，次年初任山西布政史，也就是那一年灵儿出生。

第一丫鬟

光绪十六年，乔玉武调任户部，灵儿和母亲也随往京城，在灵儿十一岁那年，乔玉武病故，一个月后她母亲又遭遇歹人强奸杀身，父亲的同僚将她收养几个月后，把她送进宫里做了宫女。

出身于书香门第的灵儿，自幼受父亲的影响喜欢读书。满人不缠脚，京城里那些官宦人家的大脚女子又比比皆是，因此灵儿自小也就没有遭受缠脚的痛苦，加之她又聪明俊俏，因此，这才有机会走进了皇宫。正是靠着自己的天赋，她被选到太后身边，成了太后的贴身宫女。

小姐和灵儿同岁，更为巧合的是，她俩竟是同一天生日，农历十月初十。岳思敏生于丑时，灵儿是寅时，论时辰小姐还要大灵儿一个时辰呢。

十月初十本是太后的生日，到了皇宫，灵儿也就忘记了这一天是自己的生日。听了小姐说起生日日期，灵儿说："哟，你也是这一天啊，你和太后是一天生日。"

岳思敏说："太后？你怎么知道太后生日是十月初十？"

灵儿笑着说："我也是听人说的啊。我是下人，走的地方多，见的人多，听的事也就多了。"

"我真羡慕你。"

"小姐啊，你可别这么说，我才羡慕你呢，有家有亲人。我呢，什么都没有了。"

"灵儿啊，咱俩同岁，那你的生日是？"

灵儿笑着说："我也是十月初十，是寅时出生的。"

"是吗？太巧了，我比你大一个时辰，我是丑时出生的，那我是姐姐了。"

"哦，那小姐确实比我大。"

"这样，我做你姐姐，你做我妹妹，咱们结拜如何？"

"你是小姐，我是下人，这结拜是不成的，只要小姐喜欢灵儿，我就万分有幸了，在我心中你就是我的主子姐姐。"

"什么小姐、下人的，我倒不喜欢做小姐，每天待在这绣楼里，都把人闷死了。"

次日一早，灵儿陪着岳思敏到北院正房给岳凯旋请过安，返回绣楼的路上，便被这大院精致的板绘和巧夺天工的木雕所吸引了。但见每个院的正门上都雕有

第一丫鬟

各种不同的人物，什么天官赐福、麒麟送子、招财进宝、福禄寿三星及和合二仙等；再看这门窗，有仿明酸枝楱丹窗、通天夹扇菱花窗、栅条窗、雕花窗、双启型和悬启型及大格窗；望房顶，有歇山顶、硬山顶、悬山顶、卷棚顶、平房顶；形成了平的、低的、高的、凸的，无脊的、有脊的、上翘的、垂弧的，着实别有洞天，虽不及皇宫气派，但细细看来，这大院确实让人赏心悦目，回味无穷。

灵儿陪小姐边走边看，感慨地说："小姐，你们家真像个小皇宫。"这时遇到了前往正院的岳海润的太太刘玉菊。这刘玉菊是岳家包头分号掌柜刘玉虎的妹妹，今天她束发盘头插珠花，金簪金饰后发髻，项围罩花羊绒巾，身着粉色绸缎衣，瓜子白脸丹凤眼，樱桃小口，体态丰润。她那张灵巧的嘴在岳家几个妯娌和姐妹中是无人可比的，连岳海润的母亲贾淑兰都不得不承认，儿媳妇中她最喜欢的还是刘玉菊。

"哟，妹妹好啊。"迎面的刘玉菊放慢了急促的步伐说。

低头走路的岳思敏也停步慢慢地抬起了头说："嫂子好。"

刘玉菊笑着说："我说妹妹啊，你大哥都说了我几次了，这些天也没过去，回头嫂子去看你啊。"她边走边瞥了一眼跟在岳思敏后面的灵儿，轻蔑地说："哟，你是新换的丫头吧，也不懂个规矩，还看景呢，这里都没见过，还说皇宫大院，还不快扶着点儿小姐走路。"

刘玉菊随行的丫头路凤妮也瞥了灵儿一眼，"哼"了一声和主子一起走了。

刘玉菊的话把正在欣赏大院木刻彩绘的灵儿的兴头扫了个精光。她几步走到岳思敏的身旁，刚用手搀扶上，岳思敏就说："把我当成什么了，你别听她的。"

灵儿说："小姐，是我不好。"

岳思敏说："你没错，你又不是伺候她，多管闲事，趁她不在，咱们去和我大哥说会儿话。"

岳思敏是岳凯旋的二房夫人所生。岳凯旋的正房夫人贾淑兰本是续弦，就生了岳海润这么一个儿子。二房夫人梁佩兰生了两个儿子和一个姑娘，岳思敏是最小，两个同胞哥哥，老大岳海明在光绪十八年全国会试中进士，任内阁中书，光

第一丫鬟

绪二十六年八国联军入侵,慈禧挟光绪帝逃出,岳海明为了御侮救亡,投身国难。老二岳海奎傲慢放荡,整日无所事事,用老太爷的话说,老二难成举子。梁佩兰是在岳思敏十岁的时候病故的,虽然贾淑兰刁钻,但对岳思敏还是比较偏爱的。岳家就这么一个姑娘,不仅岳凯旋将其视为掌上明珠,作为岳家长子的岳海润也对他这个隔腹妹妹十分疼爱。

岳家东南院,是岳海润居住的地方。早起看书,是岳海润多年的习惯。

岳思敏走进书房后行礼:"见过大哥。"

岳海润放下手中的书说:"来大哥这里用不着这么多规矩,母亲也说过我多次,抽时间和你说说话,最近忙,一直没有顾得上去你那里,别站着,坐下说话。"岳海润这时注意到了跟随岳思敏的灵儿,低头看了看她的大脚,抬起头来说:"哦,是你?"

灵儿急忙行礼说:"灵儿见过大爷。"

岳海润仔细看着灵儿:自然的天足,匀称的身材,水灵的圆眼。他想到了西洋女子。民间也能生这样的人?岳海润想。

"你是京城过来的吧。"岳海润说。

灵儿心里瞬时紧张了一下,她平静后再次行了个万福,道:"大爷真是慧眼,奴婢本是太原人,五岁起跟随父母生活在京城,父亲病故,母亲遭遇不幸,京城打仗,奴婢逃生,这才回到老家。"

"哦,是这样。"岳海润点着头,端看着眼前这个女子。

灵儿感觉到了岳海润在牢牢紧盯着她,也没有慌神,依旧镇定地扶着小姐坐了下来。

这个丫头不错。岳海润想。

"怎么,又换丫头了?"岳海润笑着问。

岳思敏说:"不开心嘛!"说着眼泪就挂在了眼角边。灵儿给她递过了手帕,岳思敏擦着流出的眼泪说:"我也只能和大哥说说心里话。"

岳海润笑着说:"别孩子气了,大哥知道你不乐意这门亲事,可父亲的话不能不听,大哥适当的时候和父亲说一说,其实邱一清也就是年纪大一点,至于人嘛,也算是一方帮主,其实还不错。"

"大哥,我……你别提这个人,什么帮主不帮主的,不就是为我们做事吗?"

"我知道你的心事,现在你紧要的是开心一点,别太忧郁了,大哥可就你这么一个亲妹妹,忧郁出病来也是大哥的不是,别老待在绣楼里,适当出来走走。"

"唉,哪敢啊,父亲知道我乱走又少不了责骂。"

"嗯,没事,也不外出,父亲知道了就说是我同意的。没有事情你也可以弹弹琴,看看书,看的话就让丫头过来取。"

岳思敏点了点头。灵儿插话说:"就是的,看看书挺好的。"

岳思敏问:"你也识字?我还不知道你会认字看书呢!"灵儿笑着点了点头,显得有点儿羞涩。

岳海润看了看灵儿,心想:一个丫头怎么就识字,也许她是败落的富家出身吧,那天的感觉就不一样。岳海润刚想问灵儿话,这时商号大掌柜王富壹走了进来,看了看岳思敏和灵儿。岳海润说:"说吧,没有外人。"

岳思敏说:"大哥,你们聊正事,我到里边选几本书回去看看。"

岳海润说:"去吧。"

王富壹见岳思敏和灵儿走进了里屋,便悄悄地说:"您吩咐的事情已经办妥。还有一件事,据咱们的内线呈报,平遥蔚长厚票号福州分庄经理范世玉,前段时间曾为福州都司恩寿垫支白银贿官,总号认为他违背了号规,已决定进行处置,咱们这里也必须谨防类似情况发生,您看是否和各分号通报一下?"

岳海润也悄悄地说:"郭敦源之事不是小事,官府不会善罢甘休的,给他同去的那些弟兄的家人悄悄发些银两,让他们远走高飞,但务必谨慎。其他的事情你看着办吧。"

王富壹刚出门,江环又走了进来,打过照面,江环准备开口,王富壹却没加理会,瞥了一眼江环就快步走了出去。

第一丫鬟

岳海润看到了二人的表情，等江环走进后就问他："你们俩是怎么回事？"

江环说："没事，没事，他就是这么一个倔人，老找我的碴，呵呵，好多年了。大爷，二爷那边来信了，传信的人说他不回来，要留在京城，老太爷那边还不知道，您看这时局动乱，老佛爷都走了，他留在京城做什么呢？这是他给您的信。"

岳海润接过了信，看了看说："知道了，老太爷那边暂时不要告诉他，我最近忙，老太爷那边要照顾好。"

岳思敏和灵儿在藏书房看了一会儿书，走了出来，岳思敏对江环说："灵儿留在我这里伺候了，告诉你一声。"

江环笑着说："只要小姐喜欢，丫头随你招呼。"接着又一本正经地对灵儿说："照顾好小姐，否则我扒了你的皮！"

灵儿说："这是本分，总管请放心。"

江环走了出去，这时下人通报秦时茂到访，这秦时茂原在皇宫太医院从医，京城遭劫，他告老还乡回到了灵石，听说岳家老太爷病重，便准备到岳府为岳凯旋诊治。

秦时茂到访，江环心里有了一丝不快之意，但从他的表情里常人似乎难以看到。他平静地问："谁请的他？"

下人说："我也不知，看似他自己来的吧。"

江环说："知道了。"说着到了门外见到了到访的秦时茂。

这秦时茂年近六十，已有三十多年的御医史，是老东家的故交，江环不敢怠慢，相互寒暄之后江环将秦时茂带到了岳凯旋的住处，替岳凯旋把过脉，他心头生了一丝疑惑。

心律不稳，疑是慢性药物中毒。秦时茂把过脉后已在心中有了定论，看了看岳海润说："没什么，没什么，待会儿我就为老太爷开些药，哦，还有其他事情我想和你单独说一下。"

"秦太医，老爷的病情如何？"贾淑兰着急地问。

第一丫鬟

岳凯旋显得有点吃力地说："我的病情我清楚，太医们是不会当面告诉你的。海润啊，你和秦太医忙去吧，回头再到我这里，我还有话对你说。"

秦时茂说："老太爷的身体还是没什么问题的，我开些药也许管用。老太爷您什么都不要想，安心疗养就是。"

岳海润说："爹，你安心休息，我走了。"

岳凯旋说："去吧。"

岳海润吩咐过江环后，和秦时茂一道回到了东南院的客厅里。

"大爷，我把过老太爷的脉，他的病因我怀疑是药物中毒。"秦时茂说。

岳海润大吃一惊道："什么？中毒？"

秦时茂肯定地说："是的，下毒的人应该是高手，这药物是一种慢性药物，不易觉察，根源还需仔细查看，老太爷的心脉跳动很明显，已病入膏肓，恐怕时日不多了，大爷要及早安排后事。"

岳海润沉默了，在客厅里来回踱着步，疑惑地问："肯定吗？"

秦时茂说："应该不会有错。"

岳海润呆了，站在客厅中央一动都不动。"不会，不会的，怎么可能呢？"他自言自语着，但秦时茂的话他又不得不信。"就是掘地三尺也要查出来！"说着，一脚将客厅的花瓶蹬翻，响声惊动了外面巡院的柳智信，他快速地奔了进来，伸手就擒住秦时茂。岳海润说："做什么？没你的事，出去！"

柳智信将门关好后在外面走动着。屋内，岳海润和秦时茂在议论中毒之事。这时江环走了过来，柳智信说："总管好，大爷的心情不怎么好，正在和太医说话，告诉外人不得进入。"

江环说："嗯，在这里好好照看，有事到正院找我。"说完匆匆而去。

岳海润和秦时茂在探讨药物之事，并没有注意到危险已向他们走来。

书房外，一个蒙面人悄悄地走到了窗边，小心翼翼地用手指捅了个小口向里观看后，掏出两把飞镖，看准目标，便用力推开了窗门，同时嗖、嗖地甩出了两枚飞镖,这两枚飞镖快捷如风,随之屋里传来了两声悲惨的尖叫声。

在院中走动的柳智信听到屋里的异常,本能地奔了进去,窗门开着,但见岳海润和秦时茂二人双双倒在了血泊中。柳智信不敢怠慢,喊着:"抓刺客啊!抓刺客啊!"紧跟着就跃出窗门,但刺客已经消失得无影无踪。

柳智信跃出窗门追赶凶手,众人已陆续聚集到这里,江环到场后急忙吩咐下人传唤府上的太医。

飞镖正中秦时茂心脏,他已经没有了呼吸,岳海润的背后也中了一把飞镖,江环等人急忙扶起,岳海润痛苦地呻吟着。

不一会儿,府上的医生就赶了过来为岳海润包扎,柳智信也随之无功而回,江环恼怒地喊到:"给我把柳智信抓起来!"

柳智信被众护院拿了下来,柳智信喊道:"你们为什么抓我?为什么抓我?"

江环问:"出事后谁第一个在场?"

柳智信辩解说:"是我,可我出事后就沿着刺客逃出的方向追去了。"

江环问:"那刺客呢?"

柳智信说:"跑了。"

江环说:"跑了?我看这刺客就是你!先关起来,回头再审!"

柳智信还想辩解什么,江环一挥手,被众护卫押着走了出去,他喊道:"你们为什么抓我?这里有刺客啊!"

事情惊动了正院的老太爷和老夫人,贾淑兰听说儿子出事,心急如焚地在丫头和岳思敏的搀扶下来到了书房,此时岳凯旋身边就留下了灵儿一人照看着。

病入膏肓的岳凯旋似乎看到了前来索命的常明坤,看到了众多面孔狰狞的鬼魂,他的手紧紧地握着灵儿的手,哆嗦着喊:"鬼、鬼、鬼!"

灵儿安慰说:"老太爷您别怕,有灵儿在呢!"

岳凯旋哆嗦着说:"别……别让他们过……过来!"

岳凯旋似乎感觉到了末日的来临,两眼盯着灵儿,从怀里吃力地掏出了一串钥匙说:"百日之后,告诉大少爷,祠堂……一定……这是钥匙,给你……保密!"

灵儿点了点头说:"老爷放心,祠堂有秘密,我知道了,我会告诉大爷的,也会保密。"

岳凯旋又吃力地说:"……答应,除大少爷外,任何人……记着,给……给我放炮……"说着用手指了指柜子中的盒子,头一歪就闭上了双眼。

灵儿喊着:"老太爷!老太爷!"

第三章 教堂之劫

京城遭掳,逃入腹地的太后也变得喜怒无常,离开太原时她就对毓贤说:"国破山河在,大清国还是我们的天下,今山西无洋人,是你的功劳,但各国联军要求惩办你,所以我将你暂时革职,以掩人耳目。"

毓贤虽然心里极度不满,但为君为国,也只能说:"君恩我负,君忧谁解,为大清国,为老佛爷,臣愿斡旋补救,早慰太后心愿。"

慈禧笑着说:"没那么严重,你是大清国的重臣,我是不会看错人的。"

于是,毓贤以义和团事件祸首之罪被革去山西巡抚之职。太后起驾南下西走,然而她万万没有想到途中竟遭拳匪拦截。

京城洋人未安抚,路上蚕贼又造反。老佛爷龙颜大怒,在她看来,这蚕贼比洋人都可恶,该杀!太岁头上去动土,胆大!到达蒲州府,慈禧就数旨并发,先革去庄亲王载勋爵位,被囚禁于蒲州;另革去都察院左都御史英年、刑部尚书赵舒翘职位;郭敦源之事,养不教,父之过,灵石县的父母官自然难逃牵连,先被传旨革职,后被关押在牢。新来的县令温中原在蒲州领太后懿旨后,北上赶往太原府南的灵石县。走马上任的温中原到达灵石后满腹感慨,吟诗一首:"千山落叶岩岩瘦,百结柔肠寸寸愁。十年官场苦苦累,一度赴任路路慌。"

灵石县衙,温中原刚落脚就遇到了发生在德玉泉的凶杀案。德玉泉是三晋有名的商号,身为当地父母官的温中原自然不敢怠慢,江环差人将柳智信送到了衙门,温中原先将柳智信关押,然后便急匆匆地向岳府奔去。

第一丫鬟

秦时茂当场毙命。岳海润伤及后背,侥幸逃过了大劫,但仍昏迷。岳家老太爷这个时候又恰巧过世,老夫人贾淑兰将江环和王富壹传了过来,说:"岳府出了大事,但德玉泉的人不能倒下,老爷去了清静之地,该请戏班子就请戏班子,丧事一定要办得隆重,宾客来吊者,均以酒肉款待,办不好,我拿你俩说话!秦太医那边,不管怎么说,总是为咱而亡,一定要合理厚葬,协商多给人家一些银两。咳!这老太爷啊,走就走吧,干什么要捎着人家?"

江环说:"夫人啊,您要节哀,其他事有我们下人操心着呢!老太爷要带走秦太医自有老太爷的意思。"

贾淑兰说:"该你们办的事情,你们去办吧,这里没你们的事了。"

王富壹说:"夫人,我会尽心的。"

临近兴隆街,身着官服的温中原就下马徒步走到了岳府门前。门卫通报后江环走了出来,他看了看这位年轻后生,问道:"请问?"

"我是新来的县令。"

"哦,贵姓?"

"免贵姓温,名中原。"

"哦,原来是县令大人,里边请。"

温中原走进了岳家的会客厅,江环说:"我是岳家的管家,姓江,名环。老太爷刚走,府上的人都在忙乎着,咱们长话短说,不知县老爷来是为何事?"

"岳家出了这么大的事,作为父母官我怎能坐得住?我这一来是察看一下现场,二呢,拜见一下府上,请总管给予安排。"

"人犯已抓,察看也就没有必要了,老太爷刚过世,大爷也……你身着官服吊孝和拜见老夫人不太方便,等丧事过了以后一定到县衙登门拜访。"

"也是,我回头再到府上吊孝。"温中原告别了江环,从岳府出来后回到了县衙准备提审柳智信。

柳智信是凶手,岳府做事的人大多不相信这个事实。他们认为,大爷和秦太医之事不是普通谋杀,即使是柳智信所杀,身后一定也有指使者。

第一丫鬟

　　月亮躲在了厚厚的云层里，岳家大院显得寂静而深沉。

　　岳凯旋的丧事安排在他死后的第九天，农历十一月初六。初四过后，岳府便是人出人进一派忙碌。兴隆街上，停满了前来吊孝的商家票号和官府的车马。榆次的常家、聂家，太谷的曹家，祁县的乔家、渠家，平遥的李家，介休的侯家、冀家，还有本县的王家，均派重要人物前来吊孝，此时德玉泉东南西北各路分号掌柜也已陆续归来。岳海润虽已从昏迷中清醒，但还动弹不得，岳海明、岳海奎弟兄及岳思敏每日轮流在父亲的灵前守孝，回拜着前来吊孝的宾客。到初五下午，吊孝便开始进入了高峰阶段。太阳西沉，戏班子的戏子们在岳府的戏院房开始忙碌着准备出场。这一晚太谷坤梨园班主三盏灯亲自登台演出，《打金枝》全场过后，选了《乾坤带》《日月图》《黄河阵》《南阳关》《乌玉带》《朝金鼎》《铁冠图》的晋剧片段，这一唱直到四更过后、五更临近，丧礼才正式启动。岳氏宗亲从岳氏祠堂拜祭到祖坟扫墓归来，整整用了两个多时辰，接着开始上供祭奠亡灵，从停留灵柩的正房到大院内跪满了身着白色孝袍的岳氏子孙，祭奠的饭菜慢慢地从他们的手中传送到灵柩前的供桌上。

　　出殡这一天，说话最权威的就是丧事的"人主"岳凯旋的小舅子贾继英，他是贾淑兰的同父异母弟弟，在为岳凯旋盖棺前进行的"岳家子孙跪拜人主"时，他对岳家子媳嘱咐说："阎王叫人三更走，不得推迟到五更，你父亲给你们造下了这么大的家业，我希望你们能发扬光大，也让他在九泉安心。海润尽管受伤严重，但还是在今天起来了，这才是岳家的子孙。我对你们有两个要求，一是希望你们弟兄三个团结一心，二是孝敬好你母亲，否则我不会认你们几个外甥。特别是海润，你父亲走了，以后你的担子就重了，这德玉泉今后的成败兴衰全在你，希望你将岳家发扬光大；海明走的是仕途，你也算是官场中人了，以后的路怎么走，你自己把握，多结交上层人物，对你的仕途应该有益；海奎也不小了，以后要学会自立，你们两个哥哥要多敦促他。当然，你们做好我要求的两点，我也会尽力为你们铺平道路的。"

　　跪在"人主"面前的岳家弟兄都认真听着贾继英的嘱咐。其实对"人主"的话最关心的还是跪在三个儿子后面的三个儿媳妇，岳海润的媳妇刘玉菊、岳海明的媳妇唐舒怡和岳海奎的媳妇贾燕青，她们晓得这位有财力的舅舅今天的话对岳家是有一定分量的。

"还有你们三个儿媳，孝敬婆婆、相夫教子是你们的本分，各自的毛病都不少，大没有大样，小没有小样。今天就不多说你们了，以后各人好自为之。"

这"人主"是晋中一带对亡者之妻娘家吊孝之人的称谓。贾继英是祁县大德恒总号的大掌柜，慈禧太后和光绪皇帝一行经徐沟到祁县时，行宫曾经设在大德恒总号，期间受到贾继英的隆重接待。贾继英不仅沿路用红绸缎做地毯直铺到票号，而且还招待丰盛，博得慈禧赏黄马褂，亲书"大夫第"三字，更让山西商人们吃惊的是贾继英还借给朝廷白银三十万两作为西走费用，为此慈禧太后甚为满意。从此，贾继英和慈溪随驾大臣桂月亭、董福祥或面晤或书信往来，交往甚密。慈禧太后也报之以李，下令将沿路收得的银钱陆续存入大德恒票号，以致最后被慈禧召见，成为大清银行的行长。

"人主"客房自然安排在东南院岳海润住处的客厅里，贾继英嘱咐完跪拜着的岳家子孙，岳家宗亲返回正院，"人主"验棺后，主丧宣布出殡开始，先宰公鸡后棺木盖棺，灵柩在众人的抬动下起驾出屋。此时寂静一片，这也是出丧前的规矩，盖棺到起棺前是不能惊动亡魂的。

"起棺——"随着主丧一声喊，此时鞭炮阵阵，戏班子在列队前面边走边演戏，孝子队伍在后面号啕大哭，灵柩后，吹鼓手乐声阵阵，丧仗列街至数里之遥，远近观者熙熙攘攘。

三个儿媳妇手拄哭丧棍，一个比一个哭得艺术。

刘玉菊哭唱道："泪满腮，想亲人，我的爹爹呀，寻思起，肝肠痛，您怎么就留下我们走了呀……"

唐舒怡哭唱道："长吁短叹泪珠零，我的爹呀，儿媳妇我永远忘不了您的恩……"

贾燕青哭唱道："叫天天不应，喊地地不闻，我的亲爹爹呀，曲弯弯幽冥路，

第一丫鬟

您要谨慎行……"

三人似乎在比赛哭唱的水准,凄惨的声音让围观者听了也伤心欲绝。众丫头各自搀扶着自己的主人,灵儿长这么大还是第一次见这么大排场的丧事。

这些媳妇怎么都这样哭啊?灵儿想。她确实没有听过这种哭法,其实在这一带叫哭丧,据说谁哭得有水准,谁哭得卖力,以后的日子谁就最好过,三个儿媳妇是一个比一个相信,所以一个比一个卖力。

岳凯旋的灵柩在三十二杠抬动下走出了岳家大院,兴隆街起棺前,岳家孝子在鼓乐声中绕棺木左转三圈右转三圈,向观看的人群洒着碎银。这银子源源不断地从孝子们的手中抛出,足足有三千两。捡银子的人不停地低头弯腰,对这些穷人来说,有银子捡,主家让磕头那是不会在乎的。绕棺完毕,主丧喊道:"绕灵大起丧——"接着升棺起灵,出丧的队伍浩浩荡荡在灵石城环绕一周后,将棺木埋葬于岳家祖坟的那片开阔地上。

丧事仪式举行完毕,天已昏暗了下来,岳家大院里,从墓地返回的岳家宗亲在岳凯旋的遗像前排队跪拜,为送走的岳凯旋上了最后一天的供餐。

吵闹了多日的大院似乎宁静了许多,累了几日的岳家家眷们在丫头们的搀扶下,拖着疲倦的身体陆续回到了各自院落。

阴沉了几日的阴霾在西北风的吹拂下散去了,一望无际的天空看不见一丝云彩,干枯的树枝上早已光秃秃的不留一片黄叶,地上积存厚厚的落叶也被吼叫的西北风吹得不见踪影。三晋大地冬日以来最强的一股寒风算是过去了。

目望着青石满地、平坦整洁的兴隆街,回到灵石的常可祝心中有说不出的感慨,此处家已非家。这常可祝是曾经被清廷授予"花翎五品军功"的车二的关门弟子。说起车二,不得不提光绪十四年的旧事情。那一年日本武林高手板山太郎在天津设擂,板山十分嚣张,国人皆盼我武林中人教训此人一通。车二为了国家武林荣誉亲赴天津,以形意拳大败板山太郎,就此名声大振,清政府特授"花翎五品军功"以示嘉奖。后车二等五位师兄弟到太谷传授形意拳,民间有"五星聚太谷"之称。此五人武艺高强,太谷一时成为形意名流荟萃之地和名震江湖的形意拳发祥地,

第一丫鬟

故吸引了省内外许多人士赴太谷向车二学武。离太谷不远的灵石县人柳智信和常可祝便先后拜在车二的门下。柳智信练成后被推荐到了德玉泉担任护卫，常可祝则是柳智信出师后，车二接收的最后一批弟子。车二的诸多弟子均被聘为晋商大户人家护卫镖师，行走于大江南北，从此形意拳也渐渐名震江湖。

常可祝正是岳思敏心上人。他比岳思敏大两岁，身高五尺，眉清目秀，自幼天资聪明，虽然家道败落，但生性豪爽，颇为侠义。两年前，灵石县书生王义鸣因无银两参加会试，酒醉后露宿于灵石县街头。那时的王义鸣虽满腹经纶，但父母过世，家境贫寒，本靠着姐姐救济读书，却因秋试前半年姐姐无辜被杀，而中断了进取之来源。姐姐屈死，加之无钱赶考，王义鸣只有在无奈中度日。那一日，灵石众秀才聚会于悦来酒家，王义鸣被同窗学友叫到席间。酒走人不悦，多喝了几杯的王义鸣散席后摇晃在大街上，一个不慎，软瘫在地，念叨着："世人都说这……这功名好，义鸣苦……苦学却无钱考，经纶满腹我……我没处倒，美酒消愁咱乐……乐逍遥。"

"好！好！接着说。"王义鸣酒醉胡语，吸引了不少围观者，众人喝彩。

王义鸣号啕大哭了起来，正巧常可祝从太谷返回灵石，见众人围观热闹，他拨开人群，见地上坐着的王义鸣衣衫破旧，尘土斑斑，两腿乱踢，边唱边哭边擦泪，俨然一个三岁的幼童，更似一个精神失常的疯者。

"这不是王义鸣吗？"常可祝问身旁围观的一个女子："他怎啦？"

那女子道："不知道，我也是路过的，可能是喝醉酒了吧。"

常可祝走到王义鸣面前蹲了下来，拉了拉他的胳膊说："义鸣兄，你这是做什么？"

王义鸣擦了擦眼泪，痴呆地看着常可祝道："你……你是谁？"说着酒气也就喷了过来。

常可祝说："我？怎么连我都不认识了？"

王义鸣笑了："是……是你啊，可……可祝，不是听……听说你学武去……去了吗？怎么回来了？"

第一丫鬟

常可祝说:"起来,咱们到我家说话去。"说着双手拉着王义鸣的胳膊将他搀扶起来。

"我,我不……不去,没银子赶考,我不……不想活了。"王义鸣挣脱了常可祝的手,又开始哭了。

常可祝说:"好了,你别哭,咱们到我家,我想办法给你凑赶考的银子,不过,你得起来。"

听说给赶考的银子,王义鸣又止住了哭闹说:"你真的借……借我银子?"

常可祝说:"大丈夫一言既出,岂能儿戏?"

王义鸣这才在常可祝的搀扶下站立了起来。

常可祝背起王义鸣,脚步生风,噌噌噌,嗖嗖嗖,不一会儿就消失在了灵石的大街上。

自家的情况常可祝自然知晓,但因许诺,无奈中他找到了邻居柳智信,通过他向儿时在兴隆街的玩伴岳思敏借了十两银子。靠着这十两银子,王义鸣背起包袱,进了京城,不负所望,考取了功名,如今供职于刑部,并拜在了李鸿章门下。

这十两银子的缘由,岳思敏也是后来从柳智信那里知晓的。也就是从那时起,岳家小姐的心里忽然就多了一份情意。常家的家境她清楚,通过柳智信,她又偷偷地给了常可祝一些银子和自己的一个钗环,而且还写了一首诗让柳智信一并捎了过去。"十两银不多,能解人所愿。真诚为他人,思敏感心怀。童年与君伴,历历在心间。倚居闺房楼,心事谁许知。枫叶漫自开,恰似我之心。"

岳思敏在诗中委婉地表达了她对常可祝的爱慕之情。但鉴于自己的家境今非昔比,常可祝通过柳智信捎去了一条普通玉坠及他的回信:"太行依旧巍巍,可祝家非当年。相思人居天堂,沦落人却天涯。虽慕当年玩伴,然奈仙凡有别。"

岳思敏看了常可祝捎来的信,寻思道:"怎么这么死心眼儿呢?你知道我看中你的是什么吗?"

岳思敏喜欢上了常可祝,她以前的丫鬟许拉娣一天无意中就将这事透露给了路凤妮。

第一丫鬟

"知道吗？小姐思春了。"

看着许拉娣神秘的样子，路凤妮说："别卖乖了，说来听听，小姐看中哪家少爷了？"

翠娥说："哪个女子不怀春？这也神秘？何况小姐也不小了。"

路凤妮瞥了翠娥一眼说："你不听就算了，真是的，我还想知道呢。"

许拉娣说："不和你们说了，扫兴。"

路凤妮说："说说嘛，咱俩关系好，你别听翠娥的。"

翠娥也说道："和你开个玩笑嘛，何必认真？咱们俩关系也不错，说说，小姐看上谁了呢？"

许拉娣说："你不是不想听吗？"

翠娥说："不说就算了，以后你也别想知道我们主子的事情，你说呢，凤妮？"

翠娥这么一将，路凤妮也附和着说："就是，你不说，以后东南院里的事情你也别想知道。"

许拉娣说："小姐看中的是常家的常可祝。"

路凤妮一听笑着说："不可能吧。"

翠娥说："就是的，不会吧，她怎么能看上他呢？"

许拉娣说："这可是真的，我就是偷偷地看了小姐的信才知道的。你们知道吗，小时候他俩的关系就不错。"

丫头们议论的事情还是传到了各自主子的耳朵里，刘玉菊听后自然告诉了老夫人贾淑兰。她说："娘，这俗话说得好，女大有心事，咱们思敏也不小了，是不是该给她订一门亲事了？"

贾淑兰说："嗯，难得你这当嫂子的操心，是该给她订一门亲事了。"

"娘，我听说咱们思敏对常家的那个穷小子有心，他是什么人家？过去的光景他才算个爷，现在常家连饭都吃不饱，这癞蛤蟆倒想起和天鹅为伴了，所以我才着了急！思敏刚涉做人，我这当嫂子的也不便说，所以不得不禀告您，也不知道我该不该多这嘴。"

"你说的没有不对的地方,将来这院里的一切都是你们的,因此家里的事情,你也要多操点儿心。"

后来贾淑兰将岳思敏的事情告诉了岳凯旋,岳凯旋听后恼火地说:"常家?打起我女儿的主意了?我看不把常家整死,这冤孽是罢不了休。"

这一段情引来了常家的杀身之祸。得知常家全家去了教堂,老太爷向官府传去了话,说有教民聚会准备闹事。官府听后下达了围剿的命令,岳凯旋还秘密让郭敦源率部支援,前来的兵丁们把灵石的教堂围了个水泄不通。

教民和前来的兵丁发生了冲突,年轻的教民和兵丁争斗,年老的被围堵在教堂之中,教堂外厮杀打闹,教堂内哭声阵阵。不多时,这些手无寸铁的年轻教民就惨死在手执大刀长枪的兵丁之手。

死者的鲜血在地上流淌,伤者也被兵丁砍杀。堵了教堂出口大门,兵丁又搬来了柴火,郭敦源一声令下,义和团点燃了大火。

火苗越来越大,越来越猛,燃到门窗,蹿到木质的房顶,霎时教堂外浓烟滚滚,一片火海,"噼里啪啦"的燃烧声中是绝望的凄凉哀叫声。

不到半日,百十条无辜性命就丧生火海。后来有传这次灾难常家六口全死于火海,岳思敏便以为常可祝也走入了冥界。事实上,常可祝在送达父母兄嫂后去了兰州,躲过了一劫。

第四章 大院女人

尽管德玉泉生意兴隆，但开设票号几十年了，依然不能和其他大的票号同处一堂，这也是老东家在世时一直困扰的事情。

平遥蔚长厚号范世玉为福州都司姜恩寿垫支白银受到处罚，不久，姜恩寿升任汉口将军。而范世玉对平遥总号的处罚一直不悦，因此无心再为蔚长厚做事，不久就提出了辞职，准备返乡。德玉泉东家岳海润得到消息一阵惊喜。他认为范世玉善于结交官府，又是个经营人才，于是决定专程南下，途中截迎，准备礼聘范世玉。

当时岳凯旋丧事刚过三七，岳海润身体还没有完全康复。为父亲办完三七祭日，岳海润就吩咐王富壹一同出发。王富壹说："您身体还没有康复，这点小事就不必您亲自劳神了，还是我去吧。"

"得天下者先得人，刘备三请诸葛亮才换来了蜀国的天下，能请到范世玉是德玉泉的幸事，怎能说是小事呢？别说去一趟，就是三趟能请他来我也甘心！"

"要不我代您去，您看如何？"

"别说什么了，我不去，别的人是请不来他的，替我安排一下，明天就动身！"

王富壹没再说什么，便安排南下之事。

老太爷走了，贾淑兰显得衰老了许多，整日卧病在床。岳海润休养之时又忙起商号里的事情，岳海明为老太爷过了伏三祭奠后回到了京城，岳海奎则成了没有人管的主儿，倒是岳思敏每日在贾淑兰身边照顾着。

第一丫鬟

老东家一死，岳家大院里的女主子们各怀心事：走就走呗，临走前也不把这家产划分清楚，这不成了一锅粥吗？这三奶奶贾燕青就这么认为。她每日无事便到西南院找二奶奶唐舒怡聊天。

"嫂子啊，老太爷走了，仔细想想其实苦了我们两家，婆婆会向着咱们吗？我看不会，虽说她是我的姑姑，但她偏向的是她的儿子，这人越走越远，老大掌管了这岳家，他是不会顾着他的两个弟弟的。咱们同出一母，一家人不说两家话，该说的咱们必须说，该争的咱们也要争。"

"你说的不是没有道理，但你哥从来都不管这家务事，不是老爷去世，他能想到回家？我一个女人家怎么和他们争？"

"哥哥有官做，可他也得顾嫂子和孩子啊，还有他的亲弟弟，他该管也得管管。咳，嫂子不是不知，海奎要有他哥那样出息，我也就心安了。想想将来，我真不敢多想。"

新院和西南院的两位女主人在一起聊事，门外，新换的两个丫鬟来荣和英芝在院内和岳海明的姑娘岳春卉在玩踢毽子。三人嬉闹着，这时她俩才注意到江环在一旁站着，其实江环已经来一会儿了，他是来送日用品的，见贾燕青的丫鬟在西南院，便知主人也在，从门外依稀听到了妯娌两个的对话，便没有着急进去。

"见过总管。"丫头来荣和英芝向江环行过礼。江环说："天冷了，注意小姐别着凉，照顾不好，我拧了你们的头。"岳春卉说："你那么凶干吗，你再凶我也拧了你的头。"江环笑着说："小姐真乖，看我这不是给你送新毽子来了吗？"岳春卉说："这还差不多。"

"来荣啊，你们做什么呢？"唐舒怡在屋里喊道。来荣答应说："哎！没做什么。"江环说："是我，江环。给小姐送东西，我和小姐在说话呢。"他说完将日用品交给了来荣返了回去。

自从柳智信被抓送到官府，灵儿就多了一份牵挂。不管怎么说，柳智信是她到灵石遇到的第一人，而且对自己有恩。老太爷临终前无意间告诉她的秘密，她还没有来得及告诉岳海润。一来岳海润当时出了意外，之后岳府又忙于筹办老太爷的丧事；二来她刚来灵石的那一天，曾经向柳智信问起姥爷家人，当时柳智信就留住了话，自己的姥爷以前确实住在兴隆街，为什么就有了变故呢？姥爷家遭灭门是否和岳家有关？灵儿有了寻找机会揭开这祠堂里的秘密之意。她想，如果秘密和外公家无关，再告诉岳海润不迟。

岳府出了大事，柳智信是元凶。当日消息便传遍了灵石城，人们在大街小巷里窃窃私语。

"真是吃谁害谁蛇蟹心！人啊，看不透。"

"就是，人不能看外表。"

"昧了良心，不得好死。"

"不为自己想想，也该为自己娘想想。不过这种人既然能对主子下得了手，心里哪还有亲人！咳，只是可怜了他的娘了。"

也有人不相信柳智信会丧尽天良，做出这有辱祖宗的事。柳智信被送往官府的路上，围观者甚多，有的人在唾骂，还有人不停地向柳智信扔石块。

"我是冤枉的！请相信我！"柳智信沿路嘶喊着，但这凄凉的声音早已被人们的唾骂声所淹没。

天空灰沉沉的，十分阴冷，街头上的事传到了柳氏的耳朵里。"杀了太医还伤了主子，咱智信闯下大祸了。"邻居邱氏来到了柳氏家，哆嗦地接着说："我也不相信咱智信会走这一条路，但人已经被五花大绑到官府了，这可怎么办啊？柳嫂，你可要挺住。"柳氏听后仿佛遭遇当头一棒，痴呆地软瘫在地上，半天说不出一句话来。"柳嫂，柳嫂……"邱氏用指甲用力地掐住了柳氏的人中喊叫着，好一会儿柳氏才慢慢地清醒了过来。"天啊，怎会这样？"柳氏悲伤地说。

邱氏将软做一团的柳氏搀扶到炕上说："柳嫂，你要挺得住，也许不是咱孩子，也许是我看花眼了，孩他叔已经打听去了。"

柳氏点了点头大哭了起来："哎呀，我的孩呀，你不会啊……"

"柳嫂，柳嫂，你别哭了，我也……"邱氏劝说着伤心的柳氏，自己的眼泪也就控制不住了，二人抱在一起哭了起来。

门开了，邱贵棠风风火火地走了进来。柳氏哭着问："孩他叔，咱智信现在怎么了？他究竟为什么要做那缺德的事啊？"邱贵棠叹了一声蹲在了地下。

邱氏说："你说话呀，真让人急死了。"邱贵棠叹了一口气说："咳！智信做这事是跟上什么野鬼了？"邱氏说："怎么，真是他做的事？"邱贵棠说："把秦太医和岳家大少爷拿刀子捅了，是岳家的人亲自抓住的，咳！怕是神仙也救不了他了！"

柳氏痛哭着说："杀人偿命，我这是前辈子造了什么孽啊，年轻的时候，他爹丢下我们娘儿俩，做生意去了内蒙，谁知这一走就是二十多年不归，我好不容易将他拉扯成人，也没有让他早些成个家，我落了个什么？我这活着还不如死了好。"

邱氏说："嫂子不要想不开，说不定咱智信是冤枉的。"

邱贵棠也劝说道："我看咱智信也不是没有人性的孩子，我看着他长大，他的秉性我清楚，嫂子你要想开些，咱们看看情况再说，说不定真不是咱智信做的事情。"

安慰过柳氏，邱贵棠和邱氏二人结伴回到了自己的家中。邱氏说："柳嫂也确实可怜，那智信他爹走了二十多年就没有回来过？"

邱贵棠说："是啊，他走那一年智信才三岁，和他同走的还有邻县的几个人。听说和他同去的乐平人李安也是二十多年没有回家，前些年他的大儿子便去内蒙寻找他，这一去一年也没有音讯；后来他的小儿子带着盘缠再去寻找父亲和哥哥，找了一年后自己却成了乞丐，在行乞时遇见了腿已瘸的哥哥，哥哥告诉他，父亲早已在五年前冻死在了包头。人人羡慕富有，可这走西口、闯全国，路上不平啊。"

邱氏说："是啊，这做人就累，为期望后人过上舒服的日子，他们都狠狠心，踏出了家门，而他们的家人哭是哭了，唱是唱了，走还是走了。"

丈夫走了几十年无音讯，含辛茹苦养大的儿子却又犯了杀人罪，邱贵棠夫妇走后柳氏无奈地痛哭着，她骂着丈夫，哭着儿子，自责自己生下了这么一个不孝子。

柳氏绝望了，她感觉自己无颜在这个世界上苟活，怨天哭地，更怨自己的命苦。她的精神彻底地崩溃了，她想以死来解脱痛苦。

柳氏停止了痛哭，梳理了自己的头发，换上了整洁的衣服，从墙角边拿起一

第一丫鬟

条麻绳慢慢地跪在炕边的窗台上绾起了结。

手绾绳索之时灵儿忽然出现在她的面前。"大娘，您这是干吗？"灵儿吃惊地说着，急忙去解柳氏绾好的绳索。

柳氏哭闹着说："孩儿啊，你就让我走吧，这走了我就什么也不想了。"

灵儿安慰说："大娘啊，您可千万不要想不开，我也相信大哥是不会做那样的事情的，事情还没有查清楚，您千万不要走这条路啊！"

柳氏痛哭着说："孩子啊，有办法大娘何尝想走这条路？可我一个孤寡穷人又有什么办法去解救智信我的儿呢！"

灵儿费了很大的力才将柳氏从窗台上劝说了下来，她告诉柳氏，她保证想办法救出柳智信，但柳氏必须答应她活下来。

柳氏欣喜地问："你真的能救智信？"灵儿点了点头。

岳思敏自打父亲去世后就搬到正院陪伴贾淑兰，灵儿自然也随从在这里伺候着。能得太后欢心的人自然不是一般丫头。灵儿暗自想，取悦好老夫人，自己将来才能有出头之日。

人的性格不同，自然会有不同喜好。跟随小姐来正院的第一天，灵儿就开始观察着老夫人的脸色，揣摸她的心思了。

贾淑兰比岳凯旋小十岁，是岳凯旋的续弦妻子。他的原配妻子本是王玉莲。咸丰八年，岳凯旋外出半年，待他回来后王玉莲和常明坤已经勾搭在了一起。常明坤图了一时之快，自然付出了不小的代价。念几辈交情，岳凯旋没有声张，赔付之事自然少不了。为此常明坤不仅付了岳凯旋白银二十万两，而且交出了和常岳合共同拥有的祖传的那一份财产，并修书立据，以后决不再与王玉莲有染。而这二十万两白银，对正走下坡路的馨宜泉来说简直是釜底抽薪。也就是从那时起，王玉莲无故失踪，德玉泉开始逐渐蚕食馨宜泉，直到光绪十二年常明坤彻底搬出了兴隆街。

贾淑兰是在咸丰九年王玉莲失踪后走进岳家大院的，那时贾淑兰才十六岁。和王玉莲相比，这贾淑兰生得娇若春花、媚如秋月，不仅爱书画，而且精女工，

第一丫鬟

次年就为岳家生下了一个大胖小子。生产过后贾淑兰害了一场重病，调理好后忽然绝经，以后未曾开怀。后岳凯旋又纳了梁佩兰，梁佩兰又为岳家添了二男一女。梁佩兰死后，岳凯旋一直再未纳妾。几十年来，贾淑兰在岳府不失妩媚。

贾淑兰素喜谈论，爱听中路梆子，而且还是当地"富乐班"的组织者。这"富乐班"就是富豪人家利用歇班机会，将名艺人及文化名人请到家中，在岳府的戏院房内一边演唱、娱乐，一边研讨修改剧本、曲调，或改进表演招式等，待成熟之后，演员再上台正式演出。从"走暗场"到"走明场"，戏曲不仅旋律婉转、流畅，曲调优美、圆润、亲切，道白清晰，而且具有浓郁的乡土气息和自己的独特风格。

贾淑兰相伴岳凯旋几十年，二人还算恩爱。岳凯旋突然一走，儿子又遭人暗算，对贾淑兰来说是一个不小的打击，在为岳凯旋办过三七祭日后，岳海润的身体也有所恢复，他南下的这一天，贾淑兰才从炕上爬了起来。

灵儿看着老夫人有起来的意思，便说："老夫人，人活一口气，精神不能倒，您就是该舒展舒展身子骨了，岳家的人都期盼着您打起精神呢！"

"是吗？"

"那是，我们整日里就祈祷着您尽快爬起来，您先不着急起，让我先为您舒展一下身子骨。"灵儿说着，一双灵巧的手就开始在贾淑兰的身上按摩了起来。

灵儿顺着贾淑兰的头部轻轻地揉按着，从眼眶到鬓角，再到两臂双腿，然后慢慢地扶着老夫人坐了起来，按摩过颈部脊椎后，又开始为她梳洗头发、洗脚穿衣。为贾淑兰洗脚裹脚可不同于太后，太后的脚是大脚，而这贾淑兰的脚是标准的三寸金莲。且不说长期包裹发出阵阵怪味，那洗脚、裹脚、缠脚也道道马虎不得。水太凉，洗浴不舒服；水太热，脚又承受不得。裹脚也是一门技术，紧不得，松不行；用小带绑脚更是重中之重。灵儿是大脚，自然没有亲身体会，好在仔细观看过岳思敏的洗脚缠脚，为贾淑兰洗脚时，解绑前灵儿就多了个心眼儿，端上铜盆，试过水温，谨慎地拆开贾淑兰那一圈一圈缠绕着的裹脚布，随后将她那脚掌曲折、脚背隆起、像一座弓状桥的小脚慢慢地扶放到了盆子里。

灵儿轻巧地为老夫人洗着。贾淑兰思寻着眼前这个灵巧的丫头：这么乖巧的丫头倒是让人喜欢，于是问道："灵儿啊，你是什么时候进府的？"

灵儿说："奴婢新来不久，就伺候小姐了。"

贾淑兰说："嗯，听你口音好像是京城一带的？"

灵儿心里咯噔了一下，马上镇定地说："回老夫人，其实我是太原人，家住柳巷街，六岁随父母去京城，后父母双亡，京城里奴婢没有亲眷，也就返回老家了。"

贾淑兰说："哦，是这样。那太原还有什么亲人吗？"

灵儿摇着头低吟着说："没有。"

贾淑兰说："嗯，柳巷街，咱们德玉泉在那里也有店铺，你知道那条街为何叫柳巷街吗？"

灵儿说："好像是为了纪念一个柳氏的老人。"

贾淑兰说："嗯，是这样的。看来你确实是老柳巷人。"于是便讲起了关于"柳巷"名称出处的典故。

灵儿听着贾淑兰的讲述，为老夫人洗过脚，又小心翼翼地缠裹好老夫人那双罗袜一弯、金莲三寸脚。以后的日子中，灵儿渐渐走近了老夫人，但也遭到了众丫头们的妒忌。刘玉菊的丫头路凤妮就放出狠话："这个妖精说不定还想着有一天当我们主子的妹妹呢，但可能吗？"

第五章 后院起火

当家的南下了。刘玉菊倒是喜欢自己的男人出去多走些时日,也让她憋了许久的心情放松放松。每日一大早到正院为老夫人请安,这是必不可少的功课,每当这时,刘玉菊自然表现得很是孝敬。

岳思敏在一旁看书,灵儿伺候完老夫人梳妆,只听门外喊:"银捧啊,银捧。"话音刚落,刘玉菊就迈进一条腿来,她说:"娘,儿媳给您老请安了。"说着后腿也就跟了进来。

灵儿见是大少奶奶,便说:"大奶奶好,银捧给老夫人端八宝粥去了。"

刘玉菊"嗯"了一声,坐到了贾淑兰的身旁说:"娘,您起来了我们就高兴,看您今天的面色就滋润了许多,我现在呀,没什么期盼,只要您的身体调养好就是我们的福气。"

贾淑兰笑着说:"我这把骨头还不到阎王收的时候呢!"

刘玉菊说:"娘,您看您,说些什么?倒让我们做儿女的听了伤心。"

贾淑兰说:"好好好,那以后就不说了。"

刘玉菊说:"小妹这段时日一直陪你,今晚我换小妹陪您吧。"

贾淑兰说:"不用了,今晚你们都回去吧。"

银捧端着八宝粥走了进来,灵儿也伺候完了老夫人梳妆。刘玉菊接过银捧端着的碗筷,双手递到了贾淑兰面前,看着老夫人吃八宝粥。贾淑兰多日心情不悦,没有舒心吃过一顿早餐了,因此也就吃得快了些。

第一丫鬟

刘玉菊说:"娘,您慢慢吃。"

贾淑兰说:"去吧,别惦记我这里了。"

银捧说:"我们做奴婢的也惦记呢,您吃不好,我们就心不安,就算是为了自己,能不惦记吗?"

银捧这么一说,众人都开心笑了起来。老夫人这一笑,嘴里正喝着的八宝粥就喷了银捧一身,贾淑兰更是乐了,灵儿急忙接过老夫人的碗筷,看着满身八宝粥的银捧也在一旁抿着嘴乐,路凤妮笑得直不起腰,刘玉菊也顾不得去想这老夫人的丫头银捧怎么接上她的话去了,"哈哈哈"地笑了起来,岳思敏笑得把书掉在了地上,直说"哎哟"。银捧见大家都在笑,看看自己的狼狈相,也就傻笑了起来。

众人笑着,灵儿取了手帕给贾淑兰递了过去,贾淑兰擦过后说:"嗯,好久没这么开心过了,难得你们这么有孝心,老太爷虽然走了,但以后咱们该说笑也得说笑,我这一高兴啊,心情也就好了许多。"

刘玉菊说:"我们下一辈期盼的就是这,我说银捧丫头啊,在这里伺候必须要专心致志,不尽心的话,我不会像以前那样去担待你。"

银捧说:"是。"

贾淑兰说:"虽说这丫头没有思敏的丫头有眼色,倒是一个开心果。好了,你们忙去吧,对了,玉菊啊,最近家里没甚事,亲家母那里你也抽空去看看,见他们替我问候一下。"

刘玉菊说:"其实我娘自打我爹走后,心情也一直不好,不过身体还好,我就是走一天,也放心不下您啊。"

贾淑兰说:"难得你这么孝顺,咳!这亲可就是亲。"贾淑兰瞄了一眼岳思敏说:"看我们思敏,整日都在为我操心。"

刘玉菊笑着说:"看您整天'思敏'不离口,都让我们做儿女的妒忌呢。"

岳思敏回应说:"哎哟,嫂子,你快别那么说了,咱娘每日少不了夸奖你一番呢,都说我什么时候能及嫂子一半会俏,也让她省心了,是不?娘。"

贾淑兰说:"那是的,你也别整日翻那些书,书能翻出甚名堂,抽空也学一点针线绣花的活儿，要不将来人家说起岳家的姑娘甚都不会，到那时可就晚了。"

岳思敏撒娇说："我可不嫁，我想永远待在咱们岳家。"

刘玉菊笑着说："我说妹妹啊，将来不嫁人才羞死人呢。"

她们几个聊着，屏风后的灵儿将小姐看的书收拾起来，此时银捧也收拾完毕，并换上了衣服。她走到灵儿的面前说："灵儿，你讲的那些故事是从哪来的？"

灵儿说："书上来的。"

路凤妮听了后说："你也识字？我看也就是拿小姐的书装装样罢了。"

银捧瞥了路凤妮一眼说："狗嘴就吐不出个象牙来。"

路凤妮听后心里不悦，换作别的丫头她可不是饶人的主，但银捧先是伺候自己主子，后被刘玉菊安排到正房伺候老太太。路凤妮虽然受了委屈，但也不敢多言，正想着自己如何下这个台阶，这时灵儿笑着说："银捧姐姐是开心果，凤妮姐姐这话幽默，难得老夫人和大少奶奶都欢心夸悦，和你们在一起啊，我就是见识少得多，小姐常说我应该多向你们学学，以后一定要多教教小妹幽默开心啊。"路凤妮听灵儿这么一说，也就不再尴尬了。

"你们几个做什么呢？"刘玉菊喊道："凤妮啊。"

屏风后的三个丫头走了出来。

刘玉菊板着脸对银捧和灵儿说："你们要记得各自在这里是做什么的，不是来这里说笑的！"

贾淑兰说："没事，没事。你这人就是这样，丫头们开心一点我也舒服，你让他们绷着个脸，不是扫我兴吗？"

刘玉菊嘴一笑说："你看看我，怕丫头们忘了照顾您就不由嘴碎了，不过丫头们理解我。"

银捧说："那是的，知道。不过，照顾不好老夫人我们也怕您扣工钱呢！"屋子里的人都笑了。

贾淑兰对刘玉菊说："你忙去吧。"

刘玉菊辞别老夫人，从正房扭动着走了出去。

第一丫鬟

刘玉菊前脚刚走，唐舒怡和贾燕青才先后在丫头的陪伴下去正房请安。贾淑兰和她俩话少了些，但早起后心情一直不错。关于这三个儿媳妇，其实她各有钟情，她喜欢刘玉菊的俏皮、唐舒怡的诚实，贾燕青是自家远方的堂侄女，虽不及两位，自然也不会偏心。

再说老夫人贾淑兰，唐舒怡和贾燕青给她请安走后，忽然想起了吃栲栳栳。栲栳栳也叫莜面推窝子，晋中一带的人都爱吃，它是将莜麦面掺热水和好的面团放于手背上，夹于中指食指中间，放置光洁石板一块，随手一拐、手托一推、食指一挑一卷，筋薄透亮的一个个栲栳栳，便整整齐齐地码放在笼中，用急火蒸，水开后出锅，再浇上羊肉蘑菇臊子或葱油盐醋，吃起来软筋适口。

灵儿领了老夫人的意思后向厨房院走去，进了院门就听到秋洁和江环在嘀咕："我感觉老夫人最近变化了许多。"

"怎变了？"

"人好像温和了许多，你感觉出没有？"

太阳西下，黄昏降临，刮了一天的风也慢慢地停住了。弯弯的月亮挂在了岳家大院的上空，依稀可见的星星泛着微弱的光，似乎在努力地俯瞰着岳家大院这座宏伟壮观的建筑群，探视着深宅大院里居住着的几十口岳家家眷的秘密，同时也监视着这里性格迥异的数百人的动向。

正门，几十个大红灯笼装点着高大的拱式大门洞上玲珑精致的眺阁，二十多个小院里和院间隔有的牌楼、过厅、明楼、统楼也灯火通明，三丈多高的院墙上几十个护院挑着灯笼谨慎地来回走动。

老夫人好了许多，老太爷的侄女岳可心住在正房陪她说话，岳思敏回到了绣楼，灵儿自然也跟随着。换过了几个丫头，岳思敏渐渐地喜欢起了新来不久的灵儿，两人的话也就多了些。似乎灵儿知道得很多，她喜欢懂事的灵儿，更喜欢听灵儿讲故事。父亲刚过世不久，岳思敏暂时不再弹琴，最近学起了绣花。

岳思敏不是那么喜欢女工活，因此做起也就笨了些。开始绣花都几天了，也就开了个头就放在那里。回屋不久后，岳思敏又拿起竹圈夹着的起了头的绣花布，

第一丫鬟

坐在炕边上，穿针引线勾起花儿来。

她对灵儿说："其实我一点都不喜欢这缝衣绣花的活儿。"

灵儿说："小姐呀，不喜欢也得学学。其实我也是，对这些活儿一点儿都不会。"

岳思敏说："所以呀，咱们俩能说到一块儿。"

灵儿笑了，岳思敏也笑了，却不小心把钩针弄坏了。她放下了手中的针线活，笑着说："我真笨，看来你还得替我跑一趟。"

再说刘玉菊，她吃过晚饭就差丫鬟路凤妮说："凤妮啊，今晚你替我去看着点儿小姐读书，晚上就别过来了。"

路凤妮听后说："好的，我把炉子给您看好就走。"路凤妮自然知道主人的心思，将火炉烧了个通红后，朝岳海润的女儿岳致屏的房间走去。

刚支走丫鬟，刘玉菊就迫不及待地洗浴化妆。擦了胭脂，抹过口红，铜镜下的刘玉菊春心萌动着。

今日，家住太原的堂小叔子岳可玉和妹妹岳可心受父母之命远道来府上看望老太太，岳可玉住在和东南院相隔的客房里。岳可玉的父亲岳凯元是岳凯旋的亲弟弟，光绪十五年任太原知府时，便举家从灵石迁移到了那里，并在晋祠附近修盖了一座豪华的庄园。岳可玉身材魁梧，不仅英俊洒脱，而且完全继承了岳凯元的深沉圆滑，现供职于山西巡抚衙门。路凤妮走了一会儿，岳可玉就悄悄地从客房院里溜了出来，甬道上他看四周无人，便迅速地迈进了东南院，来到了刘玉菊居住的屋门外。

屋里屏风相隔，屏外左边是红彤彤的火炉，屏里是刘玉菊卧室。南头是炕，炕头上，银钩悬挂着翠绿色的软帘，软帘后是长叠靠着壁的金心绿闪缎子被，前放绣花鸭绒枕，炕头下是干净发亮的铜痰盂。

灯光下，刘玉菊端端正正地坐在炕边的檀木梳妆台前，清晰的铜镜旁她那玲珑小手正仔细描画着口红线。只见她面色粉中透白，口唇淡红自然，白润项脖迷人，身着紧身得体的米黄丝缎袄，刚过三十的刘玉菊，妖娆而不失妩媚。性情中的岳

第一丫鬟

可玉轻轻地进来关上了门，就迫不及待地走到了梳妆台前，将刚刚站立起的刘玉菊揽在了怀里。

刘玉菊说："你这死鬼，我还说你不过来了呢！"岳可玉顾不得和渴望已久的心上人说话，就贪婪地亲吻起这香气宜人的灯下美人来。

心头灼热的刘玉菊将他推了开来说："刚跳进门就这样，也不和我说一会儿话。"

岳可玉这才松开刘玉菊那丰润的手，退步坐到了旁边的椅子上，和刘玉菊缠绵细语起来。

门外，悄悄跟随岳可玉而来的灵儿轻轻地退了出来。本来她是奉小姐之命来东南院取绣花钩针的，刚入甬道，就看到走在前面的一个影子探头探脑地拐进了东南院。不是下人，更非丫头，难道是坏人钻了进来？莫非……灵儿想到这里，就急走几步跟着影子来到了刘玉菊的大门前，透过门缝，看到了里边拥抱着的一对痴情人。

灵儿急忙返出东南院走到了西南院，在唐舒怡那里取了钩针后回到了闺房。

岳思敏问："钩针呢，取来了吗？我那大嫂在做什么？"

灵儿自然不敢将东南院的实情禀告，应变着说："我没去大奶奶那里，前两天在二奶奶处看到二爷带回了一本纪昀写的《阅微草堂笔记》，这本书很好看，因此我就去了一趟西南院，看看二爷是否带走，还好，他留在了书房里，借过钩针，顺便我把书借了过来让你看。"

岳思敏说："灵儿啊，我一直在想，你好像知道很多东西，倒不像一个伺候人的丫头。"

灵儿笑着说："其实我就是个丫头片子。"

灵儿将钩针放到了一边，将书递给岳思敏说："嗯，就是这本书。"

岳思敏说："好看吗？"

灵儿说："我给你念一念其中的一段。"说着就念了起来。

晋籍李甲，婚后外出经商，又转徙为乡人靳乙养子，因冒其姓。家中不得李

第一丫鬟

甲踪迹,遂传为死。后李甲父母病逝,李甲妻无所依,寄食于母族舅家。其舅又携家外出经商,商舶南北,岁无定居,李甲久不得家书,亦以为妻死。靳乙谋为甲娶妇。会妇舅流寓于天津,念妇少寡,非长计,亦谋嫁于山西人,以后尚可归里。惧人嫌其无母家,因诡称己女。众为媒合,遂成其事。结婚之夕,以别已八年,两怀疑而不敢问。宵分私语,乃始了然。甲怒其未得实据而遽嫁,具诟且殴。合家惊起,靳乙隔窗呼之曰:"汝之再娶,妇亡之实据乎?且流离播迁,待汝八年而后嫁,亦可谅其非得已矣。"甲无以应,遂为夫妇如初,破镜重合。

灵儿念到这里,岳思敏把书接了过来说:"还真有听头呢,哎,对了,你是个丫头,怎么就识字懂文呢?"

灵儿说:"小时候父亲教我的。"

岳思敏说:"那你爹一定很有学问了。"

灵儿说:"不过,我爹和我娘都已经去世了。"

岳思敏和灵儿聊起了天,说着《阅微草堂笔记》里的故事,又聊起了发生在晋南永济县里的故事《西厢记》。直到夜半,主仆二人才睡下。躺在炕头上的岳思敏毫无睡意,忽然又想起了她思念的心上之人常可祝。

灵儿躺在炕上后不由得寻思起晚上看到的一对偷情人。她想:真是想不到,这岳家的大奶奶还偷汉子,而且是当家的小叔子,这岳可玉名义上是看望老夫人,不会是为偷情来的吧?想着想着,渐渐地被周公约进了梦乡。

岳可玉名义上是来探亲,实际上就是为了幽会刘玉菊。确实让灵儿猜了个准,岳海润外出的次日,刘玉菊就写书信给岳可玉,也就在同时,灵儿也修书一封偷偷地送到了县衙。

灵石县衙,温中原得到了奏请李鸿章的密函自然不敢怠慢,立即差人快马送达京城,李鸿章打开密函后,看到了信的内容:

中堂大人座下:

今有山西灵石县岳家一案祸起义和拳匪之人,而灵石县令枉断岳家下人柳智信,这冤枉之人正是奴家远方表哥,故不得而为之,叩请中堂大人予以澄清。关于灵儿，万万不可去提。

灵儿叩拜。

光绪二十六年十一月二十一日

灵儿的来信，李鸿章自然不会含糊，宰相家人官七品，何况是太后的贴身丫头。阅罢信，李鸿章将新拜学生王义鸣叫了过来，并修书于刑部，派王义鸣赴山西过问灵石岳家一案，并再三叮嘱王义鸣不论元凶是否真凶，都要尽力开脱。王义鸣很是领会。

王义鸣到达太原府后，首先将灵石岳家一案的卷宗调了上来，此时柳智信也抵达太原府牢，王义鸣先入牢中问讯人犯，柳智信将实际情况再次叙述了一遍。

王义鸣说："你我是同乡，不必隐瞒，我既然来这里就是为你开脱，把实情告诉我便于周旋安排就是。"

"我确实是冤枉的。"

"那你看清真凶了吗？"

"没有，我只看到他的背影。"

"那他留下什么证据没有？"

"没有。哦，不过留有飞镖。"

"那飞镖呢？"

"这我就不清楚了，等我追赶真凶回来，我就被他们绑了起来。"

"是谁下的命令？"

"是岳家总管江环。"

"那么说真的不是你所为？"

"回大人，我真的是冤枉的。"

"那就好说了。其实你没有明白我的意思。算你有命，这次我来就是为你保命而来。"

"多谢青天大老爷。"

"不必，我就公断了。"

第一丫鬟

问过柳智信，翻阅了灵石县公断卷宗，王义鸣确定灵石县衙在草断公案，心想：一个穷小子怎么就惊动了中堂？而且中堂再三要求想法开脱，这人实在看不出来啊。好在问过元凶，这次来倒不需要费什么周折，次日他带着人犯赶往灵石县进行了审理。

王义鸣审理前问过温中原审理情况。温中原说："这是岳家亲自抓住送来的人犯，这岳家是灵石的富家，所以就按他们的意思去办了，为一个穷小子不必去得罪一方财神。这也是几任县令的为官之道。"

王义鸣问："那你仔细审问过元凶吗？"

温中原说："哪个犯人不动重刑又肯画押呢？"

问及凶手使用飞镖落在何处，温中原却说不出话来。

待岳海润南下江西返回，灵石县重新开堂审理岳家一案，岳海润这才想起被抓的柳智信，传下人呈上了飞镖。王义鸣又派人请车二验证飞镖出处，车二仔细看过飞镖后说："这飞镖应该出自太原西山强盗之处。"被问及和太原西山强盗有什么过节，岳海润怎么都想不起来。

柳智信被无罪释放，岳海润又将他带回了岳家大院。前阵子忙，没有顾及那日事件，其实岳海润也不相信是柳智信所为，故这次审理岳海润也就将柳智信保释了出来，柳智信对此感激不尽，再三说一定要亲擒元凶，以报答主人之恩。

因公回乡，王义鸣自然没有忘记自己的恩人，但常家的忽然变故他至今才晓知，进而感慨道：

银子十两，

助我走上科举路；

分别三年，

恩公长眠凄凉地。

感恩之德，

恨不能衔草垂缰；

铭心刻骨，

粒我生灵德难偿。

临别灵石县，王义鸣来到了常家居住的地方，恰巧遇到了柳智信回家看望他的母亲。得知探望邻居的官员正是为儿子审理案件的大人，柳氏跪拜谢恩，同时也告诉王义鸣常可祝还活在世上。王义鸣告诉柳智信有机会转告常可祝：王义鸣一直惦记着他，让他回来千万到京城一趟。

常可祝没有死，柳智信将此消息转告给了岳思敏。得知心上人还活在人世，岳思敏很是高兴，但柳智信说常可祝已不在灵石，她的心又忽然失落了下来。灵儿也意外得知，小姐喜欢的正是自己的舅舅。

常可祝到哪里去了呢？灵儿少了一份思念，却多了一份牵挂，岳思敏也准备铁下心来要见常可祝。

第六章　年关劫案

临近年关，岳海润特别繁忙，为老太爷过了七七祭日就到了太原，返回后又到祁县乔家堡拜见了乔致庸。乔致庸不仅是乔家出类拔萃的人物，而且也是西帮商人领军人物，同时和岳凯旋有着特别的关系，他历经嘉庆、道光、咸丰、同治四个朝代，为乔氏家族的繁荣立下了大功，人称"亮财主"。

这次岳海润拜见乔致庸，一方面是因为父亲和他是多年的朋友，另一方面想探听别家商事下一步的动向。岳海润直言不讳，说："亮叔，这次我来，一方面来是看看您，另一方面还希望您以后多指点小侄。"

"嗯，我和你爹几十年交情了，以前我们啊，无话不谈，西帮之所以能有今天，就在于我们讲义气、讲帮靠，只有同舟共济才能在外帮中站住脚。南帮一直想压过我们，因此我看啊，现在西帮不应该再分什么祁县帮、太谷帮、平遥帮。为什么叫祁太平？这祁太平一心，西帮才繁荣。所以不能让那些徽帮、潮帮盖过我们，北京那里虽然我们都有损失，但也是正常之事，店铺暂时关闭，但人马不必撤回，等过一段时日再定夺。记着一点，稳扎稳打，不可冒险，有什么难事，需要的地方就不用客气，我和你爹一直如此。"

"这我知道。"

"我们老了，这天下以后就靠你们这些年轻人打了。"

岳海润在乔家停留半天后，又返到贾继英那里拜见了娘舅，次日才从祁县返回了灵石。

第一丫鬟

临近岁末，各分号陆续派人前来汇报经营成果，德玉泉一年惯例盘点又不能耽误。腊月二十八早上，王富壹把汇总账单交给了岳海润。主要账单如下：

砖茶：运销砖茶4025余箱，每箱银赚5两8钱，计银23345两；

生烟：运销蒙古生烟1000余囤，每囤生烟赚银11两，计银11000两；

绸缎：运销蒙古绸缎4000匹，洋布和斜纹布共6000匹，计银52500两；

糖：运销蒙古糖100000斤，每斤赚2钱，计银20000两；

铁器：运销铁锅10500口，每口赚1两，计银10500；铁锹100000把，每把3钱，计银30000两；

蒙古靴子：运销蒙靴15200多双，其中有全云靴7800，每双银6两，计银46800两；四忘靴7400，每双银赚1两，计银7400两；

木碗：运销值银赚12570两；

药材：运销72味、48味、24味药值银赚58260两；

牲畜：贩运羊100000只，马5000匹，银赚78920两；

冻羊肉：运销赚银32500两；

皮毛：运销赚银25000两；

……

本年合计：流动资金750万两，赚取毛银42万两，支出33万两，合计净收9万两，比去年减少5万两。

腊月二十八上午，岳海润和王富壹、范世玉至总号管理处商议来年之事，同时宣布范世玉为德玉泉票号大掌柜，这样，王富壹主管商事进出，范世玉分管票号汇兑。

王富壹说："目前时局动乱，德玉泉应该紧缩而不宜大规模投入，洋人攻占了北京，下一步就是晋陕，以后生意就难做了，因此我主张逐渐将东北部的店铺关闭撤回。"

范世玉说："我有一个建议，咱们是做生意的，洋人进来后虽然北方东部的生意受了影响，但也不可否认，我们做的部分生意还是做火了，事情应该一分为二地看，关店容易开张难，关于东部京津一带，我们可否适当调整一下经营货物？"

岳海润说："关店之事暂时放后，我们看看各帮的动向再做决定。票号那里我已吩咐账房拨过十五万两，这年一过，票号之事就全权交代给范掌柜了。江总管那里，过年的东西筹办好了没有？"

江环说："老爷放心，这该分的分了，该办的办了，该送的也全部送了。只等过年了。"

岳海润笑着说："那就这样，咱们安排过年，这年要过不好啊，我可要找你这个总管说话。这里我也提前给各位拜个早年。"

临近过年了，灵儿一直牵挂着老太爷临终前的嘱托，不知是否该告诉岳海润。前段时间，岳海润因伤未愈就南下江西，回来后又为老太爷过七。一切都忙罢了，这些天，灵儿为老太爷留下的秘密又伤起了脑子。

最近绣楼中的岳思敏没有弹琴，除了学学绣花外，大多时间看书，也偶尔和灵儿聊聊天。后天就是除夕，岳思敏又思念起了常可祝，便吩咐灵儿出去打探一下。

灵儿下了绣楼，向甬道方向走去。进岳家大院已经两个多月了，她对院落也就熟悉了许多，每每来到院落，总会不由自主地瞥一眼祠堂，同时会想起老太爷临终前的嘱托，去想这祠堂里的秘密，甚至想到先去揭开它。

"你去哪儿？"

灵儿顿时反应过来，见是柳智信，答道："不去哪儿，出来走走。"

"小姐待你好吗？"

"好着呢，你放心。对了，你知道常可祝的下落吗？"

"我会打听的，不过，他确实没有死，现在在什么地方还不太清楚，你放心。对了，我一直没有问过你，你和常家是亲戚？"

"不，是小姐……"柳智信领悟地说："哦，对了。"

"小姐吩咐一定要……她知道你和常可祝是好朋友，所以为你可没有少操心。"

"放心。我说呢，我为什么能出来，原来是小姐啊！"

"知道就好，小姐说了，以后用你的地方还很多呢。"

第一丫鬟

"嗯,我知道了。这里不是说话的地方,没有什么事,我到前面转转去,马上就过年了,安全问题不能马虎。"

话说着,岳海润和江环路过,见到灵儿和柳智信在说话,正听到柳智信的后一句。江环说:"说得好,越到年关越要注意护院。"

灵儿见是掌柜和总管,急忙行了个礼说:"大爷好!总管好!"

岳海润点了点头,和江环一起回到了书房院。

灵儿返回了绣楼的路上,柳智信也沿着甬道向院墙上走去,他想:难怪自己没有事情,也许是小姐向掌柜说的情。灵儿说得对,小姐用自己的地方还很多,这里的主子们也就小姐把他当个人,小姐这份恩情不能不报。

"这个丫头还挺有意思,模样不错,人也机灵。"路上,江环对岳海润说。

岳海润点了点头说:"嗯。"

江环思寻着:确实这个丫头该好好培养培养,说不定能让掌柜的开心呢!

岳海润和江环商量过年府里的事情,刘玉菊和丫头路凤妮相跟着走出了岳家大院,来到了集镇上。

灵石县外三十里有座山,叫蜈蚣岭,就是郭敦源刺杀太后的地方。那里山高沟深,灌木丛生,沙石沟壑绵延几十里,野猪野狼经常出没。这一年冬天,蜈蚣岭上忽然有了山寨,并驻扎了几十号人。

山寨的领头老大叫眭福禄,跟随毓贤从山东而来。太后入晋后,太原义和团解散,毓贤也被革职,和眭福禄召集了义和团的一帮散兵来到了这里落草为王。和眭福禄同来的老二叫白存喜,榆次人,祖辈猎户出身,义和团闹事时这位走惯了江湖的浪子也加入了进去,后来投靠在眭福禄的部下,轰轰烈烈地在太原附近做起杀洋人、烧教堂的勾当,并和眭福禄结拜为弟兄。然好景不长,太后一翻脸,义和团也由座上客变成了阶下囚,遭遇到官府的大肆围剿,眭福禄感慨有诗:"太后入晋变了脸,官府围剿义和拳。昔日毓贤座上宾,今朝落草蜈蚣岭。"

义和团解散,众人商议归宿。关于栖身之地,白存喜忽然想起了和父亲打猎时曾经在蜈蚣岭驻扎过的洞穴。他对眭福禄说:"有个地方可去,不知大哥之意。"眭福禄说:"什么地方,你说说看。"白存喜把蜈蚣岭的情况大致说了一下,眭福禄听后说:"天赐福地,有山有水有住处,好,咱们就这么办!"

太后南下走过,眭福禄和白存喜带了几十人从太原南下一路抢劫,一夜工夫就潜伏到蜈蚣岭。进入大山,走过丛林,爬上了一片开阔地。

白存喜说:"到了,就是这里。"

眭福禄纳闷地问:"到了?这是什么鬼地方?咱们住在哪里?"

白存喜指着一个小洞口说:"就是这里,大哥请看。"

"这能住?哈哈哈……"同来的几十人都笑着说。

白存喜点着了火把低着头钻了进去,又探出头来说:"大哥,跟我一块进来看看。"眭福禄一弯腰也钻了进去。

"哎——"白存喜喊了一声,声音在洞穴里回荡着,"哎——"

眭福禄惊讶地扫视着这个洞穴,对举着火把站在那里的白存喜吃惊地说:"老弟呀,原来里面大得很嘛。"

白存喜说:"大哥稍等,我把弟兄们喊来咱们慢慢观看。"

同来的五十多人陆续钻了进来。这是一个天然的溶洞,是白存喜十五岁那年和父亲打猎时追赶一只野猪发现的,当时野猪从一个不大的洞口钻了进去,白存喜的父亲拿着一块石头投进去,里边响起了回音。他们点上火把也钻了进去,不见野猪,却发现了如此大的溶洞。洞内常年恒温,不冷不热,而且还有出口,出口处是一条小溪,居住几百个人不在话下。后来父子俩就把这个地方作为进山打猎的休息地。白存喜父亲死后,他开始流浪,再后来和眭福禄走在了一起。

溶洞中这帮落草人安顿了下来,他们将洞口扩展,打出了蜈蚣岭山寨的旗号,并排了座次。眭福禄自然是老大,白存喜位居老二,他们约法:不在三十里内抢劫,不到穷人家骚扰,不和官府为伍,不得私自行动,山寨驻地不得外传,违令者格杀勿论。

临近过年,白存喜到了灵石的集镇上,忽然想起应该置办点酒肉带回山寨,

第一丫鬟

主意打定,刚到集镇,就看中了模样俊俏、衣着华丽、一主一仆的两个女人。

"二哥,这一定是个有钱家的主子。"

"模样也不错。"

"咱还买什么东西!把这两个女人带回山寨,大哥一个你一个,过个暖和年,玩腻了咱们拿人再换钱!"

这想法不错。白存喜被同行的两个人鼓动着,看着婀娜走路的主仆二人,白存喜的魂魄仿佛被勾引了过去,两只眼睛色迷迷地盯上了刘玉菊那丰润的身段,看着刘玉菊那浑圆的臀部,心想,这样的女人确实值得……

"二哥,要不咱们动手?"

"我说也是。"

两个人继续煽动着。白存喜说:"把车赶来,咱们坐车跟上去,看我的眼色在偏僻处动手。"

刘玉菊在丫头的陪伴下转完了集市,这时刘玉菊忽然有小解之意,便对路凤妮说:"咱们找个地方方便一下。"说完二人朝路边的巷子里走去。

巷子里南拐走出是居民区,二人走进了路边拐弯处的一个露天茅厕。茅厕外,白存喜三人赶着马车也尾随而来,待刘玉菊和路凤妮从茅厕走出,还没有反应过来,就将两人被推上了马车。二人想喊,却早已被白存喜三人堵上了嘴。

"别动,动就杀了你。"一个绑匪拿着刀说。

刘玉菊哪里见过这种场面,吓得一动都不敢动,任凭白存喜和绑匪甲捆绑,另一个绑匪赶着马车快速而去。

喊天天不应,叫地地不灵,刘玉菊和路凤妮被蒙上了双眼,也不知道遇到了什么人,刘玉菊吓得一歪头晕了过去。

白存喜索性将晕过去的刘玉菊搂在了怀里,刘玉菊身上散发出阵阵幽香,飘进了白存喜的鼻子里,白存喜陶醉似的品吸着。那是一种他从未闻过的香味,似槐花香,像红枣味,叫人酥心陶醉。低头看她那小巧玲珑的嘴巴,足以把白存喜迷倒,更有那隆起的双乳也加深了对他的诱惑,挨着刘玉菊的臀部,白存喜想入

第一丫鬟

非非，宝贝似的搂得更紧了。

马车驶出灵石，沿蜈蚣岭方向疾驰而去。进入山口，马车剧烈地颠簸起来，这时刘玉菊慢慢地清醒过来，感觉到自己被一个男人搂在怀里，想动，被绑着的手动弹不得，想喊，嘴又被塞着。她无奈地闭上了眼睛。

"吁……"车停了。

绑匪说："二当家的，到了。"

白存喜这才伸出手喊道："到了？这么快？你们二人背上人，上山！回去有赏！"

腊月二十八日晚，按惯例岳府宴请私塾先生，该先生叫张一熙，来自榆次县，是个名儒，在岳家书院做先生已经二十年了，岳海润弟兄三人都是他的学生。岳家对先生的接待尤为隆重，异常尊敬，同时在暗中还对张家给予多方资助。岳家对先生逢节日有例敬，专配有两名书童陪侍，遇有家宴或送请宾朋，必为先生设首席相待，特别是过年回家前，对张一熙的宴请更是重中之重。

太阳还差一点点才西沉，厨房院里的人就进进出出忙乎了起来。安排完给张一熙次日回家带的东西，江环就到了厨房院。

路计全说："江总管，您就别跑着了，歇着点吧，这里就放心好了。"

江环说："该安排的都安排好了吗？"

"您放心，吃吃喝喝的事情，我不会马虎的。"

"饭菜口味必须掌握好。"

"知道，这宴请的是张一熙，他口味偏淡，他喜欢吃的几道菜我都已做了安排。"

"嗯，酒就上他爱喝的榆次堡子酒，其他酒就别上。"

"堡子酒？那可是烧酒，性香烈型的，大少爷爱喝的龟龄集酒还上不上？"

"怎么还叫大少爷？你们这帮人，该改口的不改，真是瞎驴记下了一条道，怎么都这么死心眼儿？照我安排的办。"

路计全笑着说："是的，是的，知道了。你也会骂人，说我是驴倒罢了，可驴还不是好驴，是个瞎驴。"

江环不客气地说："哼！这还是好听的，出了差错，你们统统给我滚蛋！"

厨房里，厨师们在各自忙碌着事情，江环转了一圈走了出去，正遇到慌慌张张走来的秋洁。她说："大奶奶上午出去到现在还没有回来。"

江环着急问："什么？"

邱洁又说了一遍，江环冷静下来说："知道，去忙你的事情，别管这些，任何人不得告诉。"

"那，老爷那里……"

江环阴沉着脸说："你怎这么多事？不想在这里干了？"

秋洁急忙应承说："瞧我这张嘴。"

"给我封住你的嘴。对了，别的人知道吗？"

"除了柳智信，其他人我倒没有问。"

"给我把他叫到我的房间，没你的事情了。"

到哪里去了呢？江环到大门护院那里，把门的李石说，确实见刘玉菊和丫头走出去就再也没有回来。江环问："那赶车的呢，回来没有？"

李石说："大奶奶是步行出去的。"

"去哪儿了？"

"不清楚。"

江环一听，想：坏了，可能遇到麻烦了。他骂道："你们这些人是干什么吃的？"

李石低着头不敢吭声。

"把好大门，这事情任何人不得提起，否则我拧了你的头！见人回来马上通知我。"江环说完后焦急地返了回去，差人把护院镖师白连冲叫到了他的住处。

白连冲进屋后，江环说："叫你来说几件事：一是安排人加强防范，凡家人出门一定派人护卫，并通知于我；二是准备些精干人马随时待命。"

"好的，出什么事了吗？"

第一丫鬟

"没有，去安排你的事情吧。"

江环沉思着该如何去应付这发生的一切。

夜幕降临，灵石的集镇上早已空无一人，和平日相比，北面的兴隆街上多了灯火，南面的平民区依然显得冷清。这过节的氛围似乎和老百姓没有太大的关联，没有月亮的夜晚，岳家大院依然看似平静。

厨房院的餐厅里，岳海润和岳海奎弟兄二人正在宴请张一熙。岳海润说："衣食者父母，知识者先生。先生在岳家书院教书二十多年，可谓劳苦功高，我们弟兄三人能有今日也离不开先生的教诲。老太爷在世的时候就一直叮咛我们，行事要记着先生的教诲，大后天就过年了，今晚略备薄宴，一是感激先生多年来对岳家子孙的厚爱，二是来年还请先生为岳家书院尽教。"

坐在上席的张一熙说："论主，你是岳家的当家掌柜；论辈，你是我的学生。今天咱论辈不论主，我还是这句话，你们有前程我愉悦，你们没出息我自卑，我希望岳家走出去的个个都是好汉。俗话说'成事在天，谋事在人'，这'谋'呢，就是后天的学习。因此时刻不能放松。你们弟兄三人和小姐都是我看着长大的，说实话，在我心里你们如同己出。"

岳海润说："这一点我清楚。"岳海润说着亲自斟了一杯酒，双手递到了张一熙面前，说："先生，学生先敬为上。"

张一熙接到手里，"第一杯，我借酒先敬老太爷。"说完他倒在了地上，"老太爷待我不薄，这一点张某时刻没有忘记。张某不才，二十多年了，让岳家如此礼遇，我受之有愧。"

"先生言重了，岳家中人，您功高一等。"

"今天咱们不说姑娘，海润和海明是我的骄傲，海奎不上进，我心着急，海奎不要有意见，论先天，在商在政你不会差于你两个哥哥，我希望你以后在学习上多用心，俗话说'少壮不努力，老大徒伤悲'。我说得也许言重了。"

岳海奎自小就怕这位秉权执教先生，今天先生又在说他，他心里是极度的不满，心里嘀咕着：死老头，每年过年提我，晦气！他心里这么想，表情也就不悦了起来。

"知道,知道。"他不耐烦地说着。

岳海润瞥了一眼岳海奎说:"都二十好几快做长辈的人了,什么都不知,叫你来做什么,没什么事就躺在炕上好好想想先生说过的话,还不给先生敬酒!"

张一熙笑着说:"海奎啊,我想问一问你将来的打算。"

岳海润不屑一顾地说:"他啊,他能有什么打算?"

岳海奎认真地说:"如何没有?我想学武,咱们岳家有商有文,就差将军了,是你们不懂我的心思,哪是我不求上进?"

岳海润说:"不着边际的话,你做将军除非这大清国完蛋。好了,先不说你的事情,今天先生是主。"岳海润说着去拿酒壶,被站在一旁的丫头抢了个先,接了过来说:"今天不用你们倒酒,一旁站着就行。"说完添满了张一熙的杯子,说:"先生请,容学生敬上。"

岳海润陪着张一熙连喝三杯,二人开始聊了起来,从岳家家事聊到国家大事,张一熙款款而谈。

菜备的不多,但个个精致,岳海润和张一熙边吃边聊,酒席上还特地备了张一熙爱吃的榆次灌肠。这灌肠制作讲究,厨师在和面的时候先硬后软,再将稀面掺顺。冷食面宜稀,热食面则宜稠,掺有猪血,做出来的灌肠劲道大,晶莹透亮,精而柔软,且有弹性。冷食时佐以盐、蒜、醋、辣酱,再滴几滴香油,利口、凉爽、辣香适口,有嚼头。热食切块,猪油烹炒,佐以蒜醋,食之清香可口。

在岳家,张一熙享受着最高的礼遇,岳家当家人的单独宴请,不只因为他是岳海润的启蒙老师,在子弟中树立教师威望,生崇敬之心,还因为这是岳凯旋在世时一贯坚持的习惯。他曾经对岳家子孙说过:师者,父母也。

岳海奎一直陪着岳海润和张一熙,话说得不多,席间他提出想到外学习,岳海润问张一熙:"先生的意见是?"

张一熙说:"他有这个打算倒不错,但现在时局混乱,他爱习武,不妨让他先练武艺,待合适的时候再找个去处。"

岳海润点头同意。

大奶奶还没有回来,掌柜的还在席间和张一熙聊天,江环无奈地走进了餐厅,俯耳低声告诉了岳海润。

岳海润说:"知道了,这点事情不必打扰,你去处理,下去吧。"

江环点头走出。

张一熙说:"东家有事先办,别再陪老夫了。"

岳海润说:"没什么大事,天大地大,教育恩大,今晚咱师徒二人聊个够。"

第七章 旧主老奴

江环把柳智信留在了身边。整整一个晚上,江环都没敢合眼,虽说没有出事,但眼前的事情必须周旋好。大奶奶应该是被人拐了过去,绑人换钱,这样的事情在大户人家是屡见不鲜。到底是什么人做的呢?

江环不再想这些事,对柳智信说:"给我把秋洁找来,一袋烟工夫你再过来。"不一会儿秋洁走了进来,江环拿着银子说:"这是十两银子,离开灵石,只要不露面,你去哪里都可以,别的不要问。"

秋洁一听,扑通跪下道:"江爷,请您念在奴家十几年跟着您的份儿上让我留在这里吧。"

"起来说话,别问为什么,这里已经留你不得,我是为你好,念你情才给你钱安全走人,再在这里待下去恐怕……到时候谁都救你不得,去什么地方给我回个信儿,就这样,及早离开。"

秋洁战战兢兢地站了起来说:"爷啊,我真不知道我知道了甚。"

"别问这么多,我这也是为你好,走吧,记着,要想安全,以后岳府的事情多说不如少说,少说不如不说,知道了吗?"

秋洁流着泪,她本是一个无牵无挂的女人,和顺人氏,十几年前富家丈夫嫌弃她不育,一纸休书让她离开了家。无奈中,她投奔太谷的远方表姑,表姑未找到,便流浪到了灵石,那时她才二十一岁,来岳家也是被江环在街头偶然遇到,安排进来的。她长相不丑,又精世故,十多年在岳家,从一个普通下人渐渐当上了丫头管事。

她没有牵挂,但深爱江环。十多年来江环对她很照顾,她也很知足。她不求什么,只求有个歇身之地,如今她确实不知是什么原因打破了她的梦。"我没做什么,我没做什么……"她念叨着,泪水从灰白的脸上淌了下来。

江环说:"去吧,别伤心,离开不是坏事,我这是为了你好。记着,到什么地方告诉我。"

秋洁再次跪了下来说:"我,我……"

江环看着秋洁,等着她的话,秋洁只是"我"个不停,

江环说:"有话就说。"

秋洁这才开口说:"我……将来我还能伺候你吗?"

江环说:"起来吧,找个安静地方回头告诉我,记着我对你说过的话。"

事做在先,这是江环一贯坚持的原则。如何对刘玉菊的失踪保密,江环思虑着。支走秋洁,柳智信走了进来,江环说:"你是明白人,来岳府也好几年了,大少奶奶失踪你应该也清楚。"

柳智信点着头,江环继续说:"本来按规矩,知道事情的人将被遣送到外,你是孝子,考虑你老母需你照顾,我就担个险,私自做主继续把你留下来,希望你理解我的用心。"

柳智信说:"总管的恩情,智信一定厚报。"又抱拳说道:"需要智信的地方请总管吩咐。"

"说实话,我就是看中你待人义气这一点,我知道,灵儿不是你表妹,知道我为什么答应你留她在这里吗?"柳智信摇着头说:"不知道。"

"还是你义气。"

"总管过奖了。"

"没什么事了,明天一早你去街口将送信的人截住,把信交给我,记着,这是岳府的秘密,不得让任何人知晓,适当的时候我自然会提拔你。"

"多谢总管厚爱,只要用得着智信的地方,一定万死不辞!"

第一丫鬟

毕竟是老练之人,江环深知富人的心态。让秋洁离开岳府,一方面是不想让任何人知道刘玉菊出事,另一方面也是为秋洁考虑;关于柳智信,江环采取一箭双雕,既封了嘴,又拉拢了他;李石也被江环巧妙辞退。

江环安排好一切后,已是夜半。岳海润宴请张一熙喝得有点上头,散席后便回到了书房,江环去时,岳海润正坐在桌子旁闭着眼睛,一手握着烟袋,烟雾从他嘴里冒着,看起来似乎漫不经心。但江环知道,岳海润沉默并非心静,因为他很少见到岳海润笼罩在烟雾中。

江环走到岳海润的身旁低声说道:"一切都安排妥当。"

岳海润忽然睁开了眼睛,慢慢地将烟袋里的烟灰磕在烟灰缸里,忽然两手用力将烟袋杆折弯,扔在了一边。

江环说:"老爷,您要保重身子,一切我都安排好了。"

岳海润长长地叹了一口气说:"疏漏了防范,岳家不太平啊。"

江环说:"以后我一定加强。"

岳海润不悦地说:"以后?这人能有以后?事情该来的会来,也许就是躲不过,你这总管该怎么当,不用我告诉你,该办的事就办,不必禀告,我看的是结果。你也下去吧,让我静一会儿。"

江环走了出去,岳海润想着最近发生的一系列事情,秦太医被杀、自己重伤,这凶手是谁?父亲又忽然在此时离世,难道就这么巧合?这次夫人又无故失踪,这元凶又是谁呢?岳海润苦思冥想着。是老太爷生前结的怨,还是另有他人?是自己人还是外人?自己回来时间不长,看来该好好梳理一下了,否则岳家不仅安宁不得,而且也怕败在自己的手中。

"他娘的!"岳海润想着骂出了声来。

刘玉菊失踪,江环安排封锁了消息。腊月二十九早饭过后,张一熙要回家,江环依旧备了重礼,安排了车马。大院的甬道上,岳海润率家长及子弟恭立而送。

兴隆街外,柳智信来回踱步注视着陌生人。一个上午,并没有出现任何可疑情况。中午时分,一个小孩拿着一封信匆匆地走向了兴隆街,被柳智信拦了下来。

小孩将信递给柳智信说:"是一个人让我送到岳家的。"

"给你信的人呢?"

"走了。"

"到什么地方了?"

小孩用手一指说:"朝南走了。"

"去吧,没你事了。"柳智信拿着信回到了岳府交给了江环。江环打开,只见信中写道:

岳掌柜:

贵夫人在我手中,要想人无事,明日申时,拿十万两白银,前往榆次郭家堡村口槐树下换人,记住,只准一人前往,不得惊动官府,否则后果自负。

落难弟兄腊月二十八日

江环看完信后不敢怠慢,急匆匆地去见岳海润。"老爷,夫人有消息了,不过……"江环说着将信交到了岳海润手里。

岳海润看后说:"安排人去办,我要的是过个安心年,其他的事情你去处理。"

腊月二十九日中午过后,江环和柳智信带着银子骑着快马赶往榆次郭家堡。临走前,岳海润再三交代,必须完璧无损将人带回。为防不测,江环特地到了太谷车二那里,准备要些帮手协助。江环之所以没从灵石带人,一方面是为了岳家声誉,另一方面也是为了防备绑匪言而无信,或有其他意外。

江环将五百两白银呈上后说:"派十五个精干人跟随我办事,但必须保密。"

车二说:"自然,一切按规矩行事,这也是我们长期合作之道。"

江环和车二谈事的时候正巧有人敲门,车二说:"进来。"这时门开了,走进一个人,江环和柳智信见后惊呆了。

江环和柳智信见到的这个人正是车二的得意弟子常可祝,常可祝见到江环和柳智信抱拳行礼说:"江总管好,柳兄好。"

江环看着常可祝说:"怎么,你……"他并不知道常可祝还活在人世。

常可祝看着江环疑惑的目光，笑着说："怎么？我还活着，意外吗？"

"嗯，有点儿。不过还是幸喜！幸喜啊！"江环长长地叹了一口气，说："常爷，说说你最近情况吧。"

"说来话长，那次我陪同父母到教堂后因事到兰州送镖，待我回来全家发生了不幸，家里是不能待下去了，否则我心里承受不得，为减少思念，我不得已再回师门，经师傅推荐，我现为太谷南山青龙寨的拳师。对了，江总管到此何事？"

江环对柳智信说："你随车师傅选人去吧。"柳智信和车二出去后，江环突然双膝跪地，道："少爷，请受在下一拜。"

江环的忽然举动让常可祝震惊了，他可是大名鼎鼎的岳家大总管啊。江环行礼之后站了起来说："这里不是说话的地方，我这次来是有要事处理，你可和我同行，咱们路上详谈。"

柳智信随车二选好人后返了回来。

车二说："一切安排妥当。"江环说："我可以带他吗？"

车二说："可祝已经出师，现在也是一方拳师，只要和他谈妥就行。"

江环说："事不宜迟，我们还有一段路程，这就出发了。"说完江环接着问常可祝："可以吗？"

常可祝对江环的忽然举动很是不解。柳智信也在纳闷：他为什么要带常可祝呢？

对于常岳两家的恩怨，柳智信还是知道一点儿的，他没有忘记，往官府送的信就是岳凯旋写好后派他送达的，也正是他将官兵引到那里，但他确实不知道岳凯旋在信中写了些什么，更不知岳凯旋给官府的信中提到让柳智信带路，直到官兵封锁教堂放火焚烧，数百名包括老弱妇孺在内的教民惨遭屠杀，常家五口遭受劫难，柳智信才知道祸起于那封信，他联想到巡视路过正房时，偶尔听岳凯旋说过"我看不把常家整死，这冤孽是罢不了休"。至于这"冤孽"是什么，他一概不清楚。

事后柳智信很是懊悔，他曾想到解脱，曾想离开这个世界，但一方面他放心不下年迈的母亲，为了母亲，他苟且偷生了下来，也许事情不是他想象的那样，他总是这么想；另一方面他继续在岳府做事也是为了揭开这谜底，准备最后还死难者一个公道。然而还没等谜底揭开，岳凯旋就突然离开了他眷恋的人间。

常明坤一死，江环的情况更是无人知晓，他本是大同人氏，三十年前他还是个十岁的小孩，流落街头被常明坤遇到后，安排在常家大同分店打杂。五年过去了，江环也长大成人，他聪明勤快，很讨店铺掌柜的喜欢，既而被常明坤相中。王玉莲失踪后，常明坤将江环从大同带回灵石，悄悄地安排进岳府。江环也很争气，进入岳府后经过十年的拼搏终于当上了令人羡慕的岳家大总管，但江环时刻没有忘记他对常明坤的承诺。常明坤死后，这份承诺还一直铭刻在他的脑子里。

常明坤之所以将江环安排进岳府，其初衷完全是为了自己的复仇，多少年来，他没有忘记支付给岳凯旋的二十万两白银，没有忘记失去的那份"常岳合"共同拥有的祖传财产，而对他打击更大的是此后王玉莲又忽然无故失踪。

常明坤是一个性情中人，二十万两白银和价值五十万两白银财产的转移，对他来说似乎都没有放在心上。他认为，钱没了可以再赚，所以当岳凯旋提出支付白银二十万两时，常明坤满口应承了下来。他说："我对不住你，犯了事是应该付出，这我没有话说，你提的条件我可以答应，以后也决不纠缠玉莲，但你不能对她动手。"

岳凯旋说："家门不幸，这是我的家务，和你没有任何关联。"

"事起于我，该承担的我一定承担。这是我答应你的唯一条件。"岳凯旋说："承担？你能承担得起？能还回她的清白之身？笑话！"

"那你要我怎么办？"

岳凯旋一想，常明坤啊，你不是喜欢女人吗？好，那就让你死在女人堆里！他说："玉莲的事情，若想完全摆平，那你就让出'常岳合'的那份财产！"

"你怎能这样出尔反尔？"

"这就怪了，是你惹的我，还是我欺负的你？你想让我怎样？就这样大事化了？我说过，这是我的家务，难道还要请示你常家不成？"

常明坤沉默了一会儿说："好，就按你说的办，我希望你也信守诺言，不亏于她，你我她此后互不纠缠，息事宁人！"

"就这样。"

常明坤答应了岳凯旋的条件，将银子和财产转移给了岳家。半年内一切依旧，王玉莲虽然遭遇冷落，也算在岳府里相安无事，常明坤也就安下心来。直到岳凯旋娶回了贾淑兰，常明坤才听说王玉莲已经失踪几个月了。常明坤是哑巴吃黄连，他知道王玉莲的失踪一定是岳凯旋操纵的，但又不便过问。为打探王玉莲的下落，常明坤才安排江环潜伏进了岳家大院。

江环从车夫做起，随着时间的流逝，渐渐地取得岳凯旋的信任，加之他的聪明圆滑，若干年后，老总管去世，江环接替至今。

王玉莲并没有失踪，五年后江环还是打听出了她的下落，她被岳凯旋送到了五台山为尼。后来常明坤多次到五台山说服王玉莲还俗，终于感动了王玉莲，后还俗在大同住了下来，再后来王玉莲生下了常可祝，三年后，王玉莲病逝，常明坤将其厚葬后，才将常可祝接回了灵石。而此时常家的馨宜泉也走向了衰败。江环虽说已完成了常明坤的嘱托，但为了东山再起，常明坤还是安排江环继续留在岳府做事。

关于常可祝的身世，如今也只有江环知道，他一直遵守着他对常明坤的承诺。死去的人已经埋在地下，而活着的人还生活在故人安排的圈子里。

柳智信带着十几人前行，江环和常可祝在后，一路上江环考虑着如何对常可祝说明这一切。

常可祝也看出了江环心事重重，纳闷地说："江总管，看你有许多心事。"

江环坦白地说："该怎么对你说呢？其实，我虽是岳家总管，却是常家雇人，那时你还没有出生，我受老爷安排走进了岳府，一直到如今。"

常可祝听后惊讶地看着江环。

江环接着说："几十年了，没有人知道，虽然恩怨早已过去，但老爷对我的恩情是永远报答不了的。老爷讲情，我不能不义，没有老爷，我江环也许还在流浪，不会有今天，更不敢谈如今。尽管岳府一直待我不薄，但不可取代常家昔日之恩。

第一丫鬟

老爷虽然带着遗憾走了，常家万幸，你还在人世，以后我还要听命于你，继续为常家效劳。很多事情你并不知，包括你的身世，我慢慢告诉于你。"

常可祝听了江环的话很吃惊，甚至不相信江环的话是否真实，但看着江环满脸虔诚，感觉他不像是说假话之人。而按目前常家的家境，一个堂堂的富家总管似乎也完全没有必要去取悦一个败落人家，更没有必要给自己下套。江环的话，常可祝确实是疑惑不解。他看着江环沉闷的样子，说："这样，我就称你江叔了，今天我先陪你办事，来日方长，完事后你我详述，你看行吗？"

"好吧，就是……这人不知道该不该救啊。"

"对了，还没有问你今天办什么事，要救什么人。"

"岳家大奶奶遭人绑架，这不，我就带着银子前到榆次郭家堡，说好申时赎人，为防意外，我就到了你师傅那里搬救兵，再以后的事情你就清楚了。"

"是思敏的大嫂？那我就必须要救了。"

"你和小姐的事情我也清楚。不过，只要你喜欢岳家小姐，这事情就包在我身上，但是，要等我把一些情况告知你后再做决定。"

"江叔怎么这么多秘密，咱现在不说，还是留在完事后一并说吧！"

"那就依少爷！"

"看你说的，你也别叫我少爷，听着别扭，就称我侄儿吧！"

江环这才有了一点笑容。

离郭家堡三里外，江环一行十几人停了下来。江环对常可祝说："你带他们分头先到客栈住下，注意隐蔽，我和智信随后到村口树下。"

常可祝说："让智信带着人隐蔽，我和你一同前往吧。"

江环说："不行。"

常可祝说："为了安全还是我去吧，毕竟我的功夫好于智信，而江湖上的一些规矩也瞒不了我，就这样，别犹豫了。"

柳智信说："江总管，为安全还是我和他一块儿去吧。"

江环说："不用，就这么定了，我和常可祝一块去，你隐蔽起来见机行事，但没有我的命令千万不得轻举妄动。你带着他们分头先去吧。"

安排妥当，江环和常可祝随后到了郭家堡，在客栈稍做停留后，按时到了村口的大槐树下，不多久路边就走过来一个人。

来人到了树边，见常可祝在，说："哟，是常哥，你怎么到这里了呢？"

常可祝仔细一看，此人正是蜈蚣岭的二当家白存喜。"先说正事，看来这活儿是你们做的了？"

白存喜笑着说："什么事？我是路过啊。"

常可祝认真地说："都是道中人，你也别给我兜圈子了，什么条件你尽管开口就是。"

白存喜笑着说："看来常哥依旧爽快，那我就说了，不过交换完毕你不能将我们卖了。"

"说吧，这一点我清楚，人呢？"

"人都安全，按规矩，我们是见银子交人。"

"银子有，可是我来了，你看怎么处理。"

"你和他们家有关系，还是……"

"这不是废话，知道吗？这是我叔，事办不好，就是我叔的事。"

"既然这样，看在你的面子上，我做主减半如何？"

常可祝问江环："你看如何？"

江环说："只要人安全，银子不是问题。"白存喜说："人好着呢！"常可祝问："人在哪里？"

白存喜说："人在北营黄陵。"

常可祝说："那好，最好不要给我耍花招，否则，你应该知道我的为人。"

白存喜说："看老兄你说哪里去了，不是你来，银子是一两都不能少，就这，恐怕我大哥也要怨我呢！咳！这买卖做的，怎么遇到你了呢！"

常可祝笑着说："你小子怎么就把活儿做到我们灵石了？咱闲话少说，办事要紧。"

常可祝和江环随白存喜走后不久，柳智信带着人也随后尾随而来，一个时辰之后，就到了黄陵村外的一个客栈。

　　江环问："人呢？"

　　白存喜说："不忙，先把银子交给我，马上让你们见人。"

　　常可祝说："银子交你的人带走，我的人到，安全就放你。"

　　白存喜说："不相信我？"

　　常可祝说："你有你的方圆，我有我的规矩，不存在信不信。银子减半，我欠你一份人情，容后相报，但我叔的事情不可马虎。银子在马车上，你先验证一下。"

　　白存喜说："好，咱们是人情两清，我总算还你了。好的，就这样办。"

　　客栈是蜈蚣岭土匪所开，也是他们的秘密联系点，白存喜吩咐店小二将刘玉菊和路凤妮带了过来，刘玉菊看到江环后才放声哭了出来。江环说："夫人，您受惊了，我来迟了。"刘玉菊只哭不言。

　　随后而来的柳智信也赶了过来，在他准备动手的时候江环将他喝退了下来。他对柳智信说："你带夫人先走，我处理一下随后回去。"

　　江环将五万两银子交给了白存喜，随后和常可祝一同返回，路上常可祝说："都是道上人，也只能这样了。"

　　江环说："这一点我清楚，没有你，恐怕这十万两是一两都少不得的，只要人好着，我也就交差了。这帮人是哪里的土匪？"

　　"蜈蚣岭新驻了一帮，原从太原而来，刚才那位是榆次人，我救过他一命，因此他应得的那一份没有敢要，但这些也就你知了。"江环又和常可祝说起了后事，征求他的意见。

　　"江叔，我真没有这个准备，你先继续在岳府做事，后事咱们商量，如果你有甚事要我做，可派人到太谷南山青龙寨找我，我没别的亲人，以后你就是我的亲人了。"

　　"少爷是抬举我了。"

　　"别这样说，你也为常家受苦了。"

第一丫鬟

常可祝对于父亲的许多事情并不清楚，路上，江环把常可祝的身世告诉了他。

刘玉菊虽然安全返回了岳家大院，但过度的惊吓让她躺在了炕头上。

岳海润着急地问："他们怎对你了？"

刘玉菊说："没有，真的没有，我只是想来后怕。"岳海润尽管没问什么，但猜疑之心却是挥之不掉。

第八章　与匪为友

除夕这一天，按惯例，岳家也给大部分下人们放了假。灵儿被江环传了过去。江环说："初五前你就到老夫人身边照顾，小姐那里你告诉一声就行。"

灵儿答应道："嗯。"

"你到岳府也有一段时日了，好好做事，以后会有提拔你的机会。"

灵儿点着头说："我是您安排在这里的，这一点我时刻都没有忘记，他日有机会一定报答，灵儿有不妥之处也请总管多多提醒。"

江环笑嘻嘻地说："你倒是嘴俏，不过让人听了还是蛮舒心的。"

灵儿也笑着说："我可是这样想的。其实，看到您，我就想起我的一个亲人。"

"呵呵，是这样？"

"是啊，所以，我就把您当成我的亲人了。看我，尽说话了，该提前先给您拜个早年的。"灵儿说着恭恭敬敬地行了个万福，"祝您长寿健康！"

江环笑着说："领了，你这个丫头啊，呵呵，就这样，好好做事，去忙吧。"

灵儿高高兴兴地忙事去了。

春节，岳家没有像往年那样隆重放鞭炮，灵石的天空也就安静了许多。依稀零星的鞭炮声在居民区偶尔响过，让穷人们感觉到还有一点点过年的氛围。在穷人眼里，年是富人们过的，富人盼着过年，穷人却在这隆重的节日里度日如年。

银捧放了五天的假，灵儿临时调到了老夫人身边照料，几天下来，贾淑兰还真喜欢上了这个丫头，因此就有了把她留在身边之意，但又不好意思和女儿明说。

第一丫鬟

岳思敏来时，贾淑兰就婉转地和她聊了起来："闺女啊，灵儿比我那个丫头可要乖巧多了，我身边啊，要有这么一个丫头就好了。"

岳思敏听后扑哧一笑，说："娘，假如留她在您身边伺候，算不算我尽孝啊？"

贾淑兰也笑着说："你也是个鬼精灵。"

岳思敏笑着说："娘，只要您喜欢就把她留在身边吧。"

贾淑兰故意推脱着说："我虽说喜欢，但怎么好意思和女儿争丫头呢？"

岳思敏也故意卖弄着说："娘，那您是不要她了？"

贾淑兰急忙改口问："那你舍得给我？"二人说着哈哈地笑了起来。

灵儿在一旁站立，听着老夫人和小姐的对话，显然有点不好意思，但也掩饰不住内心的喜悦，说："老夫人啊，您别夸我了，其实做丫头的就应该手勤眼快，我只是尽我的本分而已，这是灵儿有福气在您和小姐身边。"

贾淑兰笑着说："嗯，就这么着，那我就留你在身边了。"

灵儿也高兴地说："哎！灵儿一定不负老夫人和小姐的厚爱。"

岳海润走了进来，给母亲拜跪行礼后站了起来，说："娘，您和小妹在说什么？看你俩这么高兴。"

岳思敏笑着说："这是我和咱娘的秘密，不告诉你。"

贾淑兰也笑着说："嗯，是秘密。"

岳海润瞟了一眼满脸红晕的灵儿，灵儿自然地低下了头，她感觉到了这目光的特别。岳海润再次把目光转向灵儿说："呵呵，你们是不是在说这个丫头？"

这时灵儿开口说："老爷，您怎么知道？"

岳思敏笑着说："哈哈，大哥不是也想打我的丫头主意吧？"

岳海润也笑着说："我想啊，既然你们都喜欢她，我想她应该是不错了。"

贾淑兰心情不错，气色也好，初五这一天，放假的下人们陆续回到了岳府，银捧被安排到了东南院，刘玉菊纳闷地问："路凤妮呢？谁让你过来的？"

银捧说："不知道，是总管让我来的。"

刘玉菊听后生气地说："去，给我把江环找来！"

第一丫鬟

银捧想：这是怎么了，比老夫人的架子都大。刘玉菊看着站在那里发呆的银捧，瞪着眼睛喊道："去呀，发什么呆？"

刘玉菊从蜈蚣岭回来后，岳海润就一直在书房过夜，因此刘玉菊也就感觉自己受到了冷落。路凤妮跟她五年了，也算了解她，平时还能和她说说话，其实她被江环赎回的那天，路凤妮就被江环辞退，她原以为丫头放假回家过年了，因此也就没问什么。

银捧转身走了出去，刘玉菊骂到："真是胆大，丫头说换就换，眼里还有没有我这个主子？"摔东西的声音"乒乒乓乓"传了出去。

银捧哭着来到了江环处。

江环问："这是怎么了？"

银捧含着眼泪委屈地说："没，没有，是大奶奶找您。"

江环明白了。他说："你先在这里待一会儿。"说完朝东南院走去。

江环来到了东南院，笑嘻嘻地走了进来，刘玉菊却板着脸。她骂到："你胆子倒不小，换人也不问问我，路凤妮呢？"

"夫人您先静一静，容我慢慢地说。"

刘玉菊不耐烦地接话道："静？你让我怎么静？我告诉你，除了路凤妮，我是哪个丫头都不要，你当总管都十几年了，难道连这点儿事情都做不好？还有，我这次被土匪抢走还没有找你问话，岳家养着你们这么多人，难道就是让你们吃闲饭的？怎么不替我报仇？好了，今天先不和你说这些，赶紧给我把路凤妮叫来！"

"夫人您先听我说。"

"说什么？去呀！我不听你！"

"路凤妮她……她已经自缢了。因为过年，怕影响你的心情，所以也就没敢告诉你，还请夫人谅解江环。"

刘玉菊听后惊呆地坐了下来，忽然没有了刚才那不可一世的威风，她摇着头说："不可能，不可能。"

江环一看刘玉菊恼火的情绪基本稳定下来，慢慢地说："这是真的，不过，还没有人知道，为了夫人您，也不能让人知道，我已安排妥当而且厚葬，还请夫人放心。"

刘玉菊不再说任何话，在她想来，这也许是真的，因为在蜈蚣岭土匪窝里，她和路凤妮没有逃脱厄运。

江环客气地说："夫人，没有什么事，我就下去了，还请夫人注意休息，有事就吩咐丫头告诉我。其实这次给您调换丫头我也是再三考虑，我感觉除了银捧，别人对您都不合适，您是三位奶奶的重中之重，这一点江环没有忘记，也请夫人理解江环的用心。"

刘玉菊那里算是搪塞了过去，江环松了口气。其实路凤妮并没有自缢，腊月三十她被江环安排的下人送出了灵石，临走的时候他对路凤妮说是安排个合适的去处，其实路上就准备对她下毒手，这也是岳海润交代过的事情。因为他已从路凤妮嘴里问清了发生在蜈蚣岭上的事。为了岳家的声誉，他不比老掌柜手软，只是可怜了路凤妮这个实心伺主的丫头，而岳家并没有人知道，为了主子，路凤妮曾经对土匪说："只要把我家夫人放了，想睡觉，我陪你们！"

路凤妮的家在三十里外的一个小山村，父母均已去世。那天一早，江环就把她叫了过去，给了她五两银子，让她马上离开岳府，路凤妮知道岳府出了这么大的事情，会对她处罚的，所以心情也就平静了一些。她问道："现在吗？"

江环说："是的，马上，夫人那里就不必告别了。"

路凤妮虽然不愿意离开，但总管说的话是没有余地的。出了灵石城，送她的人已经返回去，她一个人走在半路上就感觉有点不对劲。当时乌鸦在"哇哇"地叫着，路凤妮忽然感觉头皮发麻，头发直立，心随之也紧张了起来。她本能地扭回头瞟了一眼，只见身后尾随着一个男人，路凤妮紧走几步，那个人也跟着加快脚步，再次回头，只见那人满脸杀气，一双贼眼不停地扫视着四周，看样子他在寻找下手的机会。路凤妮害怕了，正想着如何逃命，这时迎面骑马走来一个人，路凤妮便哭着跪在地上喊到："大哥，救命！"骑马人却拔出刀刺了过来……

这次赎救刘玉菊，白存喜给了常可祝足够的面子，虽然白存喜说是还他人情，

第一丫鬟

但想到自己身为青龙寨拳师,以后少不了和他们打交道。为多一些平安,腊月三十日早,常可祝便走出青龙寨,在太谷城的集市上买了些酒肉,踏上了通往蜈蚣岭的路。他去蜈蚣岭的目的,一是感谢白存喜,二是结识一下蜈蚣岭的大头目眭福禄。

蜈蚣岭位于灵石境内边缘,眭福禄之流在那里驻扎并不被人所知,要不是这次赎救刘玉菊,常可祝也同样如此。走出太谷,常可祝快马加鞭,路上恰巧遇到路凤妮哭喊,在杀手拔出刀的一刹那,常可祝飞身从马上跃到了杀手的面前,拳到之时,那杀手也不含糊,他后退几步做起了接招的架势。这时杀手才认清了来者,喊到:"常大哥,是你?"

杀手是新去岳府的护院吴贵明,常可祝也看清了他,便收起拳,对吴贵明说:"你这是干什么?为何要对一个弱女子下手?"

"大哥,我这也是奉命行事。"

"放过她吧。"

"不是我不放她,而是……"

"不要说什么原因,人必须放走。"

"放过她我交不了差。"

"有什么交不了的?回去告诉他们已经办妥不就行了吗?好了,就这样,她和你无冤无仇,多做一些善事吧。"

此时路凤妮跪在地上不停地磕着头说:"大哥,你放过我吧,大哥,你放过我吧……"

吴贵明说:"好了,你走吧,走得越远越好,以后不要再露面,也不要再提你曾在岳家待过。"

路凤妮哆嗦着站了起来,再次跪到了常可祝的面前说:"谢谢大哥救命,谢谢大哥。"

常可祝对路凤妮说:"走吧,回家吧,赶快离开这里。"

路凤妮跪在那里说:"我是无家可归之人,大哥之恩,只是小女子无以相报,你是好人，我却不能为你做些什么。"

常可祝说："不必。对了，你没有家？那你准备去哪里？"

路凤妮听着眼圈就红了，她无奈地摇了摇头说："我也不知道。"

常可祝叹了口气说："这样，你到太谷青龙寨找一个叫冯卓雨的人，告诉她是我让你去做事的，有问题等我回去再说，你起来吧。"

路凤妮再次磕头谢过。

送走了路凤妮，常可祝纳闷地问："为何要杀她？是谁安排你的？"

吴贵明叹了口气说："咳！别问这些了，请大哥谅解。"

常可祝点了点头说："如果有什么事，可到太谷青龙寨找我，欠你的人情容后再还。"

吴贵明说："大哥真是侠义之心，再说还我人情，那就让我感到惭愧了，你放心，岳府那里我自然会周旋的，大哥保重，小弟先行告辞。"

常可祝翻身上马直奔蜈蚣岭，一个时辰就到了山涧，他下马观看了脚印，辨清方向后，又侧身上马。对于蜈蚣岭，常可祝虽未光顾过，但并不陌生。这里大山延绵数十里，杂草丛生，鸟鸣兽吼，是野狼和野猪的出没地，平时也只有猎人和采药的人结伴而行，沟下一条很明显的小道直通大山深处。常可祝沿着小道一路走去，快到山寨，三个守山的土匪将常可祝拦了下来。

常可祝说："烦你通报，青龙寨常可祝前来拜山。"

守寨的土匪看了看常可祝，跑步进洞禀报，白存喜听说是常可祝前来，激动地对眭福禄说："大哥，他就是我多次给你提过的那个人。"

眭福禄说："走，那还愣什么？一同去接！"

眭福禄和白存喜走出山洞，常可祝抱拳行礼说："见过二位。"

眭福禄也抱拳还礼说："幸会幸会，常常听小弟提起，这次回来他又和我提到了你，真是百闻不如一见，咱们进洞说！"

白存喜说："大哥能在这个时候上山，小弟幸喜不尽。"

常可祝笑着说："二位言重了，我这是无家过年，到此打扰了，哈哈，不会嫌弃我吧。"

白存喜也笑着说:"哈哈,那你就哪里来哪里去。"

三人说笑走着,走到了山洞外已经整修过的一片平地上。洞前的瞭望台上,五颜六色的彩旗和一面写着"蜈蚣岭山寨"的大旗在微风中飘扬;洞外,众土匪进进出出忙碌着。三人说笑着走进了洞中。

山洞已被土匪们修葺一新,洞中灯火通明。常可祝说:"好地方!"

眭福禄说:"见笑了,也就是个安息之处。"

蜈蚣岭山寨一派忙碌,酒菜备齐后,已近黄昏,百十号人开始聚席共度除夕。眭福禄说:"今天是大年三十,也是我们在蜈蚣岭山寨过的第一个年,在此我首先祝山寨各位弟兄来年大福大贵,同时,也为远道而来与我们共度佳节的青龙寨拳师,也是我的弟兄常可祝接风洗尘。各位,干了!今日我们来个一醉方休!"

洞中一派热闹景象。常可祝和眭福禄、白存喜坐在同桌边喝边聊,无意中聊到了女人。

眭福禄说:"别说,前天带回的那个丫头我还真喜欢,不是为了弄些银子,我还真舍不得放了她。"

常可祝说:"是吗?"

眭福禄说:"出门滚打好几年了,女人我也是第一次想。"

白存喜笑着说:"咱们现在是什么都有,就差给大哥娶个压寨夫人了。"

常可祝说:"话到这里,我还得感谢你们给了我足够的面子。"

眭福禄也认真地说:"银子虽然重要,但弟兄之情不是银子能买来的,山西有的是财主,银子没有了,我们可以再做嘛!当然了,兄弟的地盘我们是不会做的。"

常可祝说:"以后,灵石岳家还请你们善意待之。"

白存喜说:"好说,好说!不过这里一些弟兄有知道岳家的,说岳家的人并不地道,当然了,既然兄弟说了,那就另当别论了。"

白存喜的话让常可祝吃了一惊。岳家不地道?不地道在哪里呢?常可祝本想问一问,眭福禄说:"今天是除夕,要说咱就说愉快的事情!"

山洞里推杯换盏，大家喝了个通宵。初一下午，常可祝才告别了眭福禄和白存喜，走下了蜈蚣岭。

江环究竟和父亲是什么关系？常家和岳家又有什么恩怨？自己的身世又是怎么回事？江环说，几十年了，很多秘密自己还不清楚。这些天常可祝一直猜想着这些事。正月初十，常可祝安排了青龙寨的事情，带着疑问回到了灵石，准备和这位知情人好好叙叙旧。

常可祝约出了江环，酒店包间中备了烧酒和小菜，二人相聚。江环将常岳两家的恩怨原本道了出来。江环接着说："我知道的也就这么多，岳凯旋的为人我清楚，尽管老爷为此付出了不小的代价，但岳凯旋并没有就此放手，事后我才知道老爷和家人去教堂正是岳凯旋通知的官府，所以在老爷和家人出事后，我就给他下了毒，也算给老爷和那些无辜死难的人一个交代。唉！有时候我也不知道自己是个什么人，算个什么东西，对岳家而言，我是有罪之人啊！确实有时候我也很矛盾。"江环说着摇了摇头，长长地叹了一口气，这一声叹息在肚子里憋了许久许久。

常可祝心情同样起伏，他更为眼前默默无闻为常家多年做事的江环所感动，他感激地说："江叔，你为常家受委屈了，我不知用什么来报答你。"

江环说："别这么说，常家有后，能再次见到你，我很高兴，真的。"他说着眼眶流出了泪来。

常可祝提起了酒壶，满满地倒了一大杯酒，说："江叔，来，咱叔侄俩来个一醉方休！"

二人边喝边聊，常可祝又向江环问起了自己亲生母亲过去的事情，江环委婉地讲述着，并约定清明前一同到大同为老夫人扫墓。

江环又向常可祝提起了辞别岳家总管之事，常可祝说："说实话，知道实情后我也憎恨岳家，但这是上一辈的事情，你也为常家报了仇，我们这一辈都是无辜的，再这样打打杀杀，何时才了？你也一样，把过去的恩怨统统忘掉，暂时还在那里吧。"

"想不到你的心胸如此大度，让人佩服，上次见到你，我以为杀秦太医和岳海润的可能是你，看来我猜测错了。对了，我想问少爷一件事。"

"以后你我叔侄相称,有什么事,江叔尽管说。"

"那好,我就不客气了,你是否真的喜欢岳家小姐?"

常可祝笑着点了点头说:"怎么说呢?说实话,真的喜欢,但,这是不可能的事情,我也很矛盾。再说了,我现在的情况,和岳家相配吗?"

"那,少爷,呵呵,看我就是改不了多嘴。其实,岳家小姐对岳凯旋定的亲事并不满意,整天为此忧闷,如果你喜欢她,我一定促成你俩的事情。"

"这事回头再说吧。我明天回青龙寨,你回去后告诉柳智信回一趟家,我在他家等他。以后对他要多关照一些,我和小姐的事情就让他办好了,需要你出面的时候我一定告诉你。"

江环笑了。

见了常可祝,吐露了心事,江环的心情也清爽了许多,常可祝虽然让他继续在岳府做事,但自己已经了却了心愿,后来又见到了常可祝,也就没有再在岳府做下去的欲望。

柳智信回到家后,见到了在家中等候的常可祝。柳智信进屋后忽然就给常可祝跪了下来。常可祝说:"你这是怎么了?赶快起来!"

"我有罪,我……我……"柳智信说着自己狠狠地拍一下自己的头说:"我对不起常家,对……对不起你。"

"有什么事,起来说话,你这是干什么?"

柳氏见状更是不得其解,说:"你究竟做什么事了?快说呀!"

柳智信低着头,将压抑在心中的事情说了出来。柳氏听后哭喊着打起了自己的儿子,骂道:"冤孽啊,冤孽,我怎么生了你这么一个不争气的儿子啊!"

常可祝见柳氏伤心的样子,便安慰说:"姊子,这事不能怪智信,和他也没关系,这事情我已知晓,况且岳凯旋已死,这仇也算报了,你们不要再责怨自己了。"

柳氏恼火地对柳智信说:"从今儿开始你给我回来!以后就是饿死也不能给岳家做事!听见没?"

柳智信点着头说:"嗯。"

第一丫鬟

常可祝安慰说:"没有必要,还在那里吧,如果岳海润不是东西,我们再做打算不迟。"

柳智信站了起来,忽然想到了灵儿,说:"对了,有一件事情一直没有机会告诉你,前几个月,咱们这里来了一个姑娘,来时她向我问起了你的家人,后来我把她带进了岳府做事情。"

常可祝听后纳闷地问:"多大?叫什么名字?"

"十五六岁吧,叫灵儿。"

常可祝依旧纳闷地问:"灵儿?"

"是的。"

常可祝怎么都想不起认识这个人。柳智信认真地说:"听说是太原人,但又不像,对了,她长得很俊,没缠脚,给人的感觉很大方。"

常可祝并不知道姐姐家早有变故,因此也就没有想到灵儿是自己的外甥女。他说:"她后来没有再问过你什么?"

"没有。前段时间她一直在小姐身边伺候,后来去了老夫人那里。"

常可祝猜想着说:"也许她是我家的老亲戚吧。对了,见了她,你替我问一问,告诉她我现在在太谷青龙寨,有事情可以直接到那里找我。小姐呢,她好吗?"

"老样子,自从给她定了亲她就一直那样。你知道吗,小姐心里想的是你啊。"

常可祝点了点头说:"我这次回来想见一见她,看她是否能出来一趟,你回去后转告一声。"

"好的,我这就回去。"

柳智信回到岳府后把常可祝回来的事情告诉了岳思敏。

岳思敏听后喜出望外地问:"他回来了?这是真的?"

柳智信认真地说:"真的,我哪敢说假话呢!他现在就在我家里。灵儿知道我家,你和她一起去吧。"

岳思敏来到了正房,告诉老夫人想让灵儿陪她到街上走走。贾淑兰叮咛带个护卫出去,路上多加小心。岳思敏听后点了点头,便迫不及待地约了灵儿向柳智信家走去。走出岳家大院,岳思敏的心情愉快了许多。

灵儿笑着说:"小姐啊,我看你一定有什么高兴事了。"

岳思敏也笑着说:"是吗?能看出来?你又不是我肚子里的蛔虫,你怎么知道?"

灵儿笑着说:"小姐许久没有这么高兴了,灵儿能看出来。"

岳思敏高兴地说:"算你聪明,你带我到柳智信家去。"

听说要到柳智信家,灵儿想一定是舅舅回来了,不然的话小姐不会这么高兴。她说:"那一定是常可祝回来要见你了!"

岳思敏笑着说:"我说你这个丫头怎么这么聪明呢!"

灵儿卖弄着说:"那我是说对了?"

岳思敏笑着说:"嗯,是的,你怎能猜得到呢?"

灵儿说:"能观察了解主人的心情是一个丫头起码具备的能力,不然的话主人要丫头干吗?"

岳思敏说:"说实话,你离开我身边,我还真有点不习惯,不是老夫人开口,我才不答应你去伺候他们呢!"

能见到舅舅,灵儿同样心情激动。一路上,她努力回忆着记忆中已经模糊不清的舅舅的模样。

第九章　元宵认母

灵儿带着岳思敏走到平民区,来到了柳智信家。岳思敏见到常可祝,激动地说:"你……"声音哽咽了。常可祝傻乎乎地站在那里看着挂着眼泪的岳思敏,此时的灵儿也多么想喊一声舅舅,三人相见却不知如何开口。

灵儿拉着柳氏退了出来。岳思敏说:"我以为再也见不到你了呢。"她说着仿佛心如刀绞,不由得扑到常可祝的怀抱里哭了起来,二人默默无语,相互拥抱着。此时的岳思敏是一心相思,两眼相望,说了三四句,泪已五六行。常可祝也心内疚、泪水流,感觉此一见似乎已隔数辈。有道是:问苍穹,情为何,有缘人却在无语中。

常可祝抚摸着岳思敏的头说:"好了,思敏,别哭了,我这不是好好的吗?你这样,我倒不知该说什么了。"

"你带我走吧,可以吗?"

"你在说什么啊?"

"我不想离开你,真的。"

"别说傻话了,我什么都给不了你。"

"那你是不喜欢我了?"

常可祝紧紧地抱着岳思敏,说:"不是,不是的。"

岳思敏感觉有点失望,她从常可祝的怀抱里挣脱了出来,扭过头擦了擦眼泪说:"没关系,没关系的,不好意思,我刚才有点失态了。其实,我能看到你也就放心了，真的。"岳思敏尽管努力地克制着自己的感情，但依然抑制不住隐藏在心中的那份真挚的爱，违心的表达化成眼中的泪水。

常可祝转到了岳思敏的面前，扶着她的臂膀说："说实话，我很喜欢你，但我现在的条件，我不敢有任何非分之想，你能幸福，我也就心满意足了。有时候我真的在想，假如我们门当户对那该有多好，我可以名正言顺地到岳家求亲，但现在我什么都给不了你，不能给心爱的人幸福，我真的很无能，无能。"

岳思敏目视着常可祝那真挚的眼光说："我只问你一句话，你喜欢我吗？"

常可祝点了点头说："但我的条件……"

岳思敏用手挡住了他的嘴说："你别说了，你带我走吧，我不嫌弃你的家庭，我只要你爱我就够了。"

"我喜欢你，但出走不是小事，咱俩都好好考虑考虑，好吗？"

岳思敏点了点头说："答应娶我，好吗？"

"嗯，我只是怕委屈了你。"

岳思敏终于开心地笑了，说："这样吧。大哥很疼我，我和他说说，如果不行，你就带我走，反正我是除你不嫁别人的，除非……除非你不喜欢我。"

常可祝盯着岳思敏那双清澈的眼睛，装着满不在乎的样子，嬉笑着说："嗯，我郑重地告诉你一件事。"

岳思敏也看着常可祝那深情的双眼说："你说，我听，还说什么郑重呢。"

常可祝笑着说："那我就说了。"

岳思敏不禁涨红了那秀气的脸蛋，头微微地垂下，喃喃地说："说就说呗，还兜什么圈子？"

常可祝笑呵呵地说："你知道我说什么？"

岳思敏撒娇说："不告诉你。"

常可祝嬉笑着说："你贴近耳朵我告诉你。"

岳思敏将耳朵凑近了常可祝的嘴边，常可祝紧紧地抱住岳思敏深深地一吻，岳思敏嬉笑着说："好啊，你骗我！"说着就舞动着她那纤细的小手捶打着常可祝的胸膛，说："你真不害羞。"

常可祝笑着说："嗯，你还说我害羞呢？你刚才说喜欢谁来着？哈哈。"

此时的岳思敏真的害羞了，她说："你取笑我啊，哼，我不理你了，我要走了。"

岳思敏故意装出要走的样子，常可祝急忙说："赔礼、赔礼，是我喜欢你。"

岳思敏低着头笑着说："是你说的，不许骗我。"

常可祝再次将岳思敏搂在了怀里，说："说实话，谁能娶你是他的福气，我真担心自己没有这个福分。"岳思敏偷偷地笑了。

其实，常可祝还有他的难言之隐。他爱岳思敏，尽管他对常岳两家的恩怨看得比较大度，但还是有点不能全部放下。自己可以不计前嫌，但岳家呢？岳海润能放下吗？

其实对于常岳两家的恩怨，岳海润并不清楚。在他人面前，包括儿女，多少年来，岳凯旋一直隐藏在心里，包括常岳合那份共同拥有的巨额财产，虽然已完全归属在岳家名下，但在岳凯旋的心里却是一种羞辱，他不愿甚至害怕去回忆过去，直到临终，他才想到应该将这份财产移交给他的后人，那时他才不得已将秘密委托灵儿转达。

岳凯旋在临终前委托灵儿转交岳海润的，一是祠堂暗道大门的钥匙，二是柜中盒子里存放的祖上遗训。盒子里的东西灵儿已经转交，祠堂里的秘密灵儿依照岳凯旋的嘱咐，计划待岳凯旋去世百日后再告诉岳海润。

岳思敏对于常岳两家的恩怨更是不知，在她心里只有自己的世界，如何实现自己的爱，成了她唯一的奢望。

灵儿本想和舅舅相认，但又不愿打扰他俩相会。常可祝有事要走，也就把问灵儿的事情忘在了脑后。

从柳智信家返回，岳思敏就径直找到岳海润，提出要和邱一清退婚的要求。她说："大哥，我想和你商量一件事情，可以吗？"

"小妹有什么话就直说，和大哥绕什么圈子呢？"

"我要退婚。"

岳海润笑着说："这怎么可以？婚姻不是儿戏，是父亲生前定了的，不是说退就能退了的，不要孩子气了。"

"反正我是宁死也不嫁。"

"好妹妹，别闹了，其实，我认为邱一清挺好的，他也会好好待你的。"

"我不听这些，我不嫁就是不嫁。"

"那你告诉大哥看上哪家人了？"

"没有，反正我不嫁。"

岳海润笑着说："这样吧小妹，这事等父亲换白后再说吧。"

"我也就是想提前告诉大哥，也别耽误人家邱一清。"

"嗯，回头和母亲商量一下再说吧，不过，答应大哥要开心一点，我可就你这么一个妹妹哟。"兄妹两人聊着，刘玉菊走了进来。

刘玉菊自从被土匪绑票回来后就一直受岳海润的冷落，加之伺候了她多年的路凤妮忽然被江环告知自缢，让她有点不习惯。家人看来她似乎换了一个人，这些天整日待在屋里，所以也就没有了往日的那份洒脱，倒是银捧为新主子操起了心，她说："有句话我想给大少奶奶您说说。"

刘玉菊懒洋洋地躺在炕上说："嗯，你说吧。"

银捧认真地说："人忧易衰老，大奶奶您要打起精神来，长时间这样闷闷不乐，无论哪方面对您都不好。您想想，您这样，老爷见了也同样不开心啊。还有一件事情，我不知该说不该说。"

别看银捧平时马虎又爱开玩笑，但真正说话的时候又仿佛像一位经历过很多事的丫头，其实，她到岳府也有好多年了，伺候老夫人多年，也深知该如何讨好主子，主子欢心了，她自然也就不会被辞退了。刘玉菊对银捧倒没有什么成见，能伺候老夫人的丫头，还有什么话说呢？有时候就是这样，自己办不了的事情，也许丫头能办得到。刘玉菊想。

"你接着说啊。"刘玉菊说。

"哦，我以为您不高兴呢！"

"没有，我在听你说呢。"

"我也不知该不该说。"

刘玉菊微笑着说："什么时候你变得这么婆婆娘娘了，你说吧。"

"我一直在老夫人身边，所以有时候老夫人的心情比较了解，我想，您该再生一个孩子了。这……我不知道该不该说。"

"没事，我知道你的话是为了我好。"

刘玉菊想着银捧的话，是啊，自己这样子，当家的能心情好吗？万一哪天当家的忽然对自己厌倦了，另续偏房，那自己还有活路吗？银捧说得也对，自己和爷都生了个姑娘，岳家还没有传人，这也是老夫人的一块心病啊。哎，自己不也一样着急吗？可当家的这几年一直在外边，生儿子这不是一个人能办的事情啊。看来自己不能老待在屋里。银捧说得对，这样的话，没有病也会生出病来的。

我这是怎么了？银捧说得对，为何要和自己过不去？不就是被那帮土匪掳了一次吗？有什么大不了的！丫头虽然换了，但银捧也能为自己着想，也不错啊！不过话又说回来了，养个猫狗动物，时间长了还有感情，何况人呢？也真是的，我这样子难道还是我刘玉菊吗？是的，人活一口气，精神不能倒啊！

刘玉菊终于放下了多日的忧闷，打起精神，仔细地打扮了起来。

银捧笑着说："这才是大奶奶的样子呢！"

刘玉菊也笑着说："瞧你说的，也别说，你还真说得对呢！"

清晰的铜镜旁，刘玉菊粉饰起本来就漂亮的脸蛋，她仔细端详着镜中的影子，粉饰过的皮肤依旧那么红润，银捧递过了口红纸，粘涂过后的唇更是增添了几分妩媚。她自我欣赏着。是的，自己很漂亮啊，岳可玉不是说过自己是他见过的天底下最标致的女人吗？

想到岳可玉，刘玉菊心里有了一股激情和冲动，记得十年前刚嫁到岳府时候，曾认为自己是天底下最幸福的女人。大婚过后短短一月，岳海润北上，自己却独守空房，她虽不甘寂寞，却也无奈。三年后岳海润回家探亲小住，那时她才有了他俩爱的结晶。半年后岳海润再次出门的时候，她就期盼着再次回来，她知道他

第一丫鬟

这一走又是数年。真是：

经商去，远离家，悔不该嫁给买卖郎；掐指头，数日子，丢下俺夜夜守空房；商重利，轻别离，狠心人儿丢下俺；要嫁还嫁守家人，一年四季常做伴。

从小经常听的民歌，此时却唱出了自己的心境。有夫也做情人梦。三年前寂寞中的她遇到岳可玉后，干柴烈火，二人相处一发不可收拾，丈夫给予不了她的，他让她满足了个够，在岳可玉的怀抱里她才真正品尝到了做女人的滋味。

和岳可玉相处，自己也确实对他产生了感情，夜里常常梦到和他相会，刘玉菊回想着，这时忽然头晕了起来，肚子里也感觉有一种东西在搅拌，促使她呕吐了起来。

银捧急忙将墙角的痰盂端了过来，轻轻地拍打着刘玉菊的后背说："大奶奶，您这是……要不我把太医找来？"

刘玉菊呕吐了一口酸水，银捧将水端了过来，刘玉菊漱过口后摇了摇头。

"大奶奶，您是不是有喜了？"银捧疑惑地问。

刘玉菊才意识到了自己身体的变故，心里忽然紧张了起来。难道真的有了？这可麻烦了。

如果有了，她知道这个种子的出处，几个月后种子还会在肚子里慢慢地长大……

岳海润也许会杀了自己。刘玉菊忽然觉得一阵心慌，似乎感觉岳海润恼怒地掐着她的脖子，让她喘不过气来。她靠在椅子上"啊啊…"地叫了起来。

银捧着急地说："您等着，我把太医找来。"

"回来，别去！"刘玉菊勉强支撑着身体，对刚走到门口的银捧喊道。

银捧停下脚步返了回来，着急地说："您不要硬撑，如果有什么差错，我这个丫头可担待不起，您休息一会儿，我还是把太医找来吧。"

刘玉菊站了起来，凤眼一瞪，冲着银捧骂道："你这个人怎么这样不听话，你眼里还有没有我这个主子？"

银捧委屈地说："我也是为了您，怕您……"说着眼泪就挂在了脸上，她接着说:"耽误了您的身体我交代不了。"

"呵呵……"刘玉菊笑了笑说:"我好了,没事了,不过,我的事你不要对任何人说起,否则,那才是交代不了,明白吗?"

银捧点了点头说:"嗯,不过,您也不要硬撑。"

刘玉菊瞥了一眼银捧说:"我说,你这个人怎么这样啰唆,怎么就记不下我的话?说出去,你就得马上离开,那也不够,我就……算了吧,你现在是我的丫头,该怎么做,你应该知道。"

银捧冲洗了痰盂,刘玉菊说道:"银捧啊,走,咱们到老爷书房一趟!"刘玉菊打起精神走出了房间。银捧似乎也感觉到这位大奶奶另有隐情。

高高兴兴过正月,红红火火闹元宵。初十过后,灵石便有了过十五元宵节的气氛。镇上的人们开始忙碌起架火、挂灯、耍龙灯的事宜。岳家做何安排,江环自然心中有数。

元宵热闹的程度,岳家是关键。岳家老太爷走了不久,灵石城里的人都说今年的元宵可能要冷淡一些,江环也计划这一年元宵过得简单一点儿。因此初十过后岳府并没有着急去安排这些事宜。

晚上,老夫人做了个梦,早起就对灵儿说:"初十过了,还是这么冷清,马上要到十五了,该准备就得提前准备,该热闹还得热闹,梳洗完后给我把江环找来。"

"好的,我们是不是十五还要热闹啊?"

"是啊,这一年就一个元宵节,迎灯、看社火、唱大戏,这怎能少了岳家呢?对了,灵儿啊,你说亲了没有?"

灵儿笑着说:"没呢!老夫人不会要给我说门亲吧?"

老夫人笑着说:"嗯,有这个打算,让我想想。"

灵儿扑哧一笑,说:"老夫人您快别想了,我不嫁,我可喜欢在您身边待着。"

"鬼丫头,做我的干女儿,你愿意吗?"

灵儿一听心里甚是喜欢,她边给老夫人梳头边说:"难得老夫人看得起我,灵

第一丫鬟

儿是下人，不敢有所乞求，伺候好您，您开心长寿，永远有一个好心情，这就是灵儿最大的心愿；您喜欢灵儿，我也就心满意足了。"

老夫人笑着说："嗯，是不是我不配做你的干娘啊？"

灵儿听老夫人这么一说，急忙说："灵儿是下人，很想做您的干女儿，可灵儿不配，灵儿不配。"

老夫人笑着说："就么么着，以后就是我的女儿了！"

灵儿给老夫人梳洗完头后跪了下来激动地说："女儿拜见母亲！给母亲请安了！"说着眼圈泛红，拿着手帕边擦泪边说："能有娘亲，灵儿真是开心。"

老夫人的心情特别的愉悦，皆因晚上做的梦，梦到了老太爷，老太爷对她说："我前世有不少冤孽，至走才有所醒悟，我现在在菩萨身边修行，你也一样，今后要多多吃斋念佛，算是为我超度。你身边的丫头非平常之人，就把她认做咱们的干女儿吧！以前我对不起她的前辈，请你好好待她。"

梦醒后老夫人回味了好一阵子，不管梦是否真假，这灵儿也确实招人喜爱，岳思敏懂事，又非己出，认个干女儿有何不可？嗯，就这么着。贾淑兰打定了主意认灵儿为干女儿。

灵儿站起来说："老夫人稍候，我这就去把江总管找来。"

贾淑兰笑着说："你叫我什么来着？"

灵儿眨着那水灵的双眼，抿着嘴羞涩地行了个万福，笑着说："是，娘！"

贾淑兰哈哈地笑了。"嗯，这才是我的乖女儿！"

灵儿出门后，岳家几个儿媳陆续前来给老夫人请安。刘玉菊也恢复了往日的神态，和贾燕青挨着老夫人身旁坐着，和老夫人聊了起来："娘，我这阵子身体不好，因此少了时间来看您，不过心里着实惦念，还好，托您关照，我的身体好了许多。"

贾淑兰说："嗯，我嘱咐银捧丫头了，你们几个媳妇好啊，我就开心了。"

银捧插话道："可不是嘛，大奶奶就说，她的病好得快呀，就是因为老夫人您关心着呢！对了，怎不见灵儿在您身边伺候着？真是的，我得说说她。"

贾淑兰笑着说："你这个丫头，管的还真不少。"

银捧说："谁照顾不好您，我就第一个不答应，去找他的事。"

贾淑兰笑了。

唐舒怡依旧不多言语，只是听着众人聊天，偶尔笑笑。

贾淑兰神秘地说："你们都来了，等一会儿我告诉你们一件大喜事。"

刘玉菊纳闷地问："娘，您有什么喜事，不妨先告诉我们啊。"

贾燕青也说："就是嘛，先告诉我们。"

银捧说："我知道了，老夫人一定是做什么好梦了，所以我进门就发现老夫人是格外的高兴。可能老夫人要犒赏我们！"

贾淑兰笑着说："哈哈，你这个丫头！"

唐舒怡也笑着说："只要老夫人开心，就是我们的福气！"

她们几个说笑着，江环和灵儿走了进来。江环给老夫人行礼说："江环拜见老夫人。"

"先说说，这个十五怎安排的？"

江环认真地说："热闹是要热闹，不过我计划规模比往年小一点儿。"

"为什么要小？是因为老太爷走了，不敢太热闹了？"

江环回答说："是的。"

"往年怎么过，今年就怎么过，告诉海润，就说我说了，这元宵是活人的节日，不好好热闹，让人小瞧我们岳家了，这可不是老太爷愿意看到的。呵呵，昨晚他就托梦给我了，他说啊，江环怎么不安排热闹呢？他还等着要看社火、看迎灯、看大戏呢！"

"老太爷真这么说？"

贾淑兰一本正经地说："那可不，他还说了许多呢！"

"那我就按老太爷的意思和您的吩咐去办！"

"嗯，这节过得不开心我可要问你的事儿！还有，我有干女儿了，今儿个也安排好好庆贺一下！"

老夫人的话，让众人吃了一惊，这干女儿是谁呀？众人大眼瞪小眼，都在猜想着。

江环高兴地说："好，这确是大事，值得庆贺！"

贾淑兰笑着说："银捧啊，给我把海润叫来，让他也知道他多了个妹妹！"

灵儿在一旁站着，心里更是格外高兴。江环看了看灵儿，她一双纤手摆弄着搭在前胸的辫子低头不语，却掩饰不住内心的喜悦。他猜想到：看来是这个丫头交好运了。

"娘，先告诉我们这妹妹是哪家的姑娘啊，好让我们也提前高兴高兴啊！"刘玉菊说。

"嗯，你们都猜猜，猜对了，我可真有赏呢！"贾淑兰故意卖起了关子。

众人都没有猜想到这位让老夫人动心喜欢的姑娘，江环虽然已猜到是灵儿，不过，他是不会在这个场合显露自己的。他附和着说："我想，她一定是个聪明漂亮的姑娘。想得老夫人的赏，可我笨，就是猜不到啊！"

灵儿被老夫人收为干女儿，消息传遍了岳家大院。灵儿拜了干娘，老夫人一高兴拿出了她收藏多年的玉镯戴在了灵儿手腕上，灵儿不俗，也漂亮机灵，岳海润弟兄为了一个妹妹而高兴。

岳海润说："岳家添丁，多了一个妹妹，好啊。"

岳海奎也说："妹妹人也漂亮。"

岳思敏更是喜欢，高兴地说："我可有人做伴儿了。"

说着便拉着灵儿的手说："我说妹妹，该叫我姐姐了吧！"

灵儿笑着说："今后还请姐姐多多指教！"岳思敏笑了。灵儿分别拜见几位兄嫂。

岳海润说："我这个当大哥的也该送妹妹点礼物。"

刘玉菊本瞧不起下人，灵儿自然也不例外，灵儿在她面前行礼叫她嫂嫂时，

第一丫鬟

她心里轻蔑地哼了一声，表情淡淡的，心想：刚来几天就被老夫人认为干女儿，还成精了，不过再怎么你也是个丫头。其实刘玉菊心里妒忌的是灵儿的漂亮。不过刘玉菊圆滑世故，马上舒展了笑容说："贺喜妹妹了，不过，以后更要尽心照顾好咱娘。"

灵儿说："这是妹妹的本分，以后灵儿有不周之处也请大嫂多多指教。"

刘玉菊说："这才是实话。"

唐舒怡和贾燕青倒没什么，只是附和着老夫人。江环在一旁仔细观察着每一个人。灵儿应对自如。他想：这个丫头确实不平凡，应该是见过场面之人，也不知将来是福是祸。以前她究竟是什么来历呢？她真的是常家的后人吗？看来需要了解清楚。

第十章　神秘侍卫

看夜灯花，几处笙歌腾朗月；良宵美景，万家箫管乐丰年。

元宵节夜，灵石的大街上人山人海，架火和灯会为这个古老的小镇增添了不少异彩。这一晚，岳府里的年轻主子们大多都走了出来，老夫人也让灵儿和岳思敏一同出去，她俩在柳智信的陪同下在大街上观看着灯火。

刘玉菊也吩咐银捧带一个护院拉着岳致屏出去玩耍，自己却一个人待在屋子里。

岳海润早在下午就被温中原邀请到了县衙，宴请过后，他俩一同走出了县衙，准备点燃架火。

架火是一种造型社火，在晋中比较盛行。灵石架火起源于民间烟火炮仗，盛行于唐代，到清代已发展到奇异光彩的境界。架火以单桌顶立，共十二张桌。寓意一年十二个月，如有闰月则顶十三张桌。架火用纸、麻、竹竿等结扎成山石状，彩绘出来，再用各种纸炮、花炮、绣花炮编织成图案，悬挂于桌子的各层，成为集雕塑、绘画、结扎、裱糊、剪纸于一身的综合艺术品。燃放时，点燃走起火，经固定路线，打中架火最下一层，之后逐层燃放，鞭炮齐鸣，礼花喷射，硝烟弥散，五彩缤纷，十分壮观。

温中原和岳海润一同走到架前，众人早已将一个木框和纸仿制的明代刻碑立于架火前。按乡俗，在点燃架火前，将刻碑焚烧。拓片所载原文是：

为祝天地水三宫三神，祝普天同庆贺新岁之五谷丰登，请免水陆之灾，风雷冰雹之害，降神火之戚，压瘴气之滋生焉

敬此流芳

社以神之体民，以火之望，普之以四面八方，借泰山之势，以火为望，社生灵，持以此山火为延庆

树立此碑，继世永昌

这架火是由温中原和岳海润共同点燃。点燃后二人在兵丁的护卫下沿大街观看五光十色的彩灯及街头的旱船、高跷、舞龙、舞狮、抛绣球等民间艺术表演。

灵石的元宵灯节仿效苏、杭、扬三州之风气，于道光时已颇具盛名，之后从咸丰、同治一直延续下来。灯的品种繁多，制作精巧。道光时，从广东引进的宫灯形式有八角、六角样式，质地有玻璃、纱、绣缎三种，灯架多是紫檀等硬木制成。灯上装饰有书写的千家诗、唐宋诗词，并绘有花鸟鱼虫、人物山水，庶民百姓则悬挂贴剪纸灯影。灯影俗称走马灯，形状是圆柱体，或纸或纱裱糊，借烛光热力，推动转盘，以表现各种人物故事和诗词灯趣。

岳思敏和灵儿被街头的绞活龙灯火表演所吸引。清嘉庆年间，在广东经商的灵石人，将绞活龙的制作技术带回老家。活龙长四丈五尺，纸扎龙头，布制龙身，选空旷之地搭龙棚二座，高一丈八，相距十八丈，龙棚之间由若干绳索相连，中间悬一圆球，取"二龙戏珠"之意，两龙即系于绳索上，龙身内置灯数盏，龙棚中人力绞动绳索，二龙即可上下左右作飞腾状，地面上则由十数人舞动老龙，上下配合。参加活动者数十人之多。入夜，灯月辉映，锣鼓喧天，鞭炮齐鸣，人声鼎沸。在弥漫的硝烟中，老龙小龙上下腾飞，或二龙戏珠，或双龙拜母，吼声震野，煞是壮观。

"妹妹，好看吗？"岳思敏问。

"好，我可是第一次看这么精彩的表演，真是好看极了。"灵儿兴奋地说。

"那边还有更好看的呢，咱们看看去！"岳思敏说。

"好啊，听姐姐的。"灵儿高兴地说。

第一丫鬟

二人拉着手向铁棍表演的地方走去。

铁棍,又称抬阁,以幼女着丽衣扮装,缚股于铁棍之上而舞,下以八人、十六人或二十四人抬之。要求所有抬阁人以统一节拍上下起伏,带动阁上演员舞动。又有背棍,也称背阁。背棍由上、中、下三截构成,有直顶、旁顶、活心等样式,分单人棍、双人棍、三人棍,由一壮汉背铁棍,上扎一至三名儿童,他们共同扮演一组戏曲或故事人物,并配以与人物相符的道具。表演时,背棍者根据故事,迈着与角色、性格相吻合的步伐,被背者也随之做相应的表情和姿势,构成上下浑然一体的艺术造型。背棍队伍少则五六组,多则百余组。集体跑圆场,表演既是艺术比赛,又是对人的耐力考验,很有一番气势。通常,孩子被选入背棍或铁棍队伍寓意着吉祥,故家长们很愿意自己的子女被选中。还有扒棍,以多人抬木架,架上有具横梁,枕以三四丈之长篙,中与横梁加活动之枢,其篙之尖端在前,以骑鹤童子缚之。其下端在横梁之后,以多人徒手执之。视前方屋上有妇女,则使篙尖之骑鹤童子挥尘近之,杂以谐语。背棍、铁棍不说不唱,只以锣鼓音乐舞蹈动作表演传情,被称为"无言戏曲""空中舞蹈"。

灵儿被精彩的表演所吸引,柳智信在她俩身后紧紧跟随,不时地看着四周陌生的面孔,生怕人多出了差错。而在他们的旁边确实跟着几个人。

"呵呵,这两个妞长得不错,盯紧点儿。"

这是蜈蚣岭的几个土匪,他们紧紧盯着灵儿和岳思敏。螳螂欲捕蝉,黄雀跟在后,他们的对话恰巧被身旁一个男子听到,而这男子正是从西安奉命而来的大内侍卫刘一山。

慈禧太后西行路上遭遇暗杀,虽无伤着,但也受了不小惊吓,在蒲州处理了部分官员后,已到西安的慈禧太后并没有为此而罢休。她本是一个有恩报恩、有仇记仇之人,八国联军打上门来的时候,老太婆落荒而逃,一口气跑了几百里,连口水都喝不上。兵荒马乱之际,怀来县令吴永好歹总算准备了一锅稀粥,让老太婆喝得舒心,后来成了一个屹立不倒的人物。再如岑春煊,脾气坏得要命,逮谁得罪谁,只因为在郭敦源暗杀太后时第一个带兵前来护驾,也因此而官运大好,

第一丫鬟

甚至连朝廷分量最重的庆亲王奕劻和袁世凯联合参奏，都没能动得了他的乌纱。西太后对待功臣也相当富有人情味，所谓的中兴名臣，无论以后的作为如何，都会顶着一堆官爵头衔终老，临了的谥号还会找个美好的词。这就是西太后的个性。到达西安虽说稍微安定，但总乐不起来。

"呀，真是皇恩浩荡！老佛爷，外面下雪了，您老人家到外边去散散心吧！"何荣儿察言观色地对太后说。慈禧太后年轻时候，最喜欢游玩，自从做了皇后、太后之后，日理万机，甚是繁忙，把游乐都快淡忘了。夜里下起了雪，到今天还没停，雪好大，地上已经堆得有半尺厚了。这是近三年以来，陕西地区下得最大的雪。连续三年，陕西几乎滴水未降，听说下雪了，慈禧太后真的有些心动。想想往年在京城，在宫里，在颐和园，一到下雪，在那银色的世界里游玩，该有多好啊！这该死的洋鬼子！越想越烦，老佛爷站起了身，何荣儿知道她要出去，急忙拿过了那件从河南进献来的紫貂氅，披在老佛爷身上。然后搀扶着她出了房门，走下石阶，来到行宫的院子里。

这时慈禧忽然想起了灵儿，对侍女何荣儿说："荣儿啊，也不知灵儿流落到什么地方了，我可真有点儿惦记她了。"

"都怪那些土匪，不过老佛爷您一向吉祥，有您保佑，我想灵儿会平安的。"

"是啊，我是一贯念旧的人，虽然你们是丫头，但不在我身边我也同样会挂念。"

"老佛爷厚爱之心荣儿深感，我和灵儿就常常说：'天大地大比不上老佛爷您的恩情大。'老佛爷啊，您惦记灵儿我也能看得出来，您休息的时候就常常叫出她的名字，要不让李总管差个人去看看她？"

"你这个丫头，还敢替我做主张？"荣儿一听害怕了，扑通跪在了慈禧的面前紧张地说："老佛爷恕罪！"

慈禧笑了笑，说："平身吧，你这个丫头，咱们转转就回去。这小李子到哪里去了？给我把他喊来！"

何荣儿和灵儿都是李莲英为慈禧选的贴身丫鬟。二人不仅聪明伶俐，而且善于察言观色，慈禧开心或者不悦她俩都能应对自如，因此深得老佛爷的喜爱。平

第一丫鬟

时她俩相处也情同姐妹，灵儿走后，何荣儿也是惦念了好一阵子，因此她就常常想找个适当的时候在慈禧的面前提提她牵挂着的姐妹。这一天慈禧忽然想起了灵儿，何荣儿自然不会放弃这个机会。

听到老佛爷要传李莲英，何荣儿自然知道慈禧的心意，高兴地说："是，老佛爷！"

何荣儿刚刚说完，李莲英就急急忙忙走了进来喘着粗气说："老佛爷，下官来了！"

"小李子啊，最近我老是惦记灵儿这丫头，她的情况你早些给我个话。"

李莲英毕恭毕敬地说："回老佛爷，您日理万机，操了国事还要操家事，这人我马上安排，一是暗中保护灵儿，另是顺便把乱党的情况再察访一下。"

"嗯，也好，山西这地方啊，穷山恶水，但是富有，也是出人才的地方，咱们手头紧的时候他们还知道孝敬，我考虑啊，该杀的不留，该赏的要赏。还有，等我们返回京城，就建立咱们大清的银行。"

"太后英明，国事我不懂，不过有些事情我会替您打理的。"

"嗯，该办的就办，银子上的事情，有老西儿，告诉他们，大清国是不会忘记他们的。还有，借给咱们银子的叫什么来着？"

"您说的是大德恒票号。"

"是的，你把桂月亭和董福祥两位大臣给我传来。"

"好的，我这就去。"

灵儿到民间一事李莲英自然知晓，那天进入山西界，慈禧梦醒后就对李莲英提起了梦中的事情，李莲英说："恭喜太后！"

"恭喜什么呀？"

"赤橙黄绿青蓝紫，是天宫七位仙子，现在长毛人进来了，是仙人合力下凡助您来了，您梦中不是出现了七色霞光吗？霞光照耀，这是预示着大清国还是您的天下，有仙人，长毛贼还能逞能？梦见仙人这是上上之梦，一般之人哪能梦得到呢？"

"那倒也是，可灵儿又是如何解释呢？"

李莲英听后想：也许灵儿真的是上仙下凡？那说不定我也是，那就干脆成全了灵儿吧，免得有违天意。于是他说："上仙也一样，帮忙也要讲条件，我的建议就按仙人说的办，也许灵儿真的是陪着您来人间的，上天之意不可违。"

"那就看情况办吧，是福是祸随天意。"

桂月亭和董福祥接到慈禧要面见的口谕，来到了巡抚衙门慈禧居住的行宫。行宫的正殿，原来是陕甘总督巡视到陕西时居住的地方，正殿两边的旁殿，备为召见人员守候之处。在正殿的后面，有一座较宽畅的房子，其门由六扇门板组成，平时只开正中间的两扇，从外面向里看就能看到其中的宝座。其内全是用黄色的绸缎装饰起来的。慈禧驾临西安期间，所有的朝廷典礼都是在这里举行。这所房左侧的一间屋子，是每天太后召见臣下、议事的地方；这排房子后面，是太后、皇上、皇后的居室；中间是慈禧的卧房，皇帝、皇后住在旁边的一间小房子中，与太后的卧室相通；西侧另有三间小房子，是大阿哥的卧室；李莲英则住在慈禧太后卧室东侧的一间小房子中。一切安排就绪，慈禧太后开始对西安之行有功之人论功行赏。

李莲英将大内侍卫刘一山叫到了自己的房间，将秘查支持郭敦源及其同党，同时也将暗中查寻并保护灵儿的事情进行了详细的交代。

得了总管大人的命令，刘一山走潼关、过黄河，不几日就进入了山西境内，沿太后西走之路一路返到了灵石，正月十四日午后，走到了县衙。

刘一山穿着普通，几日赶路，衣服也显得有些污垢，把门的兵丁将他拦截了下来，不耐烦地吼叫道："做什么？做什么？你往哪儿走？这是县衙重地！岂能乱闯？"刘一山满不在乎地看了一眼兵丁说："滚，把你们大人喊来！"

"哟呵，口气不小，'大人'是你随便喊的？我看该滚的是你！"另一兵丁说着抬起了腿朝刘一山的上身狠狠地蹬去。

刘一山轻松用气，将蹬他的兵丁反弹到大门柱子上，刚才还不可一世的兵丁连哼都没有来得及哼一声就当场晕死在地上，另一兵丁看着站立自如的刘一山，知道来人不善，哈腰点头地说："好汉爷，息怒，我这就去通报。"

兵丁在前面哆嗦地走着，刘一山在后面镇定自如地迈着大步，二人绕过三堂来到了温中原的卧室，兵丁慌慌张张地说："大人，有……有人……闯……闯进来了！"

坐在椅子上的温中原看了看兵丁身后的来者，但见他二十多岁，身着普通，眉宇间透露着不凡之气，温中原猜想来者一定是江湖之人。在他刚要问话的时候，刘一山拿出了腰牌朝温中原一亮，温中原吃了一惊，急忙对兵丁说："退下去，没有我的命令任何人不得进来！"

兵丁退了出去，温中原行礼说："不知大人驾临，下官有罪，我给大人行礼了！敢问大人来鄢县……"

"废话少说，皇务在身，我来这里只需休息之地。"

温中原恭敬地说："下官随时愿意听大人调遣！大人走累了，我这就安排您休息住下！"

"没有你的事了，你吩咐给我安排一个合适的客栈就行，需要叫你的时候我自然会做安排，我到这里也请保密为是。"

"这个下官自然晓得，大人稍等，我马上就给您安排住处！"说完温中原将师爷喊了进来说："王师爷，我家亲戚来了，马上安排一个上好的客栈，不得耽误。"

王师爷领命后将刘一山带到了离县衙不远的八仙客栈。

上边来人，温中原自然不敢怠慢，王师爷安排妥当回报后，温中原独自一人带了银票，来到了刘一山的住处，恭恭敬敬地将一百两银票递到了刘一山的面前，说："大人初来草地，下官失礼了，这点意思不成敬意，以做补贴，回头我再做安排。"

刘一山也不客气，收起了银票说："好说，好说。本来不想打扰，但来了不看看父母官，回去后也没有办法向李大总官交代。"

温中原客气地说："大人光临是下官的荣幸，求之不得、求之不得！希望您能多住几日。"

"我住几日我自有安排，你也知道，太后在这里曾小有不悦，虽然匪徒已决，但根源尚未铲除，你来这里已经多日了，查访得如何？"

"据下官暗访调查，郭敦源余部已经全部覆没，这也是皇恩浩荡，不过……"
刘一山说："不过什么？"

"我想，郭敦源如此猖狂，后面一定有主使，不然的话，他何来如此胆量？"

"废话，这还用你说？"

"大人刚来，先要休息，晚宴我已安排妥当，请大人赏脸进餐。"

"不必，你的心意我领了，去办你的事情吧，需要你的时候我自会通知。"

送了一百两银票，温中原也没有从刘一山口里探听到他此行的目的。从八仙客栈走出，温中原感慨地想：上面来人，少不了破费，唉！当官难啊！

"温大人，近来可好？"从八仙客栈返回的路上，温中原遇到了江环，江环笑眯眯地问候道。

"哟，江总管好！您这是……"温中原看着走来的江环说。

江环笑着说："明天是十五了，这热闹之事自然应该和父母官通气，哟，看你好像有心事哦。"

温中原一脸无奈地说："没有，没有，上面来人了，少不了应付。"

"是吗？走，咱们到饭店喝酒去，今天我请客。"

"这，这不太好吧。"

"怎么，不肯赏脸？"

"您这说哪了，我虽说是一县的父母官，但您可是堂堂的岳家大总管，该我请您。"

"看，我说你见外了吧，你是不是不乐意和我一起喝酒？"

温中原笑着说："那恭敬不如从命，好，那我就不好意思了。"

江环也笑着说："这就对了。"

二人说笑着来到了兴隆饭馆，饭馆老板见是县令和岳家大总管，急忙上前迎接：

"哟,二位大人光临,雅座请。"说着将温中原和江环引到了楼上的雅座间,沏好茶水后毕恭毕敬地说:"二位大人吃些什么,尽管吩咐,下人这就安排。"

江环说:"看好的上。"

江环和温中原喝茶相叙,不一会儿店小二端着菜,老板端着酒走了进来,老板说:"这是库藏多年的汾酒,敬请二位大人品喝,还需要什么也请吩咐。"

江环说:"吴掌柜啊,没有你的事,你去吧,需要的时候我自会安排。"

吴掌柜倒满酒后退了出去,江环说:"一直想找个机会和大人好好一叙,可一直没有时间,今天有缘,来,喝!"说着端起了酒。

温中原也说:"彼此彼此,来,干!"

酒过三巡,二人聊了起来,江环是有备而请,温中原却是心事重重。大内侍卫来干什么,对他来说是个谜,到了他的地盘,却解不开这个谜,他怎么能安下心来喝这酒呢!他叹了口气说:"为功名,我十年寒窗求仕途,咳!当官难,还是你们商人好啊!"

江环说:"大人有什么心事,不妨相告。"

温中原苦笑着摇着头说:"没有,没有。"

汾酒好喝,但后劲十足,特别是陈酿多年的酒,喝多了劲头上来,话自然也就多了。江环心底清楚,温中原就不同了,他不仅说出了有人密函李中堂,而且还把上边来人到了灵石,自己刚才拜见也道了出来。他叹着气说:"唉!我这个县令啊,做得很累,俸禄不多,但上面来人了,不孝敬能成?"江环说:"那是,那是应该的。"

温中原说过后似乎有点醒悟,神秘地说:"这话只有你知,不可外传。我怎么都想不通,这灵石是不是隐藏着什么高人?或者会发生什么事情?来,今朝有酒今朝醉,咱们接着喝!对了,明天是十五,我在县衙备宴,请东家和您务必光临。"

江环说:"我一定转告东家,不过我明天还有好多事情安排,去不成了,因此特在今日拜见大人。"

江环一直想刚才温中原说过的话,灵石究竟来了什么人呢?难道是来暗查什么事情?这时,他又想起了郭敦源,一向沉着的江总管也不由得打了一个冷战。

第十一章　包头事变

　　佳节良辰美景夜。夜幕降临，灵石却是火树银花不夜天。刘一山从八仙客栈里走了出来，行走在熙熙攘攘的大街上，观看着这灯火缤纷的世界。

　　说来凑巧，铁棍表演现场，刘一山看到了几个人指着两位姑娘在窃窃私语。在灵儿挪动脚步的那一刻，刘一山看清了。他想：这不就是太后的贴身丫鬟，我要找寻的人吗？

　　真是踏破铁靴无觅处，得来全不费工夫！刘一山好不欣喜，再看看鬼头鬼脑的几个歹人，他本能地跟在了他们的身后。

　　灵儿和岳思敏欣喜地随着人群挪动着，身后的几个歹徒也随之挤到了她俩的身边。这时灵儿似乎感觉到了什么，扫视了一下，凑在岳思敏的耳边说："姐，这里有坏人，咱们朝那边去。"

　　灵儿和岳思敏在拥挤的人群中走了开来，柳智信却没有在意。这时几个歹人靠近了她俩，嬉皮笑脸地说："哟，好水灵的小妹妹。"一个土匪说着，手就摸向了灵儿的脸蛋。灵儿杏眼一瞪说道："走开！"另一土匪说："呵，够味儿！"四个土匪围着灵儿和岳思敏浪笑了起来。

　　刘一山正要出手解救，这时柳智信赶了过来，怒声喊道："你们要做什么？滚一边去！"被骂的歹徒恼火了，抡起拳头便朝柳智信身上砸去。柳智信也非等闲之辈，躲过了歹徒的拳头，翻身将其打翻到地上，其余三歹徒见状同时扑向了柳智信。

这些歹徒本是会武之人，眼看柳智信将要吃亏，刘一山跃到前面没出几招便将其三人打翻在地。这时被柳智信打倒的那个土匪起身后拔出刀刺向了柳智信，就在这一瞬间，刘一山飞起一脚踢了过去，只听歹徒"啊"的一声，被踢中手腕，刀子脱手扎在了他的身上，其余三人爬起后架着受伤的歹徒落荒而逃。这时，刘一山也悄然离去。

那一招一式的身影，灵儿似乎熟悉，但又想不起来，她问柳智信："那个帮你忙的人是谁？"柳智信摇着头说："不认识。"岳思敏也说："今天多亏人家，否则你要吃大亏了，记着，以后遇到人家要感谢，欺负咱们的那帮人是哪儿的？"柳智信说："不太清楚。"灵儿肯定地说："一定是土匪！"

其实刘一山并没有走远，他走出了围观者的圈外后就听到有人说："这帮人也太大胆了，连岳家的人也敢欺负！不是找死吗？"刘一山问："他们是岳家的？"老者说："是啊，是岳家的小姐和下人。"刘一山问："岳家是什么人家？"那老者说："连岳家都不知道？呵呵，看你就是外地人了。"

围观的人陆续走了开来，刚才被冲散的铁棍表演也继续开始，灵儿和岳思敏一行三人继续在大街上观看着这热闹的场景，刘一山在不远处悄悄地跟随着。

岳海润点燃架火后和温中原告别，同王富壹、范世玉游走在大街上，不时地谈论着商事。

岳海润说："十五过完，马上也就开春了，估计长毛贼一时半会儿还走不了，情况就这样了，今年总休上不是很好，所以我想出去走走，总号的事情就劳二位费心了。"

范世玉问："东家对时局有什么看法？"

岳海润说："难说，生意是一年比一年难做，西南边有邱一清打理，我倒放心；再者，皇上和太后到了西安，也许会影响西南的生意。北面一直是我们的重点商路，洋人进来后，我们损失不小；另外，我回来后，内蒙古、俄国那里多少会受到影响。"

王富壹说："洋人进来后，闹得人心惶惶，其实西帮各家的情况也都彼此，现在的朝廷真不知道还能不能靠得住。"

范世玉说："我一贯认为事情有坏就有好，哪朝哪代都经历战争，但商人没有说不经商。我一直赞赏浙江的胡雪岩，他生逢乱世，结缘权贵，纳粟助赈，左右逢源，从而大富大贵、大红大紫，天下无人能比，他发财靠的正是朝廷。我倒认为洋人来了是暂时的，朝廷不会倒。因此，经商不能远离官场，东家要想办法结交朝廷重臣为上。"

王富壹说："朝廷？现在的朝廷还是以前的朝廷？谁敢靠？这次太后和皇上出来，沿路不是向我们西帮借的银子吗？你们说说，这连吃饭的银子都没有，还谈什么靠得住呢？我看借给他们的银子那是肉包子打狗，有去无回的了！"

范世玉说："那不一定，再瘦的骆驼比马大，这天下还是皇上的！时局一稳，撒出去的银子自然会生根的。就算是肉包子，可狗喂熟了，也会记得喂它的人的好处啊！"

王富壹说："话倒是对着，可要让我出啊，那是万万不会的，听说大德通这次借给他们四十万，我看怕是收不回了！"

范世玉说："舍得、舍得，舍出去才能得到，当然这也是有风险的，其实咱们经商也一样，假如现在朝廷忽然倒了，那我们不也一样受损失？我倒是觉得大德通有远见，应该赌一把！不就是四十万吗？"

王富壹说："反正我和你不一样，不敢冒这个险的！"

范世玉说："我认为时局变了，我们的做法应该也变。"

"哈哈哈……"岳海润笑了起来，说："好了，你们别说这些了，这些话也只能私下说，既然出来了，我们先把商事放放，轻松轻松，看看这灯火吧，该忙的时候，那可没有这么轻松了！"

王富壹和范世玉二人还在聊着，各自陈述着自己的观念，岳海润也就不再插话。表面上他在观看灯火，其实他也在认真地听着，范世玉的观点让他更为赏识。他想：是啊，时局变了，也许该改改以前的做法了！

大街上，人来人往，岳海润一行三人游走着。这时江环急匆匆地走来，附着岳海润耳朵悄悄地说了一句话。

江环告诉岳海润的正是岳可玉和刘玉菊偷情一事。本来江环准备要出去走走，刚入甬道就看到了一个身影闪进了东南院，江环没做理会，继续朝大门走去。到了大门江环纳闷地想：刚才那个人是谁呢？不对，不像是家人。他对护院说："看好门，刚才有陌生人来过吗？"

护院说："没有。哦，对了，刚才东家的堂弟回来了。"

江环问："是哪位？岳可玉？"

护院说："是的。"

江环想：他来做什么？难道刚才那人是他？东家不在，他到那里做什么？江环纳闷地返了回去，随后轻轻地走进了东南院。

屋里，刘玉菊和岳可玉正在说话。

刘玉菊说："你可终于来了。"

岳可玉说："怎么，想我了？"

刘玉菊娇声娇气地说："想你个头。"

岳可玉挨着刘玉菊坐了下来，便迫不及待地将她搂在了怀里。

刘玉菊半推半就地说："你就知道想这，一来就这样，也不问问我过得好不好。"

岳可玉亲吻了一下刘玉菊的脸蛋说："我这不是惦记着你吗？"

刘玉菊一本正经地说："先和你说件事情，我有了，他还不知道。"

岳可玉疑惑地问："有了？有什么了？"

刘玉菊着急地说："你这死鬼，你做了，还不知道我有什么？"

岳可玉又问："是我的？"

刘玉菊不悦地说："没良心的东西，他可是一直在书房里，不是你的是谁的？"

听了刘玉菊的话，岳可玉发呆了，刚才的激情悄然而去，沉默了一会儿，才慢慢地吐出了几个字："你说怎么办？"

刘玉菊生气地说："问你呢，你倒反问我，亏你还是个男人！"

第一丫鬟

　　岳可玉没有再说话，刘玉菊也闷闷不乐，到了这个时候他俩都没有了主意。

　　屋里沉默着。江环也听了个明白，悄悄地退了出去，回到自己的房间琢磨：好！你不是一直看我不顺眼吗？我让你在岳家待不成！主意拿定，江环走出兴隆街，找到了岳海润，悄悄地对岳海润说："岳可玉到了你家，和夫人她……"

　　岳海润听后脑子发胀，身心如同被利刃剜刺。他对王富壹和范世玉说："你们两位先转，我还有事情要办。"说完和江环急匆匆地返了回去。

　　路上，岳海润一言不发，江环随后跟着。回到大院，岳海润一脚踢开大门走进屋内，喊道："给我起来！"

　　屋里没有任何动静，江环跟了进去，点亮灯，二人都惊呆了，只见刘玉菊躺在炕上，二人近看，刘玉菊已经停止了呼吸，岳海润恼怒地抬起手重重地扇了江环一巴掌。

　　"咳！"岳海润叹了口气软坐在了椅子上。江环将被子盖在了刘玉菊的尸体上，这时他看见了刘玉菊手里还紧紧地攥着一个玉佩。

　　江环说："老爷，您看！"说着将玉佩从刘玉菊的手中取出。

　　岳海润看了看说："把东西收起来，暂时不要声张。"

　　江环回答说："好的，老爷放心，我知道该怎么做，都怪我，我为什么要走开去找您呢！"

　　岳海润咬牙切齿着，江环劝道："您要保重，不要伤了自己的身体，这事就交给我办好了！"

　　岳海润叹了口气说："该怎么办就怎么办吧！"

　　刘玉菊之死，岳家没有声张，报官势必会影响岳家的声誉，因此以暴病身亡告知众人。正月十七日，便将刘玉菊安葬。

　　不出百日，岳家就是两个大丧，最伤心的是老夫人，老太爷刚走还没有忘却思念，儿媳妇又随之而去，她更担心的是怕自己的儿子承受不了这接连的打击。安排好刘玉菊的后事，老夫人吩咐灵儿到东南院代其看望。

　　已是上午时分，岳海润还静静地躺在书房的炕头上，江环在旁坐着，灵儿走了进来，江环站起来朝灵儿使了个眼色，灵儿会意地点了点头，江环退了出去。

灵儿说："大哥，您……"

岳海润慢慢地睁开了那憔悴的双眼，长长地叹了口气，又闭上了眼睛。

灵儿说："大哥，人死不能复生，您保重身体才是，嫂子虽然走了，可您是岳家的支柱，岳家的老小还要靠着您呢！"

岳海润又长长地叹了口气，苦笑了一声说："哼，什么支柱，你大哥很无能，无能啊！"

对于刘玉菊的死，灵儿并不认为是暴病而亡，她猜测有两种可能，一是自杀，另是他杀。按刘玉菊的个性，自杀似乎没有可能，如果是他杀，岳家应该报官。以暴病告知众人，除非有难言之隐。这些天，灵儿一直在考虑着这件事，进岳家时间不长，发生了如此多事，灵儿认为其中必有隐情。

"大哥，我可以问你句话吗？"灵儿试探着问。

岳海润慢慢地坐了起来，灵儿将枕头靠在了墙头上，岳海润顺势靠了上去，又叹了口气说："你说吧。"

灵儿问："大哥爱嫂子吗？"

岳海润苦笑着说："你问这做什么？"

"小妹不该问这些，不过……"

"不过什么？你说吧。"

"我感觉嫂子似乎没有像大哥爱她那么爱你。"

岳海润又苦笑了一声说："我恨她，你知道吗？"

从岳海润的眼神里，灵儿感觉到那是一种无形的怒火。她想：莫非大哥知道她的事？

"死了，死了，死了就了了。爱她？哼！"岳海润说着又苦笑了一声。

灵儿不敢再问下去，但也从岳海润的言谈举止中猜想到了什么，她说："大哥，人生如梦，你要对得起祖宗，对得起为岳家效劳的众人，小妹不该这样说大哥，但我担心你会为此而一蹶不振，母亲也如此担心。大哥，来日方长，小不忍则乱大谋！你说德玉泉的支柱啊！今天灵儿就斗胆了，难道你想让西帮各家笑话，堂堂的岳家东家为区区一个女人忧而不振？"灵儿似乎完全忘记了自己的身份，倒像一位严肃的长者。

铿锵有力的话让岳海润吃了一惊，他从炕上下来，大声说："好！"

灵儿为岳海润忽然的举动吓了一跳，扑通跪在了岳海润的面前。岳海润笑着说："小妹这是做什么？赶快起来。"说着将灵儿扶了起来，接着说："小妹说得好！为一个女人忧而不振，岳家还有什么前途可言！好！不愧是我的小妹！"

灵儿这才镇静地说："大哥能振作就好，只是灵儿顶撞大哥了，请大哥原谅小妹！"

岳海润说："嗯，好！我喜欢这样的小妹！大哥哪会见怪呢！"

江环在外听了个清楚，他心里也暗暗寻思：果然不是一般之人！看来岳家的将来在她，我何不顺水推舟，及早成全他俩呢？江环想着，挪动脚步朝正房走去。

江环走进去的时候，贾淑兰正在地上走动，江环进屋里后说："老夫人，我想和您说件事。"

"说吧。"

江环试探着问："您感觉灵儿这丫头，不，是灵儿小姐，她怎么样？"

"有话你就直说，别给我拐弯抹角了。"

江环说："大奶奶虽然走了，但灵儿……"

"你是说把灵儿……"

江环认真地说："是的，我敢说，大爷肯定喜欢灵儿小姐，让灵儿嫁给大爷，大爷会把一切忧愁忘之脑后！灵儿也聪明伶俐。撮合他俩成为夫妻，老夫人不认为是最好的姻缘吗？"

贾淑兰点着头说："嗯，你说的是有道理。好！江环啊，难得你操心，只要少爷能开心，能振作起来，我会重重赏你的！"

"谢谢老夫人，为东家着想，是下人的本分。"

"灵儿在东南院，你先把少爷给我叫来！"

第一丫鬟

江环哼着小曲返回了东南院,书房中,岳海润在更换外衣,灵儿在为岳海润整理被褥,江环走进来说:"老爷,老夫人让您去一趟,有要事和您说。"

岳海润点了点头对灵儿说:"你和江总管给我把房间收拾一下。"

岳海润走后,江环对灵儿说:"小姐啊,我江环不会看走眼,岳家有你是岳家的福分。"

"您还叫我灵儿吧,您也不要夸我,其实我也和别人一样。"

"不一样。你猜老夫人叫东家为甚?"

灵儿摇着头说:"不知道。"

"假如让你做岳家大奶奶,你愿意吗?"

灵儿听后羞涩地说:"快别这么说,我也不想。"

"你应该有这个准备,恕我冒昧,这是我向老夫人提起的,老夫人很是乐意,这不,叫大爷去就是商量这事情!"

"是你提起的?"

"是的。"

"我的总管爷,你可要害灵儿了!"

江环笑着说:"不敢不敢,你来岳府也有一段时日了,看得出你不是一个平凡之人,大爷也是上上之才,所以我才提起,我希望你能接受这门亲事。"

"其实,灵儿本是无家之人,能有今日,不敢另有所求,这还感激您当日收留,您的恩情,灵儿会谨记心中。"

江环笑着说:"好!你回老夫人那里去吧!"

灵儿点了点头朝正房返去。

包头城内,德玉泉分号。

总号差信使将刘玉菊暴病而亡的消息书信呈给了刘玉虎,这一日刘玉虎刚刚和俄国客商交易完五千头牛的生意。这笔生意,刘玉虎不动一两银子为德玉泉号进账白银五万两。

第一丫鬟

腊月初,蒙古牛肉短缺,刘玉虎便动用堂号全部流动资金贩运生牛,而且出货收入可观。众商见之,也纷纷涉足。这五千头牛,本是徽商王有为所进,却传闻蒙古牛肉已经跌价,蒙古客商纷纷歇业,不再购进,王有为准备出口蒙古的生牛只得囤积圈养。

经商的人都称贩卖牲畜的商人为"二道贩",即大买卖的主儿。这大买卖也就是在中俄两国之间倒腾,正常一趟能赚几万两银子。当然这银子也不好赚,贩卖途中也有牲畜死亡,不在行的说不定还会买上病牛,所以此行当虽然赚钱多,但对于一般商人来说,那是万万不敢冒险的。

牛肉跌价,牲畜随之,动用了二十万两白银去做这趟生意的王有为面临的困境是可想而知的。为降低损失,王有为不得已准备减半出手,而且还亲自到了德玉泉堂号找到了刘玉虎,而此时的刘玉虎刚刚接手俄国客商托洛夫斯基要购生牛八千头的订单。

"天意!天意!"送走王有为,刘玉虎喜悦地说。

刘玉虎一面派人接手王有为送上门的生意,一面派人将俄国客商托洛夫斯基请进了堂号。刘玉虎说:"本来这次已经没有货源,基于贵帮和德玉泉是多年的合作伙伴,我们组织专人和所有在包头的晋商进行协调才将生牛备齐。为了今后的合作,也感谢之前的合作,我们决定以进价与您。"托洛夫斯基说:"多谢刘掌柜解救帮忙!"

其实,牛肉并没有跌价,而是蒙古货源紧缺。而远在俄国的市场也因为蒙古市场紧张而造成了货源不足,这才来到了包头。

牛肉降价乃谣言传闻,这是王有为所没有想到的。得知确切消息的王有为,正为解决了忧愁而稍稍松了一口气,却出现了难以挽回的局面,此时他和刘玉虎的生意交割才完毕了一日。

刘玉虎正为生意欢欣,却得知妹妹无辜而亡。得到消息的刘玉虎惊呆了,他感觉妹妹死得蹊跷,而总号只是报丧而不让其奔丧,刘玉虎想:妹妹本是开朗之人,应该不会有什么疾病发生,可这又是为什么?岳家啊岳家,你让我心痛,我凭什么让你好过？思绪过后，刘玉虎便有了彻底掏空堂号资金和财物之意。

　　德玉泉包头城分号是岳家在北面的生意大本营，运往蒙古、俄国的铁器、砖茶、绸缎、皮毛等货物也大多从这里转出。有了二心后，刘玉虎便付诸行动。

　　刘玉虎是个聪明人，为避免众人怀疑，行动失误，他想到了困境中的王有为。

　　王有为在这场生意变故中几乎到了山穷水尽之地。好事不出门，坏事一阵风，王有为刚刚将生牛低价出手，和他往来的几个客户就前来索债了，债主在堂外争吵，堂上伙计告诉他们："掌柜外出不在，各位请回去吧！"

　　"不在？是躲着我们吧！"

　　"我看是这样。"

　　"不行，不见王有为我们就不走！"

　　"就是，我们就待在这里，看他跑了和尚能跑了庙？"

　　……

　　众债主吵闹个不停，刘玉虎走了进来。学徒伙计见刘玉虎，急忙打招呼道："刘掌柜，您来是？"

　　刘玉虎看着吵闹的局面，问："各位这是……"

　　"王有为已经倒堂了，他还欠着我们货款呢。"其中一个要债人说。

　　刘玉虎扫视了一圈，见足足有十几个人，问："各位都是？"

　　"是啊！"众人说。

　　刘玉虎笑了笑说："各位回去吧，王有为不是赖账之人，只不过是一时周转不开，大家都是生意中人，这一点都清楚，请各位宽限几日。"

　　"那不行！谁能保证他不赖账？"众人说。

　　刘玉虎说："我可以作保啊。怎么？德玉泉不行？"

　　其中一位债主说："那好，今天我就看在德玉泉的面子上，半月内还不了我的三万两货款，就别怪我不客气了！"

　　其他人见状后也附和着说："那好，就这样，半月后我们再来！说好了，他给不了，我们就找你！"

刘玉虎笑着说："好的。"

众人走了，王有为才偷偷地走出来，拉着刘玉虎的手激动地说："多亏刘掌柜您了，今天若不是有您在，我恐怕都要寻死去了。"刘玉虎笑着说："没什么，俗话说'兵来将挡，水来土掩'躲不是办法，应该商量如何解决啊！"

王有为叹了口气说："不是不想，可实在是没有办法啊！我们比不上你们西帮，一家有难，各家帮忙，可这里就我一家安徽人啊，这个节骨眼儿上谁帮我呢？怕是躲都躲不过来啊。"

"这样，我有个办法，你先付部分银子，我可以先给你一些货物，一来可以继续经营，另外也可以拿其抵账，以解燃眉之急，你看可否？"

"想是想，可我现在也没有多少银子了。"

"那好，我现给你二十万两的货物，你暂付一万，余下的银子我个人给你垫付，等你销完后再还我，如何？"

王有为扑通跪在刘玉虎的面前，感激地说："有难才见朋友，我给您叩头了！"

"都是商人，哪个没有手紧之时？不过，我有言在先，忙可以帮你，但和德玉泉无关，取货时你们的人不要出面，贵堂可另雇他人，货也不要放回这里，免得惊动别人，具体安排我就不再多言，他日我会亲自来取余下的银子的。"

王有为感激地说："嗯，多谢刘掌柜提醒，您的恩情容我以后报！"

刘玉虎和王有为谈妥后，次日便将库存丝绸、布匹、铁器等价值二十万的货物全部让王有为雇来的人拉走转移到别处。也就在次日，刘玉虎在德玉泉包头堂号中消失了。

德玉泉包头号货物转移、大掌柜失踪，堂号群龙无首，二掌柜李昕无奈，将告急文书快马送到了灵石城。

第十二章　首出西口

　　短短几个月,岳家发生了众多变故,老夫人着急地说:"我看这岳家是不知得罪了哪路鬼怪了,怎么这事就接二连三呢?我看该请个道士或和尚驱驱这邪!"根据老夫人的意思,江环请来了太原晋祠的法空和尚张普敏。

　　法空和尚见过老夫人后说:"看天象、观地脉,贵宅占尽风水,另有祥云降临,不会有什么不祥之兆,请施主放心便是。"老夫人听后甚是欢心,说:"是吗?"

　　"是的。"

　　"可最近几个月岳家接连发生了一些事情,该是什么原因呢?"

　　"阿弥陀佛!世间万事祸兮所福,祸兮所福,有果必因,有因必果。"

　　岳海润不解地问:"大师的意思是……"

　　话说着,灵儿提着茶壶走了进来,麻利地沏过茶水后,对坐在桌子旁的法空和尚说:"大师,您请用茶。"说完站立在老夫人的身旁。

　　法空和尚这时把眼神集中到了站立在老夫人身旁的灵儿身上,端视着灵儿的面相,倒把灵儿看得羞涩地低下了头。

　　"我再去烧些水。"灵儿借口走了出去。

　　法空和尚点了点头,问:"这位姑娘是?"

　　老夫人哈哈地笑着说:"这是义女,怎么,大师有话要说?"

　　法空和尚站了起来笑着说:"善哉善哉,我观人无数,贵女如此面相可谓凤毛麟角,如果是位公子爷绝非了得,府上有此女,实乃幸喜之事,一切尽在天意中!

阿弥陀佛！"

"大师，能仔细说说吗？"

法空和尚笑着说："善哉善哉，一切尽为缘，贫僧这就告辞了。"

法空和尚走出了正房，在院内再次遇到灵儿，停步说："施主，贫僧有礼了。"

灵儿也万福道："奴家这也有礼了。"

"我在晋祠，日后有事尽请吩咐。"

"谢大师抬爱。"

法空和尚在江环的陪同下走出岳家大院，江环感慨地想：怪事、怪事，想这位大师一不和老夫人行礼，二不和东家多言，偏偏和灵儿说话，看来这丫头确实有富贵之相，非一般之人！莫非她是有来头之人？

送走了法空和尚，老夫人对岳海润说："我说儿啊，刚才大师的话你也听到了，这事我就做主了，我想择个吉日就把你们俩的事情给办了，你们早早生个孙子，也让我了一桩心愿。"

岳海润说："还是推后再说吧，最近我是一点心情都没有。"

老夫人不悦地说："别的事我不管，但这事情不要拖，怎么？你不喜欢灵儿？"

岳海润解释说："怎么说呢？不是不喜欢，但……"

"那还说什么？就这样定了！"

话说着，灵儿走了进来，老夫人说："灵儿啊，事情就这么定了，择日就为你俩完婚。"

灵儿羞涩地看了一眼岳海润说："一切任凭母亲做主！"

这时，王富壹拿着一封信慌慌张张地走了进来，只见他脸色苍白，手拿着信哆哆嗦嗦地递给了岳海润说："东家，不好了，包头出事了。"

岳海润将信打开看后，呆呆地坐在了椅子上，一言不发。灵儿捡起了岳海润掉在地上的信，只见上面写道：

东家并掌柜：

刘掌柜将堂中二十万两货物转出，并取了堂中所有银两，人已失踪，不知所向何处，无货无银，堂号已经瘫痪，包头万分紧急！请东家速速决断，以解燃眉之急！

李昕 辛丑年正月二十九日

"怎么了？"贾淑兰着急地问。

灵儿将书信递给了王富壹，安慰说："娘，您别着急，是包头出了点事，要总号派人解决。"

贾淑兰问："是什么事？"

灵儿说："娘，也没什么，是包头刘掌柜失踪了。"灵儿说完朝王富壹使了个眼色。

王富壹会意地说："确实是这样，没什么，总号的事情您别费心，我们会处理好的。"

灵儿这时又说："娘，您先休息一会儿，大哥最近也劳累了，我扶他回去休息一会儿。"

灵儿扶着岳海润走出了正房，刚回到东南院书房，岳海润就骂起来，将桌子上的书恼怒地全推在了地上。

灵儿对王富壹说："您先下去，让东家先安静一会儿，有事我会叫你的。对了，这事情还有其他人知道吗？"

王富壹说："没有。"

灵儿说："那就最好了，我有个建议，不知该说不该说。"

王富壹说："小姐有话但讲无妨。"

灵儿说："我不懂商事，但我认为，这件事情一定要保密，免得引起别人的猜疑或者其他商家趁火打劫。不知王掌柜的意思是……"

王富壹点着头说："小姐言之有理，我先下去了。"

岳海润依旧一言不发，呆呆坐在那里，回想着最近发生的一连串事情，苦笑着说："别人羡慕我岳海润，呵呵……有什么好羡慕！"

灵儿听后安慰道："钱财是身外之物，身体才是自己的，大哥不必如此伤痛，事情要发生早晚会有这么一天，晚发生不如早发生，小妹认为当务之急应该早些拿出应对包头之策，以防谣言四起，连锁反应，影响我们德玉泉声誉。再有，小妹以为商道也是用人之道，任人唯贤不唯亲，对于不适合的人、不忠孝的人，大哥也应早早做些安排。"

岳海润看着灵儿，点了点头说："还真看不出，你一个姑娘家还有如此胸怀！"

包头堂号不仅担负着俄国蒙古和东北一带的货物调运，京津一带的货物也多从此转出转入，加之本地的生意往来，德玉泉生意的一半来源于此。刘玉虎之变故，不仅让岳海润受到了沉重的打击，同时也取消了他的西北行程计划。

包头要恢复，还得需银子，而银库所剩银子不到八万两，这对于盘活包头城堂号简直是杯水车薪。岳海润一筹莫展。

德玉泉出了这么大的事情，岳海润自然会为此而犯愁，这时灵儿将老太爷临终的交代告诉了岳海润。她说："老爷在临终的时候告诉我一件事情，他要我在他走后百日告诉你。"灵儿说着将一串钥匙拿了出来，"这是祠堂暗室的钥匙，老太爷让你在困难的时候打开。"

岳海润惊讶地问："父亲还说什么了吗？"

"他只说他对不起，后来就……"

岳海润接过了灵儿手中的钥匙，随后只身一人来到祠堂，找了半天才找到暗室入口。岳海润小心翼翼地打开三道门，点亮了灯，才看到里面确实存放着许多银子，再打开一个小柜子，里面保存着一纸文书，仔细观看，是关于常岳合的两份财产协议书、一份常明坤退出常岳合财产继承的画押文书。

看到银子，岳海润又喜又惊。祖宗是如何经商的，岳凯旋从没有对他讲过，之后的事老太爷也没有留下半句话，而这里存放的七十万两白银他更是一概不知。常家为什么要退出这巨额的财产拥有权？对岳海润来说也成了不解之谜。

从祠堂走出，岳海润将灵儿叫到了书房中。此时的岳海润已是满脸的喜悦，灵儿一进门，就将她抱了起来，在地上转了一圈，并说："你可真是我的救命

第一丫鬟

神仙！"

　　被抱起的那一刻，灵儿被岳海润如此举动搞晕了，她说："大哥，您是……"

　　岳海润慢慢地将灵儿放了下来说："知道吗？我越来越喜欢你了！"

　　灵儿并不清楚岳海润是为得到银子而悦，疑惑地说："大哥，您是……"

　　岳海润忽然紧紧地抱住了灵儿。"你真可爱！"岳海润附在灵儿的耳边说。

　　灵儿从岳海润的怀抱里挣脱，用手摸了摸岳海润的额头，不解地问："大哥，您怎么了呢？"

　　岳海润笑着说："小妹，你知道吗？包头有救了！"

　　"真的？"岳海润点了点头，灵儿高兴地拍着手说："好啊，好啊！"

　　"你陪我到包头走一趟，愿意吗？"

　　"大哥真的带我？"

　　"真的。对了，灵儿啊，父亲临终还对你说了些什么？"

　　"回大哥，没有。"

　　"好，咱们到母亲那里说说，准备一下，马上安排出发！"

　　灵儿又问："你真的带我？"

　　岳海润笑着说："不带！"

　　灵儿也笑着说："我说嘛，大哥怎么会带我呢！"二人说着向正房走去。

　　老夫人见岳海润和灵儿高高兴兴地进来，甚是欢喜，进屋后岳海润说："娘，包头有些事情，我准备去处理一下。"

　　"什么时候走？"

　　"安排一下，明天一早就动身。"

　　"去吧，那里毕竟有咱们的生意，路上要多加小心！"

　　岳海润点了点头说："嗯，娘，我还有一件事情想求您。"

　　"看你都是东家了，还这么孩子气，有什么话就说。"

　　岳海润看了看灵儿说："我想带小妹出去走走，顺便也能照顾我。"

　　贾淑兰故意笑着说："是思敏吗？"

第一丫鬟

岳海润笑着说:"是灵儿。"

贾淑兰笑着说:"我知道你是说灵儿,好吧,不过你可要照顾好她哟!"

灵儿听了老夫人的话脸上一阵红晕,这时才明白岳海润刚才说的是真心话。

出了皇宫又进大院,能出去看看这精彩纷呈的大世界,一直是灵儿的奢望之事,这次去大漠草原,更是不敢想象。听了岳海润向老夫人的请示后,灵儿心里甚是喜悦,偷偷地乐着。

"灵儿啊,你愿意去吗?"贾淑兰的话把灵儿从幻想中拉了回来,

"您说什么?"

"我是问你愿意不愿意去。"

"哦,我在想,我要是去了,谁来照顾您呢!还是不要去了吧。"话说后灵儿有点后悔了,又接着说,"不去吧,也担心大哥在路上没有人照顾,我也不知道怎么办。"

贾淑兰笑着说:"你这个丫头,去吧,咱们岳家这么多丫头还能照顾不好我这个老婆子?"

灵儿高兴地说:"那就依您的?"

岳海润说:"好的,就这样,你把王、范两位掌柜和江总管叫到我的书房议事,安排好咱们就出发!"

灵儿从正房出来,叫过王富壹和范世玉后,又寻找江环,甬道上,忽然一个纸团落到了脚下,灵儿抬头看了看,四周无人,便将纸团捡了起来,只见上面写着:奉命来此,八仙客栈,侍卫刘一山。

灵儿看后迅速将纸团装了起来,装着无事的样子继续走路。通知了江环后,灵儿走出了大门,向八仙客栈走去。

八仙客栈离岳府不远,出了兴隆街向东就是,灵儿刚走出兴隆街,刘一山就从后面赶了上来,走到灵儿的身旁,悄悄地说了一句:"我在客栈等。"说完,快步朝前走去。

灵儿跟随刘一山进了八仙客栈,二人打过招呼,灵儿说:"太后好吗?"

"太后吉祥着呢！我是奉李公公之命前来查询你的下落，并暗中保护你。李公公说，太后很想你，只要你有个好去处老佛爷就放心了。"

灵儿激动地说："老佛爷日理万机还惦记着奴婢，真是折煞灵儿了。"

"老佛爷也是人，是人，自然有七情六欲，老佛爷能如此牵挂关心一个宫女，倒让刘某感慨。李公公让我转告你，以后有什么事，可以随时找他。"

"也多谢李总管厚爱。麻烦你转告李公公我现在很好。"

"我知道，并已书信转达。"

"我明天要随东家到一趟包头，你在这里还要待多长时间？"

"我本是为你而来，顺便办一些事情，如果方便，我可以和你同去包头吗？"

"你去是好，可灵儿不敢耽误你的大事啊。"

刘一山笑着说："没有。既来之则安之，我就这样回去，万一你这次出去路上有什么不测，我无法向李公公交代。"

灵儿笑着说："那就谢谢你了。"

"你先回去，凭我这身武艺，我就暂时先到岳家找个保镖的活儿干干！"

"那真委屈你了。"

刘一山笑着说："没什么，就这样安排。"

"委屈你去找岳家总管江环，这次出去，随行人员由他调遣安排。"

灵儿返回之后，刘一山随后也走进了兴隆街。

二月初二，这一天也叫春龙节，民间认为是"龙抬头"的日子。民间传说管天河的龙王听到民间人家凄惨的哭声，不忍心让百姓受灾挨饿，便偷偷地降了一场大雨，玉帝知道后，把龙王打下凡间，压在一座大山下受罪，并在山上立了碑，上面写道：龙王降雨犯天规，当受人间千秋罪，要想重登灵霄阁，除非金豆开花时。人们为了拯救龙王，报答救命之恩，到处寻找开花的金豆。到了第二年二月初二这一天，人们正在翻晒金黄的玉米种子，猛然醒悟过来：这玉米就像金豆，炒一炒开了花，不就是金豆开花吗？于是大家商量好，家家户户爆玉米花，并在院里设案焚香，供上开了花的金豆，专让龙王和玉帝看见。龙王抬头一看，知道百姓在救它，便大声向玉帝喊道："金豆开花了，快放我出去！"玉帝一看人间家家户户院里的金豆真的开花了，只好传谕，诏龙王回到天庭，继续为人间兴云降雨。从此以后，二月初二就成了春龙节。这一天，岳海润一行走出了灵石县。

时值惊蛰，大地已从冬眠中渐渐复苏，岳海润一行到太原出原平，一路北上，经大同过右玉，来到对蒙贸易的西口——古老的杀虎口。

太阳逐渐西沉。目视长城，终于见到威武的雄关，灵儿激动万分，而岳海润却心事重重。灵儿看了一眼忧郁中的岳海润，说："大哥，您……"岳海润说："当年的祖先就是走出这里才走出岳家的今天，更有千万乡亲从此处走出再未归来，所以，我每次来此就有一种无法释怀的感觉。"

古老的长城脚下，有着一座同样古老的城堡——杀虎堡。岳海润一行在一家山西人开的客栈里安顿了下来。此时蒙古荒原的大风卷着不竭的黄尘呼啸而来，从残破的堡墙上掠过，似乎在奋力地翻开这册古老的历史巨著。灵儿独自一人从客栈中走了出来，站在黄沙落处，似乎想在这个令人心灵震撼的废墟中，去感受历史的体温，触摸历史的脉搏，解读那早已远去的争战与厮杀，以及如今的晋商繁荣。

在西风古道中，灵儿凝视着在狂风中颤动的杀虎口，似乎感觉到那秦王霸气、汉唐雄风；突厥落马、契丹溃军；蒙古东征、康熙西进；民族争战与交融，每一页历史仿佛都是这样的沉重、清晰而又朦胧。她似乎看到那写进史籍的历史在沉睡，仿佛听到写在大地的历史在山野中呻吟。

刘一山走到了灵儿的身旁，说："小姐，风大，回去吧。"

灵儿说："当年康熙帝西行凯旋，在这里大宴平叛功臣，挥毫改'杀胡口'为'杀虎口'，蒙汉为盟靖边安定，从此战马卸鞍，硝烟散尽，我想才留下了这边关贸易的豪情盛景。"

刘一山惊讶地问："杀虎口的来历你也知道？"

"我是山西人啊，在宫里待了这些年又怎能不知呢？不过，看长城我可是第一次。"

"这里自古是边关要隘,历代王朝设衙驻将,屯扎重兵,严密扼守。这里地势险要,但匪徒也很多。我来就是为你增加一份安全。"

灵儿点着头说:"谢谢。"

眼前是如浪的人潮,耳边是悦耳的驼铃、长啸的马嘶,不息的叫卖声,仿佛是大风拨动着长城的琴弦吟唱起的不朽诗篇,这声音却又是那样的深沉而悠远。

灵儿站立了许久才返回客栈。

没有月亮的夜,显得深沉。客栈里,几天的旅途早已催眠了劳累的人们。后院是停放的银车,尽管有人押镖,但他还是放心不下,从客房中走出,慢慢地朝后院走去,刚准备入后院,一人忽然就从房上跃了下来说:"东家,是我。"这时岳海润才反应过来说:"刘一山?"刘一山说:"是的,您回去吧,有我们,一切尽管放心好了。"岳海润点着头说:"一定要注意防范!"

岳海润抬头凝视着天上的星星,长长地出了一口气,柳智信听到有人说话,也走了过来说:"东家,您还没睡?"岳海润说:"睡不着,出来走走。"岳海润转了一圈后返回入睡。

已过三更,刘一山听到远处有动静,翻身跃到了房顶,但见院墙外几个黑影正准备闪身而上,黑影人还未跃,刘一山已经从房顶上轻功飞跃了过去,人到拳到,三个黑影人瞬间就倒在了地下。

同来的有七八个人,都是这一带的窃匪,他们几个也不含糊,拔刀围攻起了刘一山。

"哼哼……就你们几个蟊贼也敢来窃镖?"刘一山轻蔑地对围攻他的窃匪说。

几个匪徒并不理会刘一山的话,"弟兄们,上!"一个匪徒喊着,舞刀向刘一山砍来,刘一山轻松躲过,众匪徒蜂拥而上。

刘一山赤手轻松应对众匪,毫无惧色,打闹声惊动了客栈中已入睡的人们,柳智信也赶了过来,待众人出来,所来的匪徒已经全部倒在了地上。

"大爷饶命!小的……有眼无珠,请大爷饶命!"一匪徒跪在地上耸着头对刘一山说。

刘一山说:"滚吧,要杀你们,你就不会在这里说话了!但记着,以后再做打劫之事，让我遇着那就不会是今日之说了！"

"谢过大爷，谢过大爷！"众匪徒说过后溃败而退。

"大哥真是好身手。"柳智信赞赏着说。

"没什么事吧？"岳海润也走了过来问。

"东家放心，几个蟊贼奈何不了咱们。"刘一山说。

"没事，他们还没到后院呢！"柳智信说。

窃匪走了，银子无事。次日清晨，岳海润一行交过关税，沿着官路朝包头而去。离包头城不远，岳海润便差柳智信前去报信。

包头分号经过刘玉虎这一折腾，基本已经瘫痪，银子虽然在路上，但库存货物已荡然无存，而此时的包头城也传开了掌柜刘玉虎倒戈、德玉泉面临倒闭的消息。岳海润一行未到，上门取货和要账的客商已经拥挤在堂中多日，让二掌柜李昕应接不暇。为少麻烦，李昕索性躲了起来。柳智信到时，李昕才从里屋走了出来，对他们说："各位相与，这次难为大家了，天有不测风云，即使家有千贯，也总有一时不便，请各位谅解。"

"谅解？说得轻巧！我谅解你，谁来谅解我？"

"就是，定好取货，你没有货叫我如何向客户交代？"

"给不了我银子我就不走！"

"告诉你，耽搁一天，付一日利息。"

"我老远从蒙古来，就这么打发我回去？不行！"

……

众人吵闹个不停，李昕说："东家马上就到，请大家宽限几日，东家马上就到，总号一定解决！"

"解决？解决不了怎么办？"

"我看德玉泉是完蛋了，我们不如把他们的堂号及财产分了了事，要不到头来什么都没有！"

"就是，这样的事情很多！"

……

第一丫鬟

"什么人在说德玉泉完蛋了？"洪亮的声音在吵闹中传了出来，众人都顺着声音去找寻这说话之人。其实，岳海润也是刚进门，见众人吵闹，岳海润站在那里说："各位，我是山西德玉泉总号岳海润。"刚才还在带头起哄的东北客商打量着眼前一表斯文的岳海润，疑惑地问："你就是德玉泉的东家？"岳海润点了点头说："是的。"

来了东家，讨债取货自然有了着落，东北客商说："那你说我们的事情怎么办？总不能就这样让我们老等吧！"众客商也跟着说开了：

"就是，我们都是小买卖之人，耗不起的。"

"定好的货都没有，让我们怎么办？"

"贵堂还有我八千两欠款，总不能就这样打发我吧！"

"我也有三千两！"

……

灵儿在一旁观看着讨债的场面，心想：怎么人都是这样啊，真是应了"墙倒众人推"那句话。岳海润抱拳客气地说："各位都是和德玉泉打过多年交道的相与，也应该知道德玉泉历来以义为重。德玉泉能有今日兴盛，靠的是各位，因此，诸位有损失，德玉泉不会不顾，我来就是解决问题的，欠款的明日结清，取货的还请宽限几日。"

刚才还在吵闹的客商平静了许多，蒙古客商乌克说："传说德玉泉要倒堂了，所以大伙儿都比较着急，只要德玉泉没倒我们也就放心了，我已等候多日，如果二日内还取不上货物，我……"岳海润说："德玉泉一贯讲究诚信二字，我一定尽力而为之，如果违约，该赔付的德玉泉一定承担，也请各位放心。"

"好，有东家这话交代我们就放心了！"

"走吧，东家把银子都拉来了，还怕什么？"

"我早就说了，响当当的德玉泉能倒？你们不信，你看看这拉来的银子有多少？"

讨债的客商们在议论着，几日来那份着急之心也平静了许多。一样的人，见了银子却又是不一样的话。

第十三章　一梦定缘

包头之困终于解决了，这次也多亏西帮各号调剂货物，否则有银子无货物也是枉然之事。为表感谢，岳海润特地在关帝庙隔壁的广盛酒楼备了酒席盛请乔家复盛公分号掌柜马兑冉、太谷三多堂分号掌柜曹毅、祁县合盛元分号掌柜李伟昌。

关帝庙是乾隆十年旅蒙晋商在此修建的，也称山西会馆。会馆院分三进，大殿四座，附跨殿六座，还有排楼、山门、配门、戏台、钟鼓楼、神象殿等建筑物，共计九十五间房屋。正门俗称"过马殿"，两头石雕雄狮矗立，东西各配有碑房一间。穿过正门为大戏台，戏台前两根圆柱雕刻彩画奇丽；戏台对面为两座过殿，过殿两侧配有对称长廊；穿过过殿为正殿，内塑关羽手持胡须像，左周仓横刀，右关平持剑；会馆两侧分别有跨院三进，房舍供和尚居住；院内假山池沼，小榭凉亭，两座钟鼓楼，小巧玲珑，环境甚是幽静。隔壁的广盛酒楼也是山西人所开，因此也就成了商人们聚会餐饮之地。

柳智信在安排招呼演出之事。灵儿在关羽塑像前供奉过香火，参观过会馆后，和柳智信一块到了酒楼，选了个座位，跟刘一山在一旁准备就餐。在另一座位坐着的岳海润将灵儿喊了过来，说："你坐这里吧，代我招呼点相与们。"灵儿本想随意吃点东西，和柳智信聊聊天，和他们在一起她倒显得不习惯，岳海润叫她，但也只能作罢。

席间岳海润说："这次多亏各位相与帮忙，海润略备薄宴以示心意，结束后咱们回会馆看大戏。"

马兑冉说:"岳东家客气了,我们本是长期合作的商号,而且相帮相助一直是我们乔老东家所倡导的,他就常常对我们说一要稳妥经商,二要慎待相与,既然我们是建立起来的相与,那么就要善始善终、同舟共济,所以德玉泉的事情也就是我们的事情,您就不要客气了。"

岳海润说:"那好,为我们相与愉快干杯!"

灵石岳氏和祁县乔氏、渠氏都是多年来相与关系的商号,在西帮商家中,对于已经建立起相与关系的商号,一方有难,多方支持,提供业务方便,即使对方中途发生变故,也不轻易催逼欠债,不诉诸官司,而是竭力维持和从中汲取教训。当然,确认该商号信义可靠时,才与之建立业务交往关系,否则均婉言谢绝,其目的就是避免卷入不必要的麻烦旋涡之中。

席间,岳海润喝得多了一些,因此这话也就多了,灵儿在旁劝说着:"看您都喝这么多了,少喝一点。"

曹毅笑着说:"没事,没事,我们难得一聚。"

马兑冉和李伟昌也附和着说:"就是,就是。"

灵儿说话很有分寸,在酒席桌上也显得落落大方,不停地招呼着每一个人。本来岳海润的酒量稍欠,但为了感谢三位相与掌柜,他也只能豁出去了。

酒喝多了,这话也就多了,他们侃侃而谈,谈经营、谈义利,又谈到了刘玉虎。

岳海润说:"这次变故损失不小,也是德玉泉一个沉痛的教训。"

马兑冉说:"孟子说过这么一句话:义,人之正路也。刘玉虎所为不仅仅害了别人,最终也为自己断了生路。"

李伟昌说:"俗话说,仁中取利真君子,义内求财大丈夫,像刘玉虎这种负义的小人,我们一定要告诉往来的相与们,一旦发现他的行踪就彻底揭穿他。"

曹毅说:"我想刘玉虎不会走远,迟早会露面,我已经吩咐下人留意他的行踪。"

岳海润说:"天要下雨是拦不住的,由他去吧!我也懒得找寻,几十万银子还不至于把德玉泉搞垮。嗯,今日不谈他,免得扫兴,各位先喝,我离席一会儿,回来咱们接着喝。"

岳海润走出席间小解，灵儿接着说："就是，这样的人早晚会给堂中出差错，德玉泉虽然失了银子，但塞翁失马，焉知非福。我看啊，是福不一定是祸，这就看我们从什么角度看，以后从哪方面做了，我认为世事就是这样。"

马兑冉说："在理，在理，想不到像你这样一个女子还有如此高深见解，莫非德玉泉还有什么别的打算？"

灵儿说："当然有了。"

曹毅说："德玉泉有什么打算呢？"

灵儿嫣然一笑说："这是机密啊，怎能随便透露？"

三位掌柜哈哈大笑起来。

马兑冉说："我已经五年没有回家了，见了家乡的人就感到特别的亲切。"

李伟昌说："就是，我也有同感。"

曹毅说："嗯，是的，亲不亲，家乡人。人在外地，见了老乡越发思念家乡，老乡见老乡，两眼泪汪汪啊！"

灵儿插话说："你们都想家了？"

曹毅笑着说："是啊，他俩是看到你想起媳妇了。"

马兑冉说："你个东西，难道你不想？"

曹毅笑着说："不想，呵呵！那是假的，有时候真想在家和老婆待上一年半载。"

几个人大笑起来。灵儿听着脸红晕了。马兑冉说："姑娘别见外，我们是开个玩笑。"

灵儿笑着说："知道，不过，你们说的也是实话啊，有妻有子能不惦记吗？你们抛妻弃子常年在外做生意，确实也不容易，家里人也更是如此期盼团圆之日。"

灵儿添上了酒，曹毅唱起了歌：

上一个黄花梁呀，

两眼哇泪汪汪呀，

先想我老婆，
后想我的娘！
喝的是家乡的汾酒，
聊的是家乡的亲人。

曹毅似乎在饶有兴致地唱，但这声音是那么的凄楚，对于久居外地的掌柜们来说，忙于商事，两三年或者更长的时间才能回家一次，看到家乡的女人，自然勾起了他们对家人的思念。

"先想老婆后想娘，曹兄倒是唱得实在！"马兑冉说。他们几个哈哈大笑起来。

岳海润回来，见他们几个人开心地聊天，笑着问："你们说什么呢？"

马兑冉开玩笑说："这是秘密。"

灵儿也开玩笑说："就是，就是。"

岳海润笑着说："怎么？我刚离开一会儿，你们就同化了？"几个人哈哈大笑起来。

宴席结束，岳海润和三位相与掌柜返回了关帝庙会馆，一边品茶一边看晋剧《八件衣》。灵儿是第一次静心去看这出反映商人生活的不幸、揭露封建官吏对商人迫害欺压的大戏，她看着将要完场的戏剧感慨道：

幻即是真，世态人情描写得淋漓尽致；
今亦犹昔，新闻旧事扮演来毫发无差。

"才女，才女啊！"听了灵儿的感慨，马兑冉惊说道。

看完戏，回到堂号已是夜半，岳海润躺下后毫无睡意，虽然包头之困解决了，但大掌柜的人选安排让他整整动了一夜脑筋，直到天快亮时岳海润才被周公约了过去，走进了梦乡。

这是周公居所，也是仙家们常来游乐之地。这一日黄花和红花仙子来此游乐，周公道："偶听黄鹂啼一声，杂花生树桃花盛，草木多情莺乱舞，晓知你们会找我。"黄花仙子道："您老还惦记着我们啊。"周公道："那是，那是的，不过，你们可一向是无事不到桃源来。"红花仙子笑着说："你在胡说什么？"周公笑道："哈哈，你们几个姐妹啊，心里的秘密哪能瞒得过老夫，是不是又要给你们的妹妹托梦？"黄花仙子道："算你聪明！"周公卖弄道："这回啊，我是说什么都不帮你们忙了，免得……"周公正说着，红花仙子走到他的面前，一把揪住了他那长长的胡须，笑着说："再说你不帮？"周公的胡须被红花仙子揪得"哎哟"直喊，连忙求饶："哎哟，不敢，不敢了，你们的事情就是老夫的事情，我能不管吗？"黄花仙子笑着说："早这样就免得皮肉之苦了。"周公理了理胡须，笑着说："嗯，上次百灵就揪了我一把呢！我这把胡须啊，早晚是要被你们这些人揪完啊。"红花仙子笑道："你想不想报这揪须之仇？"周公说："不敢，不敢，我可惹不起你们这帮姐妹。"

三位仙人边说边笑，周公道："百灵下凡已有多日，岂不知这人间是多情多灾难啊。"红仙子道："你在胡说什么？"周公笑着说："芳草萋萋天涯路，酸甜苦辣人间情。"黄仙子说："事在人为，那也未必。"周公又问："你们是要成全灵儿和岳海润的婚事？"二位仙子同声道："是啊，不过，我们要试验一下岳海润。"周公说："哈哈，所以你们就来找老夫了，这样也好，也好。其实岳海润将来是另有一段不长的情缘，月老早已为他俩牵上了姻缘之线。"

三位仙人说着，见到了远处走来的岳海润，周公说："说曹操，曹操到，看，冤家来也！"

"变！"红花仙子说着，侧身变成了容貌丰美面、两眼含情目、弯细柳叶眉、苗条水蛇腰之洒脱少女，坐了下来，弹唱起了歌曲："思与君别来，几见桃花开。盈盈隔秋水，若在天一涯。"

悠悠古筝的演唱声，惊动了岳海润，他顺着声音走了过去。"别动，别打扰我家小姐弹唱。"身后是似娇非娇的女子声音，岳海润扭过头来，只见那女子：亭亭玉立，虽无闭月羞花容，却不失婀娜妩媚气，一个丫头模样，年龄十五六岁光景。岳海润问道："你是谁？"那女子笑着说："我是小姐的丫头，称你姑爷为时早，哈哈哈……"丫头笑着，那弹古筝的女子荷衣舞步飘了过来。好漂亮的女子！岳海润心里惊叹。

第一丫鬟

"你是？"岳海润向走来的姑娘问。那女子细语吟道："屏山梦断闺阁间，识君一面思犹浅，日后未见君之颜，梦随蝴蝶出边关。"

岳海润沉思着，那女子接着道："前年你去拜见父亲，我见过你。"岳海润摸着脑袋说："你是？"那女子说："自别思见君，情如春酒浓。今日见君面，仍觉心忡忡，若问我是谁，日后便知晓。"

岳海润看着含情脉脉的女子，心里惊叹，想说些什么却被其容貌所分心。他想，这么有才有貌的女子真的会钟情于己？不过，自己也许不差。

那女子一言不发，只是低头微笑。丫头看着发呆的岳海润说："你发什么呆呢？我们家小姐可是一心为你了，你可不要辜负了我们家小姐这片心意啊。"

岳海润说："谢谢，不会，不会的。"

丫头又道："还说不会呢！我早听说你已经喜欢上刚去你们家的丫头灵儿了，是不是啊？"

岳海润说："不是的，不是的，在我眼里她只不过是个丫头，不，是个小妹妹而已。"

那丫头有点生气地说："你这样看丫头啊，哼。"岳海润似乎感觉话说得不太得体，又说："我说了，在我眼里她是个小妹妹，其实本来就是我的义妹，你为什么生气呢？"那丫头说："你就瞧不起我们做丫头的。"岳海润说："哪会呢？你看，我不是认灵儿为妹妹了吗？"

岳海润和丫头说着，那女子对他嫣然一笑，然后对丫头说："咱们走！"说着拉着丫头飘然而去，走出几步扭过头来道："你若对我有情，他日我会找你。"

岳海润想挪步追上去，忽然间感觉两腿怎么都迈不出步，喊道："哎哟、哎哟，别走、别走，等等我、等等我……"喊着喊着就醒了过来。

岳海润睁开双眼，腿肚一阵抽筋，说梦话的声音也惊动了隔壁的灵儿。灵儿急匆匆地走进，来到了炕边，看到岳海润难受的样子，着急地问："大哥，您……"岳海润一付难受的样子，说："快，腿肚，不行！"灵儿快速反应过来，伸手为岳海润按摩起来。

不一会儿，岳海润的双腿恢复过来，灵儿才说："您是走累了。"岳海润说："好了。"灵儿说："您别动，灵儿为您按摩一会儿。"

岳海润闭上了双眼，回味起刚才的梦，他想：这梦是怎么回事，真有梦中的女子该多好！

岳海润津津有味地回味在刚才的梦境中，这时李昕一副喜悦的表情急匆匆地连喊着："东家，东家！"并走了进来。

被打断了对梦的回味，岳海润显得有点儿不高兴，冲着李昕骂："有什么事？一点规矩都不懂，瞧你还是一帮掌柜，把包头交给你让我怎么放心？"李昕这才意识到自己因高兴而忘记敲门进屋，此时的李昕真不知道自己该站立何处，岳海润瞥了一眼李昕又闭上了双眼，灵儿说："东家身体不适，有什么事？说吧。"李昕这才道："打听到刘掌柜——不——是刘玉虎的下落了。"岳海润这才慢慢地睁开了双眼平静地说："是吗？"李昕说："是的，人在大同，我们那边的人已把他控制了起来，据说，在这之前刘玉虎把咱们的货物都转移到了淮商王有为那里。"

有了刘玉虎的消息，岳海润却显得很平静，一挥手说："知道了，下去吧。"李昕退了出去，岳海润这才慢慢地从炕上爬了起来，对灵儿说："准备一下，去大同！"

岳海润还在路上，信使已将东家到号的消息传递给了大同分号大掌柜乔遥。乔遥是乐平人氏，五官端正，仪态大方，懂礼貌，善交际，会经营。他十三岁入店学徒，二十岁已有一定的做买卖的经验，而且能言善辩，货色一看就懂，行情一看就明，生意能否成交，也敢一语定夺。在德玉泉掌柜中流传着这样一句话：平遥邱一清的"心计"，乐平乔遥的"嘴皮"。这也恰恰印证了晋中民间所说的，想和平遥人斗心计不行，要与乐平人斗嘴皮不行。平遥人精明让人羡慕，乐平人能说会道也让人羡慕。乔遥完全是老祖宗的基因遗传，当年的老祖宗"卖嘴皮"走火入魔的故事，虽然常常被同行们取笑，但其魄力不得不让他们折服。

相传明朝正德年间，乔遥的老祖宗乔尚书和邻县的和顺县王尚书，二人同朝居官，秉性却大不一样。乔尚书好夸富，王尚书光哭穷。一天，二人面圣时下起了倾盆大雨，乔尚书高兴得合不拢嘴，笑嘻嘻地说："看，这雨，俺家乡一定又是一个好收成。俺家乡人勤地肥，刨一窝窝吃一窝窝。"没等乔尚书说完，王尚书泪流满面。皇上奇怪地问："王爱卿为何哭泣？"王尚书说："俺家乡山高风猛，石厚土薄，像这样大的风雨，不知房上的瓦可留几片。百姓刨一窝窝才能吃一疙瘩。"皇上一听，说："那好办，房上瓦钉贯，纳粮减一半。"王尚书赶紧跪下说："谢主隆恩。"皇上又说："乔爱卿家乡富裕，气候温暖，产量又高，纳粮加一倍。"乔尚书一听傻了眼，皇上是金口玉言，哪敢违抗！他也只好叩拜曰："谢主隆恩。"从此以后，和顺盖房都用钉贯瓦，交贡粮也只交以往的一半，高兴得老百姓没法说。乐平的贡粮加了一倍，老百姓都埋怨乔尚书。乔尚书难受，可嘴上还在吹："乐平气候温暖产量高，是皇上封的，从今后咱们的光景会一年比一年好。"到秋收时乐平比和顺打粮多，可是大都交了贡粮，余下的吃不到秋天，只好担上沙锅到和顺换粮吃。

岳凯旋在世的时候，几个掌柜相逢于总号，说起了各自堂号的生意，其他几位掌柜都言难做，乔遥却说："没什么，我那里不错。"岳凯旋笑着说："好！有气魄！我就欣赏乔遥这一点。是生意人，在众人面前该夸富的时候决不说穷，你装穷，别人还敢和你打交道谈生意？乔遥啊，你说对不对？"事后乔遥私下笑着对几位掌柜说："其实我的情况和你们一样。"邱一清不解地问："那你为什么要在东家面前说你的情况很好呢？"汉口掌柜王逸说："人家刘掌柜和邱掌柜那么好都客气着，你啊，可真有意思。"刘玉虎开玩笑说："因为小兄弟是得乔尚书的遗传嘛，爱面子。"乔遥笑着说："那你们认为是东家说的话不在理了？"众人笑着说："不敢，不敢。"邱一清说："说实话，看从哪个角度看，小兄弟还真有些让我学习的地方。"

乔遥从学徒到伙计，再到德玉泉大同号中占五厘身股的主要商事骨干，二十三岁已是商号的里外一把手，奔波于天南海北，来往于总号、分庄之间，盘点货物、核算亏盈，拍板大宗交易，二十五岁成了德玉泉中最年轻的占七厘的大掌柜，而且被老掌柜岳凯旋称为德玉泉三虎之一。这三虎就是包头刘玉虎、成都邱一清和大同乔遥。而乔遥最大的特点是善于人际交往，在大同，了解他的人都会说"乔掌柜是官路匪路商事路,路路都通;富人贫人一般人,人人为友"。乔遥靠着良好的人缘,大同的同行都乐意和他往来。岳凯旋曾经对岳海润说:"乔遥奉博爱、贵忠诚、鄙利己,善交际、会处事,用好其人。"

  包头事件,自然各号知晓。刘玉虎到了大同的行踪偶然被同行发现,并告诉了乔遥,乔遥探听到行踪后派人将刘玉虎监视了起来,并火速通知岳海润。二掌柜杨铭信和几位伙计主张通知官府把刘玉虎抓来,乔遥说:"你们知道什么?按我的吩咐办!"其实乔遥有他的主张,一方面毕竟刘玉虎和自己之前的关系还不错,另一方面刘玉虎是东家的大舅兄,确实做得深是不对,浅也不对,不告诉东家更是不忠,抓刘玉虎容易,但还是不能由自己去撕破这张脸面。

  信使走了,乔遥吩咐伙计:"只监视不惊动,更要保密,而且不能把人给我看丢,做好有赏,办砸了,马上滚蛋!"伙计说:"掌柜放心好了,小的是不会给您丢脸的。"

  一切安排妥当,乔遥开始认真分析起了刘玉虎变故的原因,他想:刘玉虎的性情是急躁了些,也许有难言之隐,或许和其妹的死因有关。

  乔遥想了许多许多。

  岳海润要来大同,乔遥没有含糊。刘玉虎那一边,乔遥也在信使走后的次日私下约了他。

第十四章　云冈秘会

乔遥和刘玉虎相约在大同市郊武州山南麓云冈石窟会面。乔遥早一个时辰到达后，就漫步在山涧洞穴外那东西绵延约一公里的五万一千多尊千姿百态的佛像中。

大同是北魏国都，当时的北方政治文化中心。北魏皇帝信佛，于是开始修建石窟。云冈石窟有一千五百多年的历史，这些石窟历时四十多年才完全建成。云冈石窟的不凡，不仅仅在其工程的浩大，更在其艺术性的突出，诸多佛像无不活灵活现、栩栩如生，佛像的面容表情和形体动作都雕刻得十分细致。

乔遥走到释迦牟尼坐像前停了下来，双手合一，拜过这尊面相方圆、细眉长、双耳垂肩、双肩厚实的佛像，又来到了供奉着云冈石窟最大佛像的窟洞中。入得洞来，乔遥被那墙壁上密密麻麻刻着的小佛所震撼。那唱歌跳舞、使枪弄棒的各路僧佛，不仅充满了剑拔弩张和声色热闹，而且也不失沉着和镇静，保持着一种让人捉摸不透的神圣。这些佛像喜怒不形于色，每个佛的面部相似的安静中又隐隐各不相同。僧佛们的立体画卷，林林总总，竟然觉得好像是人间故事。

"小老弟，久等了。"

陶醉中的乔遥被浑圆的声音所催醒，慢慢地扭过头来，只见站在自己身后的刘玉虎头顶着疙瘩小圆帽，身着对襟灰布衣，虽然整洁，但眉宇间却带落魄之相，和三年前包头相见大不一样。

"刘兄客气了。"乔遥抱拳道："咱们边走边聊。"

第一丫鬟

刘玉虎长长地叹了口气说:"我的事恐怕全山西人都知道了,我想你也是为此事而来。"

"大哥爽快,你我交往多年,我多少还知道你的一点为人和秉性。论交情,你我没有说的,因此约你到这里。我知道,你不是贪恋财物才离弃德玉泉,而是为了一时之气。坦白地说,论公,你我都是为东家做事;论私,这些年老兄跟我交情,我心中有数,你也知道我是义气中人,因此老兄的事情我不能不理,所以约你到这里。不知老兄能否告诉小弟一二,如果东家真的对不住大哥,那小弟也绝不会视而不见。"

乔遥是真诚的,这一点刘玉虎能体会到。大同离包头不远,乔遥生意上的事情也经常向刘玉虎讨教,他一向谦虚会事,刘玉虎也是真诚待之,因此在德玉泉的分号掌柜中他俩也就走的近了些。刘玉虎说:"我十五岁入号,到如今整整二十五年,为德玉泉,我走南闯北。你也知道,我就这么一个妹妹,对她的突然离去,我这个做大哥的有没有权利见最后一面?你想,如果我妹妹真的是正常而亡,他们也不会草草而葬。我不是一个不通情达理之人,搁在别人身上也不会让岳家任意为之。什么生意不能离?我倒看看,我离开包头,德玉泉还做不做这生意。"

乔遥认真地听着刘玉虎之言。佛像前,刘玉虎虔诚地跪了下来,拜过佛像,站起来接着说:"佛祖面前我不说诳话,我不是为贪恋这区区二十万两银子,我不过是拿了我该拿的一份,当然,我妹妹的事情,我也不会因此而罢休。岳家无情,我为什么要讲这个义?"

"夫人的事情,说实话,是岳家不对。之前我不太清楚,但小弟认为,人死不能复生,你就这样离开,不仅别人不晓得其因,也会毁了大哥一生英名。恕小弟直言,我认为大哥在这件事情上处理得不够冷静,你不是对我说过'小不忍则乱大谋'吗?怎么在你的事情上就不去考虑了呢?"

"你话说得倒对,我妹妹都没了,我还在乎他甚名声不名声,此地不留爷,自有留爷处。"

"老兄以后有什么打算?"

第一丫鬟

"以后？走一步瞧一步吧，凭我滚打几十年江湖，还不至于没有我的饭吃。"

"话是不假，但刘兄考虑过没有，东家对此会罢休吗？外界人知道其中原因吗？理解你刘兄吗？如果报了官府，吃亏的还是你。"

"事已到了这种地步，爱怎么就怎么着吧。"

"我建议还是缓和一下，看情况再定。另外，你觉得夫人走的蹊跷，有什么证据吗？"

"感觉。"

"能听兄弟一个建议吗？"

"你我兄弟一场，能约我到这里的，德玉泉也只有兄弟一人，但说无妨。"

"你和东家之间是有隔阂了，如果信得过兄弟，我想探听一下东家对此事的态度；如果是误会，我想还是把矛盾缓和一下；如果东家要置老兄于死地，也就不需要了解夫人是如何走的了。这样的人，别说你走，我也不会再去效力。"

"老弟啊，你这个朋友我没有白交，但我真不希望为此事把朋友也卷了进来。缓和？你看可能吗？"

"你是说东家？"

"是的。"

"东家已经从包头出发，估计明天到这里，到时我自然会知道他的心思，有什么情况，我们再做打算。"

刘玉虎一时冲动离开包头，事后也感觉有点冒失，但事情已经走到这一步，他也只能硬着头皮走下去，既然乔遥要从中说合，刘玉虎想：按常理这样也许能试探出岳海润对妹妹和自己的情谊，因此也就答应了下来。

太阳照进小佛的洞窟，宝座上现出淡红光芒，佛像的脸上似乎也是心满意足的光。刘玉虎说："山川可以终天，这是昙曜和尚开创云冈石窟的初衷，我也相信刻在山上的信仰，可以躲避人为的磨难。"乔遥说："是的，佛在心中。"

乔遥和刘玉虎边聊边欣赏着这气魄雄伟的佛教雕塑。直到太阳西沉，二人坐上马车，商量起如何应对将要到达大同的东家。

乔遥有他的想法，他希望通过自己的努力缓和他俩间的矛盾，其实刘玉虎就是对妹妹之死深感不平，那么东家呢？还有，夫人死因又是怎么回事？联想起从老东家之死到如今发生的一切，乔遥的心里犯起了一个大大的疑团。

灵儿第一次见到德玉泉中最年轻的掌柜乔遥就产生了好感，不仅因为乔遥身材魁梧，而且他谈吐不凡，一副忠厚的面相让人有一种随和之感。

东家到了，乔遥简单地将大同的生意情况向岳海润做了介绍，又谈起了刘玉虎，乔遥说："照理说，刘掌柜做事有点过分，也许是他一时冲动才做出这不义之事，不知东家如何处理他？"

"不是我不仁在前，而是他不义在先，他人在哪里？"

"他人住在清泉井街，我已派人监视。"

"好！我看他刘玉虎能跑到什么地方！"

岳海润显得有点激动，乔遥听后心里七上八下。他想：难道东家心里没有一点儿亲戚之情？

乔遥虽然年轻，但却城府老道。灵儿在一旁听着他俩的对话，不时地眨着那水灵的眼睛，观察着二人的表情。此时的岳海润和乔遥又各自在思谋着如何应付，灵儿开始琢磨起他俩的心事来。

这乔遥应该和刘玉虎关系不错，也是忠义之人，他也许是在试探东家如何处理这件事吧，灵儿想。

岳海润点上一袋烟，"吧嗒吧嗒"地抽了起来，乔遥则在静静地等待着东家的后话，而岳海润却在一个劲儿地狂抽，也许烟抽得过猛，岳海润干咳了起来。灵儿说："大哥，您别抽了。"岳海润将烟袋摔在了地上，牙缝里挤出了一句话："去吧，通知官府。"

乔遥疑惑地问："东家，您真的要……"

岳海润生气地说："怎么，不妥？难道就这样息事宁人？"

灵儿插话道："乔掌柜，您的意思是……不妨给东家说说。"

乔遥沉思了一会儿道："刘掌柜是个人才，就是脾气坏了些，我希望东家以宽容之心来对待这件事。这些年我一直和他打交道，据我了解，他在包头以北一带还是有一定关系的，当然，离开他我们也照样做这生意，但至少弯路还是要走一些的。通知官府是一句话，抓他容易，但这样的话不仅毁了双方多年的情谊，也毁了刘掌柜一生。俗话说，不看僧面看佛面。也许夫人的突然去世对刘掌柜是一个不小的打击，他才做出这不冷静之事，请东家三思。"

岳海润坐在椅子上闭着眼睛一言不发，沉默却隐藏不住那早已流露出来的杀机，提到刘玉虎就让他想到刘玉菊，而让他最不能忍受的正是妻子的背叛。

"他娘的。"岳海润不由得愤愤骂道。

灵儿使了个眼色，乔遥会意，他对岳海润说道："几日路途奔波，您也劳累了，您先休息一会儿，我出去安排一下。"

岳海润依旧闭着双眼，将手摆了摆，乔遥退了下去，灵儿也跟着走了出来。

"乔掌柜。"灵儿喊了一声，喊过之后她又有点后悔。

乔遥停下脚步扭回头说："见过小姐。"

灵儿说："叫我灵儿好了。"

乔遥这才仔细地看着站立在眼前的灵儿，似乎在她身上看到了一般女性所没有的气质，而这气质正是发自她的内心深处，乔遥心里下意识有了一种冲动，似乎感觉血液在全身涌动着。

灵儿似乎也从乔遥的眼光里读到了一种别样的感觉，这时她反而有点儿羞涩了。眼前站立的男人忽然有一种莫名其妙的感觉；而这份感觉对久居深宫的女子来说，也是第一次。

走出深宫，柳智信是她遇到的第一个男人，那时她还不曾有任何想法；岳海润是他遇到的第二个男人，走进岳家大院到后来老夫人和江环提起让她嫁给岳海润，她没有过多考虑，也不敢有什么苛求。她也曾给自己的将来设想过，大凡女人能有一个好去处也就心满意足了。没有接触过更多的男人，她自然也就不知道天底下还有"一见钟情"。

二人对视了好一会，灵儿才醒悟过来，她嫣然一笑，乔遥也傻笑着说："不知怎么,跟你有一种似曾相识的感觉。"

"哈哈,是吗?乔掌柜倒是幽默。"灵儿自然地应答着。

乔遥说:"早就听说小姐了,今日有幸相见,不是恭维,感觉小姐确实有一种特别的气质。"

灵儿笑着说:"是吗?乔掌柜倒会说话,我也是丫头出身,只不过是老夫人厚爱灵儿罢了。"

乔遥笑着说:"那就对了。"

二人在大堂寒暄着。灵儿说:"东家旅途有点不适,也许是心情不好,如果我没猜错的话,乔掌柜一定对包头之事另有高见了。"

"不敢,俗话说,旁观者清,当局者迷。对包头之事,我认为总号应该以宽容之心,先礼后兵,最起码要了解刘掌柜之初衷。常在路上走,难免有错失。如果刘掌柜能悔悟,对总号、对他自己,同时对东家都有好处。当然,如果他不肯悔悟,继续走下去,我也不会以朋友待之。是非之间,这一点我还是知道该如何选择的。其实,刘掌柜也是因夫人之死而忧伤冲动才做出这不妥之事。"

"您见过他?"

"不瞒小姐,确实见过。我之所以袒护刘掌柜,一方面是交情,另一方面也是为总号着想。"

灵儿点着头说:"能看出来,否则乔掌柜也不会给东家去信,也不会因他而让东家生气。就这样,您安排您的事情,我回头再劝说一下东家。"

"那就拜托了。"

灵儿试探着问:"您真的愿意为刘掌柜的事情而得罪东家?"

乔遥中肯地说:"看怎么说,有些事情该得罪就得得罪,忠言逆耳,作为一个掌握大局的东家,连这点度量也没有的话,我想德玉泉也就谈不上发展前途了。当然,东家如今的心情我也理解。"

走进岳家大院,灵儿还是第一次和一个男人直面交流,也是第一次用心去了解一个男人。

乔遥的一席话让岳海润在处理刘玉虎的事情上摇摆不定。是强硬处理？还是去缓和这件事？乔遥出去后，他再三思虑，无论怎么想，这气还是不打一处来。

灵儿和乔遥言谈了一阵后进来。

岳海润问："他们去办了吗？"

"没有。"

"乔掌柜人呢？"

"在大堂。"

岳海润深沉地说："给我把他叫进来。"

"大哥，我可以说两句吗？"

岳海润叹了口气说："说吧，这人啊，怎么都背离我呢？"

"没有，只是小妹不希望大哥在心情低谷的时候去处理大事，出了这么大的事情，小妹知道大哥心情不好，乔掌柜说的也并无道理，我有个建议不知该说不该说。"

"说吧。"

"自古忠言逆耳，从乔掌柜的言谈举止中看得出他是忠义之人，既然他在对待包头的事情有异议，小妹认为大哥就把包头的事情全权交给他去处理。"

"交给乔遥？"

"我是这样想，我虽然不了解乔掌柜，但凭我的直觉他是个人才，不会错。让他处理，一来大哥省心，还显得您大度；二来他处理不妥的话，大哥还有补救的余地，您要是直接处理，不妥的话反而没有回旋余地了。我是个下人，也是个女子，不懂商家大事，但看着大哥伤心也就忍不住多言几句。"

灵儿的话岳海润听了有点吃惊，"回旋余地"这四个字在他的脑中反复翻腾着。

大堂外的乔遥也想好了，如果岳海润一定要置刘玉虎于死地，他就离开这德玉泉，另找归属。

到过大同的人，除了大饱人文和自然景观之眼福外，会发现，大同的人长得很俊俏。姑娘们艳若桃花，小伙子浓眉大眼红脸膛，孩子们聪明伶俐挺可爱，老年人精神健壮似孩童。大同、浑源、应县籍贯的人，普遍五官端正，唇红齿白，线条优美，不但人长得漂亮，而且穿着打扮也整洁。

　　大同女子长得漂亮，再加上注重穿着打扮，就更加显得艳丽动人，所以赢得了历代封建帝王的垂青。据史书记载，这一带出过二十五个皇后、九个皇妃。北魏名将于栗䃅家族中，曾有一个皇后；娄昭君为北齐文宣帝皇太后；娄昭君所生两个女儿为东魏皇后；北周卫国公独孤信七女为隋文帝文献皇后，长女为周明敬皇后，四女为周元贞皇后；晋王李克用之妻刘氏、妾曹氏系应州人，先为王妃，李存勖继位后册封为皇太后、皇太妃；后晋皇帝石敬瑭之皇后李氏也系应州人；后晋末帝石重贵之生母安氏系大同人，册封皇太妃；后唐末帝李从珂皇后刘氏乃浑源州人；后汉皇帝刘知远皇后李三娘系应州人；宋朝名臣郭崇乃应州人，次子郭允恭之女为宋仁宗赵祯皇后；据《契丹国志·后妃传》记载："兴宗皇后，应州人，法天皇后弟，枢密楚王萧孝穆之女也。"据《辽史·后妃传》记载："肃祖昭烈皇后萧氏、懿祖庄敬皇后萧氏、玄祖简献皇后萧氏、德祖宣简皇后萧氏、太宗靖安皇后萧氏、世宗怀节皇后萧氏、穆宗皇后萧氏、景宗睿知皇后萧氏、圣宗仁德皇后萧氏、圣家钦哀皇后萧氏、兴宗仁懿皇后萧氏、兴宗贵妃萧氏、道宗宣懿皇后萧氏、道宗惠妃萧氏、天祥皇后萧氏、天祚德妃萧氏、天祚文妃萧氏、天祚元妃萧氏"。明朝正德皇帝也曾纳妃李凤姐。诸如此类，不胜枚举。总之，大同籍内皇后、皇妃如此之多，后人称为"皇后之乡"。明朝学者谢肇淛在他的《五杂俎·卷四》中，对大同女子做出如此的评价："九边如大同，其繁华富庶不下江南，而妇女之美丽，什物之精好，皆边塞之所无有。市款既久，未经兵火故也。谚称：蓟镇城墙、宣府教场、大同婆娘为三绝。"诸多美女出现在这个地方，因此大同也就成了许多文人墨客和多情公子借故光临之处。

　　大同的庙会繁多，每年从阴历正月初八上华严寺游八仙开始，二月初三有帝君庙会，三月初三有曹夫庙会，三月十八有娘娘庙会，四月初八有奶奶庙会，四月十五有鲁班庙会，五月十一有城隍庙会，六月初六有玉龙洞庙会，六月十三有龙王庙会，六月十九有观音庙会，五月十三、六月二十三有关帝庙会，六月二十三有火神庙会，七月十五有盂兰会，八月二十七有文庙祭孔会，九月初九有重阳登高会，等等，庙会可谓多矣。岳海润到达大同恰逢三月初三的曹夫庙会，便将刘玉虎的事情全权交给了乔遥，从堂号走出，独自一人在庙会聚集地游走。

阳春三月，柳树返青，晋北的气候温和宜人。大街上男男女女悠然自得地游走着，小商贩们也挤入庙会，摆摊设店，沿街叫卖，争夺主顾。妇女们花枝招展地站在店铺台阶上，一字排开，脚上穿着绣花鞋，真是千姿百态。这种现象，被大同人称为"赛脚会"，也称"晾脚会"。所谓"晾脚会"，也就是小脚展览会，可以说是大同独有、世上无双的奇俗。虽然次日才到真正的晾脚会时间，而这里已经有了热闹的氛围。

到晾脚会那天，已嫁或者未嫁的少妇少女们，带着高矮不同的两个凳子，到早已固定了的而且人人都知晓的那条街道上去，坐在高凳上脱鞋解袜，连裹脚条子一齐解，然后把脚放到面前的矮凳子上任来来往往的与会人员参观、品评。

来这条街参观这种展览的，男女老少都有。而且，除去小孩子以外，基本没有走马观花的。人们来来去去，在街上欣赏已经晾在那里的妇人脚。更为奇怪的是，凡是一双清秀周正的小脚，大都会被人围观，得到赞美。不过，这里只许用眼睛看，不准动手触摸。

这种奇特的展览品就是晾在那里的妇人小脚。品评中还有个评价标准，尺码以三寸为标准，这就是人们常说的"三寸金莲"，如果有小到二寸半，那自然成了特等货色。脚在另一方面，不光是只看大小，还要看质量，即是否清秀。按晾脚会的要求，脚面不能太胖，但也不宜太瘦、不露骨，而且脚跟要小。第三条标准，就是要看肤色，肤色是否悦目。当然，要求是白、嫩、细。第四，是要看脚长得是否周正。有的妇女缠脚，幼时缠得不小心，脚外面突出，里面凹进、称为月牙形，即使二寸半，也算不得是上品。此外，脚跟不能太小，脚腕粗细也要适中。

当时，女人的脚可以被认为是最神秘的部分。一些保守的妇女，甚至连同床共枕一辈子的丈夫，也都难得见到一次，更何况是其他人呢！她们睡觉都穿袜子或套鞋睡，即使后来不缠足的女人脚也不轻易展示于人前，因此，大同这个别开生面的晾脚会，如何能不引起轰动？当然，远道而来的男性参观者就不乏其人了。

然而,让观众都满意是不大可能的,让参观者摇头叹气的有两种情况:一是毫无瑕疵的玉足长在丑陋不堪之人的腿上;一是脸蛋儿身材都好的女人,可惜脚的质量太差,不合格,让人们遗憾。当然,大多数晾脚者都是外貌和脚全是平平常常的女人,自然不会留给参观者什么强烈印象,等于是戏台上的小配角,陪衬着晾脚会的进行。如果一个女人"人足并茂",那她就会感到莫大的荣幸。虽然这种晾脚会没有评判组织,也没有什么奖杯奖品,但是,这个女人从内心会很荣幸,这种女人离开会场回家时,会有几百人把她送到门口,从此,茶馆、酒铺就会流传她的芳名。

这种奇怪的晾脚会,传说是清朝年间一个知府促成的。相传这个知府的太太是个朝臣的小姐,这个朝臣正好是这个知府的顶头上司。知府的太太学识很好,但非常保守,从来不让丈夫看到她的脚。而这个丈夫,亦非寻花问柳之人,以致造成了自己的心理变态。他联合幕属及地方上志同道合的士绅,借着一次当地的大瘟疫,造出谣言,说女人们赤脚在光天化日之下可以避免疫症蔓延。于是,大同人每年一度的"晾脚会"就这样荒诞离奇地诞生了。

岳海润踱步在熙熙攘攘的城隍庙街上,见一女子被众人围观着,并惊叹着"绝了!"他也凑了过去。眼到之处,这位有钱的东家大吃一惊。

第十五章　大同风波

"绝了！"众人围观着一妙龄女子啧啧惊叹，岳海润急忙拨开人群，只见那女子：肤色粉润乌黑发，凤眼细眉樱桃口，浑圆臂膀纤细腰，身似出水芙蓉花。那一春桃小口，将笑未开，那一美波姿态，若飞若扬，一双标准的三寸金莲展示在阳光照射着的台阶上，观者在窃窃私语。

"她生于孰地，来自何方？"

"谁家之女，这样人足并茂，父母是如何之身？"

……

众人围观赞叹，那女子却并无羞涩，眼睛在观赏的人群中搜寻着。她和岳海润的目光对视，岳海润惊讶之时，一股暖流从心头流过，流遍全身。怎么会有这样的事情？岳海润端视眼前春色梦中人，心中油然感慨：难道这是天意？

那女子的目光从上至下扫视了一番这位身着绸缎、一脸文气、貌非平常的男人，心想，也就是个看客而已，哼，这样的人多了。她并不在意。

从岳海润的眼神里，那女子似乎看到了特别的神情。她再次将目光移向岳海润，她注意到他依旧用一双深情的目光注视着她那婀娜之躯。她似笑非笑地看着岳海润移开了目光。

女子前品足观看的人换了一茬又一茬，岳海润却站在这里足足有一个时辰未动。恰巧堂号伙计二毛路过，看到东家独自一人观看，停下了脚步，疑惑地想：不会是东家看上她了吧？

第一丫鬟

二毛是大同人，十八九岁的年龄，聪明会事，深得乔遥的赏识。这天他刚跑堂归来，经过这里，也就忍不住停下了脚步。见人们在围着何家姑娘何银萍，他移动脚步走到岳海润的侧面。

只见岳海润满脸痴情，两神相看，似乎想看穿眼前美女之身，却无张口吞并之意；何银萍则显得满不在乎，不时地飘着眼神看着围观她的人们，那一双丹凤眼仿佛又不时地流露出勾魂摄魄之力。

这么巧？她怎和梦中的人如此相像呢？岳海润的心在澎湃波动。

何银萍家住大同西油坊巷，是何文耀之女。何家是祖传油坊的大户，在大同一带小有名气。何文耀有一子一女，其子何金柱为长，却有癫痫病，虽有二十岁的年龄，智商却不及十岁顽童；而小于兄长两岁的何银萍不仅人长得俊俏，且聪明伶俐。她宠而不娇，不仅精女工，而且懂诗文，虽性情放荡却不失礼仪，何文耀自小将何银萍视为掌上明珠，把心思完全放到了她的身上。

这一日她和丫头走了出来，来到庙会聚集地，见不少女子端坐在台阶上，丫头随意说："小姐啊，我要是你啊，就坐下来和她们比比。"

何银萍笑着说："这么多人我可不敢哟。"

"知道呐！"

何银萍一眨眼问："你知道什么？"

"我知道你也不敢。"

何银萍被丫头这么一说，本来不想坐下来也起了这个意念，说："什么？你说我不敢？我是不愿意和她们争，我才不怕呢！美云啊，给我去找个凳子！"

丫头方美云惊讶地问："小姐，您真的要坐？"

"你不是说我不敢吗？我偏要让你看看！"

方美云一听着急了，说："小姐啊，你别生气嘛，我是随便和你说说。"

何银萍看着丫头一副着急的样子，扑哧一笑说："鬼丫头，你以为我会那么小肚鸡肠？去吧，别愣着了，咱们出来干什么，不就是为这吗？"

"要不咱们转转吧，老爷要是知道了一定会骂你的。"

第一丫鬟

"这坐也是你,不坐也是你,到底你是小姐还是我是小姐?"

"当然你是了,我也是为了你好啊,可又左右为难啊。"

"没事,爹爹不会责骂我的。"

方美云高兴地说:"那我就找去了?"

"还婆婆娘娘的做什么,去吧。"

方美云一听笑嘻嘻地说:"那我去了。"

不一会儿,方美云在店铺里借了个凳子来到了何银萍的面前,二人就地找了个合适的位置,何银萍坐下后将一双秀脚端放了出来,立刻引起众人的阵阵喝彩声。

丫头方美云站立在何银萍的身后,看着人群中一个衣着不凡的中年男子久久地站在她俩面前。看他,那一双深情的双眼似乎如痴如醉,丝毫没有离开小姐身处之意。她想:他一定是有妻有子的富家,醉翁之意不在酒,什么品足?有这样品足的吗?都待在这里一个多时辰了,哦,他不会是看上我们家小姐了吧?真是的,我们家小姐也非平常人家啊!

何银萍并没有去在意岳海润,方美云悄悄地附着何银萍的耳朵说:"小姐,你看这个人,一直看着你,真有些讨厌。"

何银萍不屑一顾地说:"甭管他,爱怎么看就怎么看。"

二毛在侧观看,方美云注意到了这位经常到何家油坊进油的德玉泉的伙计,笑嘻嘻地挪动了脚步走到了二毛的身后,倒是二毛没有注意这位何家小姐的丫头。"哎!你看什么?"方美云拍了一下二毛的后背,把正在思谋东家动态的小伙计吓了一跳。

二毛惊恐地扭回了头,见是何家小姐丫头,笑着说:"没有点规矩,哼,吓破我的胆,看你们主人家的油往哪里销。"

"哟哟哟,还一本真经呢,这叫以你之道还治你身,上次你吓我都几天没有缓过来呢!我们家小姐都说了,你要是吓着我啊,哼,就让你们乔掌柜把你的饭碗给端一边。"

二毛笑着说:"嗯,这我知道,你知道何小姐的意思是什么?"

"什么？"

"说不定我将来是他身边的红人呢！"

"美得你吧，除非你将来也能像人家乔掌柜那样出息，你一个跑堂的伙计，我也看不上呐。"

"哟呵，小麻雀岂知大雁之志？"

方美云笑着说："还在我面前卖斯文呢，我在我们家小姐处学到的比你看到的都多，你知道这句话出自哪里？有何典故？是甚人所作？"

二毛笑着说："你想知道我的回答是甚？"

"你说说看。"

二毛笑了。方美云说："哼，又想占我便宜是不？"

李二毛笑着说："你真聪明，所以我啊，哈哈……"

二毛和方美云见面就斗嘴，真一句假半句，方美云知道二毛想说什么，她的脸蛋变得粉红，羞涩地说："再说你找打！"

"好好好，我不说了，留到将来说吧。"

"你还敢说啊，我看你是不想混了。对了，你怎今天不忙？"

"忙，你瞧那位是谁？"他说着指了指侧面的岳海润。

方美云顺着二毛指的人问："他是什么人，在这里站好久了。"

"他就是我们东家。"

方美云疑惑地问："真的？他就是德玉泉的东家？"

二毛神秘地说："可不，我今天是陪同他来的，能陪同东家的有几个？所以你就知道我在东家眼中是什么位置了吧，这话也就不要挑明说了，所以……"

方美云瞥了二毛一眼，一本正经地说："哎，现在是和你说正事呢，别东一扫帚西一扫帚的了，否则我可就不理你了啊！"

二毛这才认真地说："我不骗你，他确实是我们的东家，来大同几天了。对了，他夫人刚死，也许是看上何小姐了。"

方美云惊讶地说："不会吧。"

"你看看我们东家的眼神就知道了,孤男怎能不想寡女,况且何小姐又是女人中的女人,我要是东家我也会看上她的。"

"说什么?寡女?放你娘的臭屁,我们家小姐可是正经人家的千金。"

"打个比方嘛,你就出口骂人!"

"你打的是什么比方?不过,也是的,可我们家小姐能不能看上他,那可就另一说了。"

"哟,好漂亮的小妞,陪陪哥哥如何?"几个毛头小伙这时浪笑着围在了何银萍面前。

"滚开!"何银萍怒骂道。

"够味儿!"一小伙浪说着,哈哈笑了起来。

岳海润正要阻止,二毛机警地拨开人群冲了过去,喊着:"怎么,想找打,是不?滚!"

"胆子倒不小,管起大爷的事情了。"其中一愣头小伙恼怒地骂着,拳头也伸向了二毛。二毛机灵地躲过了那愣小伙的拳头,一挥胳膊将其掀翻在地,另两位见同伴不是对手也扑向了二毛。

二毛一人勇斗三歹人,丝毫没有畏惧感。岳海润这时才发现打抱不平的正是德玉泉那位机灵的小伙计。

歹人在二毛的勇斗中落荒而逃,众人齐声喝彩。何银萍无心再待在这里,准备走时,方美云对二毛说:"二毛哥哎,还真没有看出你还有如此身手,且有侠义之心,我替我们家小姐谢谢你了。"

"小事一桩,小事一桩,我也是受我们东家之命保护你们的。"方美云疑惑地问:"谁?你说的就是他?"

"是啊!我什么时候骗过你啊。"再看岳海润已经移动了脚步,说完也快步跟在了岳海润的身后。

街头的南端,艺人们正在那里献艺演出。道情剧唱的红火,岳海润却无心欣赏,和二毛悠闲地聊了起来。二毛说:"大同的道情很盛行,唱腔为联曲体,是利用诸宫调的某些曲子互相连缀起来，组成有层次的大型唱段，每种套曲又有正、反、平、苦、抢、紧六种不同的曲子，唱腔是根据需要临时组合的。"

岳海润问："临时组合？"

"是的，比如耍孩儿的结构就包括正耍孩儿、反耍孩儿、平耍孩儿、苦耍孩儿、抢耍孩儿、紧耍孩儿六个曲子。这正、反、平、苦、抢、紧各有不同内容：正表示用正调演唱，一般用正调演唱的曲调为商字调；反表示用反调演唱，一般用反调演唱的曲调为徵字调；平表示一般正常的情绪，苦表示愁苦、凄凉的情绪，二者皆用正调演唱；紧表示唱腔结构紧凑；抢表示唱腔结构喜悦、轻快、类似抢一般的速度。对了，我再给您说说这耍孩儿，其实它又名咳咳腔，最突出的一个特点是唱腔发声使用后嗓子，声音从喉咙下面发出来，听起来浑厚、质朴，唱腔与伴奏十分和谐也是耍孩儿的又一特点。耍孩儿发声方法，使外地人乍一听起来很不习惯，但听惯了以后，觉得越听越爱听，而对唱戏的人来说好像是不用后嗓子唱就过不了戏瘾似的。"

"戏曲多样，犹如风俗，各地不同，也随各地的语音和民歌土调以及说唱故事的鼓词之类发生变化。比方中路的太原梆子，因和当地的秧歌调有所掺和，便和南路的蒲州梆子有所不同；而北路的代州梆子则另有结合，也与中路梆子相异。北路梆子到了张家口，成为口梆子，即河北梆子，但因河北原有老调梆子和大油梆子，相互结合之后，又和口梆子有所不同。这些说来就话长了。"

东家和小伙计聊起了戏曲，聊得津津有味。二毛说："我算是见长了，总想您是经商的东家，但没想到您对各地戏曲如此了解。"

岳海润笑着说："怎么，小瞧我了？"

二毛惊恐地说："不敢，不敢，我一个小小的伙计能和东家说这么多话，是我有幸，所以……所以说起话来也就语无伦次了。"

岳海润听后哈哈地笑了起来。

"嗯，今日你就陪我走走吧。"岳海润说。

二人边看边走边聊，二毛又将话题引到了何银萍身上，他说："刚才那位姑娘叫何银萍，是油坊掌柜何文耀的千金，这何文耀和咱们德玉泉是多年的生意交情，咱们这里一咳嗽他总生病，呵呵，我是随便说说。我经常跑他那里，所以他们家人都和我相识，这何银萍人您是见到了，不仅漂亮，而且聪明温柔，实是难遇之人，我有句话不知该说不该说。"

"你说。"

"东家何不纳何家小姐为室？只要您一开口，何文耀是巴不得将姑娘许配给您。"

岳海润笑着说："呵呵，你还真想得不少。"

"当伙计的就应该时时处处为东家着想，这是最起码要具备的啊。"

"今日表现不错，路遇不平，果断出手，回去一定奖赏你，好好干，德玉泉不会亏待忠心而有能力的伙计的。"

二毛高兴地说："多谢东家。"

岳海润在伙计的陪伴下逛着庙会，心却不时地想着何银萍。何银萍被三个歹人一搅和也就无心待在大街上，和丫头一同回家了。路上，方美云说："小姐啊，刚才一直看着你的那个人你猜是谁？"

"管他是谁，和咱没有什么关系。"

"那个人可是德玉泉总号的东家哟，听说他夫人死后至今未娶呢，知道他来这里做什么吗？"

何银萍不经意地说："东家有什么了不起，就算皇上也是个人，他做什么与咱无关。"

"他要是看上你怎么办？不就和你有关了吗？"

"呵呵，我看不上他，那不就无关了？"

"听二毛说，他们东家可看上你了啊。我猜，他很快会到老爷面前提亲的，我看你们俩倒挺般配。"

"管他呢，能过了我的眼才算呢！"

"小姐说的是。"

"对了,给你五两银子,回头给那个叫二毛的送去,今天也多亏他出手,这样的人才算男人。看看围观的人有多少啊,哪个管了?都躲得远远的,可挺身而出的人不就一个吗?嗯,他说看上我了,怎么不自己出手啊?我才不理他呢!"

方美云附和着说:"就是,就是。"

二人说着,何文耀走了过来,何银萍喊了声"爹"就扑到了父亲的怀抱里。何文耀半抱着女儿笑着说:"是不是出门受委屈了啊。"

何银萍撒着娇说:"爹呀,女儿今日几乎快见不上您了。"

"怎么了?告诉爹爹,谁欺负你了?"

"是德玉泉的东家,准备要抢您女儿呢!"

何文耀惊愕地问:"谁?德玉泉的东家?"

"是啊,简直坏透了!"

何文耀哈哈哈地笑着说:"我不相信,这回你又在蒙骗爹爹。"

"你怎知道?"

"说别人我倒相信,德玉泉的东家是不会做出这等有伤门风之事的,哈哈哈。"

"为什么不会?"

何耀文笑着说:"道理很简单,君子爱财取之有道,东家是有身份的,有身份的人是绝不会做出下三烂的事情的,况且是堂堂有名的德玉泉的东家!哈哈,你还蒙我这个老头子。"

何银萍又撒娇说:"真扫兴,和爹爹开个玩笑也被识破了。"说完也笑了起来。

何银萍从父亲那温和的怀抱中挣脱了出来,认真地说:"其实今天确实在街上遇到了几个无赖,还多亏了德玉泉号伙计出手。"

何文耀着急地问:"他们欺负你了?"

"如果没有那个伙计出手女儿可要受辱了。"

"有恩就报,不要让人家德玉泉人说咱们何家不懂事。美云啊,一会儿取十两银子给那个人送去,并代感谢,就说这是我们何家的一点小意思。对了,银萍,刚才你为什么说起德玉泉的东家?"

方美云嘴快,说:"我们今天在大街上见他人了啊,他也老盯看咱们家小姐呢!对吧,小姐?"

何银萍瞥了一眼方美云说:"就你多嘴。不过他也没有特别之处,也算是个平常人。"

何文耀说:"算了,还是明天我去吧,咱们和德玉泉也算是多年交情,既然是他们东家到了,我就去拜访一下,顺便感谢一下他们的伙计,毕竟我们和德玉泉生意往来多年了。"

乔遥总算将刘玉虎说通。次日一早,刘玉虎就赶到堂中。此时的岳海润虽然醒了,但还静静地躺在炕上,他回味着昨日小伙计的话,脑中不断浮现何银萍的身影。这姑娘确实不错,岳海润心里嘀咕着。

刘玉虎在堂中和乔遥说事,灵儿赶了过来行礼道:"灵儿见过刘掌柜。"

刘玉虎抬头看着形态自若的灵儿,问:"你是?"

灵儿回答道:"小女子叫灵儿,是刚进岳府的丫头。"

乔遥补充说:"老夫人喜欢灵儿小姐,所以就认做义女了。"

刘玉虎点头说:"哦,知道,果然伶俐。"

灵儿道:"谢刘掌柜夸奖,你们先聊,我去告诉东家一声。"

灵儿走进了岳海润居住的房间,将刘玉虎到达的事情告诉了岳海润。岳海润说:"让他进来吧。"

"大哥,小妹有句话……想和大哥说一下。"

"说吧,一家人不要客气。"

灵儿点头说:"既然刘掌柜来了,我想他也是下了很大的决心才走进这堂里的,毕竟他有理亏之处,虽然可恨,但能来也说明他有反悔之意,他毕竟是嫂子的亲哥,希望大哥不要与他计较,给他个余地。"

"知道,去把他叫来吧。"

刘玉虎走了进来,坐在椅子上,岳海润对灵儿说:"你出去吧,没有我的话别让任何人进来。"

"好的。"她沏好茶水后退了出去。

岳海润一声不吭地躺靠在炕头上的垫子上，刘玉虎客气地说："包头的事情是我不对，我先向你道歉，事情出了，该怎么处罚我没有意见。"

"该怎么处罚自有规矩，从伙计到掌柜，你也是入号几十年的人了。是的，你为德玉泉出过力，掏良心说，德玉泉什么时怠慢你了？咱再论亲，你是我的大舅哥，看看你做出些什么事来？别以为包头离开你生意做不成，这世界少了谁都可以！人活着不仅仅是利，还有名。无规矩不成方圆，这做事由着性子的人终究成不了大事！德玉泉的大门是敞开的，要走，可以，但起码要走得光明磊落！本来我想把这事情交给官府处理，念你人情，我放你一马，路怎么走，你看着办，走出这个门咱谁都不认谁。话又说回来了，你卷银卷货走人，是为你妹之死。这你不用说，我心里清楚得很，但我可以告诉你，对不起岳家的是你妹妹！我真的不愿意去提这事情。好歹我也是有头有面之人！是的，你有权利也应该知道你妹妹是如何走的，让我说假话我说不出来，我可以拍着良心说，我上对得起天，下对得起地！对她，我岳海润是问心无愧。为了岳家的声誉，也为了她的声誉，为了孩子，我戴了绿帽不能说！哼哼，能大张旗鼓说德玉泉东家的夫人是被自己的相好奸夫杀在炕上？真丢人！本来我是不想对任何人提起这事，这就是你的好妹妹！你不是想知道吗？"

岳海润有些激动，刘玉虎听后也大为惊讶。岳海润言毕不语，鼻孔里却喘着粗气，寂静的屋子似乎充满了浓浓的火药味。此时刘玉虎感觉无地自容，似乎不相信岳海润说的话，但从岳海润的表情看又似乎不是说谎，他不知该相信自己的妹妹，还是该相信妹夫的肺腑之言。

"你下去吧，让我安静一会儿。"沉默了许久，岳海润终于吐出了一句话。此时的刘玉虎不知该说什么，站起来低着头退了出去。

想起这事，岳海润就如坐针毡。"真他娘的晦气！"岳海润不由得骂出声来，长长地叹了一口气，自言自语道："为这样一个女人伤神，值得？呵呵，亏我还是个男人，去你的吧，天下又不是缺女人了！该办什么事就办什么事！"言毕从炕头上爬了起来。

刘玉虎沉闷地坐在堂中。乔遥走了进来问道:"怎么了,东家说什么了?"

刘玉虎摇了摇头说:"没,没什么。我也无颜再在德玉泉待下去了,想我刘玉虎在德玉泉做事多年,也就结交了你这么一个实心朋友,兄弟放心,我做出不干净之事我自会处理,烦你转告东家一声,我先到包头把事情处理妥再回总号接受处罚,这里我不便多待,恕我无理,我先走一步了。"言毕他站了起来。

乔遥说:"你这个人啊,说风就是雨,只要你心诚,不在乎这一时半会儿,先把你的想法和东家说一声再走也不迟啊。"

刘玉虎说:"为我的事,东家心情不是很好,我想就这样吧,说得再好总要见实,我去几日就尽快赶回,告诉东家我不会让德玉泉受丝毫损失的。"

"那你看着办吧,需要我做什么你尽管开口就是。"

"那我就走了,请转告东家我处理好后会尽快赶回总号的。"

刘玉虎要走,乔遥也就没有阻拦,灵儿在一旁听了个明白。她走进了岳海润居住的房间将刘玉虎走之事告诉了岳海润,岳海润说:"随他去,你去给我准备饭吧,我这肚子已经提意见了。"

乔遥刚出门送走刘玉虎,就遇到满面春风走来的何文耀。乔遥道:"稀客稀客,哪阵风把您老吹来了?"

何文耀笑着说:"怎么,不欢迎老朽?"

"岂敢岂敢,何掌柜是请都请不来的贵客,岂有不欢迎之理?请进请进。"二人客套地说笑着走进了屋里。

何文耀说:"昨日小女遇到歹人,多亏贵号伙计出手,小女不依,我特来上门感谢!"

"是吗?是敝号哪一位?"

"呵呵,常跑我那里的那个伙计。"

"那就是二毛了。"

"是的,这是十两碎银,不成敬意,请小老弟代为收下作为奖赏。"

"应该的嘛,您客气了。"

"不收,那是嫌少?

乔遥笑着说:"好,既然您这样说,那我就代伙计收下,嗯,回头一并奖赏!"

"嗯,这才像话嘛!"二人哈哈大笑起来。

"小老弟近日可忙?"何文耀问。

"我啊,每日如此。东家到了,还要处理一些事,近日是忙了一点。"

"东家到了?我说小老弟啊,怎么不早说呢?那好,今日中午我做东,好好招待一下你们东家!也尽一下我这地主之谊,就这么定了!"

第十六章　风云难测

聚仙酒楼，何银萍跟随父亲宴请岳海润。

何银萍仔细端详眼前这三晋有名的德玉泉东家，但见他：一双小眼睛、一派斯文样，貌不惊人，倒有气度。岳海润似乎没有刻意去在意何银萍，一本正经地和何文耀边喝酒边攀谈着。

岳海润说："你说这时局会怎么样？"

何文耀说："难说，也许要改朝换代了，不过这不是咱们的事，盘古至今再怎么着，生意还是要做。当然我希望国家太平，但这不是咱老百姓能左右的，就是皇上也没有办法，这天无论怎么变，说到底咱老百姓终究还是老百姓。"

"呵呵，何掌柜倒是沉得住气，话说得虽然对着，不过国家不太平老百姓哪能安心做生意？"

"那是。我这个人不期所求，没有岳东家看得远呐。"

岳海润笑着说："彼此彼此，我也一样。"

"岳东家这次在大同是否要多住些时日？"

"不了，就准备这一两天返回灵石，夫人马上过七了，我必须赶回。"

何文耀惊讶地问："什么？夫人已经……"

岳海润叹了口气点头说："是的。"

"东家要节哀，一定要保重自己。"

"没事，也许上天有时候就是这么爱作弄人，有时候我常常想，人的一生也许就不可能事事如愿，皇上都如此，何况我们。"

"这样看就对了！我这个人就是这样，现在一切看得很淡。"

何银萍在一旁听着父亲和岳海润的对话，感觉似乎没有一点活跃气氛，这时撒娇插话道："爹爹您说什么呢？是说把女儿也看得很淡了？还说什么疼爱女儿呢！哼！"

何文耀笑着说："看看，我这个女儿就这个样，爹一说话，她就找碴。"

何银萍说："就是嘛，爹爹刚才就是这么说的嘛，这么多人可都听见了呀！"

岳海润也笑着说："就是，就是。"

何文耀哈哈大笑了起来。

何银萍一句话活跃了沉闷的气氛，她接着说："爹啊，女儿可要罚您一杯酒了。"

何文耀说："好好好，该罚、该罚！"说着斟了一杯酒。

何银萍鼻子哼了一声说："我才不理您呢，今天您可是招待大名鼎鼎的德玉泉东家，您不能反客为主先把自己灌醉。"

何文耀将杯中的酒喝了下去，笑着说："我这个宝贝女儿啊，爹真拿你没有办法，还是早点给你寻个人家嫁出去省心哟！"

何银萍听父亲这么一说，脸上泛起了红晕，羞涩地说："爹呀，您又胡说了，我可不嫁人，再说，女儿可就不理爹了。"

何文耀笑着说："姑娘大了就是要嫁人的，回头我就放出话去，给你选一个像岳东家这样有身份的上好人家。"

何银萍看了一眼，岳海润低下了头，心下暗暗筹划：爹呀爹，您怎么一见酒就胡说？德玉泉的东家有什么了不起的？嗯，我倒要看看这位东家肚子里有多少墨水！

灵儿在一旁只观不语，何银萍低头沉思，这时何文耀忽然又说起了太后。他说："听说没有，太后的根可是咱们山西的哟！"

岳海润笑着说："传言、传言，怎可能呢？太后可是正儿八经的满人。"

何文耀一本正经地说:"我以前也一直这样认为,是这次太后到大同我才听说的。"

"是吗?"

"可不,绝对的事情。这我还是凑巧从太后御厨那里听说的。"

"你认识太后的御厨?"

何文耀神秘地说:"说来凑巧,我那走了的内人是潞安府人,这次太后在大同小住,和太后同来的御厨陈四孩住我这里,论辈分,我是他的姑父辈,是他亲自告诉我太后是潞安府人的。"

岳海润笑了,他举起一杯酒说:"传闻,传闻,不可能的事情。"

灵儿听到何文耀说太后,又说是从太后的御厨陈四孩那里听说的,而陈四海她熟悉得很,她插话道:"是吗?何掌柜能否说一说?"

何文耀说:"我这不是说着的吗?听我内侄说,其实太后就出生在潞安县西坡村一个贫穷人家,本来叫王小谦,四岁时,她被卖给本县上秦村宋四元为女,改名宋龄娥;十二岁时,又被卖给潞安府知府惠征为婢,改名玉兰;进了潞安府后,惠征在衙西花园专设书房精心培养了她。咸丰二年,她以叶赫那拉惠征之女的身份,应选入宫,后平步青云,直至如今的皇太后。"

何银萍说:"看看,爹一喝酒又要胡说了,这话可不能乱说,是要杀头的。"

何文耀说:"什么乱说?太后也不是以前的太后了,呵呵,她现在都自身难保了。不过,丫头也说得对,咱不能乱说的。"

岳海润说:"话说就说完嘛,说个半截,何掌柜岂不是吊我们胃口吗?"

灵儿也想听听这传闻,于是也说:"何掌柜就是在吊我大哥的胃口。说说吧,这里又不是官府之地,老百姓之间有什么不能说的呢?"

何文耀说:"呵呵,女儿哟,看看,这可是客人让我说的。"说着疑惑地看看灵儿问道:"哦,对了,你是?"

灵儿说:"叫我灵儿好了。"

岳海润补充说:"这是义妹,生来贪玩,这次非缠着我出来,我是不带都不行。"

灵儿笑着说:"看大哥也在取笑灵儿。"

何文耀说:"嗯,和我姑娘一样。"

何银萍说:"爹呀,你接着说嘛!"

何文耀说:"说什么?"

何银萍说:"爹刚才不是说太后了吗?"

何文耀说:"你呀,都把我搞晕了!"

在座的人都哈哈大笑了起来。

笑毕,何文耀接着说:"原先我也不相信。可话又说回来了,但你不得不信,太后用的是潞安七里坡人韩氏当的奶娘,用的是潞安小常人陈四孩作御厨,安排的是潞安史家庄原殿鳌担任御前侍卫。原殿鳌任御前侍卫期间,因触犯刑律,本当处斩,太后念其是同乡,免其死罪,并让他到江西做官。你说这该怎么解释?这说明太后还是个有情有义之人,这朝廷里的人都知道,太后特别关照潞安籍官员和我们山西商人。就说这次太后路过大同,留住三日期间,尽管兵荒马乱,仍召见潞安知府许涵度大人。听我内侄说,太后喜食潞安人常吃的萝卜、团子、壶关醋、襄垣黑酱、玉米掺粥、沁州黄小米,好吸潞安人爱吸的水烟,不吸关东烟,爱看上党梆子。光绪二十一年,壶关上党梆子戏十万班进京为太后祝寿演出,轰动一时。太后看后亲笔题词"乐意班",并钦旨不支官,不纳税。太后善唱小曲,且多是山西小调。这说明了什么?"

何文耀侃侃而谈,众人静心相听。灵儿听后也想:说得倒是有鼻子有眼,连太后的生活习惯都如此准确!难怪太后只认识汉字,不认识满文,还常常说喜欢乡村生活!难道这是真的?

众人听着,这时一个人急匆匆地跑了进来对何文耀说:"老爷,老爷,不好了,家里出事了!"众人大惊。

正午,天空忽然刮起一阵大风,此时的何文耀正在聚仙酒楼招待德玉泉的东家,火魔却偷偷地降临在西油坊巷,不久便一发不可收拾,不一会儿就以风卷残云之势,

第一丫鬟

舔尽了人们一切预设的美梦与憧憬。没有人知道这把火是怎么烧起的,它来得突然,又在正午起风时分,众人根本措手不及。虽然人们都赶来帮忙,但火苗蔓延的速度太猛太快,加上东风助虐、油料助燃,致使一切的努力都挽救不了西油坊巷的何家大院。这把火不仅死伤众多,而且也把何文耀的家产烧了个精光。

风借大火,火趁油势,何家大院一片火海,哭声嚎叫声淹没在汹汹无情的大火之中。何文耀到达后看着汪洋大火,瘫软在地上失声喊道:"我的天呀……"

西油坊巷本是油库重地,救火的人尽管忙忙碌碌,无奈抵挡不住这风油相助的火魔。大风卷着火苗在汹涌燃烧,似乎在和忙碌救火的人们较着劲。何银萍看着汹涌的大火着急地哭道:"我哥呢,我哥呢?"何文耀这时似乎也清醒了过来,嘶声喊到:"银贵,银贵啊……"

想到神志痴呆的儿子还在家中,何文耀忽然朝火海中冲去,路随灵儿而来的刘一山飞身将何文耀从火海中拉了出来,"大叔,您这是干吗?"

何文耀挣扎嚎喊着:"我儿子还在里面,你松手!松手!"

这时岳海润等人也赶了过来,灵儿对刘一山说:"你别管这里,去救人救火去吧,我照顾着何掌柜。"刘一山松手后转身朝汪洋大火中奔去。

刘一山在浓烟滚滚中跳跃搜寻着,由于火势过猛,他被迫返了回来,望着这燃烧的熊熊大火,刘一山无奈地叹了一口气。岳海润说:"别瞎忙了,你现在赶紧返回把乔遥叫到这里。"刘一山点头快速而去。

这大火足足烧了两个时辰,无情的火魔在凄凉的哭声中渐渐地熄灭了,留给人们的是一场噩梦和永远的痛楚。

乔遥叫了二毛等伙计急忙赶到已是一片残骸灰烬的西油坊巷。岳海润说:"这里的情况你也看到了,安排些人手照顾好何掌柜和小姐,另备生活用品和粮油安排伙计分发给这些受难群众,最后筹备一万两银子准备随时应急。"

乔遥说:"东家真的准备出这多么银子?"

岳海润说:"怎么,你这个掌柜有异议?"

乔遥说:"没有,没有,只是……"

岳海润说:"安排去办吧。"

乔遥点了点头,吩咐二毛留守,叫灵儿和刘一山搀扶着何银萍回到了德玉泉分号。岳海润默默地站立在已经倒塌的废墟中,耳旁撕心裂肺的哭叫声不由得让他一阵阵悲楚。火灭了,风住了,何家废墟中,人们抬出了七具被烧焦的尸体。那一具具焦黑的尸体手脚扭曲变形,仿佛在诉说着他们在临离人间的痛苦和挣扎。何文耀则静静地守护在儿子那皮焦肉绽、扭曲的尸体旁,一副失落、无奈和痴呆的模样。

岳海润说:"何掌柜,您要节哀,事已至此,要保重身体,这里已安排人照料,咱们回去吧,很多事情还要等着您去处理。"

何文耀苦笑了一声说:"我还处理什么?我什么都没了,没有了……"

二毛叹了口气说:"唉!事情虽然发生了,让人心痛,但您还要打起精神来,千万别过于伤感。为了小姐,也为了您,何掌柜可千万不能倒下啊!"

岳海润吩咐二毛将何文耀搀扶回位于东柴市角街的德玉泉分号中安顿了下来,并吩咐乔遥全力安排何家后事。这场大火何文耀不仅烧死了儿子,而且也将面临破产。

岳海润在处理何家的大事上算是尽了仁义之心,本来要早回灵石,却被这场大火耽搁了下来。三日后德玉泉拿出银子将这次大火死难的人妥善安排。晚上,岳海润对乔遥说:"何家是我们德玉泉多年的生意伙伴,这次他遭遇了如此之灾,就靠他目前的情况,别说东山再起,就连基本吃住都支撑不了,该安排的我们已经帮他安排了,下一步对他该如何帮助,我的意见是出一万两银子帮助何掌柜恢复生意,我明天要回灵石,具体事宜你吩咐专人办好,我看二毛这个人挺机灵的,也对何家熟悉,就让他去承办。你还有什么意见?"

东家对何家如此慷慨帮助,乔遥听着心中感慨万分。对于现在的这位东家,他不是很了解,事情换在老东家头上是不会这样慷慨的,老东家看银子如同性命,五年前同是大同相与遭难,老东家虽未釜底抽薪,却视而不见,不施援手。

也许东家另有图谋?乔遥想。

"怎么不说话？"岳海润问。

"没，没，我在为东家如此慷慨助人而感慨。"乔遥说。

岳海润笑了，说："呵呵，是吗？不会是在想我这样做是另有图谋吧？"

乔遥笑着说："哪能呢？东家放心，我一定把事情办好，我们是生意人，做生意是义字当头。义者，看之无利，实则不然。我想东家的义举一定会在相与间传为佳话。商者靠民，民旺了，大同这块地盘的生意也就搞活了。表面看我们是出了不少银子，但将来的收获远远不是几万两银子所能衡量的，东家的举措乔遥实在是佩服。"

岳海润笑着说："嗯，只可意会哟，我们是生意人，说不为利那是假话。哈哈，生意就是这样，义到了，利会随之而来。明天我就动身回去，包头那边我实在还是放心不下，李昕是将才，但非帅才，也只能维持暂时；刘玉虎我也不可能重新再把那里交代给他，包头是我一块心病啊！看情况吧，如果合适的话你也做个准备，包头那边不行的话你就接手，这里另作安排。"

"东家放心好了，这里我会安排妥当，至于包头，我有个建议不知该说不该说。"

"你怎么也吞吞吐吐起来了呢？这可不是你乔遥的个性。"

"我想，刘掌柜既然悔悟了，不合适做大掌柜，做二掌柜总还是有余的，这样对德玉泉、对他都好。"

"你看行吗？李昕能管得了他？嗯，有了，你和李昕调换一下，刘玉虎就去做你的伙计吧。"

"那怎么行？"

"建议是你出的，有什么不行？不行就让他走人！"

乔遥笑着说："您是东家您说了算。"

"这不就对了？不过目前先把何家的事情办好，办不好你就走人，包头那里做个准备。"

二人正说着，何文耀走了进来。

见岳海润和乔遥在说事，何文耀说："你们先说，我回头再来。"

岳海润说："正要和您说呢，您坐。"

何文耀坐下后说："这次遇难多亏贵号相帮，我真不知该如何感谢。"

岳海润说："我们是相与，说感谢的话就见外了吧，德玉泉的发展靠的是相与合作，有难不帮哪是我们西帮人所为？何掌柜将来作何打算？"

何文耀叹着气说："咳！打算？真不敢去想这后路，再像以前那样，难啊，何家是不可能再有当日的了，没想到我何文耀有一天也会一无所有，我这个老头子倒没什么，唯一的心病就是小女在以前没有找个合适的婆家，以后怕是苦了她了。"

岳海润说："何掌柜不要灰心，人在江湖，世事难料，什么事都会发生，况且这光景是人过出来的，只要精神不倒，就没有过不去的火焰山，刚才我和乔掌柜也商量了，德玉泉给你一万两银子助你重建家园、恢复生意，不够你可以直言，德玉泉自会鼎力相助！"

听了岳海润的话，何文耀愣神起来，安慰的话是谁都会说，想想自己如今都成了这样，一般人怕是躲都躲不过去，而眼前这位毫无私交的东家并没有因他落魄而避而远之，解囊资助倒让他有点儿费解了。

"一万不够，回头我再追加。"岳海润接着说。

岳海润说得轻松，何文耀却听着激动，说话也就结巴起来："我，我……我真不知该如何感谢你了。"

"相与不言谢。"

"以后何某一定重重回报，不过我有个不情之请。"

"什么不情之请？尽管说。"

"东家如此对待何某，让我心中不安。我想，小女自小聪明，如果东家不嫌弃，我想让她今后陪伴你，也算何某的一份心意，不知可否？"

听了何文耀的话，岳海润心中自然欣喜，本来岳海润资助何文耀初衷有三：首为人，次为名，再为利。而这个"人"就是何银萍。另外，他也想过，撒出去的银子无论怎么讲都不会打了水漂的，他想他的义举一定会在这一带和商家中引起共鸣，到那个时候，德玉泉得到的收益远远要超过如今的付出。再说了，人都

第一丫鬟

是有感情的,他这样帮助何家,何银萍能不心动?

岳海润沉默了一会儿,说:"现在不说这个,当务之急是把目前的难关渡过。好了,具体我已交代给乔遥,走了的人已经走了,活着的人还是要生存的,是男人就别在痛苦中倒下,为了小姐您也要站起来,这一点我还是相信的。银子已备,乔遥回头就交给您。不过我可有言在先,和德玉泉的生意合作千万不能耽误哦。"

何文耀拱手说:"感谢,请受何某一拜。"

岳海润也拱手说:"希望我们今后合作愉快!"

一切安排妥当,岳海润准备动身返回灵石。临行前他嘱咐二毛照顾好何家老小,二毛自然会意,小姐是重点,这一点他比谁都清楚。他说:"东家您就放心吧,有什么差错您就拿我是问,办不好这点事情我还算什么德玉泉的人,也算我白混江湖这么多年了,您放心,有些事情我知道该怎么去办。"

岳海润说:"嗯,办好了,我会提拔重用你,办砸了,那就不是你走人这么简单了。"

二毛自信地拍着胸脯说:"您放心,我将来还想到总号跟着您干呢!"

岳海润哈哈大笑说:"好!有出息!有什么处理不了的事,你直接找乔遥,实在解决不了的困难就告诉我。我为甚要重用于你,明白吗?"

二毛憨笑着说:"这些我都在心里装着呢!"

东南院的女主人归天,岳海润也因刘玉虎变故北到包头,岳府似乎少了往日的嘈杂声。江环最近心情一直不好,不悦是从何而来,恐怕连他自己都搞不清楚。以前不快的时候,他可以找秋洁说说话、叙叙情,缓解一下身心压力,这次为了东家的声誉,又牺牲了自己一次,不情愿地让秋洁离开了自己的身边。这些日子无什么大事,他也就顾着去想一些毫无头绪的事。

我江环这一辈子为别人,连自己心爱的女人都跟着委屈,我还算是个有情义之人?也许是我上辈子所欠人情太多这辈子在拼命补偿吧。为了安慰自己,江环也只能这么去想。

第一丫鬟

也许上天就爱作弄于人？想过之后江环苦笑了一声。呵呵，我怎么计较起这些来了？

江环一个人在后花园散步，岳海奎走了过来，最近他倒是闲出闲进无所事事，遇人便闲聊一通。江环只顾低头沉思，毫无察觉到已经走在他前面的岳海奎，江环叹了一口气，岳海奎笑着说："什么事令堂堂的总管六神无主，怨天尤人呢？"

江环抬起头，这才注意到人称风流洒脱的岳家三爷岳海奎，"没，没有，我在想东家也该回来了吧，只顾想着，却没有注意到三爷也到了这里，真是不好意思。"

岳海奎笑着说："真的？不会吧。"

江环笑着说："三爷真是慧眼，倒让我无地自容了。"

"那是想女人了？"

江环笑着说："我算服三爷了，江环就这么一点小九九也被你揭穿了。"

岳海奎笑着说："正常，正常，不想你还算是男人？话说到这儿我倒不明白，按你如今的身份讨几个女人还是不费吹灰之力吧，为什么这么多年你孤身一人？难道天底下的女人就没有你看上的？我想不通。对了，你刚才说你在想女人，想的是谁？可否说来听听？"

岳家三兄弟中，个性各不相同，江环和这位三爷还算真正走近一些，因此彼此闲聊也就毫无顾忌。江环笑着说："见笑、见笑了，咱不谈这个，说说你的事情吧。"

"说我什么事？"

"说实话，我进岳府也多年了，你们弟兄三个，我心里还是向着你，你将来的打算是什么，这才是我一直关心的。"

岳海奎笑着说："那你说说我究竟适合做什么？"

"你呀，也许是没有遇到适合你的事情，我说句实心话，不论做什么，你以后不能老贪玩了，我希望你比大爷和二爷将来更有长进。"

"呵呵，跟你说句实话，这些天我已经考虑好了，准备学武，只等大哥回来了。"

第一丫鬟

江环惊讶地问:"你要学武?"

"是啊,怎么,你看我不是这个料?"

江环笑着说:"有点不信,不过也不敢不信,呵呵。"

岳海奎说的是实话,他的心愿就是做将军。以前老掌柜岳凯旋不买他这个账,也不会答应他,岳凯旋就常常说,三个儿子中,最让他不放心的就是这个老三。为了拴住他的心,年前为他成了家。老掌柜看来,成家了自然会想到立业。但一向贪玩的三少爷还是令老掌柜大失所望。岳海润也常常说他不着边际,让他学做生意,岳海奎说,他不喜欢干这行。说得多了,他就敷衍几句。不管家人怎么说,他有他的主意,他将来是要做自己喜欢做的事情。

岳海奎拍了拍江环的肩膀说:"你想你的女人吧,我到小妹那里看看,这些天她心情一直不好。大哥也真是的,就这么一个妹妹也不担待点,反正在小妹的事情上我是向着她的,真的要嫁邱一清我还真不同意。你是个聪明人,你看如何能帮上小妹这个忙?也算我拜托你的事情,只要能让小妹开心,将来我一定报答你。"

"别这么说,能为小姐做点事情,也是江环分内之事。我认为,从目前的情况看,小姐的婚姻是老太爷定了的,退婚有失岳家的信誉,也只有让邱一清自己提出,我想,你若出面单独和邱一清私下商量让他提出退婚,无论从哪方面讲,邱一清不敢也不会不给你这个面子。邱一清是个精明人,但一向怕事,也从不愿得罪哪一个人,而小姐的心思他并不清楚,具体怎么办,凭你的能力应该是小事一桩。"

岳海奎点着头,江环接着说:"还有,你知道小姐喜欢谁吗?"

岳海奎摇着头说:"这倒不清楚,反正只要小妹高兴就行!"

江环说:"如果小姐真的有意中人,你这个当哥哥的帮不帮这个忙?"

岳海奎说:"那不是废话,不帮小妹我着什么急?那究竟小妹喜欢谁?"

一直为撮合常可祝和岳思敏婚事做准备的江环果然精明,他故意卖弄说:"其实这是小姐的私事,作为下人,我不应该多言,还是不说为好。"

岳海奎倒是急了,瞪着眼睛说:"什么?亏你当总管这么多年,连该不该说都不清楚了?我看你是昏老无用了!"

江环笑着说:"不是的,不是,我是怕小姐说我多事,既然三爷问,那我就直说了,但你要替我保密。"

"说吧,什么时候变得这么婆婆娘娘了!"

江环将岳思敏喜欢常可祝的事情简单地告诉了岳海奎,岳海奎说:"其实常可祝这个人也挺不错,论人,没有说的,至少小妹将来嫁给他不会受委屈,可就是家里穷了点。不过,这也不能看,当年常家也很富有,后来才成这样,想当年岳家也是走西口走出来的,关键是人要有上进心。嗯,我和小妹谈谈,只要她喜欢,她的忙,我这个三哥是帮定了!你也一样!"

江环说:"那是的,不过这事不宜操之过急,他俩的事情,先不要让老夫人和大爷知道。"

岳海奎提起岳思敏的婚事,江环听后一阵欣喜,心想:好!有这位三爷出面,事情就好办多了。

从后花园走出,岳海奎登上了岳思敏的绣楼,江环依旧回到了他那沉闷的小屋里。

当踏上绣楼楼梯的那一刻,岳海奎似乎就感觉到了妹妹心境的沉闷,这沉闷是从小屋传出的古筝声里体味到的。低哀的曲调声,令人惆怅又感伤。

窗前的桌子上,是岳思敏未干的墨迹:

鸳梦待蒻,西窗烛泪无眠,

一夜东风花渐瘦,萧语尽红笺。

"哥。"见岳海奎走了进来,岳思敏站了起来。

本来这位三爷就是一个多愁善感之人,看着自己的亲妹妹一副惆怅的样子,更心中一阵酸楚,他直言说:"以前哥哥对你关心不够,妹妹有什么不快就告诉三哥,你喜欢谁,三哥就喜欢谁,我知道,你不乐意嫁给邱一清。别说你,就是我也不同意,和一个大你许多的人结婚怎会开心!小妹心里放开些,有什么难为之处尽管告诉三哥,三哥自然会向着你。"

岳思敏摇着头说:"没有。"

"看，你就这样吧，那我就不管你了。"

听着三哥的话，岳思敏眼中的泪就流了出来。

岳海奎笑着说："看看，不是没有吧。"

岳思敏点了点头说："我知道，三哥疼我。"

"嗯，你喜欢常可祝，三哥没意见，他虽穷了些，但还算个好男人，我来就是和你商量你的事情的。"

岳思敏擦干眼角的泪，看着岳海奎，疑惑地问："你帮我？"

"是啊，让咱们和他提出退婚，我想大哥是不会同意这么做的。我有这么个打算，以我的名义差信使给邱一清去封信，和邱一清好好说说让他自己退婚，再给他些银子，我想他不会不给我这个面子。实在不行，我还有办法。"

"什么办法？"

"那我还得见见常可祝再说，他喜欢你吗？"

岳思敏羞涩地点了点头。

第十七章　义结金兰

北到包头月余，刘一山和柳智信也混熟了。从柳智信的口中，刘一山多少了解了岳府的一些情况，当然包括德玉泉曾经资助义和团之事。

返回灵石的路上，二人谈起了郭敦源。柳智信说："自古民不和官斗，可他偏要鸡蛋碰石头，太后是咱们老百姓斗的吗？这不，死后尸首无存，我对义和团的做法也反感，不过之前也是府衙支持着，否则也没有这么猖狂。说句不该说的话，有时候这朝廷也和小孩子一样，说翻脸就翻脸，也难怪那些人后来做出过激之事。"

刘一山问："东家是不是和义和团走得近一些呢？"

柳智信说："老东家在世的时候是利用他们，也给他们银子。"

刘一山问："郭敦源闹事是什么人的主意？东家知道吗？"

柳智信说："我想是郭敦源自己的主意吧，东家怎能知道？不过，这可不能乱说。"

刘一山继续探问道："你是说老东家和郭敦源走得近，那现在的东家呢，他对那些人如何？"

柳智信说："东家一直在恰克图做生意，回来也就不到一年时间，他和那些人倒没有很大的交情，解散这些人也是他的主张，你问这做什么？"

刘一山见柳智信起了疑心，便改话道："随便问问，随便问问，其实我也是感到郭敦源这些人死得可惜，年年轻轻的就走上了不归路。"

柳智信说："是的，他们都是些义气中人，所以做事也就不去考虑后果。"

第一丫鬟

要真正了解郭敦源的背后不是一朝一夕之事，当然这突破口还在岳海润身上。灵儿来的目的是什么？她可是太后身边的红人，她和岳家究竟有何瓜葛？为什么太后让她来这里、总管也再三叮咛自己要保护好灵儿？看来这里面就是有很大的文章。传言太后也是山西人，也许是真的？大同何文耀说的那些还真是有鼻子有眼，这里离潞安很近，如果是这样，岳家是否和太后沾亲，这很难说，看来郭敦源的事情还是谨慎点儿好，就是灵儿，一般人也得罪不起，搞不好连自己的命也搭上。刘一山越想越复杂，回头再想想宫里的一些蹊跷之事，心中有了主意。柳智信看着满脑心思的刘一山，多了个心眼儿，忽然也对他的身份有了疑问。他武功那么好，是谁介绍来的？他究竟是什么人？二人各怀心思。路途上，柳智信想：人心隔肚皮，刘一山毕竟刚来，这年月，还是多一点心眼儿好啊。

岳海润一行返回，信使早已在前通知了总号。下了马车，灵儿第一个想见的人自然是老夫人，这些天老夫人确实也想她了，老夫人见到从包头回来的灵儿端看着说："嗯，让我仔细看看你，是瘦了。"

灵儿撒娇说："是啊，都是想您想的。"

老夫人笑着说："就拣好听的说，出去疯跑，哪还顾得上想我这个老婆子。"

灵儿拉着老夫人的手说："才不是呢！您可冤枉女儿了，越走得远越是想您，这返回的路上啊，我的心早就飞到您身边了。"

在老夫人身边伺候的慧蓝说："灵儿姐，你走后老夫人每天念叨，经常说姐姐的好。"

灵儿说："这次灵儿出去，可没有白走，还给您带回一个延寿养颜的秘方来。"

老夫人一听高兴地问："是吗？"

灵儿一本正经地说："是啊，这秘方可是上品，是灵儿这次出去偶然得来的。"

接着对慧蓝说："你去一趟厨房，告诉路师傅准备些核桃，把皮剥了，剥够一斤放在那里，待会儿有用。"

慧蓝应声而去。

听说灵儿带回了延寿养颜的秘方，老夫人高兴得合不拢嘴，至于这秘方是从何而来，也就没有追问。其实这秘方是她以前在宫廷里知道的，她故意撒谎给老夫人听，太后喜欢吃，所以灵儿也就知道这是上好的补品。至于这补品能否真正延寿养颜，灵儿自然是深信不疑。宫廷走出的丫头，自然非同一般。一样的事情，不同的做法，撒谎也要讲究个技巧，换个说法更能讨悦老夫人开心，灵儿深知这一点。

灵儿和老夫人寒暄了一阵后从正房走出来，到了厨房院内屋，配了红糖、核桃仁、红枣各一斤，生姜半斤，研磨后搅拌均匀，盛在碗中蒸好后端来在老夫人面前。

老夫人慢慢地品尝着，道："嗯，别说，这口味还真有些特殊。"

听到老夫人品评言好，灵儿开心地说："这叫养颜粥，宫廷秘方，听说太后就爱吃，这秘方是一个御厨带出来的，还是灵儿花了二两银子买来的呢！"

老夫人边吃边说："值，好！难得你的孝心。"

灵儿笑嘻嘻地说："所以啊，灵儿走得再远也是忘不了您的。"

养颜粥色泽红鲜，甜而不腻，老夫人只顾慢慢地品尝着，不再多言。

伺候完老夫人用粥，灵儿搀扶着老夫人走出正房到后花园散步。时已春日，后花园内一片生机。这花园虽然不大，但亭阁水榭相间，花草葱郁点缀，俨然一处幽静仙境休闲之处，花园中心那百年垂柳更是给这里增添了一份幽雅。夏日的时候，老夫人就喜欢在这里纳凉赏景，听听鸟叫，观观花草，休闲中自然也就多了一些情趣。

灵儿陪着老夫人坐在了亭阁的椅子上，老夫人说："下个月，择个时日我想把你们的婚事办了，也了却了我一桩心愿，我还等着抱孙子呢，岳家这么大产业留给谁呢，还不是留给你们？"

灵儿说："母亲做主就是，我是下人出身，来到这里得到您的厚爱真的诚惶诚恐。"

老夫人笑着说："就这么定了，海润这孩子，回来就忙，忙得把我都快忘记了，嗯，这次出去可开心？"

灵儿说："托您的福，包头那边处理得还算顺利，您啊，就别惦记了。"

二人说着，岳海润来到了后花园，见到母亲，岳海润笑着说："估计您到这里了，果然不假。"

老夫人说："嗯，正和灵儿说你呢。"

岳海润瞥了一眼灵儿笑着说："是吗？说我什么？"

听岳海润这么一问，灵儿脸上泛起一阵红晕，岳海润心中自然明白母亲刚才所言为何，于是改口对灵儿说："刚遇到思敏，问你呢。"

灵儿说："是吗？回来一直陪着母亲，还没有顾上看她，正准备晚上到她那里去呢。"

老夫人说："你去吧，我在这里和你大哥说会儿话。"

灵儿说："那我就去了。"说完走出了后花园。

岳海润坐了下来说："走了这么多天，娘的心情依然如故，这才是儿子的福气呢。"

老夫人接着说："你呀，好好听着，我有话跟你说。"

岳海润说："您说什么，儿子心中明白，近段事情多一些，我的事情过一段时日再说吧。"

老夫人说："我不管你多忙，我的话你该听还得听。"

岳海润知道母亲要说的是他和灵儿的事情，在他看来灵儿虽然聪明漂亮，但他却没有娶她之意，他的心思已经放在了何银萍身上。

老夫人果然提出了要为他和灵儿操办婚事，岳海润推辞延后，老夫人却生气不依。

刚从正房返回了书房，岳海润静坐在椅子上，老夫人不悦，倒让他为难了，如果没有何银萍的出现，也许他会依着老夫人的心愿把灵儿娶了过来。"灵儿有什么不好？"岳海润回味着老夫人的话，确实他也找不出灵儿究竟哪一点让他不如意称心。

两个女人的影子同时在岳海润脑中萦绕着。

灵儿聪明漂亮，善解人意，不仅知书达理，还讨老夫人的欢心，自己虽然喜欢，但却找不到那种感觉；何银萍漂亮绰约，却又比常人多一点勾人魂魄之态，似有一见钟情之感。

坦诚地讲，这两个女人都不错，但何银萍更让他心动，她那窈窕的身材，勾人的眼睛，还有那一双完美的金莲，足以迷倒她眼前的任何一个男人。论家庭，何银萍也算是大户人家的千金；灵儿虽然漂亮，但毕竟是个丫头，这一点是永远改变不了的。

没见过牡丹，不知其娇贵。母亲也许是这样。好了，母亲就是母亲，自己虽然不喜欢，但婚姻大事还得经她同意，慢慢找机会跟她说吧。

岳海润打定主意，但又顾及老夫人的心情，这时他想到了妹妹。嗯，对了，不妨先把思敏的婚事先操办了再说。他想。

成都德玉泉堂号。

时隔三日，邱一清分别收到了两封信函，一封是三爷寄来的劝其退婚信，另一封是东家催其回灵石和小姐成婚。

三爷的信如下：

一清兄：

忙中提笔别无他事，是有一事相求。

小妹近来忧郁不悦，是为先老太爷为你俩许定婚姻，小妹曾言一清兄是好人，但她之前早有钟情。不嫁你有失岳家声誉，嫁你却又心已有归，故为此而烦。那日欲寻短见一了百了，恰我撞见才免成遗憾，故不得已而为之与兄商讨对策。

小妹实情只有你我相知，不便外传与人，如若一清兄能从中退出并保密，我当奉出五千两白银并感恩于你，绝不失言。

另，此事委屈你想个万全之策，及早回复老夫人与东家。

海奎拜安。

光绪二十七年四月十日

三爷的信写得很委婉，与其说是商讨，不如说是规劝其退婚。邱一清看后心

第一丫鬟

里凉了半截。说实话，小姐漂亮可人，出身豪门，却无大户小姐的那份刁钻，知书达理，又有难得的温柔和气。当老东家提起要将小姐许配给他时，他几乎感觉是在做梦，不，更恰当地说是做梦也不敢想的事情，但真的是现实，东家说过的话绝非戏言，当时那份受宠若惊的心情至今想起来都让他记忆犹新。

为此，一年多来他更为德玉泉卖力。

将要到手的鲜花还没有来得及观赏就要转移，美梦被来信打破的那一刻，邱一清确实有点难过，以至于几日沉闷不乐，无心打理堂中之事。时隔两日，邱一清又接到了岳海润的催回信函，信寥寥几句：

一清：

你和思敏的婚事既定，望收信后将你号事宜安排妥当，即刻回家成亲。具体回谈。

顺，安

岳海润 光绪二十七年四月十三日

邱一清并没有为此而乐。岳海润寥寥数语让他冷静了许多。不过这些天他也思虑好了，三爷的话还是要听的，这是最理智的做法。他知道岳思敏钟意他人，想想自己也是三十多岁的人了，也难怪小姐无心于他。

看来岳家还是讲信誉的，不然东家绝对不会催其成亲。如果自己还是一意孤行，不仅得不到小姐的芳心，也等于给了三爷一巴掌，将来小姐不悦或者有差错，到头来还是自己的不是，假如提出退婚不仅给足了他们面子，也给自己今后在德玉泉留下了后路，况且三爷又是个重情义的人。想到这些，邱一清心境开阔了许多。是啊，退一步天宽地阔，让三分心平气和，这和做买卖一样，退一步没有赔付可言。可再想想那可人的小姐，邱一清确实有点心痛不舍。

心情不悦，邱一清约了二掌柜樊德彪到了酒馆。这樊德彪是邱一清一手提拔起来的搭档。点了菜、要了酒，邱一清对樊德彪说："我要回家一月，有你在，我也就走的放心。"

樊德彪问："总号连来两封信有甚急事吗？"

第一丫鬟

邱一清摇了摇头长叹了一口气说："没什么，回去安排些事情我就回来，你别管这些。今日不言公事，来，喝！"邱一清说着端起酒杯一饮而尽。

樊德彪看到邱一清掌柜不悦，便说："大哥有什么放不下的心事，就说出来，或许我能帮上忙，千万别憋在心头。"

邱一清沉闷地说："虽不是大事，说起来却让人烦恼，你也知道，我和小姐的婚事是老东家指定的，这次东家来信就是让我回家把婚事给办了。"

樊德彪笑着说："我说你啊，这是好事啊，有什么不悦呢？难道是你看不上小姐，还是你已有新欢？"

邱一清说："都不是，来，咱喝。"

二人酒杯一碰，彼此喝了下去，樊德彪又将杯中酒添满问："那究竟为什么？"

邱一清说："也没什么。"

樊德彪说："东家招你回不是办事吗？是小姐不愿意？她不愿意又能怎样？婚姻大事难道她能做主不成？话说回来了，女人都一样，睡一觉醒来她就是你的人了，你是过来人，难道这也不知？来！来！来，接着喝，只要东家定了，小姐就是你的人了，管她乐意不乐意！你这人啊，没事找事。"

三爷那边的情况邱一清没有提，搁在了心里，他知道三爷的脾气，况且三爷来信说过不对外人相提此事，邱一清还是明白这一点的。

不一会儿半斤酒进了各自的肚子里，邱一清趴在桌子上忽然哭了起来。樊德彪还算清醒，他问："你究竟怎么了？"

邱一清醉了，先哭老婆后哭娘，樊德彪观状也跟着伤心难过起来。这时店掌柜走了过来对樊德彪说："你别劝他了，咱把他扶到里屋让他哭吧，男人啊，看起来刚强，一醉了啊，感情比女人还脆弱。"

邱一清回到了灵石。

令岳海润意外的是邱一清却提出了退婚，退婚的原因似乎很合情理：自己有克妻之命，命中注定无妻，故不敢影响小姐，并说这是他最近遇到一个高人给他卜卦告诉他的。

第一丫鬟

岳海润听后沉默不言。

几天后婚事还在僵持着，邱一清坚持不娶。邱一清说："我十五岁进号，到现在二十多年了，从伙计到掌柜，承蒙东家厚爱，一清才有今日，如果我单单考虑自己，不顾小姐心情感受，小姐若有差错，一清岂能对得起天地良心。所以东家能谅解我退婚之实情我也就心满意足了。"岳海润犹豫不定，说这样岳家将失信誉。

太谷青龙山寨，这一日来了三位客人，一位是岳家的三爷，另两位便是蜈蚣岭的当家，他们都是前来拜会青龙山寨拳师常可祝的。

青龙山寨位于太谷南山，靠的是太谷北光村富商曹家。这曹家也是三晋有名的商家，曹宅三多堂拥有护院家丁五百余人，在三多堂按照东南两局，各设护院拳师一人，一些形意拳高手如李老农、申天宝、车二等，都在曹氏三多堂担任过护院拳师。曹家同时在南山青龙寨设守寨拳师一人，这常可祝便是车二所推荐。

拳师的另一职业是当镖局镖师。由于晋商外出经商常在数千里外，经常会遇到意想不到的困难与险阻，甚至盗贼的袭击，因此晋商一贯重视武术，这些拳师在富商家中大多也能受到礼遇。

岳家三爷比常可祝年龄大一点，虽说曾同住一街，但后来关系比较疏远。二人见面行过礼后，常可祝道："三爷大驾光临，是青龙寨幸事，但不知三爷有何贵干？"

岳海奎笑着说："呵呵，几年不见，你的嘴倒是俏了，你也别张口三爷闭口三爷的，这样叫我，听着别扭，还和小时候一样，称我海奎哥好了，我是个直人，咱俩也不用兜圈子。这次我到贵寨，是替思敏而来。"

常可祝点着头问："她……她好吗？"

岳海奎说："好，你小子还知道问她个好？嗯，还算有点良心，也不枉我来这里找你。"

常可祝笑着说："谢谢海奎哥。"

岳海奎说："喜欢思敏吗？"常可祝点了点头。岳海奎接着说："思敏能看上你算你小子福气了,不过,实话告诉你,思敏近日可要完婚了。"

岳海奎的话在常可祝脑中宛如一枚炸弹爆炸,瞬间一片空白,好一会儿他才吐出一句话:"什么?要结婚了?"言语中这位硬汉的眼圈发红了,他抬起头努力抑制着,闭着眼睛长长地出了一口气。

嗯,看来小妹的确在他心中有很重要位置。看着常可祝着急的表情,岳海奎想。

真的是要嫁人了。他相信岳海奎说的话。"订在什么时候?"常可祝问。

"你什么意思?"岳海奎反问到。

"没……没什么,我想该在她成婚那天回去祝贺一下。"常可祝说。

"你乐意思敏嫁给别人?"岳海奎问。

"不乐意又有什么办法呢?我算什么人?"常可祝有点激动地说。

"我来不是通知你回去上礼祝贺,我就这么一个亲妹妹,说实话,别说她,就是我也不同意她嫁给一个二婚还有孩子的男人,虽然邱一清在德玉泉是个人物,但人不是东西。你和思敏的事情我也清楚一些,她喜欢你,希望你不要辜负了她,否则我说得出就做得到。"

"不会,我喜欢思敏,她开心我就高兴,真的,我就这么想。但我现在的条件确实配不上她,我说的是实话,如果我还是过去的家庭,早就上门提亲事了。"

"你小子,这叫人穷志短!"岳海奎生气地说。

二人说着,路凤妮走了进来,见是岳家三爷,转身正走。常可祝喊到:"别怕,你回来!"

"怎么你在这里?"岳海奎纳闷地问。

常可祝将之前发生的一切告诉了岳海奎。岳海奎听后吃惊地说:"怎么会有这样的事情?真这样?"

路凤妮说:"多亏常爷相救,要不我早就没有今日了。"

岳海奎问:"这是谁的主意?"

常可祝对路凤妮说:"没什么事,你下去吧,到厨房通知准备桌上好的酒席!"

路凤妮退了下去。

常可祝这才说道:"都过去的事了,她也是可怜人。今日的事情,你权当没有看到,因为府上没有人知道她已经被我所救。"

岳海奎说:"不行,吴贵明这小子饶他不得,回去我找他算账!"

常可祝说:"算了吧,他也是奉命行事。"

岳海奎说:"这事回去再说,咱还说正事,我这次来就是想了解一下你和思敏的事情,你也做个准备,如果家里非让思敏嫁给邱一清,你就带她远走高飞,银子上的事情你不要顾虑。对你,我可以不理,但我妹妹我不能不管,过一段时间等缓和了,我再做安排。我也看了,思敏的事情我不管?靠他们?哼,委屈的还是我妹。另外,对你这个人我还算了解一些,思敏跟着你我也放心。不过,话又说回来了,你俩的事情我成全,但日后你要亏了思敏,可别怪我不够意思。邱一清那里我也去信了,先看看他是什么意思,再做安排。"

常可祝感激地说:"我听你的。放心好了,我要是不好好待思敏就叫雷公劈死!"

岳海奎说:"你放屁,说的什么话!"

常可祝不好意思地笑了。

话说着,一人走了进来对常可祝说:"师傅,蜈蚣岭二位寨主前来见您!"

常可祝说:"你先安排他们休息,我随后就去。"

岳海奎说:"呵呵,一晃多年过去了,想不到小时候的跟屁虫也成一方寨主了,好!"

常可祝也笑着说:"看三爷说的!"

岳海奎说:"以后得改口,叫三哥!"

常可祝笑了。

常可祝安排岳海奎休息后到会客厅见眭福禄和白存喜。岳海奎吩咐下人将路凤妮叫了过来,详细地了解了那天发生的情况,说:"我知道了,先在这里好好待着,过些时候小姐要过来,以后就跟着她,伺候好!以后再有人欺负你,你就告诉他们你是我三爷的人!"

第一丫鬟

路凤妮感激地说:"谢谢三爷,以后我就是当牛作马也会报答你的恩情的!"

以前这位三爷很少过问别人的事情,虽然同在一个大院,但刘玉菊对他可是不屑一顾,因此这位丫头以前对三爷的印象也是刘玉菊说的:看看老三将来也成不了个举子!

也不是大奶奶说的那样,三爷还挺不错啊,路凤妮想。

青龙寨来了贵客,常可祝忙于应酬,四人相聚酒席,常可祝介绍过后四人吃着喝着,又海阔天空地聊了起来。他们侃侃而谈,豪迈奔放,一贯爱结交朋友的眭福禄提议和常可祝结拜。

常可祝说:"既然大哥有此美意,小弟我怎能推脱?"

这时岳海奎插话道:"你们结拜,怎么,瞧不上我?"

眭禄福说:"三爷言重了,我等本是四海为家漂泊的江湖中人,你可是堂堂有名的岳家三爷,今能坐到一起,我等也就幸会了,莫非三爷也有此美意?"

岳海奎笑着说:"我自小就和常可祝称兄道弟,难道不能加上我?"

常可祝没有想到蜈蚣岭的二位寨主提出结拜,更没有想到岳海奎也凑热闹,仔细一想,那次交道他们也给足了自己面子,而且事后出镖几次路过蜈蚣岭也没有出过差错,俗话说,多一个朋友多一条路。便说:"三爷说的是,也承蒙二位哥哥抬爱,今日天意相聚青龙寨,我们四个就此结拜如何?"

岳海奎说:"以后叫三哥!"

白存喜笑着说:"还没排大小呢!你怎么知道你是老三?"

岳海奎笑着说:"呵呵,这是秘密,不管怎么以后他都得叫我三哥!"

常可祝笑而不言。

白存喜道:"哦,知道了,不会是他要娶你妹吧!"

岳海奎笑着说:"这是秘密,以后自然会告诉二位。"

眭福禄说:"论年龄我大你们,如果三位兄弟没有异议,今日正是吉日良辰,此地此时,我提议咱们就义结金兰!"

第十八章　为情私奔

　　正午的阳光让人们透不过气来，大地在骄阳中朦胧沉睡。后花园大柳树上那吱吱不停的蝉鸣声，仿佛是长长的催眠曲，把大院的人们带入了酣睡的梦乡。走出大院的岳思敏像一只出了笼的小鸟，终日压抑的心情一下子如释重负。

　　走出灵石的路上，岳思敏一言不发，似乎感觉还有那么一点点依依不舍。她落泪了，想起了早逝的母亲和刚去的父亲，想起了那快乐的童年。这一步走出去，我还能回来吗？她想。

　　岳海润没有答应邱一清的退婚，从太谷返回的岳海奎为此也和他吵了一架，但也无济于事。最后老夫人决定还是按老大的意思办，因为这是早已定过的事。无奈中岳思敏出走了，这自然也是三爷的安排。

　　岳思敏是坐着马车和岳海奎一同走出的，临行的时候江环也做了周旋安排，因此走得悄然无声。路上，岳海奎嘱咐说："三哥希望你活得好好的，别怕，出去就和常可祝成婚，生米煮成熟饭，大哥也就没什么办法了！这次走也是无奈，等过后三哥再接你回来。"

　　岳思敏点了点头说："还是三哥好！"

　　岳海奎说："好了小妹，别哭了，再哭三哥也跟着伤心了。"

　　"三哥。"岳思敏抱着岳海奎哭得更厉害了。她在恨，她在怨，恨命不公，怨天无情。

　　马蹄声疾，一路快速奔走，三个时辰就到了太谷城。在旅店安顿好后，岳海奎让车夫将常可祝从青龙寨接了过来。车夫告诉他三爷有急事找他,并没有提小姐也和三爷一同到达。

岳思敏的心情似乎好了许多,她唯一想见的人就是常可祝。

岳海奎逗她道:"我说小妹啊,是不是着急见我的兄弟啊?"

岳思敏不解地问:"你的什么兄弟?"

岳海奎笑着说:"呵呵,忘告诉你了,前两天我不是出去一趟了吗?其实我到了青龙寨,你猜我和谁结拜了?"

岳思敏问:"莫非三哥和他……"

岳海奎说:"不仅和常可祝,而且也和蜈蚣岭的两个当家,我们四人叩头结拜了。"

岳思敏吃惊地问:"你是说和绑架大嫂的土匪?"

岳海奎平静地说:"是啊,土匪也是人,以前他们和我们并不熟识,其实这些人更重情义,大嫂当初之所以平安回来,也是常可祝的面子。"

岳思敏说:"这我知道一些,但具体情况倒是不知。不过三哥,你还是小心和他们相处,记得咱爹曾经说过,和人相处要留有余地,可以让人了解你的心,但不可将你的肝肺肠也给了别人。"

岳海奎笑着说:"呵呵,想不到小妹还懂人情世故。"

岳思敏说:"我知道,三个哥哥属你最疼我,大哥变了,变得薄情寡义;二哥一心效忠朝廷,连嫂子都不想,哪还记着我?后娘毕竟是后娘,假如她是咱们的亲娘,我想她也不会不顾她女儿的,爹在世也不会就这么让我嫁出去。你看看,邱一清都说透了,他有克妻之命,就这,大哥还劝我,还说这是迷信,说外国就不信这个,就他念了几年书,还说什么不要失咱们岳家的诚信。可三哥啊,人命只有一次啊!这个家我算是看透了!"

岳海奎说:"现在什么都不要想了,三哥早就给你说过,你的幸福我是不会不管的。常可祝快要到了,你也别哭了,擦擦眼泪,好吗?"

岳思敏点了点头说:"嗯。"

第一丫鬟

晚霞满天，映照着繁华的太谷城。岳思敏打开窗户，远眺着映红的天空，心境也开阔了许多。她在期盼，期盼着这霞光能凝固。

常可祝到了，他没有预料到岳思敏也来到了太谷。岳思敏看到思念的人站在自己的面前，却显得有点羞涩。此时二人对视不语。岳海奎看着他俩，笑着说："呵呵，你们俩也不是生人，平时的话都到哪里去了？"

常可祝这时候才挠着头说："你来啦？"

岳思敏也羞涩地说："和三哥一块儿来的。"

常可祝问："刚来吗？"

岳思敏说："嗯。"

常可祝想说什么却找不到话题，呆看着憨厚的心上人，岳思敏抿着嘴心在偷偷地笑。

见二人拘谨无语，岳海奎笑着说："你们俩啊，我又不是外人，话都到哪里去了？"他看着常可祝接着说："好了，兄弟，小妹我就交给你了，三哥希望你们以后好好过日子！"

随后拿出一张银票对岳思敏说："这是三哥给你的三千两银票，算你的陪嫁嫁妆，以后置办点紧要东西，不要委屈了自己的身体，三哥可就你这么一个妹妹，听清了吗？"

岳海奎说着鼻子一阵酸痛，他努力抑制着说："拿着吧！"

岳思敏接过三哥手中的银票说："谢谢三哥！"

岳海奎笑着说："自家兄妹，还说什么客气话！"

常可祝说："三哥放心，我要对不起思敏，任凭三哥处置！"

岳海奎："记着你的话就行！好了，你们好好聊聊，我出去走走。"

岳思敏问："三哥要到哪里去？"

岳海奎说："一个朋友从京城回来了，我去拜访一下。"

岳海奎走后，二人方才显得自然了一些，常可祝认真地说："以后，我一定好好待你！"

岳思敏故意逗他说："那你以前为什么不好好待我？"

常可祝摸着脑袋说："没有，没有啊，我……"

岳思敏撒娇说："就欺负我了。"

常可祝说："真没有啊，我对天发誓！"

岳思敏说："没有？那你为什么不去看我？"

常可祝认真地说："其实我……我……"

看着常可祝认真的样子，岳思敏扑哧一笑说："看你那傻样！"

常可祝这才会意笑了。

久别的情人拥抱在了一起，此时的太阳渐渐西沉下去，晚风透过窗口涌入灼热的小屋，岳思敏的心感觉格外的凉爽。

小姐不见了，临走的时候没有留下一字，江环故意派出下人到处寻找，虽然江环很清楚，但还是装着糊涂呈报了岳海润。

江环说："老爷不要着急，我一定尽力寻找。"

岳海润说："能不着急吗？给我好好找，找不回来你就别来见我！"

邱一清知道小姐离家出走后，自然也来到这里，他知道，小姐有什么意外的话，东家会怪罪到他的头上。果然他到了书房后岳海润大骂道："告诉你！小姐有什么不测，我第一个不会饶恕的就是你！"邱一清听后虽然心里极为不快，但还是忍着不悦说："都是我不好，可……可……"

江环低声对他说："你下去吧，大爷心情不好，你别在这里添乱了。"

邱一清点了点头，走了出去。心想：这可捅了马蜂窝了，老天爷啊，你让小姐回来吧，小姐啊，你可千万别想不开！

邱一清确实着急，这可怎么办？他为难了，娶也不是，不娶也不是，这事情怎么就摊到我身上了呢！自己想退也闹了个不是，活了这么大，这是他第一次遇到这么难缠的事，走出大院邱一清在甬道上抱着头蹲了下来。如果小姐回不来，我该怎么办？他费尽心思地寻找着解脱的出口。

第一丫鬟

夜，是这么漫长，已是二更天了，灯下的邱一清一个人沉闷地喝着酒，这时候响起轻轻的敲门声，邱一清擦了擦眼泪，想站起来，却感觉腿软，他问："谁？谁呀？"门外人低声答道："我，开门！"邱一清扶着桌子努力地站了起来说："你是谁？"门外人回答说："你开门！"邱一清这才摇晃着身体将门打开。

来人迅速地将门关上，还没等邱一清反应过来就被那人一拳击昏了过去，随后那人紧紧地掐着他的脖子……片刻，邱一清就这样毙命了，眼睛还睁得大大的，来者迅速逃离了现场。

又是一条人命。邱一清直挺挺地躺在了地上，直到次日才被江环发现。一时间大院内人心惶惶。邱一清死于非命，无疑是一枚炸弹落在了岳家大院对德玉泉来说更是一个不小的震动。

三爷从太谷返回灵石的路上就知道邱一清在他走后被人暗杀了。

往常从外回来，三爷做的第一件事就是冲个澡，然后美美地睡上一觉，调整一下旅途后的疲惫身心。和往日一样，三爷去哪里了，是没有人过问的，这个大院似乎多他一个人不多，少他一个人不少。这次回来，三爷做的第一件事情就是向江环了解事情的详细情况。

岳海奎问江环："是什么人干的？"

江环反问："还不清楚，你猜和土匪有没有关系？"

岳海奎瞪了江环一眼说："什么？土匪？你是说蜈蚣岭那帮人？"

江环点着头说："我是猜测。"

岳海奎说："不会，大哥他们是不会那样的。"

江环疑惑不解地看着岳海奎问："什么？你大哥？"

岳海奎解释说："哦，你不知道，我、常可祝和蜈蚣岭的两位当家已经结拜，他们是不会的，你别啥事情都往他们身上摊。这次如果我不是亲自到青龙寨，也许会猜疑是妹妹指使常可祝所为，别瞎猜了。"

江环点着头说："也是的，说他们图财还说得过去，但害命绝没有这种可能，除非他们受命于人。不过，我感觉一切是冲东家而来，也许这次的目的就是嫁祸东家。"

岳海奎点了点头说:"蜈蚣岭那边我一会就去,不是他们的话,就让他们帮忙打探一下凶手。"

江环说着,一个影子闪过他的脑中,他自言自语地说:"难道和他有关?"

岳海奎问:"是谁?"

江环说:"哦,没有,没有,我是乱猜的。对了,你准备让小姐他们到西安,你看现在还有没有必要?"

岳海奎说:"嗯,是的,如果他们一走,就又有人猜疑了。好,你安排一个可靠的人去通知一下。"

江环安排柳智信到了青龙山,将情况说明。曾经为邱一清伤脑的岳思敏听后伤感地说:"为什么要杀他?"

柳智信说:"小姐不要乱想,这凶手究竟是谁,官府正在查询。"

岳思敏说:"我要回去!"

柳智信说:"三爷和总管说了,大爷正在气头上,让我再三叮咛你,一不要去西安,二不能回去,先在这里住下。"

岳思敏哽咽地说:"都是我,连累了这么多人。"

邱一清的死让她感觉愧疚,毕竟是父亲定了的婚约,自己虽然不满意也未许身于他,但人已死,论理她考虑应该为邱一清守一段时间孝。常可祝说:"你真是个有情义的人,不管你守多长时间,我都等着你。"

岳思敏在青龙山暂时安顿了下来,但还没有走出忧郁的心境。

邱一清的死确实给岳海润带来不少麻烦,同时也给德玉泉的声誉造成了很大影响。在德玉泉没有安全感,生命都没有保障,谁还敢待下去?安排了邱一清的丧事后,总号掌柜王富壹走了,十几个骨干也纷纷提出辞呈,岳海润虽然极力挽留,但也无济于事,德玉泉的正常经营受到了影响,岳海润陷入了迷茫。

祸不单行,一封密件又告到了省府衙门,说岳海润草菅人命,灵石县令温中原包庇案犯,省府衙门派人来到灵石重新调查此案。好在灵儿让刘一山从中周旋,岳家又出了不少银子打点，事情才算应付了过去。

灵儿的举动没有瞒过江环的眼睛，好在她也是为了东家，因此灵儿的身世对江环来说有了更大的吸引力。为揭开这个谜底，江环从柳智信的口里了解了详细情况，也知道灵儿来的时候曾经问起过常家。

难道她是……江环猜到了曾经到过常家的常家外甥女，算起来也有这么大了，嗯，差不离，那模样确实和当年的小姐有点相像，看来应该当面问问她。再想想一连串的事情都发生在她来到这里后，江环想，是该揭开这个谜的时候了。

江环将灵儿叫到了自己的房间，直言不讳地说："如果我没有猜错的话，你应该就是乔玉武的姑娘。"

灵儿一听，先是一惊，见江环表情善意，便镇静地回答："既然总管知道了，我也就不隐瞒了，要杀要剐随您。不错，先父正是乔玉武。"

听灵儿说先父，江环知道他已不在人世，随之关切地问："那你母亲呢？"

灵儿表情黯然地摇了摇头。

果然是常家后人，江环心中大喜。他说："果然是名门之后，小姐你多保重，以后无论有什么事尽可吩咐江环去做，江环肝脑涂地在所不惜。"

灵儿吃惊地说："我能在这里栖身就感激总管不尽了，而且您一直待我不薄，灵儿心中有数，但愧疚不能报答，这话应当灵儿去说。"

江环说："话到这里，没有别的事情，你的身世我会为你保密的，请小姐放心。"

灵儿暗暗佩服江环的心细，好在他没有继续追问，否则她真不知该如何回答，不过有一点她可以肯定，他对常家是有好感的。

岳家接连出了三起命案，众说纷纭。老夫人认为是晦气太重，执意要用喜气冲之。江环顺水推舟对岳海润说："前一段时间法空和尚来这里曾经对我说，灵儿有富贵之命，还说天机不可泄露，我看您就依了老夫人的心愿吧，老夫人说的也不是没有道理。"

"有这等事？"

"是的,他还说灵儿非凡人之辈,我认为姑且不说张大师的话,灵儿有貌有才这您也清楚,我是下人,只是建议,当然还得由您做决定。说到这里,我为什么一直和王富壹不和?这个人虽然有才,但唯利是图,不怎么地道,邱一清的死您不感觉蹊跷吗?"

"你是说邱一清的死和他有关?"

"不敢肯定,但这里有内奸是必然的,如果心不虚,他为什么要在这个时候离开?"

"他是什么人,我不是不清楚;你呢,能做总管,自然也不是一般人能比的。"

"还有一句话,我一直不敢说。"

"你说吧,岳家的事情,对你没什么隐瞒的。"

"太太的死,难道您就这样罢休?还有,您也曾经遭受暗算,虽然我不知小人的动机是什么,但我认为几场大事都是冲您而来,今后必须谨慎。"

"你是说可玉?"

"不敢乱猜,但太太的死确实是他所为,府上的声誉要顾,但凶手绝对不能放过,否则后患无穷。"

"该怎么办,我心里有数,府上的防范问题你多多考虑,以后再不要给我出差错。"

"知道,和灵儿的事情,您再斟酌。"

岳海润说得对,岳家的事情隐瞒不了江环。

从西安返回,贾继英路过灵石看望了他的姐姐贾淑兰。正房内,贾淑兰饶有兴致地听弟弟聊着在西安面见太后的事情。

贾淑兰听后说:"再怎么说,瘦死的骆驼比马大,太后就是太后!"

灵儿在旁扑哧一笑说:"您说错话了。"

贾继英也笑着说:"是哩是哩,好在咱家,姐姐打比喻也应该打得合适点嘛!"

贾淑兰说:"俺可不像你们那样肚子里有墨水,灵儿给为娘说说,该怎么打这个比方?"

灵儿思路敏捷地说:"太后人称老佛爷,该比作佛嘛!"

贾继英也说:"说的是,说的是,你这个丫头倒是机灵。"

说起太后,贾继英的话滔滔不绝。

贾淑兰说:"你也要有点心,别肉包子打狗,有去无回!"灵儿和贾继英都笑了,老夫人才有所醒悟地说:"看,又比方错了,灵儿啊,该怎么打这个比方呢?"

灵儿说:"赔了夫人又折兵。"

贾淑兰说:"对,我说的就这个意思。"

贾继英笑着说:"姐姐别瞎操那个闲心了,我是不做赔本的生意的。"

灵儿也说:"舅舅借给太后银子,在我看来是舅舅有远见。俗话说得好,舍得舍得,肯舍才能得到,这和种庄稼一个道理,只不过和他们不同的是舅舅种的是银子罢了。"

贾淑兰说:"话是这么个理,你呀,是取悦你舅舅吧。"

贾继英说:"丫头啊,说得好!种银子!嗯,你接着说。"

灵儿说:"舅舅见笑了,其实我认为舅舅是在做一笔很大的生意,都说舅舅借给太后四十万白银是傻事,但灵儿看,即使太后不还,舅舅将来收回的也是成倍的投入!"

贾继英说:"呵呵,想不到你这个丫头还有如此心境,难怪姐姐要认你做闺女!可惜你是个姑娘,是个小伙子,我马上把你带走去做生意!"

贾淑兰说:"趁你回来,我想把灵儿许配给你那外甥,可你那一根筋外甥不知道为什么,也不谈这事情,这次你来一定替我说劝一下。"

贾继英说:"嗯!好事啊,我看可以的!"

灵儿听到老夫人又说自己和岳海润的事情,心里虽然欣喜,但又显得有点难为情,而太后的情况又是她想知道的,于是她问:"太后好吗?"

灵儿问着,顿觉自己失言,随后接着说:"我是问太后这个人究竟好不好。"

贾继英说:"呵呵,太后这个人你们是没有见过,其实我看太后本没有别人说的那么可怕,她和人聊天的时候也很慈祥。"

贾淑兰说:"是吗?"

贾继英说:"是的。"

灵儿说:"其实她也是人,私下和我们也没有什么不同。"

贾淑兰说:"理是这么个理,看我们闺女说的,好像你亲眼见过似的。"说着三人笑了起来。

德玉泉正走下坡路,贾继英能看得出来,这次到岳家,看望自己的姐姐是一个目的,另一个目的是为了好好给自己的外甥上上课。

对于德玉泉的现状,岳海润没有隐瞒自己的舅舅,贾继英认为在谋略上岳海润还有欠缺。他说:"商场如战场,当断不断,必受其乱,该换的人就要换,该用的人就要提。"

听着舅舅的话,岳海润点着头。

贾继英接着说:"我问你一件事,你要如实回答,你对我借给朝廷四十万两银子怎么看?"

岳海润笑着说:"舅舅怎么问起外甥这个了?"

"问你呢,别问我为什么。"

"说实话?"

"是的。"

"没什么看法,不过,这银子我看能否收回,舅舅也没有多大把握吧。"

贾继英叹了口气说:"你呀,和他们一样,怎么不看得远一些呢?我再问你,开票号是为了什么?"

"浅言之,那当然是为了吸收存款和放贷,从中赚取利润。"

"说的是。赚钱的方式不同,你知道现在朝廷存入大德通的银子有多少吗?"

"不知道,看来舅舅确实有远见之明啊!"

"俗话说种瓜得瓜,种豆得豆,我种出的银子当然收获的是银子!"

"舅舅说的是。"

说到种银子,贾继英想到了灵儿,说:"听你娘说,你不乐意娶那个叫灵儿的

第一丫鬟

丫头？"

"一个丫头值得舅舅说话？"

"那要看是什么样的丫头了，除非你不相信舅舅的眼光，听舅舅的话，按你娘说的，就娶了这个丫头吧，你常年在外，有一个贤惠的媳妇儿照顾着你娘，照顾着家庭多好？娶大家闺秀，是你娘照顾她，还是她能照顾你娘和这个家？况且话说回来了，这个丫头确实很聪明，不是一般女子都能有的修养，娶了她，对你、对德玉泉都会有很大作用！"

对于灵儿，岳海润确实没有过多放在心上，但贾继英也赞赏她，倒让岳海润奇怪了。

他说："好吧，我考虑一下。"

贾继英说："还考虑什么，莫非你看上别人家的姑娘了？"

岳海润笑着说："看来什么都瞒不了舅舅。"

贾继英笑着说："这没什么，其实，如果你另有喜欢，不妨把她们都娶进来，一来岳家有这个条件，二来也了却了你娘的心愿，有何不可？但话说回来了，大小你心里要有个数，要以大局为重，多听长辈的话没有坏处！"

贾继英的话似乎提醒了岳海润，他想：把两个人都娶来不就两全其美了吗？但先娶哪一个呢？他还真有些作难了。

叔叔来了，贾燕青又告了岳海奎一状，还是说他不思进取，整天跑东跑西乱交朋友。听侄女说，近日他又和蜈蚣岭的土匪交上了朋友，贾继英大为恼火。而此时的岳海奎确实在蜈蚣岭上。

岳海奎是贾继英来之前上的蜈蚣岭，本来准备晚上回来，却因酒醉，眭福禄和白存喜将他留了下来，次日又在蜈蚣岭待了一天。贾继英本想等他回来好好教训一番，却因事务缠身，临走前告诉岳海润好好管教，给他一些事做，并让岳海润转告他回来后到一趟祁县。

第十九章　街头义举

农历七月初，老夫人忽然提出要出去走走，选择的地方是太原的晋祠。老夫人要出去，灵儿自然也随同伺候。为保护老夫人的安全，江环安排刚刚被提拔的护院拳师刘一山随行保护。这次岳海奎也陪着到了晋祠。

晋祠位于太原西南郊五十里处的悬瓮山麓，晋水源头。老夫人一行到达后先在旅店安顿下来。灵儿虽是太原人，但亲临晋祠还是第一次，小时候听过父亲讲晋祠的故事，也喜欢李白的"晋祠流水如碧玉""微波龙鳞莎草绿"的诗文，所以这里的一切对她来说并不陌生。她还听父亲讲过，晋祠有三绝。一绝是宋塑侍女。在圣母殿里围绕着邑姜凤冠霞帔的坐像，有四十四尊侍女像宋代侍女塑像，塑像精致、细腻，身材丰满俊美，脸形清秀圆润，神态婉约自然，四十四尊四十四个样子，有的像在沉思，有的像在凝视，有的像在缓歌徐吟，有的像在低声细语，不同的衣裳，不同的服饰，不一样的颜色，一切都那样逼真。近看，仿佛能听见她们在说笑，感触到她们的呼吸。二绝是古柏齐年。传说是西周初年栽两株柏树，因为同样古老，所以叫齐年柏，有一株在道光年间被砍伐了，剩下的一株，横卧如虬龙斜倚在擎天柏上，披覆在圣母殿左侧。另有一株长龄柏，传说是东周时候栽的。三绝就是难老泉。难老泉的来历，曾经有一个美丽动人的故事。传说在晋祠北边二十里地的金胜村，有一个姓柳的姑娘，嫁给了晋祠所在地的古唐树。她婆婆虐待她，一直不让她回娘家，每天都叫她担水。水源离家很远，一天只能担一趟。婆婆又有一种怪脾气，只喝前担的水，故意给她增加担水的困难，不许换肩，折磨她。有一天,柳氏担水走到半路上,遇到一个牵马的老人,要用她担的水饮马。老人满脸风尘,看样子是远路来的,柳氏就毫不迟疑地答应了,把后担的水送给了马。可是马仿佛渴极了,喝完一桶水后连前一桶水也喝了。这使柳氏很为难:再担一趟吧,看看天色将晚,往返已经来不及了;不担吧,挑着空桶回家,一定要挨婆婆的斥责。正在她踌躇的时候,老人就给了柳氏一根马鞭,叫她带回家去,只要把马鞭在瓮里抽一下,水就会自然涌出,涨得满瓮。转眼老人和马都不见了,柳氏提心吊胆地回家,试试果然应验,以后她就再也不担水了。婆婆见柳氏很久不担水,可是瓮里却总是满的,很奇怪,叫小姑去看,发现了抽鞭的秘密。有一天,婆婆破天荒允许柳氏回娘家,小姑拿马鞭在瓮里乱抽一阵,水就汹涌喷出,溢流不止,小姑慌了,立刻跑到金胜村找柳氏,柳氏正梳头,没等梳完,就急忙把一绺头发往嘴里一咬,一气跑回古唐村,什么话没说,一下就坐在瓮上。从此,水从柳氏身下源源不断地流出,流了千年万年。这就是难老泉。

在晋祠还未游览,灵儿就为岳海奎和刘一山等人讲述起从父亲那里听来的典故。

老夫人听着灵儿讲述,接上了话题说:"三晋之胜,以晋阳为最,而晋阳之胜,全在晋祠。你这丫头,知道的还真不少。"

灵儿笑着说:"呵呵,小时候听父亲讲的。"

岳海奎说:"听听故事就足以吸引人了,这里还有什么?也说来听听。"

灵儿说:"其实,我也就知道这些。"

老夫人说:"晋祠是为纪念第一代晋君叔虞,在晋水源头修建了叔虞祠,宋代改祭祀唐叔虞之母邑姜,也就是圣母殿的来历。"

住在晋祠,聊着晋祠里的故事,众人陪着贾淑兰在这里住了三日,临行前贾淑兰再次拜见了法空和尚张普敏,她说:"岳家出了不少事,我这次来,一是祈求圣母保佑岳家平安,二是请大师为犬子择个吉日成婚。"法空和尚说:"东家娶的就是您身边那位丫头吧。"贾淑兰说:"大师慧眼。"法空和尚笑着说:"善哉,善哉,一切为缘。"

第一丫鬟

贾淑兰将岳海润的生辰八字告诉了法空和尚，问起灵儿的生辰，灵儿实言相告，法空和尚听后吃惊地说："阿弥陀佛，果然如此！"灵儿问："大师说什么？"法空和尚说："命中所有，缘来缘去，人生百味，一切为缘。施主是贵人之相，日后自然便知。"灵儿笑着说："大师取笑我了，我一个丫头之命何能说贵？不过呢，有幸能陪伴着老夫人，不，是我娘，就是灵儿的福气了。"贾淑兰笑着说："瞧我这丫头的嘴。"灵儿说："本来就是嘛，您就是贵人，在您身边能不沾点您的福气？"

法空和尚提起灵儿的面相，老夫人来精神了，她对灵儿说："你下去吧，我和大师说句话。"灵儿会意地出去。老夫人对法空和尚说："你给我好好说一下这个丫头。"法空和尚说："老夫人的眼光不错，此女乃上上之选，不仅贤惠，而且聪明，将来东家诸多事情还需她来辅佐，下月十六月圆之日是黄道吉日，可安排这一日为令郎成婚。"老夫人点着头。

灵儿在圣母殿南面的难老泉亭坐了下来，目视着亭下石洞中滚滚流出晶莹透明的泉水，盯着水面那浓翠的长生萍和水底在阳光映照下五色斑斓的石子，心也随之荡漾。

红妆欲醉宜斜日，百尺清潭写翠娥。李白的诗句不禁让她浮想联翩。

听人说过，女人生来是要嫁人的，有个家，就有了一个归宿，嫁鸡随鸡，富贵自然是人人所向，老夫人要让自己嫁给东家，自然是可遇不可求。喜欢东家吗？她也不知道。喜欢的人是谁？她想到了乔遥。

想到乔遥，灵儿的心为之一动。对于这个德玉泉最年轻的掌柜，自己确实有点好感，他不仅聪明仁义，而且处事老道，是一个难遇之人。这时她忽然想到了老夫人。想想自己进入岳家以来，一直受到了她的偏爱，而且还认自己为义女，自己是个丫头出身，成为真正的主人不是众多丫头的心愿吗？

不想了，不想了。她喃喃自语着，似乎越想越感觉自己有点茫然了，但有些事情不是自己想就能为之的。

"阿弥陀佛。"法空和尚笑着走过。灵儿这才惊醒过来。

第一丫鬟

从晋祠出来,老夫人在德玉泉太原分号短暂停留。德玉泉太原分号坐落于柳巷街,而这里也正是灵儿的老家所在。

对于柳巷,灵儿似乎没有太深的记忆,唯一能回忆起的就是这里的柳树。因此对于柳树,灵儿还是有很深情结的。

老夫人饭后休息,灵儿站在了门外街上的大柳树下,这时刘一山也尾随走出。灵儿说:"谢谢你一直关心,以后你有什么打算?"

刘一山说:"就保护你啊!"

灵儿笑着说:"这怎么可能呢?一个堂堂的紫禁城护卫来保护我?哈哈。"

刘一山笑着说:"怎么?不欢迎?"

灵儿笑着说:"你说哪里话了,保护我一个丫头?"

刘一山说:"那要看是谁的丫头了,话又说回来了,天底下有几个丫头能得太后喜欢,能和重臣同坐?也只有你呀!"

灵儿笑着说:"哈哈,你这么抬举我?"

刘一山说:"不是抬举,是现实。其实忘记告诉你了,我将这里的情况已经书信禀告李总管,公公说了,准我在你身边照应,我猜这也是太后的意思。"

灵儿听后高兴地说:"真的?"

刘一山说:"是的,所以以后有什么事情,小姐尽管吩咐就是。"

灵儿为什么到了民间,刘一山不清楚,虽然想知道,但又不便问,他认为自己的职责就是护卫。

灵儿坐在柳树下的石凳上,看着一株株绿柳成荫,枝条袅娜的群柳,说:"你知道我为什么喜欢柳树吗?"

刘一山摇了摇头,灵儿感慨地说:"当春天来临,柳树第一个吐绿报春;当秋日结束,柳叶又是最后一个守望着大地,因此我特别喜欢它那旺盛活泼的生命力。这不仅仅是我自小曾经在这里生活过的缘故。"

刘一山点着头说:"依赖着大地,忠诚于自然,柳树确实是这样。"

二人说着,岳海奎走了出来。灵儿问:"三哥是要出去吗?"

岳海奎说:"嗯,我出去走走,顺便办一些事情。"

灵儿说:"三哥路上小心。"

岳海奎点着头对刘一山说:"要不陪我一趟?"刘一山看了看灵儿,灵儿说:"你陪三爷去吧,老夫人在咱们店铺休息,没有什么事,出去照顾好三爷。"

岳海奎说:"呵呵,什么照顾不照顾的,给我做个伴就行!"随后岳海奎和刘一山一同走出了柳巷街,边走边聊,不知不觉就来到了起凤街。

起凤街,因有山西贡院而名,也引王勃《滕王阁序》中"腾蛟起凤"一词而得。十年寒窗人未知,一朝闻名天下扬。起凤街之得名,是读书人的一种良好愿望。

山西贡院,建筑辉煌,雄踞起凤街头,面对城墙马道和坐落在城头的魁星楼,背负文瀛水,其大门三楹,前立三门四柱石牌坊,坊额"贡院",门额"开天文运"。整个贡院分东、西名点厅,东、西大栅坊、前版楼、明远楼、四座瞭望楼、大公堂、吏承所、弥封所、对读所、誊录所、受卷所、衡鉴堂、藻鉴堂、东监院、抡材堂、五径房、文昌祠、提调监试馆以及东西号舍八千余座。

岳海奎问:"来过这里吗?"

刘一山说:"见笑了,这地方不是什么人都能来的。"

岳海奎说:"你说的倒是。"

刘一山说:"三爷可进过贡院乡试?"

岳海奎说:"嗯,上一次吧,不过由鸡变凤不是每一个人都能如愿的,脱胎换骨虽好,但十年寒窗累啊!不过呢,人各有志,我这个人既不喜欢经商,也不喜欢仕途。"

刘一山问:"那三爷喜欢什么?"

岳海奎说:"小时候我的愿望就是学武当个将军,那时老爷子不允,经商为首,仕途次之,你想,不靠边儿的事情老爷子会应允我?"

刘一山说:"山西不是也有备武堂吗?三爷该到那里去。"

岳海奎说:"后来,老爷子看我整日无所事事,就同意我到刚开的备武堂去,可天不作美,仅开了一年的备武堂就被山西巡抚毓贤撤了,所以我的心愿也就落空了。"

刘一山说："现在是岑春煊做巡抚了，他和毓贤不同，说不定会恢复备武堂呢！"

岳海奎说："我也这么想，长毛贼为什么能在大清国如此猖狂，不就是靠兵靠枪吗？时代不同了，天下不太平，何来生意做？"

刘一山说："三爷的打算是？"

岳海奎说："后来打破了我的梦，想一想，就这样吧，就凭我在德玉泉的身份，也不缺吃，不缺喝，但这又有什么意思？前两天我到祁县，听我舅舅说这备武堂还要重新开，这次到贡院就想打听一下，可这里也没有熟悉的人，闲着也是闲着，所以出来溜达溜达。"

刘一山说："这点小事情就不必三爷劳神去跑了，回头交给我就行。"

岳海奎问："你去打探？"

刘一山说："三爷是不是说我没有这个门路？"

岳海奎说："呵呵，是这么个理。"

刘一山说："不过，这需三爷破费点银子。"

岳海奎笑着说："你小子，三爷什么都缺，就是不缺银子，好！要多少银子我给你，你尽快把消息打探出来！"

刘一山说："几十两就行。"

岳海奎笑着说："呵呵，就这点啊，三爷什么都缺，呵呵……"

刘一山接话道："哈哈，三爷就是不缺银子。"

起凤街，过往的行人不是很多，岳海奎和刘一山边走边聊，忽然一老一少慌慌张张地跑过，并不时地回着头，在他们的身后有七八个人拼命地追赶着。岳海奎对刘一山说了声："走！跟上看看去！"便尾随着跑了过去。刘一山更是机警，紧跟在了岳海奎后面。

跑出一段路，二人终于赶到，但见那一老一少正被追赶之人殴打，年老的已经被打倒在地直喊求饶："大爷，您就宽限几日，饶过我的小命吧！"

"去你的，你跑啊！"

"打！以为跑到太原就没事了？"

众人说着骂着，手脚没有停下。那年轻人被打倒后支撑着站了起来，大声喊道："你们放过我爹，尽管朝我这里打！"

"两个一块收拾，弟兄们，打！"看似领头的人喊着，众人的拳脚雨点般地又落到了两个人身上！

"住手！"岳海奎大声喊道。

几个人循声停住手，见是两个年轻人，那位领头的恼火地骂道："你吃饱撑的，管起大爷的事了？想管，连你一块开打！"话刚出口，自己的嘴巴却被刘一山扇了个响亮。

见自己的人被打，那几人一同扑向了刘一山，还没有等他们近身，六个人已被刘一山放倒在地上，其余二人愣愣地待着不敢动手了。

"滚！"刘一山愤怒地喊道。那几人迅速爬了起来，骂骂咧咧地说："有本事不要走，等着！"岳海奎拍着胸脯说："三爷我不走，看你们能怎样！"刘一山也说："还不滚？"那几人不敢再说话，灰溜溜地走了。

路上那几个人议论着。

"今天又没把事办了，那位'三爷'的是什么人？"

"不清楚，动手的那位确实身手太快。"

"怎么办？"

"我一个人返回跟上，看看他们是什么人，你们回去多叫些人，我就不信这个邪，制服不了他们！"那位看似领头的人说。

几人分头去找人了，那位领头的人返了回来，却被刘一山发现，刘一山喊到："还想找事？还不快滚！"那人话都不敢说，一溜烟跑了。

"哈哈……"岳海奎笑了。

被打的一老一少喘过气连说谢谢。岳海奎问："你们是哪儿的？为什么被他们追打？"

年轻人说:"今日多亏遇到兄台,否则我百川难逃今日了,他日一定厚报!"

"我从五台逃难而来,咳!说来话长!想我子明曾经为商,却沦落到如此地步,无家可归,无饭可吃,惭愧!惭愧啊!"

岳海奎说:"这样吧,我也走累了,咱们到茶馆休息一下。"

"不了,不了。"

岳海奎说:"没事,走吧!"

"不知恩公是?"

岳海奎说:"我是灵石岳家的老三。"

老者说:"莫非你就是堂堂有名的灵石德玉泉字号的三爷?"

岳海奎笑着说:"正是。"

老者说:"今日我算遇到贵人了。"

四人在附近茶官坐了下来。岳海奎问:"老叔曾经为商?"

老者点头叹着气,那年轻的说:"不瞒二位,我是五台人,姓阎,字百川,号龙池,曾随父在五台吉庆长学商,去年吉庆长在一次投机中惨败,因此负债,为生存来到太原。"

老者支吾着说:"我……我想求恩公一件事。"

岳海奎说:"不必客套。"

老者说:"德玉泉家业盛大,能否让犬子到你们那里学徒?"

岳海奎笑着说:"这也算事?哈哈,可以的。"

老者扑通就跪了下来,岳海奎急忙说:"快起,快起。论年龄我和你儿子差不了多少,这点事情不必这样。"

老者慢慢地站了起来,再三道谢,并告诉岳海奎,他叫阎书堂,字子明,曾经也是五台有名的富家,去年家业吉庆长倒闭,负债两千两银子,父子二人被迫逃往太原躲债。那些追赶他的人正是债主所雇。

三爷领着阎家父子回到柳巷街后,便问起了阎书堂的负债情况,他问:"就两千两银子?"

第一丫鬟

阎书堂叹了一口气说："是的，咳！墙倒众人推啊，过去别说两千两，就是两万两我阎书堂也不会放在心上，刚才追赶我的那帮人，是我过去的一个朋友所雇，过去我也曾恩惠于他，但人啊……"

阎书堂长长地叹着气，一副无奈的样子，阎百川说："爹，别说过去的事情了，我会争气的。"

阎书堂说："争气就好，爹这辈子就指望你了，以后你好好在德玉泉做事，最起码也要对得起三爷。"

岳海奎说："这样吧，老这样躲着被人追打也不是个事情，既然大家遇到了，我借给你两千两，把他们的债务还清，以后你再还我就是。"

阎书堂说："这叫我如何感谢？"

岳海奎说："道上行走，谁都难免遇到磕碰，有困难了大家就拉上一把，就这样。"

岳海奎说着吩咐刘一山将太原分号掌柜裴元柱叫来，说："裴掌柜，给你介绍一下，这位是五台吉庆长的掌柜，手头有点困难，以我的名义借给他两千。"

裴元柱说："这……"岳海奎见裴元柱不痛快，便说："这什么这，算我借还不行吗？"

裴元柱显得有点为难地说："三爷，这事……"说着他将岳海奎拉了出来说："不是我不给三爷面子，我是担心这银子一旦出手，怕……"

岳海奎说："我遇到了，能不管？我大哥那里我回头说清，如果他还不了就算到我的头上！好了，你也别啰唆了。"

裴元柱说："不过，借条要有你的签字。"

岳海奎说："好好，就依你的，真啰唆。"

裴元柱虽然极不情愿，但又不敢不给三爷面子，随后取了银票交给了岳海奎。

岳海奎不仅借给了阎书堂银子，还吩咐裴元柱将阎百川安排在店铺中学徒。然而事情瞒不过老夫人，之后将岳海奎骂了一通，大骂岳海奎是败家子。岳海奎只是低头，不敢狡辩，但心里感觉是极度的委屈。三爷挨了老夫人的骂，阎百川是句句听在耳里，老夫人一行临走前，阎百川对岳海奎说："三爷，您就放心，您的大恩大德阎百川会永远记在心中，容日后相报。"岳海奎笑而未答。

岳海奎之举，灵儿看在心中。其实，对于岳海奎的了解她也是只听到片面之词，岳家的人说老三是混混，但通过这件事看，他还是蛮有仁义之心的。假如东家遇到这样的事，会如何处理呢？

返回的路上，老夫人还在和灵儿唠叨着这件事："你看看，两千两银子啊，借给一个本不认识的人，这德玉泉要是交给他，不出几年就会败光了！"

灵儿说："您就别生气了，您的身体才是最重要的呢！"

老夫人说："能不生气吗？他也不想想，老祖宗当年走西口是怎么过来的。这个老三，简直让人生气。一天不务正业，回去告诉海润，让他吩咐给下面，凡是老三出面借银子的，一律不准！"

阎百川在德玉泉太原分号落下脚来，这人脑子聪明手脚勤快，又有其在老家商铺打理的经验，不多时就在店内脱颖而出，并成为业务骨干。而阎书堂也带着岳海奎借给他的银子回了老家继续做他的生意，数月后连本带息还给了德玉泉。

当年，阎书堂本是五台首富，在晋北一带享有一定的声誉。"我阎书堂又翻身了，陷入绝境时靠的是德玉泉的慷慨帮助！"阎书堂东山再起，逢人便说。

第二十章 入主大院

八月十六，喜气笼罩着灵石这座气派的大院。其实自老夫人从晋祠回来后这里就开始准备了，打扫、清理、刷墙、挂灯，细微之处江环也要亲临检查。江环说了，不满意的不仅要返工而且还要受罚，佣人们是不敢拿自己的银子开玩笑的。因此，几十人半个多月的清理维修是格外的卖力。

八月初十，清理维护结束，岳府大院已经整洁一新，提前进入了喜气的氛围。

按乡俗，女方嫁娶不能和男方同院。根据灵儿的意思，她的闺房选在了柳智信的家中，老夫人还让灵儿认柳氏为干娘，同时给柳家送来一千两银子为灵儿做陪嫁安排。江环特地放了柳智信的假，并安排男女人手为柳家帮忙。有了闺女，而且还和岳家结了亲家，柳氏自然是高兴得不得了。

从八月十三开始，岳家变得热闹非凡。灵儿出嫁前两天，江环就带着一帮人敲锣打鼓往柳家送来了钗钏、首饰、衣装、酒肉等礼物，这一仪式叫作"催妆"，当地叫作"饷飧"，意为催促女方做好出嫁准备。柳家也把陪送灵儿的桌椅箱柜、衣服被褥及梳妆用具，扎上红布、贴上大红喜字送到了岳家。

十五之夜，灵儿和柳氏在炕头上聊了一夜。三更天，江环安排的全福人就开始为灵儿上头和开脸。这全福人不是什么人都能当的，需要公婆、父母和丈夫俱在，儿女双全的年长妇女。上头，即改变头发式样，把辫子盘成发髻；开脸，又叫开面，其实是美容修面，即由全福人用细丝线绞去姑娘脸上的汗毛，修细眉毛，剪齐鬓角，以此表示少女时代的结束。

第一丫鬟

为灵儿上头、开脸完毕，已是五更天，东方初露微明，厨师开始做宴请的准备。女方要宴请本族尊长和邻里乡亲，同时款待即将出嫁的女儿。民间认为，女儿一上头，就是男方的人了，娘家须以客相待，所以筵席准备非常丰盛。

太阳刚从东山露脸，这里的宴席便提前开始了，灵儿自然是坐在宴席的首位。被宴请的邻里乡亲足足坐了十多席，他们纷纷对灵儿表示祝贺，邻居邱氏则嘱咐她一些尊敬公婆、侍候丈夫以及处理好妯娌、姑嫂关系的道理。灵儿听着，不由得想起了自己的父母，她想母亲如果在世的话一定也这样叮咛，看着邱氏，仿佛看到母亲的影子，想想自己可怜的身世，她哭了。柳氏看着灵儿伤心的样子也跟着掉泪。

邱氏说："媳妇哭，娘家富。有了这么个闺女，还嫁给了岳家，柳嫂您真是好福气。"

邱贵堂也说："这也是我柳哥在天保佑，菩萨才给柳家送来了如花似玉的姑娘啊！"

柳氏高兴得直掉眼泪，激动地说："要不怎么说我就像做梦一般呢！"

三人说着大笑了起来。

早席完毕，灵儿回到了柳家为灵儿安排的闺房，这闺房包括柳家在内也在前段时日进行了维修，如今的柳家院落已经是装饰一新。

宴席刚刚结束，近百人的迎娶队伍就吹打着鼓乐从岳家大院走出，迎亲的人从前到后，有炮手、开道锣、开道旗。他们举着"肃静""回避"的朱牌，提着宫灯，拿着金瓜、斧钺、朝天镫、龙虎旗等，抬着两乘花轿一路鞭炮走过了灵石的大街，一乘轿岳海润坐着，因为新娘之轿例不空行，另一乘轿坐着一个四岁的小男孩，他就是"压轿喜倌"，这自然就是为灵儿准备的坐轿。

迎娶队伍再加上柳家的陪送人员，以更为盛大的气势走回了岳家大院。礼仪拜堂完毕，头戴凤冠、身穿蟒袍、腰扶玉带、宛似戏台上皇后娘娘形象的灵儿在众人的簇拥下，由岳海润引领着走进了洞房。

这一天，各分号掌柜基本都从外地赶回庆贺，宾客中前来贺喜的不仅有各路商家掌柜，祁县的乔家、平遥的李家、太谷的曹家、榆次的常家，等等，还有朝廷要员也派人送来了贺礼。贾继英对老夫人说，朝廷这些人都是看着桂月亭、董福祥两位大人和自己交情的面子而来的。老夫人说，是这么个理。至于究竟是不是这么回事，恐怕连贾继英自己也搞不清楚，更让人不解的是西安那边还派人送来了一份特别的礼物，一个罕见的百灵报春玉雕，上面刻着一句话：百灵报喜喜中喜，仙家之情情外情。

随同礼物的贺礼单写的是：祝福灵儿新婚之喜。

很明显，礼物是冲新娘子而来，礼账房的范世玉纳闷地问来者所呈何人，那来者却摇头不言，范世玉说："哦，原来您不会说话啊。"那人点了点头。看礼物，来者绝非一般人家，范世玉不敢怠慢，急忙派人将江环找来，江环只顾着仔细观看这精工细致的玉雕，趁范世玉和江环说话，那人悄悄地走了。

"人呢？"江环问。

"刚才还在这里。哎，这人去哪儿了？"范世玉说。

"奇怪了。"二人异口同声地说。

"这礼物绝非一般人所送，人多，一定仔细看好。"江环说完从账房走了出去，想：灵儿，不，以后应该称夫人了，她来时正是皇家路过之时，难道她和哪位大臣或者和皇室有关？不然的话，为什么送礼不留名呢？或者是……

江环想不出个所以然，将送礼人的简单情况吩咐丫头告诉了灵儿，自己忙着招呼客人了。

岳海润一副喜气洋洋的样子，仪式完毕，从洞房出来后就挨桌向酒席桌前的客人敬酒，灵儿由丫头陪着待在洞房。虽然是大婚，灵儿实现了自己入主的梦想，但却高兴不起来，自己的喜日，可自己的亲人又在哪里呢？到现在自己唯一的舅舅还没有拜见啊！

她又想到了太后。

让岳海润感到意外的是这次婚礼来了一个特殊人物，她就是和何文耀一同而来的何银萍。

第一丫鬟

经过一场大火，何文耀虽然损失惨重，但有岳海润资助的银子，何家很快恢复了往日的生意。二毛说东家要在八月十六完婚，问过乔遥，果然是实，于是何文耀便准备到灵石贺喜。

何银萍听说后自然也吵闹着随父同去。何文耀说："我走三日即可返回，你一个姑娘家就安心在家待着，听话。"

何银萍撒娇说："不嘛，女儿从未出过远门，算女儿求爹爹还不行吗？"

何文耀说："你这闺女，这么大了还不听话，将来嫁人叫爹爹如何放心？"

何银萍说："就是让爹爹以后放心，女儿才想同您一块出去见见世面嘛！"

何文耀说："不行！"

何银萍说："不嘛，我就这么一个父亲，你说你一个人出去几日没有人照顾怎么办？"

何文耀笑着说："你是说你出去好照顾我？"

何银萍说："爹爹说的是。"

何文耀笑着说："我好着呢，又不是小孩需要照顾，听话，好好在家待着。"

看父亲主意坚决，何银萍委屈地说："爹爹不好！"说着，眼泪就挂在了眼角。

何文耀笑着说："怎么不好呢？"

何银萍一副认真的样子说："您不喜欢女儿了。"

何文耀说："这是哪和哪的事情啊，看你又要捉弄为父了。"

何银萍流着泪说："那您出去就放心女儿？女儿一个人在家要是遇到坏人……就遇到坏人吧。"话到此，何银萍伤心地哭了起来。

何文耀一听，哈哈大笑说："也罢，也罢，想去啊，你就变着法子来整你父亲，好！就让你出去走走吧。"

何银萍一听父亲同意，破涕为笑，高兴地说："我说嘛，您就是我的亲爹爹。"

何文耀无奈地说："我啊，真拿我的宝贝女儿没办法，我啊，是受够你的气了，赶明日上路给你找个婆家得了，或者就干脆留在你岳家。"

何银萍笑着说："别说大话，假若女儿真要是嫁人了，您不想女儿才怪呢！"

第一丫鬟

何银萍对付父亲有她的办法，撒娇，哭闹，都很管用。这就是何文耀说的'变着法子'。不过何银萍对付父亲的绝招往往恰到好处，既不让父亲恼火，又要用话给父亲下套。平时她要想做什么，往往能达到自己的目的。

这次何银萍父女和乔遥一块从大同而来，提前一日到达灵石。乔遥径直回了岳家大院，何文耀父女则在岳家安排的旅店休息一夜后，次日上午，何银萍跟着父亲坐着马车一路走进了兴隆街。

停车后，父女俩从马车里走了出来，望着高高的院墙，走过熙熙攘攘的人群，看着宽敞的兴隆街两边停放的一顶顶坐轿和一辆辆马车，何银萍心中感慨：这就是岳家？好气派啊！

何文耀嘱咐说："这里都是些有名望的人，进去要懂得规矩，别给我再耍小孩子脾气。"何文耀不停地叮嘱着。

何银萍笑着说："知道了爹爹，又不是来相亲，还要那么多规矩！女儿知道。"

听女儿说起相亲，何文耀心头一想：对啊，今天我就注意一下，说不定能给她找个合适的人家，咳，这闺女嫁人也发愁啊！

"哟，这不是何掌柜？"

何文耀只顾走着想事，没有理会迎面走来的李昕。何银萍拉了一下何文耀的衣襟说："爹，看你！"

何文耀这才醒悟过来说："哦，是李掌柜，刚才看景，抱歉抱歉！"

二人打过招呼，何文耀拉着何银萍迈步走进了岳家大门。

何文耀呈过礼单后由待客引领到客房喝茶休息，每个客房中坐着几个商家及家眷，何文耀和他们寒暄了起来。这时鞭炮响过，鼓声也由远而近，新娘子就要到了，何银萍和父亲及几位打过招呼后走出了客房，观看热闹。

仪式完毕，酒席开始。岳海润头戴宽边黑色硬礼帽，身穿披红马褂长袍，挨桌答谢宾客，走到相邻何文耀坐席，才注意到这里还有他一见钟情的何银萍。

岳海润端着酒杯，不由得瞟了一眼眼前的何银萍，她上穿蓝底花色真丝衣，下着淡绿绸缎裤，粉光脂艳，端端正正地坐在那里。众人见岳海润来到自己的桌前，一同站立了起来，共同道喜，何银萍眨着一双水灵的丹凤眼，对岳海润妩媚一笑。岳海润忽然感觉有点六神无主，想说什么话，脑中却全然空白，只是端着酒杯看着面前的何银萍愣神。

何银萍似乎从岳海润的表情中猜到了他的心境，笑着说："东家大哥今日敬酒多了，人多要少喝些的。"

岳海润这才应声到："是的、是的，喝多了、喝多了。"

众人都说："东家今日意思到即可，要少喝些。"

岳海润说："那可不行，在座的都是远道而来为我贺喜，我不能不喝，还要多喝两杯以示感谢！"

这一桌，坐的是大同和包头的客人，岳海润单独和他们碰酒，轮到何文耀，特地和他多喝了一杯。

挨个敬完，岳海润又端起一杯酒说："各位远道而来，是我岳海润之荣幸，这叫酒逢朋友千杯少，以后德玉泉还要仰仗各位相与合作支持，来，借今日喜酒，为我们合作愉快干杯！"

岳海润喝着酒，眼光却凝视着何银萍那落在丰满臀部上的长发，心中忽然产生了一种莫名其妙之感。而何银萍则通过岳海润那多情的眼神，也看透了他的心思。

吃着碗里的还想着锅里的，我又不是你老婆！不过，假如我要是嫁给你，又会如何呢？何银萍的心在扑通扑通地直跳，羞死人了。她的脸蛋更加粉红动人。

何文耀注意到了女儿的神情，心想：哟，我的宝贝闺女哟，怎么胡思乱想哟！

何银萍不知道，另一桌子上一双贼眼不时地盯着她，那眼光似乎想穿过她的衣服直达她那白润的肤体。

岳家大婚，前来贺喜的贵客及岳家宗亲众多，同族的岳可玉也从太原返回。岳可玉好色的本性没有改变，一双贼眼不停地扫视着这里的女眷宾客，恰被刘一山看到。其实当岳可玉进入岳家的那一刻，就被刘一山盯牢了，江环对刘一山说："今日是东家的大婚之喜，一定不能出意外，这个人不怎么地道，千万注意。"刘一山点头说："你放心好了，今天要是出了什么意外拿我是问。"

第一丫鬟

太阳渐渐地落到山后，一轮圆月也从东山跳出。十五的月亮十六圆，月亮将伴随着灵儿走过她人生的十字路口，告别天真的少女时代。夜半，吵闹了几日的大院终于安静了下来，这时岳海润也清醒了许多，伺候的丫头早已被灵儿支走休息。岳海润醒了，慢慢地从炕头上坐起说："嗯，今日总算过去了。"灯下，灵儿站了起来，为自己的丈夫端过一杯温茶，说："喝点温茶，解解酒，怕你醒来口渴，我给你温着，以后我还叫你大哥，你看行吗？"岳海润这才仔细端看起灵儿来。

灵儿的妆还未卸过，她头戴凤冠，身穿蟒袍，腰扶玉带，被岳海润看得有点羞涩，含情脉脉地说："看你，看我什么呢！"

岳海润笑着说："记得你刚来这里的时候吗？嗯，没有想到你会是我媳妇儿，呵呵，有意思，有意思。"

灵儿将脸盆中浸泡的湿毛巾拧干后递给了岳海润，岳海润接了过来说："你怎么不卸妆呢？"

灵儿羞涩地说："你醒来我就卸，我，我……"想说的话灵儿怎么都说不出口。

岳海润说："嗯，是不是说你漂亮不漂亮啊？"灵儿笑了，岳海润擦了擦脸将毛巾递给了灵儿接着说："更衣休息吧，今日确实喝得有点头晕。"

岳海润将杯中的茶水喝了下去，更衣躺在炕上，柔和的灯光下，灵儿这时才开始慢慢地卸装。岳海润盯着灵儿一件件地脱去外衣，随着衣服的逐渐减少，灵儿那丰满白润的身体也完全展示在岳海润面前。完毕灵儿才吹灭了红烛，躺在了炕上，刚躺下，本想说些什么，岳海润却迫不及待地将灵儿拉进了自己的被窝。

月光透过门窗挤进了洞房，更夫敲响了一更的锣声，岳海润松开紧抱灵儿的双臂，不一会就酣然入睡。灵儿望着天窗长长地出了一口气，心想：以后啊，自己可就是他的妻子了。

二更的锣声敲过，灵儿还未入睡，迷糊中，岳海润说："银萍，我是喜欢你的，你别那样好不好？"灵儿的心一惊，才明白身边的丈夫在说梦话。

银萍？难道是大同何家的小姐？难道他喜欢何家的小姐？灵儿心里一阵酸楚。尽管丈夫说的是梦话，她听后心里却不是滋味。

第一丫鬟

　　书上说，新婚之夜是甜蜜的，可自己却感觉不到，想要说的话没有说，想要听的话没有听到，无关的寥寥数语，而丈夫虽和自己同床却做着异梦。他爱自己吗？自己也不清楚。但有一点，那就是何银萍已经印在了丈夫的心中。日有所思，夜才所梦，不然的话，他是绝对不会说出如此之梦话来的。那么，自己爱他吗？其实自己也不清楚，一直认为，有了家就有了爱，但怎么感觉睡在身旁的不是自己的丈夫，而是自己的主子。以前，自己的第一心愿就是将来有一个属于自己的家，进入岳家，自己也曾经幻想有一天自己能成为这里的主人，从丫头到今日，上天给了自己恩惠，还有什么可祈求的呢？灵儿思绪万千。

　　夜，静悄悄的，屋外的蛐蛐声似乎在催灵儿入睡。

　　早起，岳海润和往日一样到后花园打太极拳。灵儿简单梳妆后走出了洞房，准备到正院。这是自己第一次以儿媳妇的身份向老夫人请安，丫头喜梅也随后走了出来，灵儿说："你在家里待着吧。"喜梅说："这怎么行，我的事情就是伺候好夫人您啊。"灵儿这时才意识到自己已经是这个大院的大奶奶了。她傻笑了一声，笑自己也是伺候过许多主子的丫头，却忘记这做丫头的规矩了。一路上，灵儿显得有点儿不习惯，做久了丫头，自己也忽然有了丫头伺候相陪，特别是当喜梅一声声地叫着她夫人，提醒她路上小心的时候，感觉这一切似乎又在梦中。

　　以前常常想，自己有一天也能成为一个丫头伺候的主子，一夜之隔自己似乎变得没有什么奢望了，仿佛看不到也想不来以后的路子，初夜的不快留在了她的脑海里，好在梦境还能给自己补偿，这时她忽然留恋起以前的日子。

　　人啊，似乎为一个追求活着，穷人追求富贵，一夜间实现了转变却又不知能否适应这新的生活。这是梦吗？灵儿想。

　　"夫人，以后喜梅就伺候着您，其实能伺候您，这是喜梅前世修来的福分。"

　　喜梅的话打断了灵儿的幻境。这不是自己以前做小姐丫头时也说过的话吗？灵儿这时又想起了多愁善感的小姐。

　　她知道，小姐是和自己的舅舅在一起，但却没能证实。忙过这几天或者等自己回门的时候，一定让柳智信去舅舅那里看，如果在，自己也就放心了，也就能想办法去成全她俩的姻缘。

忽然明确自己要做的事情，灵儿的心境也亮堂了许多。"哟，嫂嫂好！"甬道上遇到从正房返回的贾燕青，灵儿行了个万福道："您好！"贾燕青说："看大嫂，还这么客气，以后叫我弟妹就是。"灵儿说："以后灵儿要有什么不对之处，还要您相告啊。"贾燕青说："娘刚起来，刚和我念叨过你呢，以后没有事情就多来新院坐坐啊。"

灵儿说："你也一样，多来走走。"

妯娌二人问候过各自走开，灵儿走进了正房，丫头慧蓝正在为老夫人梳洗头发。"娘。"灵儿甜甜地叫了一声。

老夫人笑着说："今日用不着起得这么早。"

灵儿说："已经比平时起得晚了。"

老夫人说："昨夜睡得好吗？"

灵儿说："离开您还确实有点不习惯呢！"老夫人笑着说："你就会说好听的。"

灵儿说："就是的，跟着您才最享福呢，对吧，慧蓝！"

慧蓝说："就是的，灵儿姐说的对，跟着您啊，晚上可以给我们讲许许多多开心的故事。"

老夫人笑着说："你们啊，就知道听故事，我该讲的都被你们掏腾完了，看你们以后还听什么！"

灵儿说："您的故事啊就像黄河流水，才不会完呢！"老夫人笑了。

灵儿对慧蓝说："来，我来给娘梳头。"

慧蓝说："不用您了，还是慧蓝给老夫人梳洗吧。"

灵儿说："娘啊，灵儿比慧蓝梳得好吧！"

老夫人说："那是的。"

慧蓝将梳子递给了灵儿说："灵儿姐，不，应该改口夫人了，你欺负我。"灵儿笑了笑，认真地给老夫人梳洗起头来。

第一丫鬟

有灵儿在，慧蓝和喜梅退了出去。

厨房院，几个丫头边吃饭边议论着。

翠娥说："灵儿真是好福气，我来的时候她还不知道在哪里，现在人家已经成了咱们的主子了。"

西南院的丫头来荣说："真是好命。"

厨房院的丫头爱花说："也许是人家会骚情啊，所以东家才看上的。"

新院的丫头英芝笑着说："也许，也许。"

爱花说："肯定是这样，背地里……"

翠娥问："背地里做什么？"

爱花笑着说："还能做什么？早就和东家勾搭上了。"

几个说着哈哈大笑起来。

厨房伙计刘三满问："你们见了？"

爱花说："一边儿去，我们说话，你插什么嘴？"

刘三满说："好好好，不让我说我就告。"

英芝说："告你娘的脚，你的那些事情别以为我们不知道，惹恼姑奶奶们了，你知道后果是什么。"

来荣说："刘三满啊，你说什么？要告我们？"

刘三满笑着说："怎么你们都当起真来了，我待你们怎么样，你们还不知？"

爱花说："别理他，咱们说咱们的事情。"

路计全说："赶紧吃饭，别说三道四的，这是厨房。三满你赶紧吃！我说你们几个丫头，吃没吃样，说没说样，大围女家的，竟说些不上道的话！看看人家灵儿，就是和你们不同！"

她们几个这才住了口，这时喜梅和慧蓝走进了厨房院。

路计全说完一边忙去了，爱花对喜梅说："哎，你说说伺候新夫人你习惯吗？"

喜梅说："咱就吃这碗饭，有什么不习惯的？"

爱花说："你这个人说话怎这样呛人？真是的。"

喜梅说:"我说话就这腔调,你老是多心。"

爱花说:"可我听着就不怎么舒服。"

喜梅说:"听着不舒服你就别问。"

爱花说:"哎哟,你这个人,别以为你是东南院的丫头就了不起,有本事你也让东家娶你啊,看你那样,你行吗?"

喜梅说:"你这人怎这样?"

爱花说:"我这人怎啦?"

慧蓝接话道:"都是来做事的,有什么过不去的事,算了,别相互计较,赶紧吃饭。"

丫头几个不再言语,爱花离开了饭席,喜梅问:"今儿爱花怎么了?"

刘三满笑着说:"是刚才路师傅骂爱花了。"

喜梅说:"噢,原来是这样,可也不能拿我出气啊。"

慧蓝问:"为什么骂她?"

翠娥说:"也没什么,没什么,人家是管事的嘛。"

刘三满笑了,他知道,丫头们之间也是相互猜疑。

一个上午,灵儿在正院和老夫人聊天,岳海润去了趟何文耀父女居住的客栈,正巧岳海润去得早,随后去的岳可玉见岳海润在便返身走了,次日再去寻找,何文耀父女早已走人。其实岳海润是冲着何银萍而来,而何银萍也通过他的眼神捉摸到他那特别的神情,特别是他说的那一句"过一段时日我会到大同看望你和你父亲",是谁都能听得出来他对何银萍另有情谊。

日子很平静,岳海润对灵儿不冷不热,和结婚前似乎没有什么两样,灵儿大多时日陪伴着贾淑兰,好在老夫人偏爱她。不久有消息传来,说小姐和常可祝曾经在太谷城出现,而且消息可靠,岳海润听后大发雷霆,命江环立即派人将岳思敏接回。

"怎么,又是常家?怨不得老爷在世的时候就说过,常家的人都不是个东西!"老夫人听后脸色阴沉起来。灵儿想,为什么婆婆这样说?难道还有什么隐藏的事情？

江环受命后派柳智信前去通知常可祝离开,自己随后带了几个人也赶往太谷。

常可祝没有走,因为他知道他一走了之的后果是什么。江环到达青龙寨的时候,三爷也随后到达,三人商量后,常可祝和岳思敏计划随江环回一趟岳家大院。

常可祝和岳思敏随同江环回到了灵石,岳海润见了岳思敏就是一巴掌,三爷见状也重重地给了岳海润一拳。为了妹妹的事情,岳海润和岳海奎兄弟俩第一次发生争执,老夫人开口,弟兄俩才停止了争吵。

"看看你们,男没男样,女没女样,成何体统?要把我气死啊!好了,人回来就好。灵儿,你带思敏回她的房间,海润、海奎你们也下去,我和这位常家爷说些话。"贾淑兰说。

灵儿扶着思敏返回了绣楼。

正房内,贾淑兰对常可祝说:"告诉你,别惦记着我们岳家的人,我是不会同意你们在一起的,你呢,趁早把这心死掉,我可以既往不咎,听明白没有?"

常可祝辩解说:"既往不咎什么?我没有做对不起岳家的事情,况且我们俩是真心相爱的。"

贾淑兰说:"别和我说甚爱不爱,你走吧,我不愿意看到你。"

常可祝说:"我会走的,不过,你们不要难为思敏。"

贾淑兰生气地说:"你算岳家什么人?口气倒不小,赶紧走,这里不欢迎你。"

常可祝说:"您不要生晚辈的气,我说完就走,我知道,常岳两家有不少恩怨,但那是上一辈的事情,和我们无关,我人是穷了些,就算为了思敏,我也会努力混出个样子!"

常可祝说完走出了正院,这时灵儿从闺房返了回来,她低声道:"您先到柳家住下,明天我有事情跟您说。"说完灵儿匆匆而过,

常可祝纳闷地想:她对我说什么话呢?嗯,一定是思敏让她传什么话,这里不方便说,才让我到柳家的。

从岳家大院走出,常可祝一个人心里憋得慌,刚走出兴隆街不远就被岳海奎

拦了下来。

常可祝问："三哥怎么……"岳海奎说："走吧，咱兄弟喝酒去。"说着他拍着常可祝的肩膀一同而去。

常可祝走后，贾淑兰将岳海润叫到了正房，说："过去你爹一提常家就发火，究竟什么原因我也不太清楚，刚才常家那小子又说常岳两家过去有恩怨，你知道不？"

岳海润说："我也知道我爹特别反感常家，具体原因我也不太清楚，不过我可以问问江环，也许有些事情他比我们还清楚。"

贾淑兰说："也好，我老了，有些事情我也就不多掺和了，灵儿聪明，总是你的老婆，别像你爹，什么事都不对我说，还有，思敏的事情你要处理好，老三也不小了，你是长子，该教训他就教训，别惯他那毛病。"

岳海润说："我知道，您就别操这份心了，心烦的时候让灵儿多陪您走走，说实话，我也是为了您才娶她的，否则我就把大同何家的小姐娶回来了。"

贾淑兰问："何家的小姐？"

岳海润说："是的。"

贾淑兰说："如果你真的看上她了，就纳回来做你的偏房，不过这以后再说吧。"

岳海润说："嗯，以后再说。如果没甚事我到思敏那里看看。"

贾淑兰点了点头。

岳海润正准备走出去，贾淑兰又把岳海润叫了回来，说："忽然想起一件事情，你说邱一清的死和常家那小子有没有关系呢？"

岳海润说："我也这么猜测，我准备回头让官府去处理一下，这样也许思敏就死心了。"

贾淑兰听后点了点头。

岳海润从正房走出，返回了书房，重新取出过去那份常岳合财产协议和常明坤退出协议的画押文书仔细看着，一时也没有看出个名堂。放下协议和文书，他差人将江环叫到了书房，向他问起常岳两家过去的一些事情。虽然江环清楚，但江环只字不提，他说："过去老太爷一提常家就动火，我刚来的时候老太爷就这样，后来我也不敢多问，直到后来老太爷他……"说到这里停了下来。岳海润问："后来怎么了？"

江环悄悄地凑在岳海润的耳边说："后来老太爷不是通知官府包围了教堂了吗？"岳海润听后沉默不言，向江环挥了挥手，江环退了出去。

究竟岳家发生的一连串事情和常家有没有关系？岳海润脑子里打出了一连串问号。

入夜，岳海润辗转难眠，灵儿也毫无睡意，各自盘算着自己的事情。岳海润想的是父亲给他留下的谜，灵儿考虑的是如何帮舅舅的忙。

后来岳海润说话了："灵儿啊，你说常岳两家过去究竟是如何呢？咳！我都不明白，给你说也没什么意思，说也白说。"

灵儿道："我来岳家一年了，来后发生了不少事，从秦太医遇害、你受伤到邱一清的事情，我总感觉在我们背后有个黑手，这个黑手一日找不出，岳家就一日没有安宁。其实我最近一直想这事，也准备把这个凶手找出，目前还没有眉目，所以没有告诉你。"

岳海润问："你找凶手？"

灵儿说："是的，我认为杀秦太医和邱掌柜是同一凶手。"

岳海润说："就凭你？呵呵，你要真把凶手找出来算你本事。"

灵儿说："如果你放心，这事就让我去办，王富壹辞职，生意上的许多事情还得你去打点，如果大哥同意，家里的一些琐碎事情就让我去办，你看行不？"

岳海润笑着说："呵呵，对了，我都忘记你现在已经是我的老婆了，好吧，查凶手的事情就交给你办，如果真的查出来，你提什么要求我都答应你！"

灵儿说："就是啊，我是你老婆，应该替你分点忧愁，不过我有一个要求。"

岳海润说："呵呵，想不到你还知道替我分点忧愁，什么要求？"

灵儿说："我想雇两个人，一个是咱们的护院拳师刘一山，另一个就是常可祝。"

岳海润说："常可祝？"

灵儿说："是的，我想先从邱一清的死查起，然后顺藤摸瓜再查前面的事情。如果这事情真的和常家没有关系，为了自己的清白，常可祝也会尽心卖力的。"

开始的时候岳海润倒没有在意灵儿说的话，只是自己想随便说说话而已，其实在岳海润的心里一直当灵儿还是一个丫头，在他看来和一个丫头谈论复杂的事情似乎没有多大意义。其实灵儿也看出了岳海润的心思，她认为要让岳海润改变对自己的看法，不是结婚一日就能改变的，她必须做出让他吃惊的事情，现在自己的身份已经名正言顺，家里的事情该管的就应该插手。

岳海润想了一会再次说："好吧！"

结婚多日，这一晚是岳海润和灵儿聊得最多的一晚。抓住这个时机，灵儿和岳海润从家聊到了商事，又聊到用人，岳海润逐渐对她刮目相看。

"你可真是我的宝贝！"岳海润说着将灵儿搂在了自己的怀抱里。

次日一早，灵儿和往日一样，先到老夫人那里，为她梳洗头发，完毕，灵儿又和老夫人商量起查凶手的事情，她说："娘啊，想和您商量件事情。"

贾淑兰说："什么事，你说吧。"

灵儿说："自从王富壹离开后，我大哥的事情要多一些，昨晚我和他商量了一下，自爹走后发生了一连串的事情，我认为不是偶然，一定是有人和咱们作对，这根一天不除，岳家就一日没有安宁，说不定还会出什么乱子。我想，大哥忙，没有时间，我就专门去查查这事情，昨晚我把我的想法也告诉了他，他很支持，让我听听您的意见。"

贾淑兰听后自然高兴，她说："就这么着，林子大了啥鸟都有，我老了，海润忙商事，顾及不到，你是岳家的大太太，人又聪明，应该多操点心。外人毕竟是外人，

第一丫鬟

哪个人不合适该换的就让他走！"灵儿接着又和贾淑兰商量雇常可祝的事，开始她不同意，灵儿耐心引导，说明利弊，她总算勉强答应，并说："如果常家那小子真的有能耐，我就既往不咎。"灵儿听后心里一阵欣喜。

　　老夫人和岳海润意见都一样，灵儿也就没有什么顾忌，至于大院里的几个关键人物，如江环、刘一山还有柳智信，都会向着自己。其实，她本意不想提前参与府上的麻烦事情，一旦插手，办好了什么都好说，办不好，不仅会惹一身麻烦，也会给自己今后带来阴影，但为了舅舅，她还是主动出面了。

第二十一章　舅甥相认

柳家。

灵儿大婚已经两个月，柳家粉刷过的院落依然整洁一新。听常可祝说灵儿要回来，柳氏便忙个不停，收拾完院落，又忙着准备饭菜去了。嘴里还不停地唠叨着：想不到我这个穷老婆子到老还有这福气！

常可祝笑着问："婶子，你唠叨啥呢，怎么这么高兴啊？"

柳氏高兴地说："我闺女要来，能不高兴吗？"

常可祝问："你闺女今日也要来？你还有闺女？"

柳氏说："可不是吗，难道你不知道我闺女就是岳家的大奶奶？岳家可是从我这个家门抬出去的！"

常可祝笑着说："我说嘛，婶子最近精神这么好，原来是这样啊，她是什么时候认你做娘的？"

柳氏说："这你就别问了，反正她来准管叫我娘，不信你就听着。"柳氏说完又叨唠着忙去了。常可祝搬了个凳子坐在院中。

不一会儿，灵儿在柳智信的陪伴下走了进来，见了柳氏，灵儿问："娘身体可好？"

柳氏满面春风地说："好好，我刚才就说了，想不到我这个穷老婆子到老还有这福气！"

灵儿笑着说："看您说的，当初不是您收留我，我还不知在哪里受罪呢！"

柳氏听后憨笑着对常可祝说："看，我说对吧。"

常可祝笑了。

灵儿仔细地看着舅舅，似乎看到了自己的娘亲，看到了当年的外公，心里不由一阵酸楚，伤感处，泪水扑簌簌地涌了出来。常可祝纳闷之余，只见灵儿扑通就跪到了自己的面前，这倒把常可祝吓了一跳，"夫人，您这是做什么？"常可祝说后愣神发呆，灵儿却泪如雨下，一旁的柳氏和柳智信也看着惊呆了。

"夫人，您这是？"常可祝不解地问。

"闺女，你怎了？"柳氏也着急地问。

灵儿欲说无语，悲喜交加。

常可祝边扶灵儿边说："夫人，您有什么事请说，别这样，你这样不是折煞我吗？"

柳氏也问："是不是岳家的人欺负你了？"

此时的灵儿已经泪流满面。三人疑惑不解。

柳氏问自己的儿子："是谁欺负我闺女了？"柳智信摇着头。

"舅舅，我是芳芳，您的外甥女啊。"少许，灵儿才从悲喜交加中说出了这句憋在她心中许久的话来。

常可祝仔细端看着泪流满面的灵儿，吃惊地问："芳芳，你真的是芳芳？"

灵儿顾不上用手帕擦泪，激动地点着头说："舅舅，是我，你看。"说着将衣袖捋起到手腕上边。

手腕处露出了一小片淡红的胎记。

"舅舅，你看，它像一只小鸟！"灵儿重复着小时候自己对舅舅说的话。

常可祝仔细地端详灵儿，随之一把将灵儿抱在了怀里，欣喜地说："真是我的芳芳，真是我的外甥女！"

灵儿在舅舅的怀抱里感到无比的温馨。

"来，舅舅好好看看你！"常可祝扶着灵儿的肩膀说。

灵儿笑了。

第一丫鬟

柳氏仿佛在看一出大戏，似乎还没有明白过来，这时灵儿才转身对柳氏说："他就是我要寻找的舅舅！"

柳氏说："原来你是常家的外甥女啊，好闺女，咱们回屋里说去，大冷的天站外面做什么！"

四人哈哈大笑起来。

柳氏母子忙着准备午饭去了，灵儿和舅舅在叙旧。十年了，灵儿有说不完的话。

常可祝没有想到自己的姐姐和姐夫英年早逝。听着灵儿说话，仿佛看到了自己的姐姐，常可祝哽咽流泪。

"你爹娘去世后，你是如何生活呢？"常可祝问起了灵儿后来发生的一切。

灵儿说："后来我到了京城一家大户人家做了丫头，灵儿这个名字还是这家主人给我起的呢！再后来，长毛人进来了，我就随他们逃难了。"

常可祝说："是吗？也好，总算回到了家乡，回到了舅舅身边。"

灵儿说："舅舅啊，我嫁给了岳家，也没有征求您的意见，您不会怪我不懂事吧？"

常可祝笑着说："傻丫头，只要你过得好，就是舅舅的希望，虽然过去常家和岳家之间有些隔阂，但这些都过去了，上一辈的事情和岳海润也没甚关系，岳海润这个人还算可以的。对了，舅舅不也喜欢岳家小姐吗？你说呢，傻丫头。"

灵儿和舅舅聊着，她没有告诉她曾经是太后的贴身丫头，她总认为一切似乎又是天意。以后又会是什么，她预料不到，也许自己会被随时诏回，太后哪一天不高兴了，也许这命就在刀刃上搁着，她不想提自己曾经的辉煌，更不想以后让舅舅过多操心。常可祝也一样，也没有谈及常岳两家的恩怨，他希望自己的外甥女能无忧地生活，而那些恩怨早已被爱冲淡。

灵儿又和常可祝说起了岳家的事情，讲述了她进岳家后发生的几起命案，她说她想查一查，而且请他帮忙。常可祝虽答应，但顾虑说贾淑兰对他有成见，灵儿让他放心，说这一切已经征求过岳海润和老夫人。最后灵儿和常可祝商量他们之间的关系暂时保密。常可祝也说先不要让人知道为好，否则岳家又要起疑心了。

第一丫鬟

"反正在我心里面您永远是我的亲人！等以后我会告诉他们我是常家的外甥女！"灵儿说。

柳氏备好了饭，柳智信也买回了酒，柳家充满了愉快的气氛。饭间，灵儿嘱咐柳氏母子关于她的身世一定要保密。

岳府虽大，毕竟小于皇宫；岳家人多，更杂不过皇室。三年的宫廷生活确实历练了一个黄毛丫头。知道岳家的事情最多的莫过于江环，这一点灵儿清楚。从柳家回来的下午，她便差喜梅将江环叫到了东南院。

"江总管，您坐。"灵儿客气地说。

江环坐了下来，喜梅沏好茶后，灵儿说："你下去吧，我和总管谈些事。"

眼前的灵儿已经不是昔日的丫头，仿佛数月间蜕变了许多，江环说："夫人有什么事尽管吩咐。"

灵儿说："我能有今日，全靠您照顾，其实在我心里一直把您当长辈看待，请您来是两个意思，我的身世您也清楚了，上午我也见到了我舅，以后他要到咱们这里，关于我和他的关系还请您保密，对谁都不要讲，包括老夫人和大爷，您知道该怎么做，我就不多说了。今日主要和你商量一些要办的事情。"

江环点头相听。

其实上午灵儿和常可祝见面的一些情况，常可祝已委托柳智信转告江环，告诉他关于常岳两家过去的事情不要再对灵儿提起。江环是聪明人，自然会意常可祝之用心。

要查凶手，江环向灵儿说起了刘玉菊死因，他认为也许这是突破口，但也要照顾岳海润的面子，因为他本来就知道杀死刘玉菊的正是自己的堂弟。

对于岳可玉和刘玉菊偷情这一点，灵儿再清楚不过，但她万万没有想到的是岳海润为了面子而知情不报。听了江环的话，灵儿沉默了。

难道这就是自己的丈夫？为了面子不顾情意？

"软弱！"许久，灵儿吐出了两个字。

江环说："夫人息怒，这件事只有你、我、东家三人清楚，请夫人……"

灵儿说:"我知道,放心好了,老爷那里我知道该怎么做。好了,岳家的事情,你知道最多,该怎么办你心里明白,先从邱一清死因查起,我舅会配合你,但我和我舅的关系也请你留在心中。"

江环说:"一定,夫人放心。"

灵儿似乎感觉江环对自己非同一般,而先前他又提过自己的父亲,灵儿正想之时,江环说:"夫人还有什么事吩咐?"

灵儿问:"你是如何认识先父的?"

江环没有预料到她会忽然问起这个问题,他支吾着说:"只是……只是知道而已。"

灵儿看得出他言谈中似乎有所隐瞒,便笑着说:"不会吧,说说吧,我还真想知道父亲过去一些事。"

江环一听心想:糟糕,哪壶不开提哪壶。

其实江环更为担心的是灵儿会问起自己的事情,这样的话常可祝嘱咐的事情无疑就会露馅,而江环本身也不想让灵儿去面对过去残酷的事情。该怎么办,江环为难了,心中一声长叹,想:这可怎么办,自己提她父亲做什么?

"怎么,不想说?还是父亲有什么不好说的事情?"灵儿追问着。

江环说:"没什么,没什么,以前岳家和常家是邻居,所以也就认识你父母。"

灵儿说:"是真的吗?嗯,今天还有其他事情,等闲下来就给我好好讲讲过去常家的事。"

江环一听想:这可麻烦大了。好在今日没有追问,否则真不知道该如何圆这个场了。

从东南院出来,江环的心情很沉重。

江环回到屋子,常可祝已经坐在那里等候,见江环一脸疑虑,常可祝问后江环如实回答,常可祝嘱咐他能瞒多久就多久,江环说:"能瞒一时算一时吧,也只能这样了。"

二人聊起了灵儿交代的事情,江环又把几起命案原委详细告诉了常可祝,自然包括刘玉菊被岳可玉所杀。常可祝听后的第一反应是几起命案都和岳可玉有关，江环问为什么，常可祝说："第一次命案，别忘记目标还包括岳海润。"

江环说："一直忙于琐事，所以我一直没有把这些事情放在心上，今日咱俩就好好探讨一下，我认为大凡命案都不外乎两点，一是图财，二是为情。秦太医也好，邱掌柜也罢，我也认为凶手的本来目标是岳家，并不是单纯针对他俩。"

常可祝说："是的，而且还有帮凶。不知道你想过没有，岳府里是否还有内线？"

江环说："嗯，应该有，但这个人又是谁呢？让我好好想一下。对了，夫人交代让刘一山也参与查这件事情，我把他找来。俗话说，三个臭皮匠，赛过一个诸葛亮，咱们好好商量一下。"

江环说着走了出去，不一会便将刘一山叫到了自己的屋子。交代完灵儿的安排，江环又简单将几起命案向刘一山做了介绍，最后他说："本来刘玉菊之死是没有人清楚的，但为了尽快查出凶手，我就告诉你们，不过，夫人再三交代，事情要办好，岳家的声誉更要顾及，因此事情要秘密进行，常爷是我请来的人，现在的身份就是护院拳师，明白一点，我之所以告诉你实情是为了尽快查清凶手，所以有关情况一定要保密为先。"

刘一山说："保密是分内之事，总管尽管放心。"

常可祝也点头默许。

江环将二人的情况相互做了简单介绍，都是学武之人，自然有其所好。三人商量起案情，刘一山说："查办案情，任何疑点都不能放过，我建议先把可疑之人初步确定一下，案情发生前，来了什么人，发生后走了什么人，什么人表现反常这也很重要。按总管刚才所讲，凶手在这里肯定安插有内线，这也需要我们逐一认真排查一下。"

三人商量妥后进行了分工，开始着手进行调查。

常可祝到了岳家，最欣喜的还是岳思敏。不过，灵儿已经嘱咐岳思敏，现在老夫人和东家都还在气头上，她和常可祝的事情暂时缓一缓，过一段时间她再慢慢地引导他们。岳思敏领会,她听后对灵儿说:"我知道,嫂嫂是为了我才把他安排在这里的,我听你的。"

灵儿笑了。

邱一清一死,西南好多事情还需处理,最让岳海润头痛的还是王富壹的出走,自己如同丢失了一条臂膀,总号的大小事务都落到了自己的头上。白天无头绪的繁忙总让夜里的岳海润难以入眠,再想想以后还不知发生什么事情,炕头上的岳海润长叹一声说:"人人羡慕东家,可这做东家的累啊!"

灵儿问:"难道大哥做烦了?"

岳海润说:"是有那么一点点,真想安静地休息几日。"

灵儿说:"王富壹走了,大哥应该另选一个合适的掌柜来撑这门面,你是把握德玉泉全局的东家,怎能让琐碎事情缠身呢?千万注意自己的身体。"

岳海润说:"说的倒是,可自古千军易得,一将难求啊!"

灵儿说:"难道分号的掌柜中就没有一个合适的人可以提拔?"

岳海润说:"怎么说呢?也非没有,用人你不懂,总号掌柜这个角色,太精了不敢用,太差的不能用,这就是用人之道,你不懂。"

灵儿撒娇说:"就是不懂才问大哥嘛!"

这是灵儿第一次在岳海润面前撒娇,男人就吃这一套,岳海润也是如此,本来他不想多说,但经不住灵儿的诱惑。岳海润笑了。

灵儿问:"那什么样的人能用?"

岳海润说:"一要品行,二要才干,具体说来品行又包括许多,要求绝对的忠诚、听话;一个人的才干也包括许多,比如既要有统揽一方的能力,还要有应知应变的本领,该精明的不能糊涂,该糊涂的不能精明,很多事情不是一两句话能够说清的。"

灵儿说:"是这样啊。"

岳海润说:"所以啊,这人选才让我头痛啊!好了,不和你说了,睡觉!有一天你真能帮我点忙就好了。"说着将灵儿紧紧地揽在怀抱里,一切的烦恼在这一刻烟消云散。

这一段时日岳海润和灵儿夫妻间恩爱有加,岳海润到成都刚走几日,灵儿就有些思念夫归。

一早,灵儿刚醒来就不停地呕吐,喜梅急坏了,急急忙忙地跑到了老夫人那里,流着泪结结巴巴地说:"老夫人,老夫人……"

贾淑兰看到喜梅的样子,心里不由得一惊,慧蓝嘴快,她问:"怎么了?什么事快说!夫人呢?"

喜梅这才说:"夫人……夫人她病了。"

慧蓝问:"厉害吗?"

喜梅说:"夫人她头晕呕吐,起不来。"

贾淑兰一听,着急地说:"那还不赶紧去找太医?"

喜梅点头后小跑出去。贾淑兰对慧蓝说:"赶紧带我去看看。"

贾淑兰在慧蓝的搀扶下来到了东南院,但见灵儿脸色苍白。灵儿想起身,却感觉浑身无力。

贾淑兰问:"难受吗?"

灵儿无力地说:"没事,也许是伤风了,有点头晕心绞,躺一会儿就好了,这喜梅也真是,让您……"

贾淑兰说:"不舒服就不要硬扛,别说话,一会儿让太医诊断一下,吃点药,好好休息,这段时日海润不在,你帮忙打点商事,也够忙乎你的了。"

大太太病了,老夫人着急了,大院的丫头们传了开来,喜梅让江环找来了太医,太医进去了,江环在外面急得团团转。不一会儿,二太太唐舒怡和三太太贾燕青也风风火火赶到了东南院,唐舒怡是出于礼仪,贾燕青则不同,她不完全是为了看望灵儿。唐舒怡刚到东南院倒没说什么,贾燕青到时,见江环在院子里来回踱步就敲打江环:"哟,我说总管爷啊,我生病你会不会这么着急啊?"

江环说:"三奶奶说哪里去了,都一样,都一样。"

贾燕青笑着说:"恐怕不一定吧,你遛人的那一套还能瞒得了我?对了,老夫人也真的过来了?"

江环不再说什么,心想:你病关我什么事?知道你也不是为了看夫人,我才懒得跟你争辩,三爷人不错,怎么配了你这么一个不争气的主儿?

贾燕青走了进去,这时太医已经号过灵儿的脉,太医笑着说:"恭喜府上,夫人有喜了。"

老夫人高兴地说:"我猜就是,好了,你们都忙去吧!"说完拉着灵儿的手喜笑颜开地说:"灵儿啊,好好给我调养,争取给我生个大胖孙子啊!"

灵儿羞涩地说:"娘,看您!"

太医从屋子里眉开眼笑地走出,江环就猜到了八九分,问过情况,江环心中的一块石头终于落地。确实,知道灵儿的身世后,江环就对灵儿有一种莫名其妙的感情,而灵儿本身聪明伶俐、待人温和,又让江环有了一种亲切感,这情感似父女如亲戚,连江环自己都说不清。

江环哼着晋剧小调离开了东南院。

吩咐了厨房掌柜安排膳食,江环又嘱咐管事的嬷嬷为灵儿增加一名丫头伺候,并说照顾好夫人有赏,出了差错挨打。安排完毕,江环给远在成都的岳海润写了一封信,将灵儿有喜的事快马传了过去。此时的岳海润也安排完成都的事务,接到快信,打消了原计划西安行程的安排。

灵儿有喜了。想想自己结婚快两年了肚子还平平无货,贾燕青开始妒忌了。老夫人和唐舒怡在关切地问候着灵儿,贾燕青感觉无颜,便偷偷地躲了出来,回到了新院悄自地落泪。

岳海润远行,岳海奎也没有闲着,听说巡抚岑春煊准备在年后重新开备武堂,他在岳海润走后几日也到太原了解情况。在太原分号小住三日,岳海奎问起了阎百川的情况,裴元柱说:"这小子聪明机灵,确实是个人才,将来必定大有作为!"

岳海奎说:"是吗?只要他没有丢我的人我就高兴了!"

在太原几日,岳海奎让阎百川相陪,问起他的理想,阎百川说:"本来想从军,如今却经了商,不过不论哪一行,我都会对得起父母兄长的。"岳海奎鼓动阎百川和他一起投考备武堂,阎百川虽然心想,却犯起了愁来。

第二十二章　两案谜情

岳海润走后,根据灵儿的安排,常可祝和刘一山也在秘密地调查案情。江环首先为其锁定了两个人物,一个是岳可玉,另一个是王富壹。二人商定先从岳可玉身上突破,刘一山简单了解了岳可玉的情况后,悄悄地去了趟太原,进得省府,秘密查证了岳可玉的有关情况。

岳可玉比岳海润小三岁,光绪二十年,由即将卸任太原知府的父亲岳凯元通过关系安排到省府刑案供职。据知情人透露,这岳可玉天生聪明却生性放荡,未进省府前,仗着父亲的权势在太原一带就小有名气,进入省府后虽然有所收敛,但没有断绝和西山土匪的勾结。光绪二十二年,岳凯元病逝,他继承了父亲在德玉泉中的身股,靠着自己的财力打通了官场,求得了一份官职。

查岳可玉,常可祝想到了路凤妮,刘玉菊案件中留下的一条线索。他为此回了一趟青龙寨,向路凤妮了解岳可玉和刘玉菊偷情之事。这路凤妮本是刘玉菊的随嫁丫头,情况自然知道的要多一些,开始路凤妮怎么都不愿意讲,但碍于常可祝是救命恩人,路凤妮便将自己所知全部告诉了常可祝。

据路凤妮讲,刘玉菊和岳可玉曾经商量长相厮守,刘玉菊半开玩笑说除非岳海润死掉。为了达到和刘玉菊长久厮守之目的,也许岳可玉会铤而走险。

常可祝和刘一山将了解到的结果汇总商量,刘一山认为查证案件必须找准一点突破,而案件的突破口就是刘玉菊之死,人证物证俱在,刘一山建议通过衙门将岳可玉抓捕审问,征求灵儿意见。

灵儿说:"岳可玉害死刘玉菊这是秃子头顶的虱子——明摆着的,至于如何去处理他,我回头再做安排,你们分析一下,秦太医之死、东家受伤,假如是岳可玉所为,可以认为是为了长期占有刘玉菊,本来目标是东家,秦太医只是误杀;再设想一下,假如是岳可玉杀的邱一清,你们说他的动机又是什么?我认为事情没有大家想象的这么简单。"

刘一山说:"几个案件缠绕在一起错综复杂,所以不从岳可玉身上下手这系列案就难破。"

常可祝说:"我也这么认为。"

江环说:"至于如何下手,我认为前提必须考虑东家的面子,这一点很重要,难道东家不想雪耻?他为何束手无策?"

灵儿说:"是的,总管说得对,岳可玉深知刑律,所以一定要慎重考虑。"

这几日灵儿身体欠佳,一直躺在屋子里休息,有了身孕,老夫人又不让走动,躺在炕上,依然考虑着案情之事。她认为,岳家的瘤子一天不摘除就难让她省心,说不定哪一天目标就冲着自己来了。她将刘一山叫了过来,和他商量秘密拘捕岳可玉,进行审查,刘一山也完全赞同。

灵儿问:"这样会不会暴露你的身份?"

刘一山笑着说:"别忘记我这次还有查匪徒的密旨,只要他对你不利,我说他岳可玉是匪徒,他就是匪徒,谁敢不听?"

灵儿说:"其实,你屈身在我身边照应,我心里一直过意不去,真不知如何感谢你。"

刘一山笑着说:"别这么看,其实能和你在一起我感觉挺自在的,只是不知是否长久。"

灵儿笑了,刘一山感觉自己说错了什么,接着说:"我是说和你在一起我很自由。"

灵儿感慨地说:"是的,民间确实自由。"

有些话灵儿也只能和刘一山聊聊,说起这里的人,刘一山说:"我感觉,江总管这个人也非一般人物，不过有一点可以肯定，他对你还是有点特别的。"

灵儿笑着说："是吗？"

刘一山说："是的，他对二太太和三太太态度就不一样了。"

灵儿说："也许这就是人与人相处的缘分吧，关于岳可玉的事情，一定要处理好，尽量不要留下把柄。"

刘一山说："放心，咱是吃什么饭的，对付一个蟊贼可以找千百个理由来达到咱们的目的，我即刻就动身，你等我的好消息就是。"

刘一山在灵儿的安排下带着岳可玉丢失的玉佩悄悄地走了，到了太原，没费任何周折就将岳可玉秘密拘捕，为防走漏消息，刘一山将岳可玉悄悄地带到平定府审问。

到了平定，刘一山不顾一日的赶路劳累，连夜审问岳可玉，没有动刑，岳可玉就招供了发生在岳府的系列案件。他说岳家是乱党，他的所为是为朝廷除害。这时岳可玉把岳家一直资助义和团的秘密说了出来，还说郭敦源刺杀太后就是岳家指使的。

究竟岳可玉所言是否可靠，刘一山没有追问，他知道，不管郭敦源究竟是否受岳家指使，就资助勾结一条，岳家就难逃干系，如果继续顺着追问下去，结果可想而知。为了灵儿，也为了减少不必要的麻烦，他连夜命令狱卒将岳可玉整死在牢房，并以勾结拳匪畏罪自杀上报省府衙门。

一切办妥，刘一山回到了灵石，将前因后果原原本本告诉了灵儿，灵儿听后大吃一惊。

"这可怎么办呢？"灵儿说着哭了。

刘一山说："我不是处理了吗？你别着急。"

灵儿说："可，这样……"

刘一山说："哎，谁让岳家娶的是你呢？没事，你别担心我，朝廷那边我心中有数，不过……"

灵儿问："不过什么？"

刘一山笑着说："不过，为岳家隐瞒了天大的秘密岳家却还蒙在鼓里。"

灵儿说："我也不知道该如何，不管怎么将来我一定会报答你的。"

刘一山说："你误会了，只要为了你，我刘一山不求什么。"

刘一山看出了灵儿矛盾重重，说："你也不要去想那么多，就算是岳家让郭敦源刺杀太后，现在太后不是好好的吗？郭敦源死了，知情人也处理了，你就别想那么多了，灭岳可玉的口也是为了避免不必要的麻烦，命案也算有了个结果。"

灵儿听后点了点头。

岳可玉勾结拳匪畏罪自杀的事情传到了岳府，岳可玉的尸体也从平定运回了老家掩埋，积压在岳海润心中的一块石头总算落了地。

如果不是岳可玉知道自己和郭敦源关系密切，也许他不会对其杀妻之事视而不管，他担心自己报仇会引发不必要的麻烦。郭敦源之流一直受岳家资助，这一点岳可玉是知道的。惹急了，岳可玉反咬一口岳家勾结拳匪，他知道这将面临什么。郭敦源出事后，岳可玉曾经回到灵石找到了岳凯旋，说省府一些人就吵吵着岳家和拳匪关系非同一般，让岳凯旋出些银子他出面通融一下。岳凯旋虽然知道这是自己的侄子明目敲诈，但还是给了岳可玉一万两白银，当时岳海润不太同意，岳凯旋认为以防万一，关键时刻花些钱买平安还是有必要的。岳海润听后认为也不无道理。刘玉菊出事后，岳海润虽然心里愤慨，但从另一方面讲，岳海润考虑刘玉菊背叛了自己，这也是引火烧身咎由自取，人已经死了，自己也就没有必要再去捡这羞辱的绿帽。

对于岳海润而言，这是岳可玉一拳捣落在自己肚子里的一颗牙，想吐还吐不出，再三思量，岳海润给自己宽了心：小不忍则乱大谋，等有机会再报这夺妻之恨吧。

岳可玉终于有了报应，江环将消息告诉岳海润的时候，岳海润内心欣喜却表情平静，他一贯不希望别人捉摸出自己的心思。

腊月初，山西备武堂重新开办的事情最终有了消息，阎百川将自己得到的消息告诉了岳海奎。此时岳海奎高兴之余又担心了起来，他首先找到书院老师张一熙，将自己的想法说了出来。张一熙问起岳海奎学武的情况，又和他谈起学习上的事。

张一熙说:"自古文为治国,武为安邦,备武堂是为安邦而设,因此当前你需要多读兵书。千考万考,万变不离其宗,相信也不会离开兵法知识。最近你除练武之外就到书院温学,书本咱们书院都有的,其实你本有天赋,只要用心温学,相信你能考取的。投考的事情和你大哥商量了吗?"

岳海奎说:"没有,他呀,和他说了也许又要取笑我。"

张一熙说:"别介意以前你大哥说你不着边际,也许他是和你开个玩笑,他说你,也是自家兄弟随便说说,就算他是那种观点,你为甚不努力考取功名让他看看呢?其实他不会不支持你上进的,马上过年了,二爷应该回来过年的,他是朝廷中人,回来你多向他讨教一下。"

张一熙支持,岳海奎又有了信心。过后他又和岳海润说起备考备武堂的事情,岳海润笑着说:"经商你不愿,不管做什么,其实我希望你将来能有自己的事去做,靠祖业老本总有吃完的一天,你也是二十多岁的人了,有些事情也该自己做主了,这次你若能考取,我再给你一股银子,怎么样?"

岳海奎高兴地说:"真的?"

岳海润笑着说:"难道我还跟你开玩笑不成?你嫂子也在,她也听到我的话了,她给你做个证。"

灵儿也笑着说:"我也听到了,三弟啊,就算为这一股银子也要争气啊,你不是将来想做将军吗?这备武堂可是将军的摇篮!咱们都巴不得你是个将军呢!"

岳海润也开玩笑说:"就是啊,不过,咱今日做个口头协议,我这一股银子不是白出的,如果真有那么一天你做了将军,你如何回报大哥?"

岳海奎说:"这倒没有想过,不过,我想德玉泉是经商的,军需物资我给德玉泉一些做不就成了吗?"

岳海润笑着说:"和你开个玩笑,你就当起真的了,别的事情你不要想,如果真有那么一天再说,好好练武看书就是。"

岳海奎问:"怎么?那一股银子也不算数了?"

"哈哈哈……"岳海润大笑起来,说:"我一直以为三弟看银子不亲,看来不是如此啊，你放心，这一股银子还是算数的。"

岳海奎也笑着说："这我就放心了。"

郭敦源的事情已过一年，岳可玉一死，岳海润少了顾虑，因此最近心情不错。灵儿从来没有听过岳海润开玩笑，也没有见过他以这么好的心情去待事，她也对岳海奎说："三弟尽管用心考试，关于学业上的事情，多向咱们的老师讨教；武艺上的事情，多和刘一山、常可祝切磋。年关了，你大哥忙，有什么事办，我会尽力的，大哥和我都等着你的好消息呢！"

岳海奎笑着说："你们同意我就放心了。"

岳海润也笑着说："看看你说的什么话，打虎离不开亲兄弟，你上进了，我能不支持？灵儿啊，我平时是不是有点不近人情？"

灵儿笑着说："是有那么一点，平时你啊，一副严肃样子，谁能不怕？"

岳海奎也笑着说："就是，就是的。"

三人哈哈大笑起来。

岳海奎高高兴兴地走出了东南院，又到了岳思敏的闺房小坐，和妹妹说了自己的心思，后又找江环聊去了。这备武堂还没有考，三爷就把自己一心考取的事情告诉了众人。因此，这些天，三爷能否考上备武堂就成了岳家大院里众人的话题，就连府上的丫头们也在议论纷纷。

"三爷是为了那诱人的一股银子呢！"

"就他，能考上？"

"依我看呀，他是什么都想，什么也干不成！"

"难说，别看三爷平时吊儿郎当，肚子里有货呢！"

贾燕青还是从自己的丫头英芝那里知道自己的丈夫要考备武堂的事情，三爷没有跟她说，他知道自己的媳妇儿不会支持。果然不假，其实自从知道灵儿怀孕，贾燕青的心情就不好，她一听就对岳海奎发起了牢骚："考什么考，他要走了，我可怎么办？不行，我不同意！"

英芝说："三奶奶您就依他吧，您想想，您的话三爷他什么时候听了？我说还

第一丫鬟

不如多鼓励他。再说了，大爷是东家，二爷在朝廷做官，三爷能甘心待在屋里吃那身股？再想想，三爷一旦做了将军，您可是威风凛凛的将军夫人，到那时，别说大爷二爷，就是满灵石城哪个不羡慕您呢？如果三爷他真考不中，瞧我这张乌鸦嘴，其实三爷肚子里还是有墨水的，哪会考不中？"

贾燕青知道，英芝说的是实话，三爷我行我素，什么时候听过她的话？想一想，反正他心里也没有这个家，就由他去吧。

几天后，三爷才在炕头上和自己的媳妇儿说起考备武堂的事情，贾燕青却和三爷说起了生小孩的事。三爷说："那你就生呗！"

贾燕青说："生孩子也不是我一个人的事情，我是说，咱是不是找个太医看看我为什么……"

三爷说："那你就去呗！"

贾燕青撒娇说："我想让你陪我去嘛！"

岳海奎说："你这个人怎么这么烦，我还有我的事做，你自个儿去找太医吧！"

贾燕青一听没趣地说："不和你说了，和你说话一点情趣都没有。"

炕头上，岳海奎想着自己的心事，贾燕青无聊地扭向了一边，二人世界没有了从前的那一刻，贾燕青已经入睡，岳海奎还在想着他的将军梦。

不能生儿育女究竟是自己的原因，还是岳海奎的原因，贾燕青不太清楚。早起，岳海奎到后花园练武去了，贾燕青起来后到正院，老夫人是自己的亲姑姑，她和老夫人说出了自己的心事，她说今日想回一次娘家，顺便在祁县找个太医号号脉，检查一下，老夫人点头同意。

年末，德玉泉总号盘点结账，这一年由于范世玉的到来，不仅带来了蔚长厚几个骨干充实到各分票号，而且他们也带来了各自多年的客户，因此票号汇兑有了大幅度的赢利，而蔚长厚那边票号生意却逐渐淡落。

年底账单一出来，岳海润为票号汇兑增幅欣喜，也为商业进出而忧。北边是德玉泉多年的商业重点，雅克图分号掌柜刘坤回来说俄国修建的铁路快要贯通，他估计德玉泉上千匹货物驮运时代可能也将面临结束。

第一丫鬟

岳海润心忧，灵儿看得出，她问："大哥是不是为商事忧愁？"

岳海润说："是的，俄国修的铁路马上就要通车了，在以前是我们的马匹、骆驼队伍驮着货物进入俄国，铁路通了，以后便是人家坐着火车过来进货销货，究竟会给咱们德玉泉带来多大影响，还难以预料，我怎能睡得安稳呢？"

岳海润和灵儿聊了起来，从商事聊到用人，聊到总号大掌柜的几个人选。

这一年腊月二十五，是四年一度的分号大掌柜团圆的日子，也是东家、掌柜伙计们分红的日子。这一年，德玉泉的每股红利达到了一万三千六百五十五两，超过了历年的红利，就连身顶一厘的小伙计也分到了一千多两银子。各地分号的大掌柜已经陆续归来，分银过后，太阳西落，各地分号掌柜及岳家众人齐聚一堂，举杯同饮，一片欢声笑语。

灯笼装点着岳家大院，院墙上，十几个巡视护院不停地走动着，刘一山和常可祝坐在护院墙上的小屋里，一张桌，两盘菜，二人边喝边聊着，已喝了不少酒，这时二人又聊起了女人。

"都是空想，来，咱们光棍俩接着喝。"刘一山随意说着，端起了酒杯。常可祝也笑着举起了酒杯说："祝愿你早日找到知己。"

酒喝多了，话也就多了，常可祝问起了刘一山喜欢什么类型的女人，刘一山告诉他，他喜欢灵儿这样的女人，聪明漂亮不张扬，还说他就是为她而来。

"为她而来？"常可祝纳闷地问。

"怎么，你……你不相信？"刘一山酒喝得有点多了，结巴着说。

常可祝虽然也喝得不少，但还算清醒，听刘一山说他是冲灵儿而来，有点吃惊，便问道："一直没有问你，你以前是？"

刘一山确实有点多了，他说："你……你想套我话？哈哈，就不告诉你，反正，我是为保护她而来。"刘一山越说越得意，神秘地对常可祝说灵儿来自皇宫。

常可祝笑了，说："看来你真的是喝多了。"

大院内，掌柜们也在聚餐。席间，岳海润恭敬地为范世玉斟酒，范世玉不自然地说："您这样，让我……"

岳海润说:"今年德玉泉能有如此成绩,你是首功,我这个东家向你这个功臣敬酒一杯,这第一杯是奖励酒,附带本年一股分红奖银,如果你对奖励有意见可以不喝。"

奖励一股分红奖银,那可是诱人的一万多两银子,众人齐声"哟"着。乔遥喊着:"范掌柜喝是不喝?不喝我们替你喝了,这可是一杯万两啊。"

乔遥说后,其他人也喊:"范掌柜喝是不喝?"

范世玉笑着高兴地接过了岳海润手中的酒杯说:"来德玉泉前,我范世玉原本是被排挤之人,承蒙东家厚爱,我范世玉才有施展拳脚之日,这酒我喝了。"说着一饮而尽。

宴请进入了高潮,岳海润又单独敬了乔遥一杯酒。乔遥开玩笑问:"东家,我这杯酒有没有附带银子?"

岳海润笑着说:"怎么?没有附带就不喝了?"

乔遥边喝边笑着说:"东家说哪里去了,东家的敬酒岂是银子能买来的,说句实话,乔遥无功无劳,东家敬酒乔某是受之有愧。"

岳海润笑着说:"你别得意过早,我这酒不是敬酒,而是请酒。"

乔遥一听笑着说:"还没有问请什么酒就喝了,完了,我上东家的当了。"

岳海润说:"既然酒喝了你就不要推脱,总号王掌柜走后这大掌柜的位置一直空缺,我考虑再三,这大掌柜的位置也只有你乔遥做合适了。"

乔遥说:"哟,一不小心喝了这么一杯酒,事先没有准备,见笑了。不过乔遥还是感谢东家提拔。"

岳海润说:"那你是不愿意做这大掌柜了?"

乔遥笑着说:"这酒都喝了,是不是想不做都不行了?"

岳海润说:"这可真是乔遥嘴啊,怎么说都是他的理,好,那就一言为定!"

乔遥说:"好!来年咱也争取拿东家一万奖银!"

岳海润说:"好啊!这就看你的成绩了,我希望看到的就是这个!"

众人听到东家要提乔遥做总号大掌柜,纷纷表示祝贺,宴席一派热闹。

宴席一直持续到夜半方才结束。

次日，岳海润将乔遥约到书房进行了一个多时辰的交谈，乔遥建议他到总号后起用刘玉虎接任大同分号大掌柜。听到再次起用刘玉虎，岳海润很是不快。

乔遥说："我知道，您不愿意提刘玉虎，但我认为，德玉泉用人是对事，北面局势很不乐观，因此大同那边更需要一个得力的掌柜。我和刘玉虎交过心，其实他也很矛盾，如果东家不计前嫌，他说他还是想继续为德玉泉做这大掌柜。"

岳海润沉思了一会说："怎么？你又当说客？"

乔遥笑着说："什么说客，我是为了德玉泉，希望东家能再给刘玉虎一个机会。"

岳海润说："什么人都可以，唯独刘玉虎不行！以后你给我少提这个人！"

乔遥说："如果让我做总号大掌柜，我还是坚持用刘玉虎！否则我宁可不做这个大掌柜。"

岳海润说："你是要挟我？"

乔遥说："不是，东家误会了。"

岳海润说："既然这样，我暂时收回聘你做大掌柜的决定。"

乔遥说："一切听从东家安排。"

二人不欢而散，岳海润准备聘请乔遥做总号大掌柜的事因刘玉虎搁置下来，为一个刘玉虎，放弃了诸多人梦寐以求的职位，德玉泉众多人不理解。于是，总号大掌柜改由二掌柜王久祥接任。

第二十三章　京城之行

春节过后，众掌柜陆续返回各分号，此时刘一山也得到了回京城的密令，临行前他先和灵儿辞行。刘一山说："有你舅舅在这里，我也走得放心，有机会我会到这里看望你的。"

灵儿问："你知道常可祝是我舅舅？"

刘一山笑着说："知道。还有江环，其实他和常家有着千丝万缕的关系，这谜底还待揭开，以后需要我做什么，书信给我好了。"

刘一山早晚要离开岳家大院，这一点灵儿知道，她说："皇命难违，感谢你这段时日照顾我，回去后代我转达对老佛爷和李总管的问候。还有，岳家欠你一份天大的人情，以后你需要灵儿做什么，也请开口直言。"

刘一山笑着说："我说过，只因岳家有你，以后就别提这些了。"

刘一山要走，灵儿吩咐江环设宴为其饯行，晚上江环约了常可祝和刘一山小聚，三人痛饮。来到灵石近一年，刘一山确实喜欢上了灵儿，也许酒喝多了，刘一山将自己喜欢灵儿的事说了出来，当江环问到刘一山以后打算，刘一山说要回京城。

常可祝听后笑着说："刘兄今日是喝多了，不过说实话，你我相处时日不长，但你的侠义之心令我钦佩。"

刘一山说："我没有喝多，别说什么侠义，说实话，都是为了灵儿，你也一样，总管也一样，有些事情呢，只可意会。"江环笑着说："看来老弟没有喝多嘛。"

三人哈哈大笑起来。

第一丫鬟

刘一山次日离开了灵石，江环备了马车，临行前刘一山说："我走了，你是聪明人，有些话我就不多言了。"江环说："尽管放心，我心中有数。"

刘一山说："有数就好……"江环并不知道灵儿的真实情况，但他知道灵儿有通天本领。望着远走的马车，江环想：莫非夫人……

他猜测到了皇上，不由倒吸了口凉气。

丙午年春，三爷如愿地考上了山西备武堂，同考的阎百川也如愿走进了殿堂，二人入堂后，结拜为弟兄。岳海润也在元宵过后到大同小住半月。

这一年夏，灵儿生下了一子，取名岳致方。岳家有后了，老夫人欣喜，岳海润愉悦，岳致方百日那天，岳府为小少爷举行了盛大的百日宴席，为小少爷做完百日，岳海润再到大同。

秋，岳海润又到大同，说是生意之事，其实是为了见何银萍。乔遥借机再次提出了起用刘玉虎，但还是遭到了岳海润的拒绝，而岳海润的心胸狭窄也让乔遥感到心灰意冷。

为了一个刘玉虎放弃了总号大掌柜，乔遥的事情在商界无人不知，本来乔遥在西帮商界就有声誉，这一年，榆次常家三次聘请乔遥，都被乔遥婉言拒绝，祁县合盛元新任大掌柜王富壹也出面聘请乔遥。乔遥说，他不想背离德玉泉。

又是一年春来到。初春，岳海润如愿将何银萍接进了岳府。

何银萍被纳为二房不久，岳海润就渐渐地冷落起灵儿，灵儿偷偷落泪，江环同情她计上心来。

也算何银萍命苦，到岳家不到一年忽然精神失常，整日往外跑，终于有一天跑出岳家大院再未归来。

岳海润伤心欲绝，多次派人外出寻找，一日岳海润到街头偶遇一乞讨女子，那形态、相貌简直和何银萍相似至极，问后才知那女子丈夫忽然病逝，无钱安葬才出来乞讨。

那女子说她叫曹嘉茹，二十岁，祖籍河南，随夫从河南乞讨而来，丈夫本来体弱，路途又染疾病。看到她貌似何银萍，岳海润随即将她带进了岳府，并吩咐江环出银子厚葬其夫。曹嘉茹叩头谢恩,并说安葬丈夫后希望留在岳府报恩。岳海润点头同意。

曹嘉茹安葬了丈夫后不几日就走进了岳府,江环将其安排在厨房做事。

一日,灵儿外出到晋祠进香。岳海润晚上有看书的习惯,曹嘉茹端着茶水送到了书房,岳海润说:"坐吧,我们随便聊一会儿。"

曹嘉茹坐了下来,还未等岳海润再次开口,曹嘉茹就说:"有句话我想对你说,你能不怪我吗?"

岳海润说:"可以啊!"

曹嘉茹说:"我,我能把我给你吗?羞死人了,我……我不知该如何报答您。"岳海润走到曹嘉茹的身边,紧紧地将她抱上了炕头。

这曹嘉茹生性放荡,一躺在炕上就显得贪婪急迫,那丰满的身体和鼓胀的乳房紧紧地贴靠着岳海润,当他紧抱着她的时候,她显得是那么如痴如醉。

这一夜,曹嘉茹留在了书房,岳海润抱着这个丰满风韵的曹嘉茹一夜无眠,而书房发生的这一切,没有瞒住消息灵通的总管江环。

灵儿刚刚摆脱何银萍的阴影还未心静,她从晋祠回来,岳海润就做出了纳曹嘉茹为妾的决定。自古富家男人三妻四妾,何况岳家又是大户中的大户,灵儿虽然心里不悦,但也不敢当面拒绝。

曹嘉茹的出现,使得何银萍的影子渐渐地在岳海润的脑子里流逝淡忘。曹嘉茹很是乖巧,和何银萍不同,每当岳海润在她住处她总是规劝岳海润不要冷落了太太,这更得岳海润欢心。曹嘉茹知道岳海润会把这话带给灵儿,而自己也不时地找着借口和灵儿接近。

日子在平稳而过。

光绪三十年中秋。

京城的老佛爷忽然想起了灵儿,对李莲英说:"有几年没见灵儿丫头了吧。"

李莲英说:"是的,老佛爷您日理万机还惦记着下人,真让奴才铭心感动!"慈禧说:"在我眼里啊,你们都是我的亲人!"李莲英说:"明日我就传话让她回来见您！说实话，灵儿乖巧，我还真有点想她呢！"慈禧说："是乖巧，在我眼里啊，她就像我的闺女一样！传我的旨，就让她回娘家一趟！好几年没见了，也不知那丫头想我不？"慈禧聊着就进入了梦乡。

老佛爷想念灵儿，李莲英不敢怠慢，次日就命刘一山赴晋传旨。

身着五品官服的刘一山到了灵石，走到了兴隆街岳家大院门前，大门护卫急忙跑回通报。岳海润和江环正在书房说话，护卫风风火火地跑了进来，江环正要骂其鲁莽，那护卫说："刘一山拳师回来了！"江环问："出什么事了？"护卫说："没，没，刘拳师身着五品官服，好是威风！"江环问："他人呢？"护卫说："在大门外。"岳海润问："什么？刘一山身着五品官服？"护卫说："是的，他人在大门外等候。"江环护卫说："先出去通报，东家马上出来迎接。"护卫跑了出去，岳海润纳闷地问："刘一山何时成了朝廷命官？"江环说："不清楚，他身着官服而来，我们就必须隆重相迎。"岳海润点着头说："咱们出去！"和江环一块急忙向大门外走去。

大门外的刘一山环视着这熟悉的大院四周，心里却惦记着灵儿。在他心里，灵儿是一个完美的女人，让他尊敬，让他爱慕，虽然自己早到成家之年，但却没有成家之意。

为什么喜欢这个女人？连他自己都搞不清楚，尽管这是一种缥缈的爱，他还是把这份爱留在了自己的心里。

在京城，在皇宫，孤独的时候他会常常回忆在大漠，在古老的长城脚下，在杀虎堡，在黄沙落处，在西风古道中，他陪伴着灵儿凝视着在狂风中颤动的杀虎口，领略那秦王霸气、汉唐雄风、突厥落马、契丹溃军、蒙古东征、康熙西进的民族争战与交融，听灵儿讲述康熙爷西行凯旋，在这里大宴平叛功臣，挥毫改杀胡口故事，看那如浪的人潮，听那悦耳的驼铃、长啸的马嘶、不息的叫卖，朦胧而又清晰。"我来就是为你增加一份安全。"当年对灵儿说的这句话，他曾经无数次萦绕回忆。

是上天派我来保护她的。他曾经无数次这么想。

"刘大人好！"岳海润说着，和江环一起走了出来，刘一山拱手道："东家好！夫人呢？"

刘一山问灵儿，岳海润心里有点不悦。刘一山似乎透过眼神体会到了岳海润的心境，直言道："我来是面见夫人的！"

岳海润吃了一惊，曾经的护卫根本没有把自己放在眼里，但因为刘一山身着五品官服，他强颜一笑，说："大人请。"

刘一山随同岳海润走进了大院，江环随后，岳海润和刘一山走进了会客厅，江环将刘一山到访的消息告诉了灵儿。

书房内，刘一山说："夫人本是太后义女，我乃五品护卫，这次我是奉旨而来，东家还不把夫人请来？"岳海润听后吃了一惊，心想：庚子年，皇室经过，也就在那个时候灵儿出现，看来是真的，同床几年，可灵儿从来没有提起呀！岳海润想着却不敢怠慢，正要出去请灵儿，这时灵儿走了进来。刘一山拿出了太后懿旨道："灵儿接旨！"灵儿和岳海润急忙下跪，这时刘一山宣读道："奉天承运，太后诏曰：义女灵儿即刻起程回宫见驾，钦此。"

灵儿叩头道："太后千岁千岁千千岁。"

岳海润也道："太后千岁千岁千千岁。"

"夫人，起来吧。"刘一山说。

"将军路途辛苦了。"灵儿站起来说。

岳海润听完懿旨才知道这一切都是现实，他惊呆了，但对于灵儿的身份还是觉得有点突然。

刘一山说："总管吩咐，夫人的身份不可外传，否则格杀勿论。"

"是。"岳海润战战兢兢地说。

灵儿将岳海润扶了起来，笑着说："大哥，我还是你的媳妇儿啊。"

岳海润才说："你怎么不早告诉我呢？"灵儿笑了。

岳家设宴盛请了刘一山，并送给刘一山一万两银票。次日，灵儿随刘一山一同踏上赴京城之路。

第一丫鬟

自此，岳海润才知灵儿是太后义女，关于灵儿的真实身份他没敢对岳家的任何人讲起。

送走了刘一山，岳海润回到书房发呆，郭敦源已经死了四年了，这次刘一山又私下提了起来，虽然郭敦源当时也瞒着自己，但毕竟岳家一直资助他们，说出岳可玉死因，他不得不承认刘一山所说的，岳家今日平安，全是因为自己是灵儿的丈夫。

灵儿还有这样的身份，对他来说，将来岳家是喜是福，他还真有些茫然。

灵儿带着那颗夜明珠随同刘一山到了京城，在颐和园拜见了西太后，将衣服里藏着的那颗夜明珠交给了西太后。

辞别太后，灵儿还在德玉泉北京分号宴请了刘一山，得知刘一山至今还是孤身一人。刘一山说，他喜欢一个人生活的世界。话是这么说，但灵儿能感觉到刘一山对自己有一种特别的感情。灵儿提出和他结拜为兄妹，刘一山说他早有此意，只是不敢高攀。

"什么？高攀？"灵儿笑着说："我非金枝玉叶，何出此话？对岳家，你把天大的秘密藏在心里，你对岳家有恩啊，说我高攀你还算恰当些。"

刘一山说："我说过，那是因为岳家有你。"

灵儿笑着说："那还是哥哥心里有我这个小妹嘛。"

刘一山笑着说："那我就高攀认你这个妹妹了！"

二人高兴地笑了起来。

刘一山正直无私，其实灵儿也喜欢他，当年她并不知道什么是爱，当情窦初开的时候，她已成为岳家的夫人。岳海润对她来说，只是名义上的丈夫而已。结婚后，她才慢慢感觉到自己喜欢的是什么样的男人。

灵儿在京城小住，接到了江环传来的书信。

信使送来的信只有六个字：家有急事，速归。灵儿看后有一种不祥的预感，本来她想在京城多待一段时日，但接到这样的书信灵儿着急了，急忙走上了返乡的路程。

第一丫鬟

岳海润忽然病亡，江环便封锁了消息急忙通知远在京城的灵儿。岳家塌了天，曹嘉茹也在这个时候带着老佛爷送给灵儿的结婚礼物偷偷地离开了岳家大院，同走的还有赶车的马五。东家去世了，岳家人心惶惶，因此他俩的出走并没有引起任何人的注意，直到三日后灵儿返回灵石这一天，江环才有所察觉，后常可祝说马五也失踪，江环才感觉事情有点不对头。

京城一月，等待灵儿的不仅仅是失去亲人的痛苦，老夫人病卧在床已经糊涂，岳家数十口老小，而且还有掌舵德玉泉的生意之事，都在等着她。

马五带着曹嘉茹消失了，以后十几年再也没有露面。其实岳海润本是正常得病死亡，曹嘉茹无法面对再次守寡，便起了出走之意。她知道，马五是单身，便把自己的想法说给了马五，而马五对其早已垂涎，因此二人一拍即合。临行前，曹嘉茹将摆放在书房中的玉雕百灵也拿走了。趁人忙碌之时，马五赶了马车，带着曹嘉茹一路南去。岳家虽然报了官府，但清朝灭亡前官府一直追寻无果。

光绪三十一年，安排完岳海润的后事，灵儿在二爷和三爷的支持下支撑起了德玉泉的生意。而此时的岳家正面临困境。

俄国西伯利亚的铁路全线贯通，晋商多年靠马匹、骆驼驮运垄断俄国的生意被写进了历史，俄国客商靠着便捷的铁路货运往来于中国，此时雅克图分号为生存已经赊欠给俄国客商价值三十多万两银子货物，已经无力周转；包头那边，刘玉虎也靠着自己多年的关系将之前德玉泉的客户全部拉到王有为处，由于刘玉虎和淮商王有为联手，德玉泉包头分号也到了山穷水尽的地步；大同分号，乔遥被多家商号邀请，他在等待时机；成都分号，自从失去了邱一清，生意在逐年滑坡；北京分号、天津分号本来就不是德玉泉的天下。

在江环的建议下，灵儿接任的第一件事情就是重振德玉泉，她三思后解聘了王久祥，将乔遥聘任为总号大掌柜。

乔遥上任后又将起用刘玉虎的事情说了出来，灵儿笑着说："我知道，上一次你也是为了这个刘玉虎，我想知道为什么。"

乔遥说："包头在德玉泉众分号中起着举足轻重之作用，蒙俄贸易大多由此出入，可以发展，又可制约，而经商，用人为先。刘玉虎在包头为商多年，不仅对商事了解，而且有着广泛的人脉关系，更重要的一点他极会把握商机，这是大多掌柜所不能及的。虽然以前他做事欠妥，但后来已经悔悟，所转货物银子全部返还，这就是他的诚意，私下他多次和我谈起以前是误会，希望我能从中周旋，请求东家谅解，但一直得不到东家的宽容；另外，当时他返还货物银子时我也答应他说服东家宽容，东家当时答应，但后来却……这些都是过去的事了，而目前包头的情况您也清楚，这就是我起用刘玉虎的原因。"

灵儿问："刘玉虎会重返德玉泉吗？"

乔遥说："难说，不过，我会尽力争取。"

灵儿说："好，我相信你，我和你一起到包头请他！一次不行咱就两次，两次不行咱就三次！"

乔遥问："真的？"

灵儿笑着说："如果刘玉虎能挽回包头局面，给德玉泉争了光，我就是给他磕个头又有何妨？"

听了灵儿的话，乔遥十分感动。谈起蒙俄贸易，乔遥主张平稳过渡，加大对京津一带的输入，减少对俄贸易，同时建议俄国店铺随后撤离，灵儿对此没有异议，乔遥还提出贸易向南方及海外倾斜的策略。

此前，灵儿并没有真正去关注过时局，犹如这封闭的大院。生活在大院里的人关心的也只是这块小小的天地，接触的也是小小的世界，灵儿也同样如此。

灵儿在乔遥的陪伴下再次北上，几日后他们到了杀虎口。

商队中有众多的灾民，关口前拥挤不堪。嘈杂声、哭喊声压住了税官的喊叫声，年轻壮实的税官急了，便拿出鞭子开始边打边喊："不准挤，排好队，谁挤我抽谁！"这时一年轻男子骂道："有力气你和长毛贼干去，打老百姓算啥本事？"众人也跟着喊道："就是！就是！"税官见有人带头闹事，舞动着鞭子说："谁闹事？"说着吹响了哨子，之后跑来了七八个兵丁，税官指着那年轻人说："把他抓起来！"七八个兵丁将那年轻人绑了起来。

灵儿见状，和乔遥使了个眼色，乔遥会意，走到了那位税官前，拿出一张银票说："年轻人不懂事，官爷消消气，饶他一次吧。"

税官接过了银票，看了看问："你是……"

乔遥说："我是灵石德玉泉的大掌柜乔遥。"

税官一听问："你说的可是和刘玉虎一家的？"

乔遥说："不敢相瞒，正是！"

税官一听对兵丁喊到："放人！"

乔遥说："谢谢官爷！"

税官说："刘兄的朋友，没得说！"

乔遥对那年轻人说："还不谢过官爷？"

那年轻人并不买乔遥的账，一言不发，眼神里依旧充满着对税官的不满。兵丁正要解那捆绑年轻人的绳索，但见他稍一用气，捆绑他的绳索忽然断开，众人吃惊，没有想到他竟有如此功夫。他走到灵儿面前说："没有想到德玉泉的东家竟如此仁义，惭愧！惭愧！"说完拱手而去。

望着年轻人远去的背影，灵儿想，此人有着深藏不露的武功，而且知道自己的身份，他究竟是什么人呢？

灵儿的义举救了自己一命。此人正是德玉泉原被解聘的大掌柜王久祥出价一千两白银请的沧州高手，人称玉面玲珑肖光。

王久祥被灵儿解聘后，便起了歹意，得知二人要到包头，买通肖光安排将二人杀死在大漠。肖光接活儿后，一路从山西尾随而至，计划出关后蒙面杀之。关前一闹，乔遥出面，肖光改变了主意。他走之后，随同灵儿之行的常可祝也感觉此人大有来头，便尾随追去。

肖光确非等闲之辈，他感觉后面有人跟踪，便停了下来，常可祝急忙躲藏在一棵大树后。肖光道："后面的人出来吧。"

常可祝闪了出来，肖光问："想知道什么？"

常可祝说："不想知道什么，向你道个谢。"

肖光说："谢什么？杀仁义之人，不是我所为，况且东家已有恩于我。"

常可祝问："可以告诉我对方是谁吗？"

肖光说："对不起。"

常可祝说："那我就不勉强了，那你是？"

肖光说："我乃玉面玲珑肖光，告辞。我放弃，不代表府上之人放弃，以后多加小心！"说完抱拳告别而去。

肖光已经点到，常可祝理会，随之返了回去，将情况告诉灵儿。究竟何人想置她于死地？灵儿说："知道肖光就是线索，回去后不惜一切代价也要揭开这个谜。"

灵儿一行过了关后到达包头，她先向刘玉虎赔情，乔遥出面请他返回德玉泉。开始刘玉虎拒绝，直到灵儿下跪请求，刘玉虎才答应重返德玉泉。

包头安排妥当后，灵儿和乔遥到京城待了数日。这一次，灵儿差常可祝将刘一山约到了分号中，提出了相帮之事，刘一山爽快答应。乔遥提出让常可祝出任北京分号大掌柜，灵儿笑着说："乔掌柜啊，你真会用人，我算服你了。"

常可祝留在了北京，但还是不放心灵儿的安全，常可祝将包头出现杀手的事情告诉了刘一山。刘一山笑着说："玉面玲珑？好办，我正愁没有得力的人保护小妹的安全呢！"

常可祝问："你认识他？"

刘一山说："肖光是我的师弟，武功不在你我之下，亏他没有出手。"

常可祝问："那你小妹是谁？"

刘一山笑着说："她舅舅的外甥，哎，一码说一码，你是你，她是她，别想占我的便宜。"

常可祝问："你和灵儿结拜了？这丫头，连我都瞒着。"

刘一山笑着说："你不知道的事情还多着呢！"

灵儿又去了趟天津分号，返回京城的时候，刘一山已经差信使将肖光请到了京城。刘一山的话，肖光无所不听，他告诉了刘一山指使他杀灵儿和乔遥的人，刘一山给山西衙门写了一封秘信，肖光也随着灵儿到了灵石。

庚子事变后，外国列强强迫清政府签订了众多不平等的条约，各项赔款转移到老百姓头上，国人承受着众多苛捐杂税。此时的俄国边关贸易也加重了对中国商人的税收，同样的贸易，俄国商人却有着特惠政策。利润不及税收，迫使许多商家不得已放弃贸易，德玉泉边关的生意也受到了空前的打击。庚子事变后，英国人以极低的价格垄断了山西的矿产开采权。光绪三十一年，山西境内掀起了轰轰烈烈的护矿运动。

晋商名家渠本翘游走于山西各大商家票号筹集银两，志在夺回本属于国人的权利。山西许多商家都纷纷响应，慷慨集资。

灵儿在京城就得到了"山西商人联手护国，众志成城赎买英人所据晋矿"的消息。在返回灵石的路上，她对乔遥说："我不懂政治，但知道没有国就没有家，当年长毛贼进了京城，皇上太后连住的地方都没有了，我们做生意是为了什么？不就是为子孙后代留点东西吗？咱们德玉泉目前虽然困难，但我们不能让西帮商家见笑，他们能出，咱们也要出！"

乔遥问："那东家的意思是，回去咱们也要捐银子了？"

灵儿说："是啊！"

乔遥问："那准备捐多少银子？"

灵儿不假思索地说："五万吧！"

乔遥吃惊地问："什么？五万？东家您不是开玩笑吧？德玉泉不生存了？"

灵儿说："大家要顾，小家也要管，你看我像开玩笑吗？"

五万不是小数目。乔遥清楚，德玉泉目前银子本来周转就困难，如果再从总号资金中抽取五万现银，无疑是釜底抽薪。乔遥说："您再考虑一下吧，我的意见是量力而行，别因这次就把咱们德玉泉逼到绝境上。"灵儿听后不禁笑了。

"您还笑得出，我都发愁这五万。"乔遥说。

"这银子我不会动总号的流动资金，我会再给总号注入十万！"灵儿说。

灵儿回去后，果然渠本翘到访，灵儿吩咐范世玉填了五万的银票，以岳常两家的名义交给了渠本翘。

渠本翘大喜过望地说:"其实,我这次也是抱着试一试的态度来到贵号,没有想到岳夫人如此慷慨,有一点我不明白,岳夫人为什么要以岳常两家的名义捐助?"

灵儿说:"不是什么名义,而是事实,过去的常岳合估计您也知道,这银子便是祖上留下来的。用之有道,我想老祖宗们会同意此举的。"

渠本翘说:"难得夫人深明大义。"

以前岳凯旋对银子看得认真,集资捐款时相当苛刻,这在西帮中是出了名的,人称岳老抠;岳海润也受父亲的影响,大凡义举之事岳家往往走走过场,从未诚心待之;而如今的东家又是女人,所以渠本翘到岳家前并没有抱多大希望。就是不抱希望的大户,渠本翘也没有放弃游说,而灵儿的豪爽也因此在商界中传了开来。岳家和常家不和,商界人尽皆知,灵儿以岳常两家名义捐款,更让人刮目相看,连乔致庸都说,此女人非同一般。

捐了银子后,灵儿在江环的陪同下先到岳家祖坟、后到常家祖坟进行拜祭,这时人们才知道这掌握岳家大权的女人竟是常家的外甥女。

灵儿成熟了,到常家坟墓拜祭,目的也是让外界知道。在回来的路上,她问江环:"除祭奠之外,你知道我来这里的用意吗?"

江环说:"岳家恩怨太深,夫人是不是……"

灵儿说:"是的,常家仁义,岳家在后来结了不少冤孽。"

江环说:"夫人聪明。我想以后有人再对岳家有什么想法的话,也应该先考虑夫人本是常家的后人了。"

灵儿说:"是的,多一份平安,少一点打打杀杀,这生意才能放心去做。自古道,和气生财。回去后你就放出话去,我就是常明坤的外孙女,随他们理解吧。"

江环说:"好的。"

江环回去后就将夫人到常家坟墓拜祭之事在饭间说了出来,那些快嘴的丫头果然相互转告,不多时日,外界都知道了这件事情。一时议论纷纷,说什么话的都有,但更多的人说老天有眼,还了常家一个公道。这话也是从江环嘴里传出的。他说,当年岳家就是踩在常家的肩膀上发迹起来的。不少人猜疑灵儿会改这字号,但德玉泉还是德玉泉。

年年又岁岁。

光绪三十三年岁末,江环因年老提出辞离,灵儿虽然不舍,但还是含泪答应了江环的请求,江环此时也流着泪说要将多年的秘密告诉灵儿。

灵儿长叹一声道:"秘密就让它成为秘密吧,有些事情还是不公开为好,一切有因必有果,有果必有因。这些年,您为常家、岳家,后又为我付出的太多太多了。走了的人已走,一切也许都是天意,请受灵儿一拜。"

尽管江环不允,但还是受了灵儿重重的跪拜。灵儿对江环说无论有什么条件都可以提出来,岳家会答应他任何一个要求。江环提出要为岳家守墓,他说这是他唯一的要求。

江环说:"常家对我的恩,这辈子我都谨记;对于岳家,我是有罪之人,我老了,不会有再多时日,我只求在有生之年为老太爷守墓赔罪。"

灵儿说:"不必,老太爷冤孽太深,死不足惜,常家的人是怎么死的,您送他上路也理所当然。"

江环问:"夫人您已经知道了?"

灵儿点了点头。

江环要辞离,人们猜测柳智信会做岳家的总管,然而新聘的总管大大出乎人们的意料,此人正是被官府抓获并在牢关押了三年的原德玉泉大掌柜王久祥。

聘用王久祥是江环建议的,开始灵儿有所顾忌,后考虑用他也有一定的道理,一方面王久祥聪明,另一方面等于灵儿给了他第二次生命,他会倍加珍惜并全心为岳家的。更重要的一点是,再用王久祥显得岳家宽宏大度,而待人大度也是众商家一直所倡导的精神。

灵儿决定后通过刘一山将王久祥提前释放,并告诉他这是东家之意。王久祥出狱后,先到岳家见了灵儿,他对灵儿深鞠一躬,说:"王某愧对东家,特来感谢东家放我之恩。"

灵儿说："嗯，以后好好做人，江总管推荐你接替他做总管，我也给你这个台阶，希望你能做好！"

王久祥没有料到灵儿会不计前嫌，听后呆呆地发着愣。

灵儿笑着说："怎么？没有信心做这个总管？"

王久祥一听，扑通地跪在地上说："我无颜啊！"

灵儿说："起来吧，过去的那些事别再提，我相信你！"

王久祥激动地说："东家之恩，犹如给予王某再生，以后我当肝脑涂地相报，如有二心，天打雷劈！"

灵儿说："嗯，也希望你不要辜负了江总管的一片心意。"

江环说："你是我一手提拔起来的，虽然犯了不可饶恕之罪，但你有悔改之心，就说明了你的诚意，以后这里就交给你了，做不好，或有什么差错，我不会饶恕你！你小子这次出来要是不来这里，哼哼，算我江环做总管做了几十年最后一次看走了眼。"

王久祥感激地说："不会，不会，您放心，我不会给您丢人的！"

江环说："好了，今天我就移交一下。嗯，忙了几十年，也该让我好好轻松一下了。"

江环将总管的位置交给王久祥前，又把秋洁接回了岳家大院。

第二十四章　乱世艰难

老夫人依然糊涂，完全失去了记忆，但灵儿还是抽时间过来陪伴，不时和她说说话。慧蓝年初已经嫁给了济南分号掌柜张显义，不过还留在老夫人身边伺候。

除夕这一早，灵儿来到正房对慧蓝说："明天就过年了，过了初五你再回来吧。"

慧蓝说："他在济南，我回去也没有什么事，还在这里照顾老夫人吧。"

灵儿说："你一年四季都在这里，虽说张掌柜不在，但家里还有老人，你也该回去尽尽孝。"

慧蓝说："老夫人她……"

灵儿笑着说："你放心吧，老夫人这里有我照顾着呢，我也忙了一年了，也该在老夫人身边尽几日孝。"

贾淑兰看着灵儿显得很高兴。慧蓝说："说老夫人明白吧，她连我都不认识了；说她糊涂吧，见了夫人您就特别开心。"

贾淑兰这时说："你走吧，我娘在这里，我要跟我娘玩。"

慧蓝显得有点紧张，问："老夫人啊，您可别吓我，您娘在哪里？"

贾淑兰指着灵儿说："这不是，你个傻蛋，连我娘都不认识。"

慧蓝笑着说："老夫人啊，吓死我了，她不是您娘，您才是她娘。"

灵儿也说："娘啊，慧蓝说得对。"

贾淑兰说："慧蓝是谁？"

慧蓝笑着说："老夫人啊，您可气死我了，慧蓝就是我，我就是慧蓝啊！"

老夫人说:"你不是慧蓝,你是……我也不知道你是谁,你走吧,不和你玩了,我要和我娘玩。"

慧蓝看着老夫人神志不清的样子,叹了一口气说:"以前老夫人多精明,也许人老了都这样。"

灵儿说:"俗话说,人老返童,也许这样好一些,可以忘掉那些烦心事。有时候我也想,人啊,无忧无虑地生活便是人生最大的乐趣。"

二爷到了福州任职,唐舒怡和女儿随夫而去,三爷到了日本。这一年除夕的团圆宴岳家少了许多人。

"年糕来了!"喜梅笑嘻嘻地端上了热腾腾的年糕。灵儿说:"饭菜差不多都齐了,你也坐下一块儿吃吧!"

喜梅说:"不用,路师傅说了,等你们吃完,我帮他收拾完我俩一块吃。"

灵儿说:"那就随你便了。"

喜梅笑着出去了,老夫人和岳致方、岳定邦争着吃刚端上来的年糕。灵儿和贾燕青看着三人,开心地笑了。

岳定邦是贾燕青三年前生的儿子。不过,这是贾燕青偷来的种,给她种子的人就是赶车的马五,这事只有她的丫鬟英芝知道。

这还是那一年贾燕青回娘家后检查自己是否生育时,英芝说:"我说不一定问题在您这里,也许在三爷,我一个堂姐夫就是这样的情况,不过,我堂姐后来生了,我告诉您,我堂姐是和别人有的!"

贾燕青问:"是吗?"

英芝说:"是啊,您说,女人要是不生个孩子,来这个世界多冤枉,可问题也不一定就出在女人身上啊!我说个不该说的话,夫人可别说我淫荡。"

贾燕青说:"你说什么?"

英芝说:"如果要是三爷的问题,太太啊,您不妨就借人生一个!"

贾燕青显得有点难为情地说:"你这个丫头,出的什么主意?"

英芝说:"我是为太太好,您想想,三爷要是没有那个能力,您将来怎么在岳

第一丫鬟

家待？那还不是他们的天下？我是为您好啊！"

贾燕青说："我知道你是为我好，可那样……别人又会怎么看我呢？"

英芝说："我说太太啊，这事情能让别人知道？反正换作是我我会这样，没有孩子多冤枉啊，可人们都不认为是男人的原因，我说太太，真那样的话，您就听我的。"

丫头出了主意，后来又制造了机会，三太太再次回娘家的时候，坐了马五赶的车，英芝说先到她家坐坐，贾燕青会意，在英芝家留住一宿，马五做梦也没有想到自己能得到迷人的三太太。就这一次，三爷临上备武堂的时候她的肚子就有了反应。事后，三太太见马五如没有发生什么事一样。马五不知贾燕青是为了借腹生子，三爷也没有怀疑这种子是否属于自己。后来马五带着曹嘉茹跑了，这事就只有两人知道，贾燕青更是没有顾忌。而英芝因此也和三太太结拜为姐妹，并得到三太太的一百两赏银，后来贾燕青还出面把英芝许配给了自己的堂弟。

这孩子三爷很是喜欢，给他取名为岳定邦，意为定国安邦，希望将来能继承他的道路。

有了孩子，贾燕青安分了许多，每日照顾孩子，似乎也懂事不少。灵儿处事井然有序，对她也格外照顾，她也经常替灵儿照顾比自己孩子大一岁的岳致方。

吃完年夜饭，灵儿吩咐岳致方带着弟弟回到了东南院，灵儿陪起了老夫人来。贾燕青入睡后，灵儿也静静躺在炕上，累了一年的她很快也进入了梦乡。

更夫敲响了五更的锣声，岳致方和弟弟已经早起，和喜梅一块儿点燃了迎春的鞭炮声。

鞭炮声将熟睡中的灵儿惊醒，灵儿点亮了蜡烛，老夫人也醒了过来，"灵儿啊，是你？今天是什么日子？怎么有人放炮呢？"

听了老夫人的话，灵儿吃惊地看着她，"娘，您……"

自从岳海润去世后，老夫人害了一场大病脑子糊涂后，从来没有叫过灵儿的名字，一直喊她娘，灵儿愣神地看着老夫人。

老夫人说："你过来，上炕陪娘说说话。"

灵儿又回到了炕上，纳闷地问："娘，您认得灵儿了？"

老夫人微笑着说："傻孩子，昨晚娘见到润儿和你爹了，他们都急等着我呢，我也要走了。"

灵儿这时才意识到老夫人现在的清醒是人死前的回光返照，她认真地说："娘，您说什么呢，您去哪儿？不管灵儿和致方了？"

老夫人拉着灵儿的手说："傻闺女，孩子呢？"

灵儿说："娘，你等着，孩子在外边放鞭炮，我把他叫来。"

灵儿说完便急急忙忙从炕上爬了下来，趿着鞋就跑出了门外。

出了正房院，走过甬道，灵儿边跑边喊着："致方、致屏……"护院守班的柳智信听到后从院墙上跳了下来，向灵儿喊叫的方向奔去。岳致方也听到了母亲的喊声，回答道："娘，我和姐姐在街门前放炮呢！"

灵儿跑到了正门前，柳智信也随之到达，"夫人，出什么事了？"

灵儿说："快把王总管找来，老夫人恐怕……通知三太太，对了，还有江总管。"灵儿说完拉着岳致方匆匆地返回了正房。

"娘。"灵儿喊到。

"奶奶！"岳致方和岳致屏也站在炕边喊到。

老夫人微笑着说："奶奶要走了，看到你们都长大了，奶奶也就放心了。灵儿啊，老二、老三呢？他们怎么不来看我呢？"

灵儿说："娘，孩二叔到了福州做官，三叔去了日本读书，老三的儿子也大了。"

老夫人说："是吗？嗯，这我就放心了，老三的孩子呢？"

正说着，岳定邦跑了进来，贾燕青也随后走入，哭着说："娘，您……"

老夫人拉着岳定邦的手，"嗯，你们都大了，奶奶很高兴。灵儿啊，娘没什么牵挂的了，你是老大，这个家就交给你了；燕青啊，你也是当娘的人了，我希望你们妯娌间好好相处。"老夫人说着，安详地闭上了双眼。

光绪三十四年，西太后驾崩前单独召见了灵儿，并把那颗夜明珠送给了她。

灵儿知道这是太后的心爱之物，价值连城，不敢接受。慈禧说："拿着吧，算我留给你的纪念，除了你，我身边没有什么可以信赖的人，托付给你我放心，很多人都盯着它呢！"

西太后有两颗夜明珠，死的时候带了一颗，这颗就留给了灵儿。

三年后，国民革命军攻占了北京，清朝灭亡，袁世凯就任民国大总统。军阀进驻北京，京城一片混乱。

灵儿收到了从京城传来的书信，信中说京城混乱，北京德玉泉分号遭遇抢劫，损失货物白银达十五万两。乔遥征求灵儿的意见后暂时关闭了北京和天津的分号。不久，东北各地分号受损的书信也传到了灵石。而此时德玉泉在俄国和蒙古的分号因战争爆发而完全关闭。

岁末，乔遥粗算了一笔账告诉灵儿："短短一年，德玉泉北边受损共计一百五十多万两。"

灵儿说："大局势就这样，咱再有本事也不能掌握天灾人祸，这几年很多字号商家都不见了，德玉泉勉强能维持局面，这也是乔掌柜你的功劳啊。"

乔遥说："惭愧，早知道时局会是这样，北边我早就全关了，我和范掌柜也商量了，来年北边的生意暂时少做，二爷在福州，三爷在广州，我想亲自去一趟看一看，接触一下潮帮，东家的意思如何？"

灵儿说："嗯，我也这么想，不少字号都倒了，不过德玉泉不能倒！"

过了春节，乔遥和范世玉便踏上了南下之路，灵儿终日牵挂。二人先到江浙福州一带，后到广州，一走三个多月，回来已经是农历五月。

二爷和福州都督是同窗学友，民国成立后，二爷留在了都督府，通过他的关系，二人谈妥了福州一带的茶叶等特产的收购。为抢先，范世玉安排票号预先为茶主垫付了货款。在广州，乔遥通过在国民政府任职的三爷结识了潮商。这次南方之行，乔遥还发现了药材和药品生意将会有很大的商机。

从南方回来后乔遥和灵儿谈了二爷、三爷的情况，又谈了自己出行的收获。灵儿听后说："做生意你比我内行，生意上的事你看着办好了，关于药材药品，我也认为将来会是紧俏生意，你运筹便是。"

灵儿向范世玉问起票号放贷情况，范世玉说："南方形势不错，这几年一直在弥补北边的损失，北京局势动荡，如果东家没什么意见的话，以后我想北边只收不放，咱们的方向是加大对南方的放贷，南方国民政府成立了，票号应该也有很大的发展空间，这次我和乔掌柜到广州，那边的人听说我们来了，都主动找上门来谈放贷之事。"

灵儿问："答应他们了吗？"

范世玉说："还没有，在我权限之内的生意，我已经处理；数目大、不在我权限范围的生意还需请示东家。"

灵儿说："放贷一定要谨慎，这方面你有眼光，该放的就放，没有把握的绝对不要冒险，现在局势不稳，咱们必须要慎之又慎。岳家亏不起，股东们也亏不起，这银子都是血汗赚来的呀！"

范世玉说："夫人放心，我一定把好这个关。过两天我准备去一趟汉口，拜访一下姜恩寿，虽然他不做将军了，但他过去的几个亲信和部下都做了大官，吴佩孚势力很大，我知道过去姜恩寿和他深有交情，我此去的目的也是为德玉泉在南方发展打一条通路。"

灵儿说："只要有益于德玉泉，特殊情况你去处理，可回来后再交代。"

灵儿有乔遥和范世玉，虽然生意省心，但北方的局势一天不如一天。民国二年，灵儿接到了包头传来的消息：军阀进驻包头，诸多票号商家遭抢，德玉泉分号被抢窃一空，刘玉虎、李昕等德玉泉伙计为护财物被军阀所杀。

包头受损白银五十万两，德玉泉犹如断了一条臂膀。与此同时，刘一山从京城到了灵石，告诉灵儿皇陵被挖，军阀孙殿英挖开了西太后的陵墓盗走了一颗夜明珠，另一颗也在寻找之中。灵儿听说太后陵墓被挖，面北而跪，失声痛哭。

刘一山多次搀扶她才起来。

刘一山说："小妹不要伤心，保重身体要紧。"

灵儿叹了口气说："没想到军阀会如此丧心病狂，为财为物不顾活人死人，真是天理难容,这世道,叫人怎么活呢!"

刘一山说:"我想好了,岳家这么大的家业需要保护,你更需要保护,这次我从京城回来,就是准备拉一些人马,以防将来岳家所用,蜈蚣岭不是聚集了一些人马吗?我想好了,暂时到那里去!这里有肖光在,我放心。"

灵儿说:"也好,你去吧,告诉他们,需要财物尽管开口就是,希望有一天你给我杀了孙殿英,找回那颗夜明珠!"

在灵儿的安排下,刘一山上了蜈蚣岭,有常可祝的推荐,又凭着自己的武功,刘一山轻轻松松就做了蜈蚣岭的三当家,而此时的蜈蚣岭已经拥有一定的势力。不久阎百川收编了这支队伍,睢福禄做了新军的师长,白存喜和刘一山当了团长。

这一年,德玉泉在南边的生意特别顺利,茶路畅通,乔遥收购茶叶后卖给了潮商,由潮商运往印尼及海外其他国家,并加大了国内药材的采购和海外药品及药品器械的进口。从潮商手里,德玉泉又换回了大量的药品及其他物资,销往北方各地。北方战乱,大量药品器械成了紧缺商品。岁末合账,德玉泉这一年赚了一大笔,灵儿给乔遥和范世玉每人增加了一厘的红利。

战乱给德玉泉带来了灾难,也给德玉泉带来了机遇,灵儿问乔遥究竟战乱是福是祸,乔遥说:"没想到德玉泉靠着药品赚了,这银子啊,我实在赚得不踏实!"

又是正月十一,各商家历年开业的日子,德玉泉点燃了响炮。只有在这一天,人们才知道哪一家过了年关。

民国三年,岳致屏嫁给了在北京一所大学教书的邱一清之了邱中一;民国四年春节,邱中一夫妇回家探亲带走了十五岁的岳致方到北京读书;一年后,邱中一推荐其去了法国读书。

乔遥依然是单身,十多年了,他把对灵儿的爱倾注在繁忙的商事中,而灵儿也是从认识乔遥的那一天就对他有了好感。岳海润去世后她忙于商事家事,也把对乔遥的情感默默地放在了心里,她知道,没有乔遥,德玉泉不会支撑这么久。

十六岁到岳家做丫头,两年后嫁给了岳海润,二十一岁就守寡。当夜幕降临的时候,一个人躺在宽敞的屋子里,灵儿才感觉到了孤独的可怕,随着儿子一天天的长大，这种常常在夜里袭来的郁结也随之强烈，好在秋洁还能和她说说话。

送走儿子的这一晚，灵儿静静地躺在躺椅上，留下秋洁陪她。

已近夜半，秋洁说："夫人，时辰不早了，您休息吧。"

灵儿问："现在什么时辰了？"

秋洁说："快半夜了。"

灵儿感慨地说："嗯，我在想啊，人活着究竟为了什么，穷人痛苦，富人也不幸福啊。"

秋洁说："夫人，我说一句话，您可别见怪。"

灵儿说："你说吧。"

秋洁说："少爷大了，其实您也该为自己多想想，找一个说话的人。俗话说，老伴儿老伴儿，老了就更需要个伴儿，夫人您还年轻，别委屈了自己。"

灵儿笑着说："你说怎么个不委屈法？"

秋洁笑着说："夫人考虑过再嫁一个人吗？"

灵儿笑着说："没想到秋姐也有这种想法。"

秋洁说："不过说实话，能配得上夫人的人确实难遇。我倒能看得出，乔掌柜可一直对您忠心耿耿，您说，他为什么一直不娶妻呢？"

灵儿开玩笑说："明儿个你去问问他。"

灵儿知道乔遥喜欢自己，而且她也确实有过再嫁乔遥的想法。利益和情感，她选择了利益。家庭和国家一样，非常时期更需要一个强者来支撑。她想到了西太后当年，也想到太后曾经说过的，从政不能为情所用，情为政用这才是最高境界。她想，经商也该如此。

为事业，乔遥以前没有过早成婚，二十二岁做了分号的大掌柜，二十五那一年第一次见到灵儿的时候就为其心动，当准备和东家提亲的时候，灵儿却成了东家的夫人。后来别人给乔遥介绍了几个，但乔遥总拿灵儿相比，这比了多年也未曾遇到合适的。后来岳海润去世，乔遥做了总号的大掌柜，便把精力又投入到商事活动中。当然，他也曾有过幻想。

第一丫鬟

秋洁已经入睡，灵儿在想乔遥。

灵儿一夜没有睡好，天亮了就爬了起来，掀开帐子一看，虽然门窗关闭，只见窗上光辉夺目，她以为已经日出，下地后揭起窗帘，从玻璃窗内往外一看原来不是日光，竟是一夜大雪辉映，雪下了半尺，依然纷纷飘絮。

灵儿满心欢喜，将秋洁喊了起来。秋洁见灵儿早起，急忙穿衣，一边唠叨着："看我这个挨刀鬼，怎么睡得这么死？怎么都起到夫人的后边了？"

灵儿笑嘻嘻地说："什么挨刀鬼，不着急，慢慢起，慢慢起，天还没亮呢！"

见灵儿心情不错，秋洁才放松心情，说："夫人怎么起这么早？"

灵儿说："下雪呢！我喜欢这搓棉扯絮般的世界。"

灵儿坐在铜镜前仔细地为自己梳妆起来。

秋洁说："夫人，您好久没有仔细打扮自己了。"

灵儿边描眉线边说："嗯，是啊，今天没有什么事情，天为大地披妆，我也该为自己化化妆啊。"

秋洁说："夫人真美。"

灵儿说："是吗？都老了，还谈什么美不美？"

秋洁说："本来就是美嘛，您老了？三十岁的人敢说老的话，像我这样年纪的人就该躺棺材了。"

灵儿问："对了，江总管最近好吗？"

秋洁说："他啊，好着呢！上次我见他的时候他还说您呢！"

灵儿问："说什么？"

秋洁说："适当的时候让我劝说劝说您，说您孩子也大了，以后要多考虑考虑自己的事情。"

灵儿笑着说："是吗？"

秋洁说："可不是嘛！"

灵儿梳洗完毕，天已大亮，雪依然在下。灵儿走了出来，站在院子里，抬头望着雪花纷纷扬扬的天空，说道："下吧，开春一定是个好年景！秋洁啊，你去把乔掌柜请到书房。"

秋洁答应着，向总号账房走去，此时乔遥正在和刚回灵石的太原分号掌柜裴元柱议事，裴元柱这次回来是征求乔遥意见，拜访一下已独揽山西军政大权的阎锡山——也就是阎百川，希望将来争取一些生意。

乔遥说："其实我也有过这个想法。"

裴元柱说："阎百川是从德玉泉走出去的，以前也受过德玉泉的恩惠，如果不是当初三爷解救了他和他父亲，也许他俩早被债主五马分尸了，能有现在？对于阎百川这个人我还是了解的，咱们找他，他会借此报答我们的。"

乔遥说："嗯，我考虑一下，我认为一般事情暂时不要麻烦他，要还就让他还个大人情！"

裴元柱说："时局混乱，德玉泉也需要一棵大树支持保护，阎百川已经不是过去的小伙计了，我去拜访不合适，希望乔掌柜和东家能出面。"

二人说着，秋洁走了进来说："乔大掌柜，夫人让您到书房去一趟。"

乔遥问："夫人可好？"

秋洁说："好着呢！"

乔遥对裴元柱说："就这样吧，你回去多了解一些阎百川的情况，适当的时候我自然会有安排。"

乔遥说完和秋洁一块向书房走去。

路上秋洁说："我说乔大掌柜呀，抽时间要多照顾点夫人。"

乔遥笑着说："怎么，你认为我哪方面做得不够呢？"

秋洁说："你们男人啊，一天生意不离口，怎么没有一点点感情呢？"

乔遥笑着说："呵呵，秋姐说的有意思。"

秋洁说："我可不是和你打诳语，夫人对你可有心呢！我还有事，你去吧。"

乔遥摇着头笑着走进了书房院。

乔遥走进书房的时候，灵儿正坐在桌子前准备写字，见乔遥进来，灵儿说："坐吧。"

乔遥问："夫人找我有什么吩咐吗？"

灵儿放下手中的笔说："没有，随便坐坐。"乔遥坐了下来，一会灵儿说："怎么不说话呢？"

乔遥说："我也不知道说什么。昨晚的雪下得可真大。"

灵儿扑哧一笑，说："乔大掌柜就再没有其他话了吗？"

乔遥不好意思地笑了。

灵儿试探着说："你来岳家也很多年了，这些年一直为德玉泉做事，你个人的事情也应该考虑一下，要不我为你张罗一个？"

乔遥说："张罗什么？"

灵儿笑着说："看你，还张罗什么？我想该给你张罗娶个媳妇儿了。"

乔遥客气地说："谢谢东家关心。"

灵儿说："那就这样了，回头啊，我就给你说一门亲事，堂堂的德玉泉大掌柜，都四十岁的人了，总不能打一辈子光棍吧！"

乔遥认真地说："真没有这个意思，还是这样生活好！"

灵儿说："有没有这个意思我不管，你是我聘用的掌柜，我就应该为你张罗一下。"

乔遥改口说："刚才太原裴掌柜和我谈起接触一下阎百川，夫人您是什么意见？"

灵儿却说："今天我不想说商事。"

乔遥说："如果夫人没什么事，我就下去了，裴掌柜还等着我商讨生意上的事情呢！"

说完乔遥转身要走，灵儿生气地说："你去吧！一天生意、生意，烦都把人烦死了！"

乔遥走出门，摇着头想：这东家，怎么说变脸就变脸？女人啊，真是心如大海，捉摸不透深浅！

这段时日灵儿愈发感觉空虚，大雪融化后便吩咐王久祥做好准备，她要去晋祠。

王久祥问："夫人何时出发？"

第一丫鬟

灵儿说:"明天吧,安排简单些,有秋洁和柳智信跟着我就行了,我不在,家里的事情要处理好,特别是三太太生活起居一定要照顾好,定邦给我多看着点,有什么问题就告诉三太太,这孩子啊,管好了是个栋梁之材,管不好就是祸害。三太太老是惯着他,让我放心不得。"

王久祥说:"夫人您就放心,家里的事情我自然会处理好!不知您出去走几日?"

灵儿说:"我看情况吧,太原离灵石也就一天的路,想什么时候回来我自然会回来!"

平时灵儿要出去,首先会向乔遥交代一些事情,这次她没有,其实她也是在生乔遥的气。她想:这个榆木疙瘩,我等着你开窍!

第二十五章　患难之姻

袁世凯在京称帝,国民声讨一片。三爷从广州到了太原,这次他回来是受孙中山之命到山西面见阎锡山的。

阎锡山官邸,岳海奎见过阎锡山,将孙中山的吩咐做了详细交代后二人才叙起旧来。

岳海奎说:"先生一直看好百川兄,多次说革命成功,太原起义为首功,阎君百川功不可没!"

阎百川笑着说:"先生过奖了,革命成功,百川只是尽了微薄之力!"

岳海奎说:"我常常想起百川兄在日本军校说的话:'我不能落后,我要对得起我的父母兄弟。'哈哈,这话说得好啊!革命就应该这样。"

阎锡山笑着说:"我还说过,我不敢争第一,怕日本人整我。其实他日本人算个鸟?"

岳海奎笑着说:"百川兄的高见,小弟我算是佩服。"

阎锡山说:"我百川能有今日,还是老弟当年资助,否则百川如何能有今日?这一点百川时时铭记在心,如果先生给我记功的话,我看也应该记在老弟的头上!记在德玉泉当年对百川的不薄上!"

二人哈哈大笑起来。

岳海奎和阎百川谈时局谈国事,又谈到山西的发展。阎锡山说:"山西是个好地方,自古人杰地灵,山西富了,全国也就发展了,我正在着手制定山西长远发展规划及保晋安民之策,让人们安居乐业,让山西真正成为全国的模范省!"

岳海奎感慨地说:"百川兄之雄心及才智远大,山西有你这个父母官是省人之幸运、国民之幸运啊!"

阎百川问:"德玉泉生意还好?"

岳海奎说:"还算可以吧,自从我走后,老夫人和大哥相继去世,大嫂掌管起了这个家庭,这些年经历了时局动荡,损失是正常之事,不过还能勉强支撑。"

阎百川说:"哦?你大嫂掌管岳家?不容易,真不容易啊!嗯,见过你大嫂一次,那时她还是个丫头,很漂亮,不过现在也就三十岁吧!"

岳海奎说:"是的。"

阎百川说:"一个女人掌管一个庞大的家族和生意,能在这动荡中生存下来,不简单,实在不简单,这次趁你回来,我同你一块拜访一下!岳家对百川有恩,我也该到令祠堂前一拜!"

三爷到达太原的次日,灵儿在晋祠就接到了家里传来三爷回来的书信。也在她刚返回的那一天,三爷和阎锡山也一块浩浩荡荡地到了灵石县。

阎锡山到访,岳家举行了盛大的欢迎宴,让灵儿没有想到的是,阎百川此行提出向德玉泉借白银二十万两,期限一年。灵儿当时说,目前现银不足,不过她短时间内尽量筹集。阎百川听后,说乔家全力都要争相出借,岳家不要失去这次发展的机遇。

阎百川走后,范世玉认为这是求之不得之事,力主全力借银。

灵儿说:"我有一种预感,这银子出去就出去了,想收利?恐怕连本都别想收回!"

范世玉还是极力说服灵儿,灵儿说:"官场的事情我看得多了,这银子说什么都不能借,搞不好,会断送了德玉泉的一切。"

灵儿知道,既然阎百川提出了,面子上的事情还是要做的,她吩咐范世玉和乔遥筹备了五万两白银送到了阎百川手中,并让他俩转告阎百川:德玉泉已经倾囊而出,再多难以周转。阎百川虽然知道灵儿不是实心,但一想,既然给了,不

第一丫鬟

管多少，总还是给了他面子。他笑着说："女人啊，能给这么多就不错了。"

阎百川这次借诸多商家票号的银子后来都不了了之了。损失最惨重的有：平阳亢家白银一百万，祁县乔家三十万……

岳海奎在家半月，贾燕青见丈夫又该动身，缠着要和他同往，并说如果岳海奎不同意她就找她叔叔贾继英说话。三爷装着不答应，后来笑着说："和你开个玩笑，这次我回来就是准备接你和儿子一块出去，这些年，我确实也冷落了你不少。"贾燕青听后哭了。

二爷全家早已居住福州，三爷这次也要举家南下，灵儿心里有一种说不出的滋味，闭着眼睛躺靠在躺椅上。秋洁知道，当灵儿心情不悦的时候就会这样，表面看她心如止水，其实她重担在身，满心痛楚无法说。这个时候她多么希望自己也能无忧无虑地过正常女人那种相夫教子的日子，但命运给她带来的却是常人无法体味的生活。如果有来生，她想自己是万万不会去选择这富贵生活的。

"夫人，三爷来了。"秋洁开门走了进来。

灵儿慢慢地睁开眼睛说："请三爷进来吧。"

门外，三爷走了进来说："大嫂身体不适？"

灵儿说："没有什么，你们要走，我心里就不好受。说实话，如果你同意，我真想把这个东家的位置让给你，我毕竟是个女人。"

岳海奎说："大哥走后这些年，你为这个家的付出我能体会，你知道，我的理想是从军，如今国难当头，我是更不会为顾家庭而弃国家于不顾。目前南方形势不错，我跟随孙先生的路是走定了。这次我回来一方面是会晤阎百川，另一方面是接走家人。"

灵儿说："我知道你的理想，你放心去吧，如果有什么困难就告诉我。你们要走，我心里头啊，一想就难受。"灵儿说着哭了。

岳海奎也难过地说："你也不要委屈了自己，大哥走了多年了，致方又在国外，如果有合适的，你该考虑就考虑一下。"

灵儿叹了一口气说："再嫁人？这个家怎么办？"

岳海奎说:"招一个进来,不一定你走啊,昨天小妹和妹夫还和我说起咱们的大掌柜,他们也有这个意思。乔掌柜这个人我了解,如果大嫂愿意,我出面,我看哪个人敢反对!"

灵儿点了点说:"我考虑考虑再说吧,现在真的没有心思。"

岳海奎说:"我不管,论身份我是岳家的三爷,虽说你是我的嫂嫂,但也是我的妹妹,这事我做主,我先探探乔掌柜的意思!好了,就这么定了,我临走要把这件事办好!"

灵儿话说考虑,但听到三爷支持,心里蛮高兴。其实三爷是听了贾燕青的建议才提这件事的。

三爷回来后,贾燕青说了灵儿无数的好。她说,这个家没有灵儿支撑,想不到会是什么样子。外人看来,富人家的婆姨幸福,虽说不缺吃不缺穿,可精神苦闷啊!就拿自己来说,和守活寡又有什么不同?

三爷说,这些年也确实苦了她了。

贾燕青还说,自己还有个盼头,没有男人的女人又有什么盼头呢?她若是灵儿早就再找个男人了。说到这里,贾燕青说:"大嫂这些年确实对我不错,其实她活得更苦,既要照顾孩子还要管这个家,难啊!对了,我想啊,咱们这要走了,大嫂身边也没有个说话人,给她另说一门亲你同意不?"

岳海奎说:"嗯,主意不错,可既能保住这个家,又能合适她的人有吗?"

贾燕青说:"有,乔大掌柜。"

岳海奎问:"怎么?乔大掌柜还没有成家?"

贾燕青说:"是的,这个人最合适!"

岳海奎说:"那咱们就分头探探!"

贾燕青说:"你去大嫂那里,我去乔大掌柜那里,大嫂需要你的支持!"

岳海奎笑着说:"呵呵,几年不见,刮目相看,想不到这些年你还真长见识了!"

贾燕青撒娇说:"本来我也聪明嘛!"

三爷夫妇挑明了灵儿和乔遥之间的事情。灵儿说这事等岳致方回来后听听他的意见再说。

三爷全家走了，这个大院显得更加冷清了。

北京分号关了一年，民国六年夏，灵儿和乔遥决定重新开张，常可祝又去了北京，灵儿便让岳思敏和她的两个孩子住进了东南院。有舅舅的两个孩子在，有岳思敏，灵儿多少还能解解闷。

乔遥终日忙碌，把心思完全放在了德玉泉的生意上。中秋前夕，乔遥接到了老家弟弟的来信，他向灵儿请行。

灵儿听说乔遥母亲病危后说："这样吧，我和你同去，一来我以东家身份去看望一下老太太，顺便我也想出去走走。"

乔遥说："真不好意思惊动东家。"

灵儿说："这话就差了，老夫人虽然生了你，但几十年来她的儿子一直为德玉泉操劳，我身为东家早该拜访，就这么定了，明天咱们就前往乐平！"

乐平，位于太行山西侧、黄土高原边缘，春秋时称肥国，西汉建县，东汉建安末设乐平郡，隋大业二年置乐平县。以后几经演变直至民国元年，定为乐平县，民国三年起改称昔阳县。

灵石离昔阳不算很远，也就两天的路程，路上灵儿说："以前听我老爷说，很早前常家的祖宗就是从乐平城常家街迁移到灵石的。"

乔遥说："是吗？"

灵儿说："是的，那时候还是清初，常家的老祖宗常三喜是个卖货郎，他挑着货物到了灵石，后来娶了灵石的媳妇儿，就在这里定居了下来。"

乔遥说："常家街？乐平的常家现在也是当地的大户，虽然没有岳家生意做得大，但乐平的常家一咳嗽，整个乐平城就感冒。"

灵儿说："是吗？那这次去我就拜访一下，毕竟我身上流着的也是常家的血脉。"

乔遥说："常家的人我都认识，他们也知道德玉泉，你要去认根的话，常家的人不知道要有多高兴！说实话，知道你也有乐平人的血统，我心里都十分高兴！"

灵儿笑着说："是吗？和我一样。其实，我一直喜欢你……"

灵儿停了一下接着说："我特别看重你也是因为你是乐平人，同时也因为你这个人很有才。"

乔遥说："夫人过奖了。"

灵儿说："听说乔大掌柜的老祖宗是明朝正德年间的兵部尚书乔宇？"

乔遥点着头说："是的。"

灵儿说："我也听过关于乔尚书的故事。"

乔遥笑着说："夫人一定是听过乔家老祖宗卖嘴皮走火入魔的故事吧。"

灵儿笑着说："听起来虽然有趣，但乔尚书的魄力不得不让人折服，精神也值得赞扬。知道吗？这是一种无私的爱国精神，我就喜欢这样的人！"

乔遥说："谢谢夫人，我替老祖宗感谢了！"

灵儿说："其实你身上也有这样的传统，为德玉泉，你从未考虑自己，所以啊，老太太我是更应该去看望的！"

灵儿和乔遥踏上去往昔阳的大路。走了一天过了榆次，灵儿一行进入了昔阳界，此时晚霞映照着翠绿的沾岭山，乔遥说："到乐平城还有一天的路程，咱们在沾尚休息一晚，明天再行吧。"

灵儿说："好的，这里是沾尚？可是乐平八大景中沾岭拖兰中的地方？"

乔遥说："是的，想不到夫人还对乐平如此了解。"

灵儿说："书上说，自古乐平就是人杰地灵的地方，这里有八大景，也就是：蒙山烟雨、洪水池汤、石马寒云、沾岭拖兰、古寺园林、松峰积雪、昔阳花木、皋落奇峰。嗯，有机会我都想去走走看看。"

灵儿一行在客栈中住了下来，次日一早，一行五人走上了大路。这次同去的还有秋洁、肖光和柳智信。午后到了昔阳城乔遥家中。

乔老太太躺在炕上，此时已奄奄一息，见乔遥回来，激动地拉着乔遥的手说："儿啊，我就是等你啊，三年了，我都在想你啊，你要是今日回不来，我恐怕就到

第一丫鬟

不了明天了。"

灵儿说:"您好吗?灵儿给您请安了。"

乔老太太说:"你是遥儿的媳妇儿吗?嗯,我闭上眼睛也就放心了。"

乔遥说:"娘,看您说什么呢,她是我的东家!"

乔老太太说:"你说什么?"

灵儿说:"我是您的媳妇儿!"

乔遥还想说什么,灵儿看了他一眼,乔遥也就没再说什么。

灵儿说:"我这次回来就是专门来看您的,也让您看看您的儿媳妇。"

乔老太太高兴地拉着灵儿的手,安详地闭上了双眼。

"娘!娘!"乔遥喊到。

乔老太太等回了她惦记多年的儿子,她走了,走得很安详。看着这个慈祥的老太太,看着这个破旧的家,灵儿落泪了,岳家堂堂一个大掌柜的院落竟是如此普通,让她感到吃惊。

三日后,乔老太太发丧的日子,灵儿安排丧礼要隆重举行,自己也以儿媳妇的名义尽了孝,这让乔遥十分感动。

办完乔老太太的后事,乔遥陪着灵儿拜祭了常家老祠堂,并见了常家众人后返回了灵石。

回到岳府,乔遥感激地说:"这次到乐平委屈东家了,乔某不知如何感激。"

灵儿说:"什么都不要说了,老太太的心愿就是看到你能娶妻生子,你为德玉泉贡献了二十多年,老太太临走,我希望她老人家走得安详。我也想好了,如果你不嫌弃,就娶了我吧!"

乔遥说:"乔某实在不敢高攀。"

灵儿说:"那你是不喜欢我了?"乔遥说:"为你,就是要我的生命我也不会含糊,只是,这样别人会说我是图岳家的财产。"

灵儿笑着说:"我以为你不喜欢我呢!"说完红着脸扑在了乔遥的怀抱中。

圆圆的月亮照耀着这座古老的大院,一对有情人终于圆了各自的梦。对于这个梦，乔遥等了十八年，灵儿何尝不是如此。十多年了，灵儿压抑着自己。这一晚灵儿说，她要让乔遥亲个够。第一次接触女人的乔遥沉醉在极度兴奋中，灵儿虽然三十多岁，但看年龄如同二十五六，她身体散发出的幽香让他心醉，让他回味。月光透过门窗，照耀在炕上，紧抱着她的时候可以看到她的睫毛很长，像是一排漂亮的刷子，她的眼睛也非常妩媚，还有那小巧玲珑的嘴巴，更有那隆起的双乳和丰满的臀部流泻出来的弧线，加深了对他的诱惑与惊羡，而灵儿的引诱和调情更让乔遥欲罢不能。

乔遥说："知道吗？能和你同床共枕，我就是死了也没有遗憾了。"

灵儿不悦地说："呸呸，你说什么啊！"

乔遥说："真的，我……我太喜欢你了！"

更夫敲响了三更的锣声，灵儿已入睡，乔遥却无眠。

四更，灵儿翻身醒了过来，乔遥紧紧地抱着灵儿说："天快亮了，我要起了。"

灵儿撒娇说："不，我不让你起。"

乔遥说："谢谢你。"

灵儿说："谢什么？"

乔遥说："谢谢你给了我，就是我死了也甘心了。"

灵儿说："乌鸦嘴，我不让你这么说。我想啊，我和致方去信商量一下，争取腊月前咱们就把这婚事办了，我也想清闲一下，真正做一回太太！"

乔遥说："可以吗？"

灵儿说："三爷和小姐都支持，致方也大了，我想他会同意咱们俩的。结了婚，我给你生一个儿子。你呢，管这个家。我呢，相夫教子！你看怎么样？"

乔遥笑着说："你还想得很长远。"

"对了，你喜欢儿子，还是姑娘？"

乔遥说："我啊，既喜欢儿子，又喜欢姑娘！"

灵儿笑着说："那我就给你生一双！"

岳致方也来信支持母亲再婚，灵儿拿着儿子从法国的来信让乔遥看。乔遥接

过了灵儿手中信,信上写道:

母亲大人:

儿别两年,甚是挂念,不知母亲大人身体如何,这里学习生活环境甚好,勿念。儿只希望学业有成回报于您,回报于国家。

您的来信儿已收到,父亲已故多年,孩儿又不在您身边陪伴,母亲再婚,这也是为子心愿,况且乔叔叔人又忠恳,儿在大洋彼岸真诚地祝福你们!

叩请母安!

儿致方敬上 一九一九年一月六日

乔遥看完高兴地说:"真没有想到少爷会同意!"

灵儿说:"我已经怀上了你的骨肉,我想最近就把咱们的婚事办了,你看如何?"

乔遥愣神地看着灵儿。灵儿说:"发什么愣?"

乔遥高兴地问:"真的?你真的怀上了我的孩子?"

灵儿故意生气说:"都是你惹的祸,不结婚也不行了。"

乔遥认真地说:"真对不起你。"

灵儿扑哧一笑说:"知道吗?怀上你的孩子我很高兴。"

乔遥笑着问:"真的?"

灵儿笑着故意说:"假的。"

腊月合完账,分完红,各分号掌柜聚集,灵儿当众宣布了她和乔遥的婚事。她说:"今天各位都在,我宣布一件事情,今天是德玉泉分红的日子,趁这个日子,我把我和乔大掌柜的婚事告诉大家,这仪式就不举行了,明天另备酒席,各位都是我俩的证婚人!另外,今年每人多分一厘红利,以示感谢!各位掌柜意见如何?"

众掌柜齐声道:"还分红利啊!贺喜东家和乔大掌柜!"

乔遥说:"东家和我商量了,把我们的结婚日子选在各位回来的日子,就是为了和各位同舟共济,把德玉泉的生意发扬光大!在此我承诺各位,东家依旧是东家,德玉泉依旧是岳家的,我还是德玉泉聘用的大掌柜。"

太原分号掌柜裴元柱说："我来说几句，首先我恭喜东家和乔大掌柜结为姻缘，乔大掌柜的为人各位都清楚，这也是东家看中之处，大家说是不是这个理啊？我第一个赞成！"

范世玉说："这些年为德玉泉，东家操碎了心，乔大掌柜也是单身一人，为德玉泉奔忙多年，论人论才论貌，东家和乔大掌柜结合可谓是'在天比作同林鸟，在地似同连理枝'，范某恭喜，也双手赞成！"

王久祥说："东家和夫人结合可谓天作之合，好事，好事，王某也恭喜了！"

众人齐声说："恭喜东家和乔大掌柜！"

乔遥说："感谢各位，其实我一直喜欢东家，只因东家这个庞大的家产把乔某拒之门外，让我顾虑，我这个大掌柜是东家给的，也是靠各位鼎力支持，如乔某亏对东家，另有二心，如同此筷！"乔遥说着拿起一双筷子折为两段。

灵儿看着笑了。

众人都道了贺，江环走了进来说："怎么？这么大的事情瞒着我江环这个大媒人啊！"

灵儿说："哪敢，哪敢，江叔您坐！"

其实之前灵儿早和江环商量过了，江环特别支持。灵儿清楚，江环故意说自己是他俩的媒人，也是为了给自己和乔遥一个结合的台阶，她知道，在这个大院里江环是元老，如果说还有人不支持她这个东家的话，那么就没有人敢反对他的意见。

江环说："我这个媒保得如何，各位是什么意见？"

范世玉说："哈哈，原来是江老总管做的媒啊，我说嘛，怎么我们才知道，好，好，刚才我们就说了，这不仅是他俩的喜事，也是德玉泉的幸事！"

众人齐声道："就是，就是！"

腊月二十八，灵儿和乔遥在众掌柜的庆贺下走在了一起，婚礼简单而热闹。

年过了，乔遥依然忙生意上的事情。灵儿说："自己终于有靠山了。"

乔遥说："虽然咱们结婚了，但你还是我的东家，我依然是德玉泉的大掌柜！

岳家的财产还是岳家的，我爱你可不是为岳家庞大的财产。"

灵儿笑着说："我人都是你的了，你还说这些干什么？"乔遥说："亲归亲，财归财，我可不能犯了大忌。"

灵儿笑了。

半年多后。

灵儿的肚子在一天天的变大，而乔遥的身体也因商事操劳过度出现了意外，病倒在炕上。太医说，乔遥得的是伤寒，恐怕不会有很多时日了。灵儿听后十分着急，费尽心思四处求医为乔遥医治，然而病情一直没有好转。

一九一九年八月，灵儿生产了。当得知灵儿为自己生下了一对双胞胎男孩，乔遥高兴地说："我乔遥有后了！孩子就叫乔平乔安吧！"为自己的儿子起了名，次日乔遥因操劳过度永远闭上了他的眼睛。

乔遥走了，灵儿哭成了泪人。德玉泉犹如断了一根支柱，勉强维持着生意。江环看在眼里急在心中，放不下心，休息了多年的他又重新回到了岳家大院。王久祥暂时接替了大掌柜的职务。乔遥病故，对灵儿是一个沉重的打击，一年来她在恍惚中度日。

第二十六章　家国剧变

天津港。法国留学的岳致方回到了中国，下了轮船，踏在了祖国的土地上，长长地出了一口气兴奋地喊到："娘啊，我岳致方回来了！"

"弟弟！"岳致屏高兴地喊到。

"致方！"高君宇也激动地喊着。

前到港口接岳致方的是他的姐姐岳致屏、姐夫邱中一及邱中一在省立第一中学的学友高君宇。

"都长成大小伙子了，还这么孩子气。"岳致屏说。

"终于盼回致方君了！"高君宇高兴地说。

"一别三载，思乡切，君宇兄好！姐姐，母亲大人可好？"岳致方问。

岳致屏哭了。邱中一说："看，你姐姐见你高兴，禁不住流泪了，咱们上车吧。"

高君宇说："致方君长得都比我高了，记得我和你姐夫上学的时候，你还是个小孩子啊！"

岳致方笑着说："是的，是的。"

四人说笑着上了汽车，走向了返回北京的路途。

到了北京家中，次日，岳致屏才将乔遥去世的消息告诉给了岳致方，岳致屏含着眼泪说："母亲怕你学业分心不让我们告诉你，请原谅。"

岳致方听后哽咽了，说："娘，孩儿不孝，您承受如此打击都瞒着孩儿，乔叔叔是个好人，母亲也是可怜。"

邱中一说："乔叔叔为德玉泉呕心沥血，也受人尊敬，可人死不能复生，小弟要节哀顺变。"

岳致屏说："你也大了，也该替母亲分担一些家中的生意了，你回来了，准备如何呢？"

岳致方说："回头和母亲商量一下再说吧，我这个人你们也知道，我从小对做生意就不感兴趣，我想和姐夫一样，投身于国民教育事业，这一点君宇兄是知道的。"

邱中一说："今天君宇在，咱们好好为弟弟接风，中午的饭我已经定好，李大钊等教授也都来，弟弟的事情咱们回头再做商量。"

岳致方问："甚？李大钊教授也来？"

高君宇说："是的。"

岳致方说："那简直太好了！"

北京饭店。

邱中一约了李大钊等人聚会，其实邱中一也是共产党人。

岳致方在北京待了一月后返回了灵石老家，同回山西的还有邱中一的同学高君宇，此时他俩是受李大钊的派遣回晋成立共产党组织的，而岳致方留法时已接受共产主义教育。在北京一个月，岳致方接触了大批进步人士，经李大钊和高君宇介绍，岳致方秘密加入了中国共产党。

鲜红的党旗下，岳致方读出了他的诺言：时刻准备着，为共产主义事业奋斗终生！

古老的大院依然宏大厚重。下了车的岳致方站在门前，心情格外沉重。大门护卫见岳致方回来，高兴地喊到："少爷回来了，少爷回来了！"喊声过后岳家的人们纷纷走了出来。

"娘，孩儿回来了！"岳致方跪在了母亲面前。秋洁拉着乔平和乔安说："少爷，您终于回来了，夫人早盼望着这一天，这是二少爷和三少爷，您的两个亲弟弟。"

灵儿擦着眼泪高兴地说："起来吧方儿，自你走的那一天，为娘就一直在惦记着你回来,好,回来就好,回来就好!"

岳致方笑着说:"孩儿也一样惦记您,惦记这个家。"

岳致方将两个弟弟抱了起来,高兴地说:"我也有弟弟了,叫哥哥啊!"

灵儿看着三个儿子在一起,心情也好了许多。

江环听说岳致方回来,来到了正房。

岳致方说:"江总管好。"

江环说:"少爷终于回来了,夫人,岳家有支柱了!"

灵儿高兴地说:"是啊,是啊,我就是盼着致方回来能撑起门面的这一天,让我也过过轻松的日子!"

岳致方说:"娘,我怕是让您失望,孩儿真的没有这个能力,目前政府黑暗、军阀混战、列强瓜分、民族沉睡,我真的无心也无力去谈这生意。"

灵儿不解地问:"那你想要做什么?"

岳致方感慨地说:"有国才有家,国已遭难,民需唤醒。洋人为什么敢侵略中国?不就是仗着科技发达、实力强大吗?百年来,国人保守沉睡,因此孩儿想从事民族教育,唤醒国民,请母亲大人支持。"

江环说:"少爷啊,你是岳家的支柱,虽说国已不国,可岳家更需要你啊。"

岳致方说:"国家兴亡,匹夫有责,小时候母亲也一直这样教育孩儿,你们走出去看看,这些年岳家的生意真的和时局没有关系?你们清楚,生意讲究天时、地利、人和,现在的情况,没有占据一点。我的意见是暂时关闭生意,否则就是俗话常说的:老太太过年,一年不如一年!德玉泉有多少银子能扛过政局的变化?世界大战、俄国十月革命,晋商损失有多惨,你们不是不清楚,现在国家是列强瓜分,军阀割据,时局动荡,关在这座大院里你们永远看不到,到外面走走就能体会,还这样守旧地谈家庭、谈生意的话,诸多潦倒商家的现状就会是我们的将来!娘,您是读过书的人,了解历史,古人尚知先天下之而忧,后天下之乐而乐,这话您也跟孩儿讲过。娘,您认为孩儿的话有错吗?"

灵儿在认真地听着,江环说:"你说的似乎有道理,但你母亲现在需要你支撑这个家庭啊！"

灵儿说："方儿说的也是事实，让我好好考虑一下吧！"

灵儿清楚，这些年诸多晋商潦倒，德玉泉的生意一年一年萎缩，特别是乔遥去世后更是变化异常，但是否关闭堂号生意，她真的没有认真考虑过。

也许真的该出去走走了，灵儿想。

灵儿准备去南方，成了岳府上下议论的话题。时局动乱，社会不安，自然大家都在劝说，而这更加坚定了灵儿出行的信心。岳致方说："如果您要南下，就让孩儿代劳吧，这个时候母亲实在不宜外出。"

江环也说："少爷说的在理，我也坚决反对您出行。"

灵儿说："好了，我主意已定，坐井观天是永远不知道外面的世界的，我是德玉泉的东家，不了解情况如何去决断德玉泉的生意？南方的情况究竟如何，我想这次亲自去了解一下！我出去这段时日，您就暂时指点少爷管管这个家。"

这次南方之行，灵儿了解了南方各分号的运行状况，并听了他们的意见。南昌分号掌柜吴保认为时局动荡，生意勉强维持；福州分号掌柜李大胜极力建议灵儿将岳家的生意转移南洋；广州分号掌柜章明德建议少做投入。

在灵儿走的三个月里，岳致方多次到太原，协助高君宇在太原秘密展开工作。在组织会议上，高君宇说："表面看阎锡山推行安民政策，山西暂时安定，但其大量扩军，动机难测，因此将来的形势一定会很严峻，目前我们的任务就是团结争取我们的力量！"

岳致方说："阎锡山是从德玉泉走出的，早年曾受过我家资助，而且和我三叔是同窗学友，交情颇深。"

高君宇说："阎锡山这个人城府极深，而且居心叵测，我们不可不防，革命不是一朝一夕之事，非特殊情况，这层关系暂不动用。德玉泉是老字号，如果可以，倒有一事。"

岳致方问："什么事？"

高君宇说："太原分号能否安排我们的人进去做事，作为今后组织的秘密联络点？"

岳致方说："这不是什么大事，回头我安排就行。"

高君宇说："阎锡山部中也有不少革命义士，他们受尽了封建势力和列强的欺诈、剥削和压迫，才走上这条道路的。根据组织的安排，我们的任务是积极争取这些人，条件许可的可吸收进组织来，作为革命的后备力量。"在谈到家庭问题时，高君宇说："德玉泉是有名的商号，你又是继承人，要革命，但也要处理好家庭关系，我们的工作刚刚展开，离不开像你们家这样有实力和影响的商家资助。"

岳致方说："母亲是一个开明的人，我会尽量说服她支持我们的。"

岳致方频频到太原，引起了江环的注意，江环暗中安排肖光跟踪保护，并监督他的动向，而这次他和高君宇的谈话也被肖光听到了。肖光回来后原话告诉了江环，江环听后大吃一惊，心想：果然少爷是革命党人。他对肖光说："这事绝对要保密，不得告诉任何一个人。"肖光说："总管放心好了，我的职责就是保护好这个大院的每一个人，少爷做什么事情都和我无关！"江环说："以后保护好少爷就行，其他的事情我自然会处理。"

灵儿从南方回来后，江环把岳致方的动向告诉了她，其实灵儿这次出行一方面是为了考察一下南方的局势，另一方面也是为了考验岳致方的治家能力。这在她走前就已经对江环做了交代。

听了江环的话，灵儿说："果然不出我所料，儿子大了，这思想也变了，革命党是什么，我不管，我只管这个家，只管我的儿子！"

江环说："您别生气，少爷是有文化、有思想的人，我倒有个建议。"

灵儿问："什么建议？"

江环说："少爷也不小了，您可考虑过给他说门亲事？成家了，也许他的心就不会再野了。"

灵儿说："这倒是个主意，可哪家的闺女合适呢？"

江环说："这就交给我办好了，我保证既让您满意，又让少爷中意！"

灵儿笑着说："就这么着，你的点子不错！去张罗好了！"

第一丫鬟

究竟谁家的小姐更为合适，江环将附近大户人家适龄的小姐罗列了出来，从长相、性格到家庭，做了认真的筛选。外面传成风，而这一切，岳致方全然不知。

为岳家少爷选媳，也传遍了乡间邻里。岳家富有，致方有文采且长相英俊，自然吸引了不少大户人家。榆次高家听说灵石岳家选媳，便托人为其年方十六的小姐高雅梅提亲。高家管家王银周找到江环，江环说，和夫人商量一下再说。

江环将高家求亲的事告诉了灵儿，灵儿说："高家？谁不知高家缺德？这样的人家也配和我们攀亲？回他们，咱们岳家已经有了人选。"江环告诉王银周说夫人已经定了人家，王银周知道岳家是借故推脱，临走前不悦地说："别以为岳家了不起，高家也不是一般之辈！"

王银周在岳家碰壁，告诉了东家高刚，高刚说："岳家还给脸不赏脸，去他的吧。"

王银周说："以后想办法整整这个娘儿们！"

高刚说："这个嘛，还用我教你吗？"

王银周说："知道了。"

高家如何缺德？其实这还得从二十多年前说起。当时高家的产业本是姓李，那时高刚还是李家字号的一个伙计，高刚为谋李家的财产，设计骗取了李家老爷的信任，二十五岁便当上了李家的总管，也就在这一年，李家老爷忽然暴病，他知自己不久将离人世，糊涂之时将年方十六的独女李玉茹许配给了高刚，在为其完婚之后，李家老爷便离开了人间。李家老爷一死，高刚便露出了本来面目。其实他本有情人，于是他肆无忌惮地将情人领到家中过夜，李玉茹知后反遭毒打。不久李玉茹忽然失踪，究竟她人去何处，无人所知。后来高刚将字号改为己姓，她的情人也名正言顺地成了他的夫人。后来有人传说李玉茹被其所杀，但高刚用银子买通了官府，李家又无人为其申冤，就这样，事情也就不了了之。但其恶名也传遍了乡里。

江环忙着为岳致方张罗选妻，而岳致方早已遇到心仪对象，她便是林可，虽然岳致方未提及，但他已倾心于她。

第一丫鬟

林可是西安人,也许是十三朝古都孕育了古都的风水,她集贵气、文气、秀气于一身,且和石评梅是同学。岳致方第一次见到林可,还是在他从法国回到北京之时。当时林可在北京读书,他和高君宇找石评梅的时候与林可初次相遇,一同就餐时,林可活泼而不失礼节,知识渊博,能言善辩,从老皇城历史,讲到关中人文;从周王秦皇、杜康酿酒、仓颉造字、蔡伦造纸、司马迁受刑著史、诸葛亮六出祁山、郭子仪匡扶唐室,讲到慈禧西京避难;从国家走向谈到时事政局……直说得云天雾地、怪诞神奇。她说话的时候,别人休想插半句话来。她既具有西北汉子的自然豪爽之气,又具有质朴的大气,且话说间时时不经意间透露出一种优雅的文气来。高君宇曾经这样评价林可:"她有皇家的贵气、儒家的文气、红楼的秀气、男孩的霸气,难得之女子也!"林可给岳致方留下了极深的印象。

然而功夫不负有心人,江环为岳致方选到了人选,她就是现居太原的阎锡山的堂侄女阎文梅。

阎文梅十八岁,论貌论才论家庭,省内屈指难数。江环找到人选后对灵儿说:"好事、好事,太原掌柜裴元柱为少爷物色了一门亲事,夫人您猜出自谁家?"

灵儿问:"这么神秘,说来听听。"

江环高兴地说:"当今山西督军阎百川的堂侄女!"

灵儿高兴地问:"是吗?"

江环说:"是的,阎百川的堂侄女,叫阎文梅,芳龄十八,知书达理,而且貌美,和阎百川结亲这可是天作之合,对少爷、对德玉泉那可是有百利而无一害!凭咱们这样的家庭,而且阎百川曾经受岳家恩惠,一提准成!"

灵儿说:"嗯,这样的人家确实不错。把少爷喊来,咱们和他商量一下就向阎家提亲!"

而岳致方听后却坚决反对,这让灵儿没有想到。江环说:"少爷您别先着急拒绝,这可是一门上好的婚配,不妨先看看本人再说?"

灵儿说:"自古婚事父母做主,这事就这么定了,择日就去提亲!"

岳致方说:"我不会和一个没有感情的人生活,这事恕孩儿难以从命。"

灵儿说："感情？结了婚慢慢就有了，听娘和江总管的话，难道我们会往坳边推你？你想想，阎百川是什么人？娶了他的堂侄女，对你、对岳家还能没有好处？"

岳致方说："皇帝厉害吧？袁世凯可以吧？不照样下台？阎百川怎么了？当年他还是个被人追着要债的人呢！那个时候讨债的人能知道将来阎百川会成为现在的他？"

灵儿说："你这是成心气我，我养你这么大容易吗？养大了，有出息了，怎么？连娘的话都不听了？"

灵儿说着哭了起来。

岳致方见母亲伤心流泪，扑通跪了下来说："娘，您别生气，不是孩儿不听您的话，我……我已经遇到合适的人，孩儿心里确实再无别人，请娘理解。"

灵儿擦了擦眼泪问："什么？你已遇到合适的人？她是哪家的姑娘？"

岳致方说："她是西安人，在北京读书，孩儿也和她是一面之缘，但我真的喜欢她。"

江环说："少爷啊，什么？一面之缘？"

岳致方说："是的，她聪明漂亮有才气，我确实喜欢她。所以，就算是阎百川的闺女我也不会娶的。"

灵儿问："人家喜欢你吗？"

岳致方说："这倒没问过。"

灵儿扑哧一笑说："我的傻孩子啊，你这是单相思啊，还没有问人家你就定了非她不娶？好了，她叫什么名字？家庭情况怎么样？"

岳致方说："她叫林可，家庭情况我不太清楚。"

灵儿说："好了，这事情，暂时缓一下，听娘一句话，不管你娶不娶阎百川的堂侄女，不妨先看看再说，娘这点要求你总能答应吧？"

岳致方说："我不娶，也不见。"

江环看到灵儿生气，便说："少爷啊，你娘不是答应了你了吗？看看她，不是娶她，这有什么？就这么着了！"

岳致方说:"没什么事,孩儿就下去了。"

灵儿说:"下去吧,这个家将来是你的,多学点生意上的事情,少管点无关的政事,别叫我去操那些无关的闲心。"

岳致方说:"孩儿知道。"

岳致方下去后,灵儿叹了口气说:"小时候是盼着他长大,等他长大了却更让人操心。"

江环问:"夫人,您看这事?"

灵儿说:"你看呢?"

江环说:"这样,我先安排人了解一下这位叫林可的姑娘本人及其家庭情况,同时安排少爷和阎百川的堂侄女见个面,说不定少爷会中意,只要咱想办的事,就能办到。"

灵儿说:"你看着办好了,不要伤害任何人,另外多看着点少爷,不要出什么乱子,我可不希望他是什么革命党。"

江环说:"夫人放心,江环一定不负所望。"

岳致方将家里的情况告诉了高君宇,高君宇笑了,说:"家庭都一样,我的情况也是啊,实话告诉你,我是个有婚姻的人,你也知道,我喜欢的是评梅,所以家里和我闹僵了,老爷子说了,不回家就不认我这个儿子,呵呵,对封建势力我早厌倦。你的情况不同,因为你两个弟弟还小,你又是长子,所以一定要处理好家庭关系,像我这样也不好,我们是共产党人,做事更应该考虑细致。关于你娘不愿你从事教育,让你从商,我认为,我们既然是共产主义者,那么就应该根据革命的需要去安排自己今后的走向,你又有先决条件,我支持你从商支持革命。个人的事情,那我就不好说了,回头我让评梅征求一下林可的意见,如果她同意,我和评梅就做你俩的红娘,如果人家……"

岳致方说:"呵呵,先革命,后个人!可是我真的对经商无心啊!"

高君宇说:"组织刚刚成立,各方面都需要经费,更需要像你家这样有实力的商家支持,你接管生意,对革命工作是有百利而无一害啊,等革命成功了,咱们共同从事教育事业，你看如何？"

　　岳致方和高君宇谈起了阎百川的堂侄女阎文梅，高君宇建议岳致方见其一面，他说："这可是对革命有益的事情啊，你若不喜欢她，想让她不喜欢你还不容易？也许阎文梅本人不错，就这样，出于革命考虑，把这条线牵上！"

　　岳致方问："那林可那里……"

　　高君宇说："个人一条线，革命一条线，放心吧，我答应你的事情不会忘记！有什么问题，我担着！你这个人，怎么不考虑一下革命事业呢！"

　　岳致方擂了高君宇一拳，二人哈哈大笑起来。

第二十七章　落叶飘零

江环去了一趟太原，带回了一个十五六岁的姑娘，也带回了一件宝贝。江环带回的姑娘灵儿看了吃惊，而带回来的宝贝更让灵儿欣喜。

宝贝是当年西太后送给灵儿的结婚礼物玉雕百灵，这宝贝是江环花了五百两银子从一家当铺手中购回的，这个当铺紧挨着德玉泉太原分号。

当时说来也巧，江环走了进去问有什么宝贝，当铺掌柜将刚刚收藏的玉雕百灵拿了出来，说："好宝贝有的是，怕爷买不起。"

见到岳府二十年前丢失的东西，江环心里欣喜，却也吃惊，他平静地问："敢问这宝贝的主人……"

当铺掌柜说："收物不言主，这是我们的规矩，请爷谅解。识不识货，那就看您了。"

江环问："卖价多少？"

当铺掌柜说："一千。"

江环笑着说："别开玩笑，减半如何？"

当铺掌柜说："看您诚心，你上上，我下下，八百如何？"江环说："五百，多一两不出。"当铺掌柜说："看您识货，好，我就做个人情与你。"江环将银票交给了当铺掌柜，当铺掌柜也将玉雕百灵包好后交给了江环。

江环拿上宝贝，返回了分号大院，将玉雕百灵放好后又返回当铺，掏出了一百两银票说："先收下这个，把当物的人告诉我。"

当铺掌柜摇着头说:"请别难为与我。"

江环说:"嫌少?"

当铺掌柜说:"不是,这是本铺规矩。"

江环说:"实话告诉你,我就是此物的主人,二十年前丢失,这些年一直在追寻,如果掌柜不说,那我就通报官府了。"

当铺掌柜说:"别,别,这宝贝是我邻居送来的。"

江环问:"你邻居叫什么名字?"

当铺掌柜说:"他叫马五。咳,别提这个人了!"

江环问:"怎么了?"

当铺掌柜说:"他染大烟了,把一个好端端的家都抽空了,这不,把东西都放到我这里当了!我看下一步就快卖老婆和女儿了。"

江环问:"那他老婆呢?是不是叫曹嘉茹?"

当铺掌柜问:"您认识她?"

江环说:"他们都是我过去的故人。"

当铺掌柜问:"难道这东西是他……"

江环说:"能否带我走一趟?放心,我是德玉泉的总管江环,我不会难为他们的。"

当铺掌柜说:"哟,久仰大名,眼拙、眼拙,经常听贵号的伙计们提起,真不知您就是……好!我这就带您去一趟。"

当铺掌柜带着江环走到了当铺不远的一个院落门前,便听到了打骂声,只听其中有一人喊道:"装死?死了人有闺女顶,弟兄们,带人走!"江环急忙走了进去,但见三人正在毒打马五,此时马五躺在院中已经奄奄一息,曹嘉茹紧紧抱着她姑娘在一边哆嗦。江环喊道:"你们做什么?还不住手?"三人见江环一身富家打扮,便说:"想管?正好!拿银子来爷们就走,否则,他家姑娘顶账!"

柳智信弯下身来试了一下马五的鼻息,说:"爷啊,没有气了。"江环说:"那你还愣着做什么?"柳智信会意,稍使身手就将三人制服。

曹嘉茹扑通跪在了江环面前，哭着一言不发。江环对她姑娘说："还不赶紧报官！"马五的姑娘这才急急忙忙跑了出去。

不一会儿官兵到达，江环说："人已死亡，这三人就是凶手，断案的事情就交给你们了。"

来人看了看马五满头是血，已经死亡，说："还得劳您做个笔录。"江环对柳智信说："你就陪他们走一趟吧。"

官兵和柳智信带着三人走了，江环对当铺掌柜说："劳您走一趟，告诉裴掌柜派几个人到这里，料理一下后事。"

江环把一切安排妥当后，才对曹嘉茹说："没想到你会到如今的地步。"

曹嘉茹哆嗦地哭着说："我没有想到马五抽烟不顾我们娘儿俩，我有罪，也没有脸面再见你们，我……我……求江爷将我的姑娘带进岳家当牛做马为我恕罪，给碗饭吃，我就感激不尽了。"

江环说："算了，都过去的事了，况且老爷当初已走。"

曹嘉茹说："岳家需要下人，求总管爷答应！"

江环说："好吧，那你怎么办？"

曹嘉茹说："我心已决，我想出家，到佛祖身边，只是放心不下我的女儿，求您了。"

江环说："你姑娘的事，我答应你，但你的事情千万要三思。"

曹嘉茹说："谢谢江总管了！还有一事，三爷的儿子可能是马五的。"

江环问："什么？三爷的儿子？"

曹嘉茹说："马五曾经酒后失言，说他和三太太……"

江环说："嗯，我知道了。"

曹嘉茹将自己的女儿叫了过来，说："霞儿啊，听娘的话，跟着江爷到岳家做事，过去娘在岳家，娘欠人家的，你就代娘偿还吧，有什么事就听江总管的话，他是个好人！"

马霞哭着说："娘，孩儿听您的话。"

曹嘉茹又跪到了江环的身边，说："如果可以，我想让霞儿做您的干孙女，行吗？"

江环说："嗯，只要你肯就行，我江环还没有孙女呢！"

曹嘉茹说："那就谢谢江爷了。霞儿啊，过来拜见你爷爷！"

马霞也跪在了江环面前说："爷爷在上，受孙女一拜！"

这时裴元柱等人走进，只见曹嘉茹一头撞在了墙上。裴元柱等人急忙跑到了曹嘉茹的面前，但为时已晚。江环安排了马五和曹嘉茹的后事才带着马霞回到了灵石。

其实这次江环本是来让裴元柱约见阎百川的堂侄女，那边的事情谈妥他才有闲心溜达，这一溜达不仅找回了丢失多年的玉雕百灵，而且收了曹嘉茹的女儿马霞做了他的干孙女。让江环高兴的是，马霞不但模样俊秀，而且朴实懂事。回到岳家后，江环把马霞交给了私塾老师让她读书。

在高君宇的劝说下，岳致方打消了办学从事教育的计划。高君宇说："不可否认，国家要强大，教育是关键。但目前列强对我中华虎视眈眈，国内军阀养兵纷争，国人尚处在水深火热之中，我们是共产党人，所以眼光应该从长远考虑。目前组织刚刚成立，革命需要后盾。你的事情，我已请示李大钊先生。他说，组织希望你能成为我们后盾！"

岳致方说："仔细想来我以前确实目光短浅，这些天我也考虑了，从商同样能拯救中华，为革命我就选择这条路！"

高君宇高兴地说："这就好，我代表组织感谢你！"

岳致方决定后将从商的事情告诉了母亲，灵儿听后高兴地说："这就好，娘等的就是这一天，你放手去做，生意上的事情多向王掌柜和范掌柜请教，这个家就交给你了！"

岳致方说："母亲先不着急放权，家里的事情还是您说了算，我想先到太原分号待一段时间，等我真正能接管德玉泉，您再放手不迟。"

灵儿笑着说："嗯，傻儿子蛮聪明的嘛！我说了，你有什么想法尽管放手去做，记着，经商要做到三点：一是胆大，二是心细，三是诚信！俗话说商场如战场，每做一件事情都要做到走一步看三步，娘相信你能挑好德玉泉这副担子！可惜呀，你乔叔叔不在人世了，他呀，那才真正是个人才呢！可惜啊！"

岳致方说："孩儿知道，我会谨记母亲教诲。"

岳致方决定先到了太原德玉泉分号，其实他选择这里一是为了组织，二是为尽快适应商事。岳致方到了太原后便展开了工作，一方面他游走于并州商家名流，另一方面积极开展组织工作。通过德玉泉的关系，岳致方还让裴元柱将北京派来的两个共产党员秘密安插到阎锡山的部队中。

江环在岳致方走后，一方面派人了解林可的情况，另一方面安排岳致方和阎文梅约见。一切安排妥当后，他才派人告诉了岳致方，说林可已到国外读书。其实，林可的走也是江环所安排。本来林可就有出国之意，无奈家庭没有财力，江环和灵儿商量后，派人送给了林可一千大洋满足了她的心愿。当然林可对这天上掉下来的馅饼吃惊，来人告诉她，自己也是受命于人，因为有人对她不利，所以他才资助她出国，还说走得越快越好。而林可当时确实家里有了婚约，正在发愁之时，至于这钱的主人是谁，来人说以后自然会知道。

林可接受了这笔钱，和石评梅商量后登上了开往苏联的火车。后来高君宇才提到岳致方看中了林可，石评梅告诉高君宇林可为逃婚，已经出国读书。

岳致方见到阎文梅的时候还是在他的母校省立第一中学，这阎文梅果然与众不同，完全不是他想象中的千金小姐，如果见林可之前先见她的话，或许真的会看上她。

阎文梅是学校的国文老师，校长告诉岳致方，她就是都督的侄女。阎文梅说："我是我，叔叔是叔叔，校长啊！别老拿我和他说事行不？这位是……"阎文梅看着岳致方问。

岳致方说："我曾经也是这里的学生，我姓岳，名致方，灵石人。"

阎文梅说："你可是德玉泉的少爷？"

岳致方笑着说："什么少爷不少爷的，我正是德玉泉岳家人。"

阎文梅说："真是巧，以前常常听我爷爷和我叔讲到德玉泉。对了，你叔和我叔还是结拜弟兄呢！那我以后就称你致方兄了。"

岳致方说："见到你很高兴。"

阎文梅说："是吗？高兴？"

岳致方说："是的，我以为堂堂的都督侄女一定是个千金小姐，没有想到……"

阎文梅笑着说："没有想到我这么普通吧。"

岳致方笑着说："你很漂亮。"

阎文梅笑着说："别恭维我了，来点实际吧，请我吃饭如何？"

岳致方说："如果肯赏光，致方求之不得，晚上山西饭店如何？"

阎文梅说："好！校长，咱们一块去！"

校长笑着说："年轻人爱玩，你们去吧。"

阎文梅笑着说："这次来母校不会空手吧。"

岳致方笑着说："你说呢？"

校长说："这次岳致方先生捐献给学校一千现大洋。"

阎文梅高兴地说："这还差不多，就凭你有良心，我就打破不吃请的惯例！"

山西饭店，岳致方约了高君宇一同和阎文梅进餐，阎文梅活泼大方，而且思想激进，问后才知，她毕业于省师范大学，教书育人还是她叔叔的主张。

因为阎文梅的身份不同，自然岳致方和高君宇不提半句政事。事后高君宇告诉岳致方，为了革命，保持和阎文梅的联系，必要的时候她会派上用场。岳致方点头同意。

岳致方在太原待了半年。半年中，他除了日常事物外，还协助高君宇做了大量组织上的基础工作，在山西成立了第一个党小组，组织正常运转后高君宇返回了北京，其因山西党组织扎实的工作，受到了党中央北方区的表彰。也就在这个时候，岳致方接到了弟弟失踪的快信，当日赶回了家中。

失踪的是双胞胎老大乔平，灵儿哭成了个泪人。

江环在旁安慰，见岳致方回来，江环便将乔平失踪的经过告诉了岳致方。江环说:"这一定是有目标的。"

岳致方说:"按失踪的情况看,应该如此,可这究竟是何人所为?"

江环说:"这还猜不到,不过少爷放心,按我的猜测,歹人一定是为钱财而来,咱们等消息就是。我想今晚一定会有敲诈的书信送来,这我已经让肖光做好准备,为防不测,我们见机行事。"

岳致方说:"要不惜一切代价保证乔平的安全。"

江环胸有成竹地说:"少爷放心,江环活了六十多岁还没有失手的时候,放心好了!"

乔平的失踪正是高刚安排,王银周一手策划。

失踪的那一天是灵石一年一度的庙会,王银周守株待兔两日,终于等到了下手的机会。

1925年,直隶战争爆发,蓄意养兵多年的阎锡山走出娘子关,打过石家庄,直扑北京,国内哗然。

岳致方回家后次日一早,又接到了姐夫的来信,说高君宇因患肺炎在京逝世。山西第一个共产党员,中共山西省党组织的创始人因积劳成疾离开了他热衷的事业,离开了他的战友,岳致方看完来信如遇五雷轰顶。高君宇不仅是他的入党介绍人,而且也是他的知心朋友。"这怎么可能呢?他才二十九岁啊!"岳致方说着,泪如泉涌。

弟弟的事情虽然接到了落款为白狼、开价五万现大洋换人的字条,交换地点在榆次猫儿岭,时间就在当天晚上,而且只准江环带二人前往。岳致方嘱托江环不惜一切代价确保乔平安全,并让他准备次日到京的事宜。

安排完毕后,岳致方才到母亲身边,说:"娘,您别担心,弟弟的事情我已经做了周密的安排。"

灵儿说:"虽然有了消息,可见不到人,我能不担心吗?记着,无论花多少银子都要保证你弟弟的安全。"

岳致方说:"这我明白,孩儿还有一事,等今晚弟弟安全回来,我想明天先到趟京城。"

灵儿说："有什么事情比你弟弟的事情大呢？先把手头的事情放一放。"

岳致方说："我一个朋友去世了，我必须要去一趟。"

灵儿说："什么？朋友？"

岳致方说："是高君宇先生，我必须到京悼念。"

灵儿说："你大了，有些事情你看着处理吧，我只希望你们都平平安安的，这银子啊，虽然是福，但也是祸，我算看透了。我想休息一会儿，你该忙什么就忙什么吧。"

王银周将乔平绑架后也做了周密安排，虽然定了在猫儿岭一家客栈，但王银周也怕变故，因此江环到达时并没有见到乔平。少爷究竟如何？对方究竟是谁？这是江环一直关心的事情。

王银周安排出面的人自然是陌生人，那人三十多岁，满脸横肉，见江环等人到达，便问："货带来了吗？"

江环说："放心，人呢？"

那人说："人没有问题，你交货，我们自然放人。"

江环说："我见人才付钱，这也是规矩，而且我会多付于你。"

那人说："什么？多付？"

江环说："是的。我知道，你只不过是代行而已，五万大洋，你能得一万都不错，我和你做笔交易如何？"

那人问："什么交易？"

江环说："人究竟如何？"

那人说："你说的不是废话？死人值什么钱？放心。"

江环说："我的人和货都在这，咱们去见人，只要人安全，他们给你多少我也会给你多少！"

那人笑着说："呵呵，天上没有白掉的馅饼，有什么条件？"

江环说："见完人再说，只要人安全，岳家不会亏待于你。"

那人说:"好,咱们这就走!"

江环问:"人在何处?"

那人说:"别问,你带一人去,其他人在这里。"

江环跟着那人走出了一里多地,在另一家客栈才见到了乔平。

那人说:"怎么样,通知付货吧?让他带孩子走,你留下。"

江环对同来的护卫说:"你带少爷走,告诉他们付大洋。"

护卫走后,那人也带着江环离开了客栈到了别处,根据江环的安排,暗中跟随的肖光也悄悄地跟了上去,估计交易完毕,那人对江环说:"说吧,还有什么事?"

江环说:"和你做一笔交易,如果你告诉我你的背后的主使是谁,我给你一万大洋。"

那人说:"知道你会是这个意思。这样,两万,三日后告诉你,岳家不会失约吧。但有一个条件,秘密不可泄露,一个月后你该怎么就怎么。"

江环说:"一言为定!"

那人也说:"一言为定!"

次日一早,乔平安全地回到了岳家,江环也于中午和肖光一道返回,本来事先江环已经准备抓捕歹人,但为了搞清幕后指使,江环没有向肖光发出命令。

江环回来后,见灵儿心情好了许多,便将情况告诉了灵儿和岳致方,他说:"究竟是什么人和岳家过不去,只要我江环在一天,我就不会放过他。"

灵儿说:"该花销的就花销,一定要查出这个主谋。"

岳致方说:"弟弟和总管都安全回来了,我先到北京走几天,办完事情我会尽快赶回来。"

江环说:"你放心去吧,这里有我在,时局混乱,让肖光陪你去吧。"

岳致方说:"也好。"

岳致方和肖光登上了开往北京的火车,离京越近,岳致方的心情也越沉重,他真的不相信高君宇会英年早逝。

第一丫鬟

高君宇确实走了，北京各界人士为其举行了隆重的追悼会，岳致方参加完高君宇的葬礼，对石评梅说："你要节哀，有什么困难我会尽量帮助你，我会继承先生的事业走下去。"

石评梅说："他是宝剑，他是火花，让我们都继承他未完成的事业吧，星星的消失，那是酝酿着明日更灿烂的骄阳！"

在京几日，岳致方还见到了李大钊、蔡元培等人，数日后岳致方和同去的山西党组织代表返会了太原。

岳致方返回灵石后，江环已经查清绑架乔平的主谋就是高刚，而且也做了报官的打算。但高刚和王银周并不知道，他们的所作所为将会付出惨重的代价。一个月后，江环将二人报到了官府，岳家报案，官府自然不敢怠慢，不仅追回了大洋，而且也将二人送进了牢房，几个月后高刚就被整死于狱中。当然，高刚的死是江环打点监狱长安排所为。

在江环的撮合下，岳致方终于放弃了等待林可的幻想，和阎文梅成了亲，其实一方面岳致方对阎文梅并无坏感，另一方面也是为了将来德玉泉的生意和革命的需要，他是权衡再三才做出这个决定的。

1927年，对德玉泉来说是不平凡的一年，南方诸多贷款由于战乱已经无法收回，虽然还能勉强支撑一段时日，但也临到末路，岳致方和母亲商量后关闭了票号，范世玉也在收拾残局完毕后告老还乡。这一年底，德玉泉票号终于在战乱中退出了历史舞台，虽然商事还在继续，但也到了山穷水尽的地步。岳致方让江环精简了岳家的用人，商号也留下了王久祥等几个得力助手。

岳致方说："其实人有些时候就应该像水一样，如果前面是高山，就应该绕过去，如果前面是平原，就漫过去，如果前面是闸门，我们就应该停下来，等待时机。我不想让德玉泉彻底垮台，我要等待时机！"

江环说："你成熟老练了，我也可以安心休养了。"

岳致方问："您这是什么意思？"

江环说："我都七十多岁的人了，本来我已将这位子让给了王久祥，可没有想到你乔叔叔忽然走了，所以我又回来，现在你真的成熟了，再不让我休息的话，恐怕我就没有休养的机会了，人我也给你选好了，就让柳智信做这总管吧！"

灵儿说："是我同意的，江爷为我们效力几十年，心都操碎了，就让他闲下来吧！"

岳致方说："不过我有个条件，你还留在这里居住。"

江环笑着说："怎么你们娘儿俩都这样啊？我还是回家吧！"

江环回到了自己的家，他认的干孙女马霞也被灵儿认做干女儿，还被岳家送到省立中学读书。

德玉泉在不断萎缩中生存，岳致方在艰难的生意中四处奔波，同时从事着革命事业，因为他知道，革命不仅需要精神力量，而且不可缺少物质资助。在山西这块地面上，因为有阎锡山侄女婿这个身份做挡箭牌，他秘密为革命作出了巨大的贡献。灵儿虽然知道儿子在为革命做事，但也没有说什么，阎文梅同是如此。

十年后，卢沟桥事件爆发，日本进攻中国，从东北到华北，日军长驱直入，不久占领华北，随后进入娘子关，开始蚕食山西。

鬼子进入华北，德玉泉的生意也宣告歇业，在北京读书的乔平和乔安也投笔从戎，岳致方解散了岳家所有雇工，做出了举家迁移的决定，灵儿不想离开，说："你们走吧，老祖宗留下的这座大院带不走，就是日本人来了，又能把我这个老太婆怎么着。你们放心去吧，我给你们看着，将来打走了日本人了，你们再回来居住！"任凭岳致方怎么说，灵儿都不肯走。

岳致方带着妻子和孩子走了，临走的时候，灵儿将太后送给她的玉雕百灵送给了儿子，并详细讲述了从庚子年太后西行，她来岳家后的故事。这一走，岳致方再也没有见到自己的母亲。后来日本人占领了灵石，占据了岳家大院，之前灵儿在已是阎锡山部军长的刘一山的安排下，离开了居住三十多年的岳家大院，到了民间居住。后来乔平和乔安双双牺牲于抗日战场，岳致方不知下落，灵儿一人隐居于太原郊区小店村。

八年后日本鬼子投降，三年后迎来了太原解放，灵儿没有等到一个亲人。那时她的双眼已失明。

　　1949年冬，灵儿得了重病，邻居看望她的时候，她说有事要对政府说，邻居随后叫来了干部，她说要把自己的枕头捐献给国家，干部看了一眼本很平常的睡枕，吃惊地问："什么？你要捐枕头？"灵儿吃力地说："我走了，请您一定要……里面有太后的夜明珠，把它交给国家，交给政府……"

　　干部看着睡枕发愣，准备向她寻求诸多答案时，灵儿流下了一串孤独的泪。

　　灵儿走完了她在人生岁月里最艰难的一段路，带给人们众多的谜团：她究竟是何人？她的亲人又在何方？身有价值连城的夜明珠，这些年为什么要过这艰难的岁月？